LEO PERUTZ / PAUL FRANK

Das Mangobaumwunder

Der Kosak und die Nachtigall

LEO PERUTZ / PAUL FRANK

Das Mangobaumwunder

Der Kosak und die Nachtigall

Zwei Romane in einem Band

LANGEN MÜLLER

Das Mangobaumwunder
Erstveröffentlichung 1916
Seite 5

Der Kosak und die Nachtigall
Erstveröffentlichung 1928
Seite 195

Schutzumschlaggestaltung: Werner Rebhuhn
(Motiv: Archiv für Kunst und Geschichte, Berlin)
Satz: SatzStudio Pfeifer, Gräfelfing
Gesetzt aus der 10/12 Pkt. Walbaum Lino, System Linotype
Druck und Binden:
Mohndruck Graphische Betriebe GmbH, Gütersloh
Printed in Germany
ISBN: 3-7844-2361-2

Das Mangobaumwunder

Eine unglaubwürdige Geschichte

Inhalt

Eine späte Visite

Doktor phil. und med. Kircheisen, der bekannte Toxikologe, war an jenem Abende gerade im Begriffe, eine seit langem geplante Erholungsreise anzutreten. Er befand sich in der nervös-erregten Stimmung eines Menschen, der, an sein ruhiges und bequemes Schlafzimmer gewöhnt, sich nunmehr mit dem Gedanken vertraut machen muß, die Nacht im Eisenbahnwagen zu verbringen.

Zum sechstenmal sah er auf die Uhr – es war immer noch erst dreiviertel sieben. So begann er von neuem der Reihe nach an sämtlichen Laden seines Schreibtisches zu rütteln. Alles war richtig verschlossen. Er durchsuchte die Rocktasche, in der er die Eisenbahnfahrkarte und das Lloydbillett verwahrt hielt; beide befanden sich noch immer auf ihrem alten Platze. Er holte seine Brieftasche hervor und unterzog die einzelnen Fächer einer strengen Untersuchung: es war alles am richtigen Ort.

»Soll ich die weißen Schuhe auch einpacken?« rief die Haushälterin aus dem Nebenzimmer.

»Selbstverständlich, Bettina!« antwortete Dr. Kircheisen und ging in sein Schlafzimmer. »Die weißen Schuhe zu allererst! Es geht doch in den warmen Sonnenschein. Ich beneide wirklich niemanden um den scheußlichen Oktoberwind, der jetzt durch die Straßen bläst.«

Die Haushälterin nahm die sorgfältig auf der Bettdecke vorbereiteten, sauber in weißes Papier eingeschlagenen Pakete der Reihe nach und ließ eins nach dem andern in den Tiefen des Koffers verschwinden. »Ja, der Herr Doktor hat's gut!« sagte sie seufzend.

»Mir scheint gar, Sie gönnen mir das bißchen Erholung nicht, Bettina!« lachte der Arzt.

»Aber ich hab' ja gar nichts gesagt!« rief die alte Frau entsetzt. »Der Herr Doktor braucht den Urlaub so notwendig! Den ganzen Sommer hat sich der Herr Doktor von Wien nicht weggerührt! Immer studiert und geschrieben, und geschrieben und wieder studiert. Ganz blaß ist der Herr Doktor geworden, daß es eine Schand' ist! Nur den Ort kann ich mir nicht merken, wo der Herr Doktor hinfährt.«

»Nach Korfu. Das liegt noch eine ganze Tagereise hinter Triest.«

»Hinter Triest! Und wieviel Dutzend Taschentücher soll ich einpacken?«

»Soviel Sie wollen. Haben Sie sich alles gemerkt, Bettina?«

»Der Herr Doktor können ganz beruhigt sein. Ich weiß schon alles.«

»Wenn der Buchhändler das Paket schickt –«

»Übernehm' ich's und verlang' einen Erlagschein.«

»Und wenn jemand nach meiner Adresse fragt?«

»Die find' ich auf dem Vormerkkalender.«

»Ich schreib' Ihnen natürlich auch, Bettina.«

»Ich möcht' recht schön darum bitten! Ansichtskarten mit viel Farben drauf, wenn der Herr Doktor daran denken.«

»Ich mach' noch einen Sprung ins Kaffeehaus hinunter. Für zehn Uhr bestellen Sie mir das Auto. Da ist dann noch reichlich Zeit; bis zur Südbahn sind's ja höchstens zehn Minuten.«

Gerade als Dr. Kircheisen seinen Hut aufsetzen wollte, schrillte im Vorzimmer die Glocke. Es gab ein heftiges, aufgeregt andauerndes Läuten, dann war wieder Stille.

»Wer wird denn das sein?« fragte Dr. Kircheisen.

»Wenn der Herr Doktor wollen, sind der Herr Doktor vor zehn Minuten abgereist ...«

»Nein, gehen Sie nur nachschauen, wer es ist. Ich laß mich ohnehin auf keinen Fall aufhalten.«

Die Haushälterin verschwand aus dem Zimmer. Dr. Kircheisen lauschte. Er hörte, wie die Gangtür geöffnet wurde und wieder ins Schloß fiel. Bettina begrüßte irgend jemanden. Eine Männerstimme ließ sich vernehmen, die Antwort gab. Er glaubte, seinen Namen verstanden zu haben, da stand Bettina auch schon im Türrahmen und meldete:

»Der Herr Architekt!«

Bevor sie auszuweichen vermochte, wurde sie von einem stürmisch eintretenden jungen Mann beiseite geschoben.

»Fritz ... du?« fragte Dr. Kircheisen erstaunt. Er hatte mittags von seinem Freund Abschied genommen.

»Dieses verwünschte Telephon!« rief der andere. »Seit einer halben Stunde ruf' ich dich an; zehnmal hintereinander! Ich habe das Fräulein beleidigt und den Kontrollor beflegelt. Alles umsonst! Keine Verbindung zu bekommen!«

»Das glaub' ich dir gern!« lachte der Arzt. »Ich mußte in aller Ruhe meine Reisevorbereitungen treffen können. Ich wollte beim Packen nicht gestört werden; deshalb hab' ich das Telephon ausgehängt.«

»Ein menschenfreundlicher Einfall! Gerade, wenn ich's einmal dringend hab', sind die Leut' telephonmüde.«

»Was gibt es denn so Dringendes?«

»Du mußt sofort einen Krankenbesuch machen!«

»Ist das dein Ernst? In drei Stunden geht mein Zug. Und außerdem bin ich kein praktischer Arzt. Seit wann mach' ich denn Krankenbesuche? Du hättest zu einem der fünftausend anderen Wiener Ärzte laufen sollen; ich bin die einzige falsche Adresse.«

»Du bist die richtige Adresse! Du bist Toxikologe, und es handelt sich um eine Vergiftung, wahrscheinlich sogar um einen sehr schweren und dringenden Fall.«

»In deiner Familie am Ende?«

»Nein. Baron Vogh hat sich an mich gewandt.«

»Baron Vogh? Wer ist das?« fragte Dr. Kircheisen.

»Baron Vogh! Der bekannte Sportsmann, der berühmte Hochtourist. Von dem mußt du doch schon gehört haben!«

»Kann sein. Ich glaube mich zu erinnern.«

»Ich hab' ihm im vorigen Jahr seine Villa gebaut, in Hietzing draußen. Ich hab' dir doch damals die Pläne gezeigt.«

»Ganz recht. Was ist dem Baron passiert?«

»Das weiß ich nicht. Er hat mich vor etwa einer halben Stunde telephonisch angerufen, sofort deinen Namen genannt und mich gebeten, dich augenblicklich zu verständigen. Er weiß offenbar, daß wir miteinander befreundet sind. Es scheint ihm sehr viel an deiner Intervention gelegen zu sein, und so hab' ich es übernommen, dich hinzuschicken.«

In diesem Augenblicke ertönte im Nebenzimmer das Signal des Telephons, das Bettina inzwischen wieder instand gesetzt hatte. Dr. Kircheisen eilte hinüber und nahm die Hörmuschel ans Ohr.

»Guten Abend, Herr Baron! Hier Dr. Kircheisen«, hörte ihn der Architekt sagen. »Gewiß! Mein Freund ist gerade bei mir. Nein – das nicht. Informiert bin ich noch gar nicht. Wollen Sie nicht vielleicht ...? Eine knappe Andeutung zumindestens –! Sie haben mir ein Auto geschickt? Ausgezeichnet. Hoffentlich hat er rasch eins gefunden. Eine Vergiftung also –? Was für eine Art von Gift? Ja, ja, gewiß – ich komme, aber –«

»Jetzt hat er abgeläutet«, sagte der Arzt ärgerlich. »Warum hat er mir nicht wenigstens einen Anhaltspunkt gegeben! Um was es sich eigentlich handelt, ob um einen Unfall oder um einen Selbstmordversuch, und vor allem um wen –«

»Vielleicht ist dem kleinen Mädel, seinem Töchterchen, etwas zugestoßen. Wahrscheinlich sogar, denn die Geschichte scheint ihm nahe zu gehn«, meinte der Architekt.

»Jetzt muß ich doch noch einmal meinen Schreibtisch aufsperren!« klagte Dr. Kircheisen. »Bettina! Meine schwarze Handtasche.«

Im Nu hatte er ein Bündel silberglänzender Nadeln, Scheren, Zangen, Pinzetten beisammen, ließ sie klirrend in das Innere der Tasche fallen, nahm dann mehrere Reagenzgläser, schob sie in ein Futteral und versenkte auch dieses in die Ledertasche.

»So, jetzt kann das Auto kommen«, erklärte er dann und sah auf die Uhr. »Er hat mir nämlich seinen Diener mit einem Auto hergeschickt. Viertelacht! Um zehn Uhr einundzwanzig geht mein Zug. Ich hab' nicht viel Hoffnung, ihn noch zu erreichen. Woher kennst du eigentlich den Baron?«

»Aus den Bergen. An einer sehr schlimmen Stelle auf der Planspitze-Nordwand hab' ich vor zwei Jahren seine Bekanntschaft gemacht. Die Sache war mir zu schwierig geworden, ich konnte nicht weiter, auch nicht zurück und war vollständig demoralisiert. Da kam er hinter mir, nahm mich ans Seil und brachte mich glücklich bis an den Ausstieg. Er hat mir zweifellos das Leben gerettet, damals. Ein Mensch, dessen Sehnen aus Nickelstahldraht sind, die Verkörperung von Energie und Kraft – er wird dir sicher imponieren. Er macht als Tourist die unglaublichsten Sachen. Seine Bekannten nennen ihn nie anders als den ›tollen Baron‹.«

»Du bist doch selbst ein erstklassiger Tourist!« warf Dr. Kircheisen ein.

»Gegen den Baron Vogh ein Kind. Überhaupt nicht zu vergleichen. Wenn es dich interessiert, bring' ich dir einmal die Beschreibung irgendeiner seiner Erstbesteigungen mit. Ich bin ihm übrigens noch in anderer Richtung verpflichtet, er hat sich von mir seine Hietzinger Villa bauen lassen.«

»Der Baron ist wohl sehr reich?«

»Geld spielt bei ihm kaum eine Rolle. Wenn du den Park sehen wirst ... und das herrliche Treibhaus, das ich ihm gebaut hab' – es ist im Stil eines indischen Tempels gehalten. Dabei ist er höchstens drei Monate im Jahr in Wien; die ganze übrige Zeit auf Reisen. In Indien, in Südafrika, in den Kordilleren. Er ist erst vor etwa vierzehn Tagen aus England zurückgekommen, wo er den Sommer verbracht hat. – Was sollen die vielen Pakete da auf dem Tisch?«

»Das muß noch alles in meinen Koffer«, gab der Arzt zur Antwort. »Das da sind fünfhundert Stück Briefpapier samt Kuvert; hier drin sind die Zigarrenspitzen, genau vierundachtzig Stück. Ich brauche täglich drei. Vier Wochen bleib' ich fort. 3 mal 28 gibt 84! Du mußt bedenken, daß ich auf eine einsam gelegene Insel fahre«, setzte Dr. Kircheisen hinzu, als er seines Freundes erstauntes Gesicht sah.

»Du scheinst eine merkwürdige Vorstellung von Korfu zu haben«, sagte der Architekt. »Da ist übrigens schon der Diener des Barons.«

In das Zimmer war ein alter, kleiner, weißhaariger Mann getreten, an dessen Weste zwei Reihen silberner, glänzender Knöpfe saßen. Der Lakai verneigte sich.

»Sie kommen vom Baron Vogh?« fragte Dr. Kircheisen und schlüpfte rasch in seinen Mantel. »Ich weiß schon. Wir wollen keine Zeit verlieren. Sie erzählen mir alles im Wagen. Leb wohl, Fritz! Auf Wiedersehen! Wenn ich morgen noch hier bin, ruf' ich dich an.«

Vor dem Hause stand ratternd und knatternd das Automobil. Der Chauffeur hatte die eine Hand am Hebel, die andre auf dem Volant und wartete auf das Signal, um loszufahren. Der Arzt sprang in den Wagen, der alte Diener folgte ihm nach.

»Sie sind der Kammerdiener des Barons?« fragte Dr. Kircheisen, als das Auto sich in Bewegung gesetzt hatte. Der Alte nickte und knöpfte seinen Mantel oben am Halse zu, da ihm der Wind in heftigen Stößen ins Gesicht fuhr.

»Sie wissen natürlich, um was es sich handelt«, fragte der Arzt.

Der alte Diener hob wie beschwörend die beiden Hände.

»Erzählen Sie mir also, was eigentlich geschehen ist. Ganz kurz, oder auch ausführlich, wie Sie wollen«, fuhr Dr. Kircheisen fort. »Ich weiß bis jetzt nur, daß es sich um eine Vergiftung handelt, sonst nichts. Also fangen Sie an!«

Der Lakai nahm plötzlich seinen Hut ab, so daß sein spärliches, weißes Haar, vom Winde bewegt, in dünnen Strähnen in die Höhe stob. Er hielt den abgegriffenen, schwarzen Schlapphut zwischen die beiden Hände und zerknüllte ihn aufgeregt mit den Fingern.

»Lieber, guter Herr Doktor! Nicht wahr, Sie werden meinem armen Herrn helfen?« jammerte er.

Der Arzt blickte eine kurze Weile auf die den Hut mißhandelnden, zitternden Finger des Alten.

»Gewiß werde ich ihm helfen. Aber vor allem möchte ich doch wissen, was geschehen und wem etwas geschehen ist. Wohl dem Herrn Baron selbst?«

»Ein Unglück! Ja, Herr Doktor! Ein fürchterliches Unglück.«

»Was für ein Unglück?«

»Wie ich's noch nie erlebt hab'. Und ich hab' viel erlebt, Herr Doktor, mit meinen neunundsechzig Jahren; das können Sie mir glauben!«

»Ich glaube Ihnen alles, was Sie wollen, aber statt eines Abrisses aus Ihrer Lebensgeschichte sollten Sie mir doch lieber diesen einen Fall erzählen.«

»Wenn mir einer gesagt hätte, daß so etwas überhaupt möglich sein kann! Und gerade meinen Herrn muß das treffen, meinen guten Herrn Baron! Herr Doktor, einen besseren Herrn gibt es nicht, nirgends auf der ganzen Welt! Und die arme Baronesse! Das Unglück! Das Unglück!«

... Das eine weiß ich jetzt wenigstens, daß der Baron selbst der Patient ist, – vielleicht auch seine Tochter ..., dachte der Arzt. ... Mehr bring' ich aus dem Diener nicht heraus. Der alte Mann ist völlig verstört. Der Vorfall hat ihn anscheinend umgeworfen, es war mehr, als er ertragen konnte. Man muß allerdings auf etwas Ernstes schließen, wenn man die Fassungslosigkeit des Dieners sieht. Nun, lang' kann ja die Fahrt nicht mehr dauern, am Westbahnhof sind wir schon vorüber. Noch zehn Minuten Geduld, dann hab' ich Gewißheit ... Der Arzt lehnte sich in seine Ecke und schloß die Augen. Der schmale Titelkupfer des Buches, in dem er während der letzten Tage gelesen hatte, tauchte in seiner Erinnerung auf. »Recherches botaniques sur les îles Joniennes«, Paris 1879 stand dort in feinen Lettern, und darüber zeigte ein zart gestricheltes Bildchen einen weit in's Meer hineinragenden Felsen, der von einem Kastell gekrönt war. In der Ferne schlug eine Turmuhr. Dem Arzt schien, als sause der Wagen jetzt mit erhöhter Geschwindigkeit dahin. ... Vielleicht erreiche ich doch noch den Nachtschnellzug ..., dacht er. Er öffnete die Augen und beugte den Kopf hinaus. Der Wagen eilte durch eine breite, schnurgerade Allee. Mauern oder Gartengitter zu beiden Seiten des Weges, buntgemustertes Laub, das in mageren Büscheln darüber hing. Die gelblichgrünen Flammen der Straßenlaternen tauchten auf und verschwanden, eine nach der andern. Der alte Diener, der bis jetzt stumpf vor sich hinstarrend dagesessen war, erwachte plötzlich wieder zum Leben. Er richtete sich auf, sah angestrengt ins Dunkel hinaus und stieß den vor ihm sitzenden Chauffeur mit dem Finger in die Schulter. Der Wagen verlangsamte sein Tempo und hielt einen Augenblick später vor einem hohen Barockportal, zu dessen beiden Seiten ein zweimal mannshohes schmiedeeisernes Gitter die Straße entlang lief. Eine elektrische Bogenlampe verbreitete, vom Winde hin und her geschaukelt, ein gedämpftes Licht. Der Arzt nahm seine Instrumententasche an sich und verließ den Wagen. Ein Mann kam aus dem Garten, trat auf den Chauffeur zu und bemühte sich, die geforderte Münzenzahl aus der Geldbörse, die er in der Hand hielt, zusammenzuraffen.

Es war ein alter Herr, von ziemlich schlankem, hagerem Wuchs. Er steckte in einem Anzug von bräunlichem Homespun – dem Arzt fiel es auf, daß der Anzug viel zu weit geschnitten war; er schlotterte förmlich um die hagere Gestalt. Das Gesicht war sonnverbrannt, die Haut lederartig, vielfältig gefurcht und zerrissen. Sein Haar war stark ergraut und auffallend dicht, die Augen standen hellgrau und groß unter buschigen Brauen. Seine Finger zitterten unausgesetzt, während sie in den Fächern der Geldbörse suchten. Endlich hatte er die Geldstücke beisammen und händigte sie dem Chauffeur ein, der dankend an die Mütze griff, dann den Wagen mit einem Ruck herumwarf und davonsauste.

Der alte Herr ging, auf seinen Stock gestützt, dem Arzte entgegen und streckte dann beide Hände aus: »Doktor Kircheisen ...?« fragte er. »Dem Himmel sei Dank, daß Sie hier sind.« Seine Stimme klang heiser und brüchig; als er den Satz beendet hatte, war er genötigt, tief Atem zu schöpfen. »Ich habe mir erlaubt, Sie vor einer halben Stunde persönlich zu mir zu bitten«, setzte er hinzu.

Dr. Kircheisen verstand nicht sogleich. »Vor einer halben Stunde? Ich habe geglaubt, mit dem Herrn Baron Vogh selbst telephonisch zu sprechen«, sagte er.

»Felix Freiherr von Vogh«, erwiderte der alte Herr und ergriff die Hand des Arztes. »Der bin ich.«

»Sehr erfreut! Offenbar der Vater des bekannten Hochtouristen, der meinem Freund auf der Planspitze das Leben gerettet hat.«

»Ich habe keinen Sohn, Herr Doktor. Der bekannte Hochtourist bin ich selbst. Und was die Lebensrettung betrifft, so hat Ihr Freund ein wenig übertrieben.«

... Da scheint Fritz allerdings ausgiebig übertrieben zu haben ..., dachte der Arzt. ... Den »tollen Baron« hab' ich mir anders vorgestellt. Wie hat er ihn genannt? Die Verkörperung von Energie und Kraft – Sehnen aus Nickelstahldraht –? Ein schlechter Spaß – oder jene Tour auf die Planspitze ist viele Jahre her. Dieser gebrechliche, alte Herr würde doch kaum auf den Kobenzl hinauf kommen oder auf irgendeine andre Wienerwald-Jausenstation ...

»Wollen Sie freundlichst mit mir kommen!« bat der Baron. »Philipp«, rief er dann dem Diener zu. »Halt' dich in der Näh', falls der Herr Doktor etwas brauchen sollte.«

Philipp rannte mit kurzen Schritten an den beiden vorbei, über den mit rotem Kies bestreuten, sorgsam gepflegten Gartenweg. Dr. Kircheisen sah die bunten Ornamente der Blumenbeete, die wie dunkle, große Schatten auf den vom Mondlicht beschienenen Wiesenflächen lagen. Hinter einer hohen, schwarzen, undurchsichtigen Baumhecke hörte er das rieselnde Plätschern eines Springbrunnens. In der Ferne sah er die gespenstische und ihn auf seltsame Art beunruhigende Silhouette eines pagodenartigen Gebäudes; augenscheinlich war das das indische Treibhaus, von dem der Architekt gesprochen hatte.

Inzwischen waren sie bei der Villa angelangt. Der Arzt blieb stehen und wandte sich seinem Begleiter zu.

»Ich hatte aus den Reden Ihres Dieners den Eindruck gewonnen, daß Sie selbst, Herr Baron, von dem Unfall betroffen worden sind.«

»Nein! Nein! Nein! Nein!« Der Baron schrie beinahe auf. »Mir fehlt nicht das Geringste, ich bin vollkommen wohlauf!«

»Ich muß also befürchten, daß Ihr Fräulein Tochter das Opfer des Unfalles ist.«

»Nein, dem Himmel sei Dank, meine Tochter ist gesund.«

»Der Diener sagte aber, man habe mich rufen lassen, um Ihnen und Ihrer Tochter zu helfen.«

»Ja! Es ist uns ein großes Unglück zugestoßen; ein entsetzliches Unglück hat uns betroffen«, sagte der Baron leise.

»Wollen Sie mir nicht endlich verraten: Wer ist der Patient? Steht er Ihnen nahe?« fragte Dr. Kircheisen ungeduldig.

Der Baron sah den Arzt mit einem ängstlichen und zaghaften Blick an.

»Der Patient ist –«, sagte er stockend, »der Patient ist –«

Er zögerte eine Weile, gab sich dann plötzlich einen Ruck, richtete sich gerade auf und sagte:

»Der Patient ist mein Gärtner, Herr Doktor.«

Der Patient

Sie waren während dieses Gesprächs in die Vorhalle der Villa eingetreten, einen weiten gewölbten Raum, dessen Pracht den Arzt sogleich fesselte und ablenkte. Die Wände waren mannshoch mit kanelliertem dunkelbraunem Holz verkleidet; darin wuchs rosenfarbiger, von dünnen schwarzen Adern durchzogener Marmor empor, in den Mosaikbilder eingefügt waren, hohe schlanke Frauengestalten mit einer Rosenkette in den Händen. In Silber gefaßte, flach nach unten gewölbte Glasschalen saßen an den vier Ecken der Decke und ließen ein mildes, weißes Licht in den Raum fallen. Im Hintergrunde führte ein Treppenansatz von wenigen, mit einem dunkelgrünen Teppich bekleideten Marmorstufen in den nächsten Raum.

Dr. Kircheisen wandte sich dem alten Herrn wieder zu:

»Wer, sagten Sie, ist der Patient?«

»Mein Gärtner«, wiederholte der Baron.

»Herr Baron«, sagte der Arzt. »Ich fürchte, daß hier ein Mißverständnis vorliegt. Man hat Sie über mich vermutlich falsch unterrichtet. Ich übe schon seit Jahren keinerlei Praxis aus und beschäftige mich nur mit wissenschaftlichen Untersuchungen. Da es sich um einen ihrer Domestiken handelt, so wäre es vielleicht angezeigt, ihn einfach ins Spital transportieren zu lassen. Das wäre zumindest weniger kostspielig für Sie! Ich halte mich für verpflichtet, Sie auf diesen Punkt aufmerksam zu machen.«

»Das alles weiß ich«, sagte der Baron ruhig. »Nichtsdestoweniger habe ich ernste Gründe, Sie zu bitten, die Behandlung zu übernehmen.«

»Meine Zeit ist kostbar und für die nächsten Wochen überdies durch andere, mir sehr wichtige Unternehmungen in Beschlag genommen. Ich bin mit diesem Besuche nur der dringenden Bitte meines Freundes nachgekommen, weil ich, wie er, den Eindruck hatte, daß Ihr Leben auf dem Spiel stünde, Herr Baron, oder doch das Leben eines Ihrer nächsten Familienangehörigen.«

Der Baron überlegte eine Weile. Sie waren an der Tür des Krankenzimmers angelangt. Der Baron trat zur Seite, ließ den Arzt eintreten und sagte dann, indem er die Türe hinter sich zuzog, mit unbefangen klingender Stimme:

»So bitte ich Sie annehmen zu wollen, daß mein eigenes Leben von der Rettung meines Gärtners abhängt.«

»Wie soll ich das verstehen? Was wollen Sie damit sagen?« fragte der Arzt unwillig.

»Nichts anderes, als daß ich den größten Wert darauf lege, meinen Gärtner in Ihrer Behandlung zu sehen. Ich werde das Opfer, das Sie mir mit dem Verlust Ihrer kostbaren Zeit bringen, in jeder Hinsicht zu bewerten wissen«, gab der Baron zur Antwort.

Der Arzt blickte sich um. Er befand sich in einem vornehm ausgestatteten Raum, in dessen Mitte ein breites Himmelbett stand mit grünen Damastvorhängen, die ringsum geschlossen waren.

»Hier liegt der Patient«, sagte der Baron.

»Ist das das Zimmer Ihres Gärtners?« fragte der Arzt erstaunt.

»Nein – das ist mein eigenes Schlafzimmer. Ich habe ihn nach dem Unfall in der Eile hierher schaffen lassen.«

Der Baron schlug die Vorhänge zur Seite. Da lag der Kranke.

Dr. Kircheisen ärgerte sich später über sich selbst, weil er damals beim Anblick des Gärtners so heftig erschrocken zurückgeprallt war. Es ist aber auch keine Kleinigkeit – man erwartet ein gutmütiges niederösterreichisches Bauerngesicht zu sehen, einen großen, blonden Gärtnerburschen aus Melk oder aus Wiener-Neustadt etwa, und da starrt einem eine fahlgelbe Larve entgegen – das Antlitz irgendeiner exotischen Rasse mit tief in den Höhlen liegenden Augen, feuchtem, zu Strähnen verklebtem Haar und einem fast meterlangen kohlschwarzen Bart, der zudem unterhalb des Halses mit einem Tuch zusammengebunden ist.

»Ulam Singh ist ein Inder!« erklärte der Baron, der des Arztes Verwirrung bemerkte. »Ich hab' ihn von meiner letzten Orientreise aus der Stadt Agra mitgebracht.«

»Und warum haben Sie ihm um des Himmels willen den Mund verstopft?« fragte Dr. Kircheisen und wies auf einen Tuchlappen, der über den Lippen des Gärtners befestigt war.

Der Baron lächelte. »Das hab' ich nicht getan. Den Lappen trägt Ulam Singh immer. Aus religiösen Gründen – Ulam Singh ist nämlich ein Sadhu, eine Art Hinduheiliger, und sein Glaube verbietet ihm, ein Tier, und sei es auch das kleinste, zu töten. Weil ihm aber beim Atmen irgend ein mikroskopisch kleines Insekt in die Kehle kommen könnte, darum trägt er immer solch einen Tuchlappen vor dem Mund.«

Der Arzt hatte inzwischen einen Stuhl herbeigezogen und die Bettdecke zurückgeschlagen. Jetzt holte er die elektrische Lampe vom Schreibtisch und gab sie dem Baron in die Hand. »Ein wenig höher«, sagte er, »wenn ich bitten darf.« Das Licht schwankte unruhig in den zitternden Händen des alten Mannes. Der Arzt schob dem Kranken den Arm unter den Rücken und hob ihn sacht in die Höhe. Dann fühlte er den Puls und horchte die Herztöne ab. Er betastete die Hand- und Fußgelenke und untersuchte die Lippen und die Zunge, auf denen er Spuren eines leichten, blutigen Auswurfs feststellte. Dann sah er auf. Sein Blick glitt auf die Wand gegenüber, da war ein mächtiger, persischer Teppich befestigt, auf dem exotische Waffen ein sternförmig angeordnetes Ornament bildeten. Kabylensäbel hingen da, Dolche aus dem Kaukasus, persische Handschare und malayische Messer, seltsam verkrümmt oder gezackt, einzelne in vergoldeten, edelsteinbesetzten Scheiden, manche mit elfenbeinernem oder emailliertem Knauf. Die Mitte des Sternes bildete ein Bündel dünner Pfeile.

»Haben Sie diese Waffen selbst gesammelt? Halten Sie es für möglich, daß eines dieser gefährlichen Dinger in irgend ein Pfeilgift getaucht ist?« fragte der Arzt.

»Das ist gänzlich ausgeschlossen. Ich habe wenigstens niemals etwas dergleichen feststellen können.«

»Hatte Ulam Singh mit diesen Waffen zu tun? Gehörte etwa ihre Reinigung und Instandhaltung zu seinen Pflichten?«

»Nein, Herr Doktor. Ulam Singh würde nie eine Waffe berühren. Das verbietet ihm seine Religion. Auch hat er dieses Zimmer niemals betreten.«

»Dann stehe ich vor einem Rätsel. Hören Sie, Herr Baron. Es lassen sich folgende Symptome feststellen: Blutiger Auswurf, Lähmungserscheinungen an Händen und Füßen, sowie an den Atmungsorganen, cyanotische Färbung der Lippen und der Zunge, ferner, was besonders charakteristisch ist, das Fehlen jeder Geschwulst. – Alle diese Symptome weisen mit Sicherheit auf das Gift einer ganz bestimmten Schlangenart hin. Aber von diesen tropischen Spezies ist bis jetzt noch nie ein Exemplar lebend nach Europa gelangt.«

»Und wie heißt diese Schlange?« fragte der Baron leise und wie in Gedanken versunken.

Der Arzt hatte seine Handtasche geöffnet. Er entnahm einem kleinen, schwarzen Etui eine Miniaturspritze und setzte eine neue Nadel ein. Dann ergriff er den Arm des Kranken, bohrte die Nadel ins Fleisch und schob langsam den Kolben der Spritze nach unten.

»Tik Paluga heißt die Schlange«, sagte er, als er die Injektion beendet hatte.

»Tik Paluga«, wiederholte der Baron mit leisem Schauder.

»Ich sage mir natürlich selbst, daß diese Annahme ein Hirngespinst ist, und muß nach einer besseren Erklärung suchen. Noch niemals ist es gelungen, eine Tik Paluga lebend in unsere Breitengrade zu bringen. Die chemische Zusammensetzung ihres Giftes kennen wir nicht genau. Es könnte sein, daß Ihr Inder von einem vegetabilischen Giftstoff infiziert worden ist, der zufällig ähnlich wirkt, wie der Biß der Tik Paluga.«

»Nein!« sagte der Baron mit seiner leisen Stimme. »Ihre erste Diagnose war richtig.«

»Wie meinen Sie, bitte?«

Der Baron ergriff den Arm des Inders und deutete auf zwei rote Pünktchen oberhalb des Gelenkes.

»Sehen Sie«, flüsterte er. »Hier hat sie ihn gebissen.«

»Wer?« schrie der Arzt erstaunt auf. »Wer hat ihn gebissen?«

»Die Tik Paluga«, sagte der Baron mit leisem Erschauern.

»Aber es ist ausgeschlossen, daß es eine solche Schlange in Europa gibt!«

»Wollen Sie sie sehen, Doktor?« fragte der Baron.

»Das ist ja heller Wahnsinn! Ebensogut könnte ich mir hier in Ihrem Garten von dem Stich einer Tse-tsefliege die Schlafkrankheit holen!« sagte der Arzt kopfschüttelnd.

Der Baron wurde leichenblaß: »Um Gottes Willen! Gibt es auch Tse-tse-fliegen in Ceylon?« stammelte er.

»In Ceylon? Natürlich: die Glossina Sanderi.«

»Philipp!« kreischte der Baron außer sich. »Philipp! Die Baronesse darf nicht mehr in den Garten.«

»Was ist Ihnen, Herr Baron? Was sind das für tolle Ideen? Vor allem: Die Glossina Sanderi von Ceylon ist eine vollkommen harmlose, gänzlich ungefährliche Verwandte der afrikanischen Tse-tse-fliege. Und wie käme die überhaupt in Ihren Garten?«

»Philipp!« sagte der Baron mit tonloser Stimme zu dem eintretenden Diener. »Hol den Korb, der im Rauchzimmer neben dem Kamin steht.«

Der alte Diener verschwand und kam nach kurzer Zeit mit einem gelben, viereckig geflochtenen Körbchen zurück, das er voll Ekel und Angst mit ausgestrecktem Arm weit von seinem Körper weghielt.

Der Baron schob den Deckel zurück.

»Hier liegt sie«, sagte er. »Vor einer Stunde hab ich sie erschlagen.«

Der Arzt langte behutsam in das Innere des Korbes und holte die tote Schlange hervor. Er ließ den Körper des Tieres geschickt durch die Finger gleiten, nahm den Kopf in die flache Hand und betrachtete die Stirnzeichnung. Dann ließ er die Schlange wieder in den Korb zurückfallen.

»Unglaublich«, sagte er dann. »Es ist wahrhaftig eine Tik Paluga. Sie haben sie selbst erschlagen? Gleich nachdem sie den Gärtner gebissen hat?«

Der Baron nickte. »Ulam Singh hat sie aus Indien gebracht.«

»Man muß immer wieder umlernen«, sagte Dr. Kircheisen. »Ich glaube, Hagenbeck hat zum letztenmal den Versuch gemacht auf Bestellung des Berliner Zoos – aber das letzte Exemplar ging während der Seefahrt in der Gegend von Messina ein. Es ist merkwürdig, daß es Ihrem Gärtner gelungen ist, die Tik Paluga die ganze Reise hindurch am Leben zu erhalten. Wußten Sie davon, daß der Inder im Besitz eines so gefährlichen Tieres war?«

»Bis vor einer Stunde hatte ich keine Ahnung davon«, gab der Baron zur Antwort. »Aber wie finden Sie den Zustand des Patienten? Ich habe sofort nach der Katastrophe übermangansaures Kali injiziert.«

Der Arzt hatte inzwischen die Schlange nochmals in die Hand genommen und betrachtete sie genauer.

»Wie lange ist Ihr Gärtner bei Ihnen im Hause?«

»Seit einem und einem halben Jahr. Ich bin mit ihm im vorigen Frühjahr aus Indien gekommen.«

»So?« sagte der Arzt und blickte den Baron an. »Und die Schlange ist höchsten drei Monate alt –! Er kann sie also unmöglich aus seiner Heimat mitgebracht haben.«

Der Baron sah mit einem Blick auf, der hilfesuchend und voll Verwirrtheit war.

»Wie kam die Schlange in Ihr Haus?« fragte der Arzt.

»Ich weiß es nicht!« gab der Baron zur Antwort und fuhr sich mit der Hand über den Hinterkopf, als würden ihm die forschenden Fragen des Arztes körperliche Schmerzen bereiten.

Dr. Kircheisen betrachtete kopfschüttelnd bald die Schlange, bald den Baron.

»Es ist nicht meine Sache, mir darüber Gedanken zu machen«, sagte er schließlich. »Was den Zustand des Patienten betrifft, so bin ich jetzt, da ich die Art und die Provenienz des Giftes kenne, sehr wohl in der Lage, Ihnen den wahrscheinlichen Verlauf der Krankheit anzugeben.«

»Nun? Bitte, sprechen Sie!« drängte der Baron.

»Der jetzige Zustand – getrübtes Bewußtsein und leichte Lähmungserscheinungen – dürfte noch 36–48 Stunden anhalten, vielleicht auch ein paar Stunden länger. Nach ungefähr 48 Stunden –«

»Wird er aufstehen können? Wird er das Bett verlassen?« rief der Baron.

»– dürfte der letale Ausgang infolge Herzlähmung eintreten. – Ja, um Gottes Willen, was ist denn geschehen?«

Die elektrische Lampe, die der Baron noch immer in den Händen gehalten hatte, war in diesem Augenblick krachend zu Boden gefallen.

Es war mit einem Male finster in dem weiten Zimmer. Dr. Kircheisen tastete sich durch das Dunkel bis an die Wand und ließ rasch den großen Lüster aufflammen.

Der Baron lehnte blaß und zitternd an einem Sessel und hielt die Hand an die Brust gepreßt.

»Was war denn das, Herr Baron?« fragte der Arzt voll Teilnahme.

»Nichts von Bedeutung«, sagte der Baron und lächelte mühsam. »Die Lampe ist mir ein wenig zu schwer geworden. – – Ist es sicher, daß Ulam Singh sterben muß?«

Der Arzt zuckte die Achseln.

»Gibt es keine Rettung? Kein Serum gegen das Gift dieser Schlangen?«

»Ich werde kein Mittel unversucht lassen.«

»Ich habe Ulam Singh sehr nötig«, sagte der Baron leise. »Ich will ihn bchaltcn. Er ist mir uncrsctzlich.«

»Unersetzlich? Ich begreife ja Ihre Gefühle; der Tod eines Hausgenossen ist immer eine aufregende Sache. Aber ›unersetzlich‹ ist ein großes Wort, und für einen Gärtner wird sich schließlich doch ein Nachfolger finden lassen.«

»Nein!« rief der Baron mit einer plötzlich ausbrechenden Heftigkeit. »Er darf nicht sterben! Mein Leben ist verdorben, wenn er stirbt.«

»Ich sehe, Sie neigen zu Übertreibungen. Oder ist es mehr als ein rein menschlicher Anteil, den Sie an dem Schicksal Ihres Dieners nehmen? Dann sprechen Sie aufrichtig und deutlich zu mir!« mahnte der Arzt.

Der Baron tastete langsam mit der Hand über die feuchte Stirn.

»Ich habe wohl arge Dummheiten geredet – –«, sagte er leise und stockend. »Verzeihen Sie – – der Schreck über den Unglücksfall hat mich ganz wirr gemacht. Ich weiß gar nicht recht, was ich alles gesagt hab'.«

»Sie können sicher sein, daß ich jedes Mittel versuchen werde, um den Patienten am Leben zu erhalten. – – Darf ich Sie jetzt bitten, mir mein Nachtquartier anzuweisen? Womöglich in der Nähe des Kranken, denn ich werde die Injektion im Laufe der Nacht vielleicht zwei- bis dreimal wiederholen müssen.«

»Hier in allernächster Nähe ist Ihr Zimmer, Herr Doktor. Die Tür hier gegenüber.«

»Ich werde zuvor in meine Wohnung telephonieren und meine Wirtschafterin wissen lassen, daß ich vorläufig hier bleibe und meine Reise bis auf weiteres aufschiebe.«

»Sie wollten verreisen? Wie gut, daß ich Sie noch erreicht habe! Wohin sollte die Fahrt gehen?«

»Nach Korfu. Eigentlich die erste größere Reise meines Lebens.«

»Wie? Sie waren niemals in Indien? Ja, woher haben Sie denn die staunenswerten Kenntnisse der indischen Fauna?«

Der Baron bemühte sich jetzt leicht und zwanglos zu plaudern, als wollte er den Eindruck verwischen, den jener Ausbruch fassungsloser Angst wenige Minuten vorher hervorgerufen hatte.

»Bücher«, gab Dr. Kircheisen zur Antwort. »Bücher, Herr Baron, und Spirituspräparate. Ich habe mein philosophisches Doktorat in Zoologie und Botanik gemacht.«

»Ist es eine Erholungsreise, die Sie um meinetwillen aufschieben müssen?«

»Nicht ganz. Teilweise wollte ich studienhalber nach Korfu. Diese Insel hat eine sehr bemerkenswerte Reptilienfauna. – – Sie erlauben, daß ich mich jetzt zurückziehe?« – –

Den Arzt erwartete an diesem Abend noch eine überraschende Entdeckung. Er hatte es sich in seinem Zimmer bequem gemacht, das Abendblatt durchgeflogen und sodann ein Weilchen die Photographien alpiner Landschaften besehen, die die Wände schmückten. Schließlich entsann er sich des Telephongesprächs, das er zu führen wünschte, und drückte auf den Klingeltaster.

Er wartete ein paar Minuten lang, aber es kam niemand.

Er drückte ein zweites Mal. Wiederum blieb alles still.

Dr. Kircheisen wurde ärgerlich. Er ging einige Male im Zimmer ungeduldig auf und ab, dann läutete er ein drittes Mal.

Nichts regte sich. Jetzt läutete Dr. Kircheisen Sturm. Aber kein Mensch schien ihn zu hören.

Schließlich ging er auf den Gang und rief.

Endlich -- da kam jemand den Gang heraufgelaufen, notdürftig bekleidet, mit kurzen, mühsamen Schritten. Aber es war keiner von den Dienern, es war der Baron selbst, der jetzt atemlos vor dem Doktor stand.

»Verzeihung, Herr Baron! Es tut mir aufrichtig leid, daß ich Sie in Ihrer Ruhe gestört habe. Ich habe vergeblich nach dem Stubenmädchen geläutet – ich möchte bloß mein telephonisches Gespräch erledigt haben«, entschuldigte sich der Arzt.

»Philipp schläft wahrscheinlich schon«, sagte der Baron noch immer ganz außer Atem. »Ich werde selbst in Ihrer Wohnung anrufen.«

»Bemühen Sie sich doch nicht selbst, Herr Baron! Warum ist denn niemand von der übrigen Dienerschaft gekommen?«

»Ich habe sonst niemanden im Hause, Doktor«, sagte der Baron verlegen.

»Sie scherzen wohl? Die ganze Arbeit in dem großen Haus besorgt der alte Philipp?«

»Das nicht. Aber ich habe vor zwei Stunden die übrige Dienerschaft weggeschickt. Ich werde gleich telephonieren. 17846 – – das ist doch ihre Nummer, nicht wahr? – – Gute Nacht, Doktor.«

Die Baronesse

»Guten Morgen, Herr Baron! Ich habe soeben dem Patienten die dritte Injektion verabreicht. Es wird Sie freuen, zu hören, daß sich sein Zustand gebessert hat.«

Der Baron schüttelte dem Arzt in freudiger Erregung die Hand.

»Wird er aufstehen dürfen? Kann er schon sprechen?«

»Nein. Davon ist keine Rede. Aber er hat eine verhältnismäßig ruhige Nacht hinter sich, und die Lähmungserscheinungen sind ein wenig zurückgegangen.«

»Wirklich?« rief der Baron und trat nahe an das Krankenbett heran. »Ulam Singh! Hörst du mich? Ulam Singh!«

Der Kranke rührte sich nicht. Die Augen starrten unbeweglich zur Decke empor, der linke Mundwinkel war schief nach abwärts gezogen. Nichts in seinem Gesichte verriet Leben.

»Lassen Sie ihn, Herr Baron!« mahnte der Arzt. »Er ist ja nicht bei Bewußtsein, er kann Sie gar nicht hören.«

»Er hört mich nicht«, sagte der Baron traurig. »Aber es geht ihm trotzdem besser, nicht wahr?«

»Ja. Ein wenig. Das Gift der Tik Paluga wirkt in unserem Klima anscheinend weniger rasch, vielleicht auch weniger intensiv als in den Tropen, – das wäre eine plausible Erklärung. Sicherlich gibt sein Zustand für den Augenblick keinen Anlaß zur Beunruhigung.«

»Für den Augenblick«, wiederholte der Baron niedergeschlagen. »Das ist wenig, das ist furchtbar wenig.«

»Er wird jetzt nach der neuerlichen Injektion ein paar Stunden vollkommene Ruhe nötig haben. Bis Mittag mindestens. Auch Ihnen wird ein wenig Ruhe gut tun. – Sie scheinen nicht gut geschlafen zu haben diese Nacht«, sagte der Arzt mit einem forschenden Blick auf das Gesicht des alten Mannes.

»Wie hätte ich denn schlafen können, nach dem, was geschehen ist. Wie werde ich jemals wieder ruhig schlafen können, bei all dem, was unser harrt, wenn Ulam Singh stirbt.«

Dr. Kircheisen blickte den Baron aufmerksam an. Der »tolle Baron« sah so gar nicht toll aus – sondern im Gegenteil wie ein höchst korrekter Hofrat, der seine 35 Dienstjahre auf dem Rücken hat.

»Sie befürchten Belästigungen durch die Polizei wegen der Schlange – ist es das, was Sie beunruhigt?«

Der Baron schüttelte den Kopf. »Nein«, sagte er. »Das ist es nicht. – Oder doch auch, zum Teil«, setzte er nach einer Weile rasch hinzu. »Glauben Sie, Doktor, gibt es eine Möglichkeit, daß Ulam Singh jemals wieder wird aufstehen und sich frei bewegen können wie vorher?«

»Das ist –.« Der Arzt wollte sagen: ausgeschlossen. Er unterbrach sich aber, denn er sah mit wachsender Verwunderung die unerklärliche Aufregung des alten

Mannes. »Das ist keinesfalls völlig ausgeschlossen«, beendete er den Satz, um die Erregung des Barons nicht zu steigern.

»Keinesfalls völlig ausgeschlossen.« Der Baron betonte jedes einzelne Wort. »Ich verstehe Sie, Doktor.« Er ging langsam im Zimmer auf und ab und blieb schließlich nachdenklich vor dem Arzte stehen.

»Dann versprechen Sie mir eines, Doktor! Wenn es mit ihm zu Ende geht, dürfen Sie mir es nicht verheimlichen! Werden Sie mir es sagen ein paar Stunden vorher? Eine Stunde vorher?«

»Gewiß, wenn Sie Wert darauf legen.«

»Dann wird vielleicht noch alles gut«, seufzte der Baron. »Dann kann vielleicht noch alles gut werden, wenn Sie mir das zusagen. Eine Stunde vorher. Dann ist noch Zeit genug.«

»Wozu?« fragte der Arzt. »Wozu ist Zeit genug?«

»Es könnte sein«, gab der Baron zur Antwort, so langsam, als überlegte er jedes einzelne Wort, »es könnte sein, daß Ulam Singh etwas Unerläßliches zu Ende bringen müßte, ehe er stirbt.«

»Etwas Unerläßliches?« fragte der Arzt halb mißtrauisch, halb neugierig. »Um was könnte es sich da handeln?«

»Ich bitte Sie, erlassen Sie mir das! Es ist wirklich schwer, darüber zu sprechen«, sagte der Baron und strich mit der Hand über den Hinterkopf, als müsse er einen Schmerz verscheuchen, der dort saß.

»Wie Sie wünschen«, sagte der Arzt. »Ich habe durchaus nicht die Absicht, mich in Ihre Angelegenheiten zu drängen.« Er stand am Fenster und hatte des Barons Bemerkung nur flüchtig gehört und zerstreut und halb mechanisch die Antwort gegeben. Seine Aufmerksamkeit war durch ein seltsames Bild, das sich ihm unten im Garten bot, gefesselt worden.

Es ist im allgemeinen nichts Bemerkenswertes, wenn ein kleines Kind mit einem Reifen spielt. Zweifellos ist es ein reizvoller Anblick, besonders, wenn des Kindes Bewegungen anmutig und flink sind, aber sicher keineswegs Veranlassung genug, förmlich hypnotisiert in den Garten hinunterzustarren und alles, was ringsumher vorgeht, zu vergessen, wie es Dr. phil. und med. Kircheisen in eben diesem Augenblick tat. Doch der Wildfang, der auf dem freien Platz zwischen der Wiese und der Villa spielte, war eben kein kleines Kind, sondern eine erwachsene junge Dame. Eine erwachsene junge Dame, die mit einem Kinderreifen spielt! Eine hohe, schlanke Gestalt mit einem feinen, schmalen Gesicht und blondem Haar, das in einem losen Knoten im Nacken niederhing. Ein kleiner, weißer Foxterrier sprang neben ihr her – o weh, jetzt war der Reifen niedergefallen! Wie zornig sie war, wie sie mit dem Fuß stampfte vor Ärger, einmal, zweimal, dreimal, noch einmal! Ja, sie war mit voller Leidenschaft bei dem kindlichen Spiel. Schon flog sie wieder hinter dem rollenden Reifen her, – was für zarte, edelgeformte Knöchel sie doch hatte! Jetzt war der Reifen abermals umgefallen – wie traurig sie nun da stand, wie verzweifelt sie den Kopf schüttelte! Ihr kleiner Fox war schuld, der hatte den Reifen umgeworfen.

Dr. Franz Kircheisen, bis dahin ein ernster Gelehrter von ziemlichem Ruf, verspürte plötzlich eine unbändige Lust, an dem Spiel der jungen Dame unten im Garten teilzunehmen. ... Es muß eigentlich eine ganz amüsante Sache sein, dieses Spiel ... dachte er, ... gar nicht so arm an Kombinationen, wie man meinen könnte. Vielleicht ist es jetzt übrigens gar das neueste in der vornehmen Welt. Zu meiner Zeit allerdings haben die jungen Mädchen mehr Tennis oder Krocket gespielt. Aber die Mode! Auch derlei ändert sich natürlich ...

»Ist die junge Dame dort unten Ihre Tochter?« wandte er sich an den Baron.

»Junge ... Dame ...?« wiederholte der Baron zerstreut und trat ans Fenster. »Ja! Das ist meine Tochter Gretl.« Er hielt plötzlich inne und sah den Arzt unter zusammengezogenen Brauen forschend an. »Sie kennen meine Tochter?« fragte er leise.

»Nein ... ich habe leider noch nicht das Vergnügen«, erwiderte Dr. Kircheisen. »Wie sollte ich auch! Ich komme gar nirgends hin, ich lebe zwischen meinen vier Wänden. Ich gehe selten in Gesellschaft, niemals auf Bälle.«

»Meine Tochter Gretl! Meinen Sie etwa, daß die auf Bälle geht?« rief der Baron und brach in ein kurzes, heiseres Lachen aus, das in einen Hustenanfall überging. »Nein! Meine Tochter war noch niemals auf einem Ball! Aber wollen wir nicht frühstücken gehen, Doktor?«

»Lassen Sie sich nicht stören, Herr Baron. Ich werde noch die Morgentemperatur des Patienten messen und dann ein wenig Toilette machen. Ich komme Ihnen bald nach.«

»Ich habe auf der Terrasse decken lassen, weil heut ein so schöner, sonniger Tag ist. Ich erwarte Sie dort, Doktor!«

Als Dr. Kircheisen eine halbe Stunde später auf die Terrasse trat, kam ihm der Baron, der in einem mächtigen Lederfauteuil an dem mit Schalen und Schüsseln bedeckten Frühstückstisch gesessen war, entgegen.

»Nun, wie geht es denn meinem armen Gärtner?« fragte er.

»Immer gleich«, gab der Arzt zur Antwort. »Das Fieber ist ein wenig gestiegen, aber man muß in Betracht ziehen, daß das die Morgentemperatur ist.«

Der Baron führte ihn an den Tisch. Dr. Kircheisen ließ seinen Blick in der Runde gehen. Die hundertfältigen Schattierungen des herbstlichen Laubes entzückten ihn. Das Treibhaus, ein kleines, moscheeartiges Gebäude, sah zwar ein wenig exotisch, sonst aber ganz friedlich und gar nicht mehr gespenstisch aus. Von seinem Platz aus konnte der Arzt zum erstenmal die ganze große Ausdehnung des Parkes erkennen, die Sorgfalt, die an jeden Weg, an jede Anlage gewendet war, richtig würdigen. Auf dem Platz vor der Terrasse allerdings war der feine Kies ein wenig in Unordnung gebracht – das hatte die Baronesse mit ihrem Reifen am Gewissen. Dr. Kircheisen spähte den Park ab und lächelte in der Erinnerung.

»Sie müssen entschuldigen, wenn das Frühstück heute zu wünschen übrig läßt«, sagte der Baron und versuchte dem Arzt aus der Kanne Tee in die Schale zu gießen. Seine Hand zitterte dabei so stark, daß Dr. Kircheisen ihm sacht die Teekanne abnahm und sich selbst bediente. »Philipp hat das Frühstück bereitet, da sonst niemand im Hause ist.«

»Weshalb haben Sie eigentlich Ihre Leute so kurzerhand weggeschickt, Herr Baron?« fragte der Arzt.

»Das hat sein müssen!« gab der Baron einsilbig zur Antwort.

»Was haben die Leute angestellt?«

Der Baron schien um eine Antwort verlegen zu sein und überlegte eine Weile. »Ich habe sie nicht weggeschickt. Sie wollten nicht bleiben. Es ist ihnen auch nicht zu verübeln, wenn eine Schlange im Hause ihr Unwesen treibt. – Sie suchen Zucker, Herr Doktor? O, weh, den hat Philipp vergessen. Ich pflege nämlich den Tee immer ohne Zucker zu nehmen, ich versüße ihn mit Biskuit – nach anglo-indischer Sitte – wollen Sie's nicht auch so versuchen?«

Philipp erschien und legte ein Päckchen Briefe und Zeitungen auf den Tisch.

»Erlauben Sie, daß ich rasch ein wenig die Post ansehe«, bat der Baron und griff nach einem Brief. »Endlich – das ist die lang erwartete Einladung vom Touringklub. Man fordert mich auf, einen Lichtbildervortrag über meine Tibettour zu halten. Leider werde ich absagen müssen, denn ich habe die Diapositive der Aufnahme des Ibi-Gamin-Passes noch nicht fertig. Das war keine leichte Sache, der Ibi-Gamin-Paß. Wissen Sie, wie hoch er liegt? 6240 Meter. Es ist der Paß, der von Garhwal hinüber nach Tibet führt.«

»Ich habe einiges davon gehört – Sie sollen ja einer unserer unternehmendsten und erfolgreichsten Alpinisten gewesen sein in Ihrer Jugend«, sagte Dr. Kircheisen höflich.

»In meiner Jugend! Ja!« sagte der Baron und wurde plötzlich ganz traurig. »Ja, ich bin gerne und viel geklettert, ich hab' die Berge über alles geliebt – in meiner Jugend. Die steilen Kletterfelsen, die schmalen Rasenbänder an glatten Wänden, die Felsrinnen, die Kamine, die luftigen Grate – an all das werd' ich vergessen müssen –! Doktor, ich kann es nicht, es ist unmöglich!«

»Mein Gott, Herr Baron, Sie hatten wohl schon einige Jahre hindurch Gelegenheit, sich mit dieser Notwendigkeit abzufinden. Der Schmerz könnte inzwischen doch schon vergangen sein!« sagte der Arzt.

»Doktor! Machen Sie mich wieder jung! O, wenn Sie doch das könnten.«

»Der alte Traum der Menschheit!« sagte Dr. Kircheisen lächelnd.

»Wenn Sie doch das könnten!« wiederholte der Baron leise und starrte vor sich hin.

»Sie haben Ihre Jugend stürmischer durchlebt als andere Menschen, die zwischen ihren vier Wänden geblieben sind; Sie haben sie bis ans Ende genossen und heute –«

»Nein!« rief der Baron mit plötzlicher Heftigkeit. »Nicht bis ans Ende! Weiß Gott, nicht bis ans Ende!«

»– Und heute«, beendete der Arzt den Satz, indem er sich von der Tafel erhob. »Heute gibt es nur eine Weisheit: Fröhlich vom Tisch aufstehen, wenn das Mahl zu Ende geht. Das müssen Sie lernen. – Dort kommt Ihre Tochter, Herr Baron.«

Dem Arzt gegenüber hing ein Spiegel ein wenig geneigt an der Wand, und in diesem Spiegel konnte er den ganzen Park überblicken und sah die Baronesse, die mit dem Reifen um die Schulter über den Kiesweg auf die Terrasse zugelaufen kam.

»Wo?« fragte der Baron. »Wo sehn Sie Gretl?«

»Sehn Sie sie nicht dort im Spiegel?« fragte der Arzt und wies mit dem Arm nach der Wand.

Dr. Kircheisen hatte in dem Hause des Barons während der wenigen Stunden seines Aufenthaltes schon eine ganze Anzahl absonderlicher und verwirrender Tatsachen beobachtet, aber die neueste Schrulle des

Barons war doch närrischer, als man selbst von einem alten Sonderling erwarten konnte.

»Himmel! An den hab' ich vergessen!« schrie er entsetzt auf. »Doktor, rasch! Helfen Sie mir, der Spiegel muß fort!«

Dr. Kircheisen faßte kopfschüttelnd nach dem Spiegel und versuchte ihn von der Wand zu lösen. Aber der schwere Spiegel hing fest an seinem Haken und wollte nicht weichen.

»Rasch! Rasch!« schrie der Baron. »Sie kommt schon die Treppe herauf.«

»Wer denn?« rief der Arzt.

»Gretl!« sagte der Baron. »Er geht nicht hinunter. Wo ist mein Stock? Wir müssen ihn zerschlagen.«

Und ehe der Arzt begriff, was eigentlich vorging, schlug der Baron mit der Krücke seines Stockes wütend auf die Spiegelscheibe los, die klirrend in Trümmer ging.

»So!« sagte er dann befriedigt, als nur noch der leere Rahmen an der Wand hing; dann legte er den Stock auf den Tisch und schöpfte Atem: »Ich liebe es nicht, wenn Gretl in den Spiegel sieht. Gretl ist hübsch, und junge Mädchen werden so leicht eitel –«

Ganz fassungslos starrte Dr. Kircheisen den Baron an. Da hörte er schon Gretls helle Stimme hinter seinem Rücken:

»Armer Papa! Einen Spiegel zerbrochen! Sieben Jahre Unglück! Sieben Jahre Unglück!«

Die Baronesse stand – nein, sie hüpfte vielmehr von einem Fuß auf den andern. Den Reifen hatte sie über die Schulter gehängt, so, wie Soldaten den gerollten Mantel zu tragen pflegen. In den beiden Händen hielt sie ein klapperndes, klirrendes Etwas – was mochte das nur sein?

Jetzt, da sie vor ihm stand, sah er, daß die Baronesse nicht mehr so jung war, wie er vermutet hatte. Er hatte sie auf zwanzig Jahre geschätzt, – sie mochte die vierundzwanzig schon überschritten haben. Die ersten, leisen Züge des Verwelkens standen in ihrem Gesicht, das dadurch auf seltsame Art verfeinert und veredelt wurde.

Dr. Kircheisen machte eine leichte Verbeugung, die die Baronesse jedoch nicht beachtete. Er wiederholte seinen Gruß, ohne jedoch mehr zu erreichen als einen flüchtigen Blick aus den großen blauen Augen des jungen Mädchens.

Jetzt stellte die Baronesse das klirrende Ding auf den Tisch. Es war eine Sparbüchse, wie Dr. Kircheisen auch einmal eine besessen hatte als Bub von sechs Jahren, ein tönernes, braun-glasiertes Schweinchen mit einem mächtigen Schlitz am Rücken!

»Papa! Bitt' schön, meine Krone!« bat die Baronesse.

Über die verfallenen Züge des Barons huschte es wie ein Lächeln. Ächzend ob der Anstrengung, die die Bewegung ihm verursachte, holte er sein Portemonnaie hervor und reichte seiner Tochter das Geldstück.

Sie ließ die Münze durch den Schlitz gleiten, schüttelte das Schweinchen und horchte auf das Klappern der Münzen.

»Aber ich muß ja schon genug haben«, rief sie plötzlich. »Gleich will ich nachschauen.«

Und ohne weitere Umstände kniete sie auf den Glasboden der Veranda hin – als wäre es die natürlichste Sache von der Welt, daß eine junge Dame von vierundzwanzig Jahren nicht immer nur stehen und sitzen, sondern zur Abwechslung auch einmal auf der Erde knien dürfte. Dann zerschlug sie die Sparbüchse auf dem Boden und begann zu zählen.

... Wie reizend! Wie natürlich! Ein Wildfang von vierundzwanzig Jahren – dachte der Arzt und wandte sich an den Baron.

»Darf ich bitten, mich der Baronesse vorzustellen?«

Der Baron sah ihn einen Augenblick lang verständnislos an. »Vorstellen ...«, sagte er. »Ja, Gott, richtig. Gretl, das ist der Herr Doktor, der unsern armen Ulam Singh wieder gesund machen wird. Sag ihm guten Tag.«

Dr. Kircheisen zupfte sich die Krawatte zurecht, machte einen Schritt vorwärts und verbeugte sich. Aber die Baronesse reichte ihm nur flüchtig die Fingerspitzen und fuhr sogleich wieder fort, ihre Münzen zu zählen, ohne ihn weiter zu beachten.

Ich bin ihr nicht sympathisch! Ich bin ihr sehr gleichgültig! dachte Dr. Kircheisen. Das ist kein Wunder; sie ist sicher sehr umschwärmt und verwöhnt von den jungen Leuten. Vielleicht, wenn ich eleganter wär'.

Dr. Kircheisen war sehr niedergeschlagen und ein wenig verletzt.

»Hurra!« schrie plötzlich die Baronesse. »Sechsunddreißig Kronen! In vier Tagen kann ich mir die Hansi kaufen, die in der Auslag' in der Kärntner Straße, du weißt doch, Papa!«

Sie sprang auf, griff nach dem Reifen und lief die Treppe hinab, ihr blauer Rock wehte gleich darauf über die Wiese. Billy, der Fox, kläffte hinter ihr her.

»Das ist wohl eine Katze, die Hansi?« fragte Dr. Kircheisen, der dem jungen Mädchen wie gebannt nachstarrte. »Oder ein kleiner Hund?«

»Nein«, antwortete der Baron. »Die Hansi ist eine Puppe. Meine Tochter spielt gern mit Puppen.«

Ein Verdacht

»Gnädiger Herr!« meldete Philipp, der in der Tür stand. »Es ist einviertel zehn, das gnädige Fräulein wird gleich hier sein.«

Der Baron erschrak sichtlich. Er fuhr auf, tastete mit unsicheren Händen nach der Uhr und blickte den Diener an.

»Was machen wir, Philipp?« fragte er.

Der Diener zuckte die Achseln.

»Vielleicht, wenn der gnädige Herr sich verleugnen lassen? Vielleicht, wenn der gnädige Herr ausgeritten sind?«

... Also wenn er sich vor irgend jemanden verleugnen lassen will, so ist ›ausreiten‹ doch eine ein bißchen unwahrscheinliche Ausrede ... dachte der Arzt. – Wer wird dem alten Herrn glauben, daß er überhaupt auf ein Pferd hinaufklettern kann – es kostet ihn Mühe genug, sich aus dem Lehnstuhl zu erheben.

Der Baron hatte ein Weilchen nachgedacht. »Es ist meine Braut, die mich immer um diese Stunde abholt«, wandte er sich an den Arzt.

»Sie sind verlobt?« fragte der Arzt und blickte überrascht den alten Mann an.

»Sie wissen das nicht?« gab der Baron lächelnd zurück. »Dann haben Sie natürlich auch keine Ahnung, wer meine Braut ist. Ich bin mit der Melitta Ziegler verlobt. Der Name muß Ihnen doch geläufig sein?«

»Er kommt mir tatsächlich bekannt vor. Trotzdem weiß ich im Augenblick nicht ...«

»Aber die Melitta Ziegler, die Heroine des Burgtheaters, die müssen Sie doch kennen?«

»Ja, natürlich, dem Namen nach. Persönlich kenne ich sie nicht. Hab' leider noch nicht das Vergnügen gehabt, auch von der Bühne her nicht – ich komme nie ins Theater. In die Variétés geh' ich manchmal, aber auch nur, wenn Tierdressuren zu sehen sind, für die interessiere ich mich.«

»Sie werden meine Braut in ein paar Minuten kennen lernen – ich muß Sie nämlich um eine große Gefälligkeit bitten, lieber Doktor!«

»Verfügen Sie über mich, Herr Baron!«

»Ich bin heute nicht in der inneren und, um ganz aufrichtig zu sein, auch nicht recht in der äußeren Verfassung, um meine Braut empfangen zu können. Nicht wahr, Sie werden ihr entgegengehen und mich bei ihr entschuldigen, mit Unwohlsein etwa –«

... Natürlich, dachte der Arzt. ... Für gewöhnlich färbt er sich wahrscheinlich die Haare, der alte Herr, möcht' möglichst jung erscheinen – heute hat er das in seiner Aufregung vergessen. Sie wird's natürlich nicht anders halten. Eine alte Schauspielerin, färbt sich, schminkt sich wahrscheinlich, und so betrügt eben einer den anderen!

»Oder wissen Sie, was noch besser wär'? Sagen Sie ihr doch einfach, ich sei beim Reiten vom Pferd gestürzt! Keine Verletzung, nur ein kleiner Nervenchock. Ja, das wird das Klügste sein! Aber sie darf sich nicht etwa beunruhigen – keine Verletzung, Doktor! Nur ein kleiner Chock, der in zwei Tagen vorüber ist.«

... Du lieber Gott ... sie wird mir ja ins Gesicht lachen, wenn ich ihr erzähle, daß dieser alte, gebrechliche Herr da geritten ist! ... fuhr es dem Arzt durch den Kopf.

»Wenn meine Braut mich unbedingt zu sehen wünscht, so führen Sie sie, bitte, in mein Arbeitszimmer! Aber konzedieren Sie ihr nur fünf Minuten höchstens, – einen längeren Besuch dürfen Sie als Arzt nicht zulassen, – müssen Sie ihr sagen. – Was gibt's, Philipp?«

»Der Wagen fährt eben vor, Herr Baron!«

»Wo ist die Gretl?«

»Die Baronesse ist auf ihrem Zimmer.«

»So sperr' die Tür ab! Die Baronesse darf ihr Zimmer nicht verlassen, solang' Fräulein Ziegler im Hause ist.« Er sah den erstaunten Blick des Arztes, versuchte ein Lächeln und erklärte: »Gretl und meine Braut disharmonieren ein wenig – vorläufig wenigstens. Aber ich hoffe, daß sich das mit der Zeit geben wird. Und jetzt flott, Philipp! Also nicht wahr, Doktor: Keine Verletzung, nur ein kleiner Chock!«

Dr. Kircheisen eilte raschen Schritts die Treppe hinab, durchquerte die Halle und ging über den hell im Sonnenlicht liegenden Kiesweg auf das Gittertor zu. Dort stand schon der Dogcart. Eine hochgewachsene junge Dame schwang sich eben vom Kutschersitz herab und trat neben das Pferd, einen prächtigen, in Silber geschirrten Fuchs.

»Zucker!« rief sie dem Lakaien zu. Der hielt seiner Herrin ein geöffnetes Büchschen entgegen, dessen Inhalt sie in ihre flache Hand schüttete. Während sie das

Pferd naschen ließ, konnte Dr. Kircheisen sie mit Muße betrachten.

Donnerwetter! – Nein, das war nicht die ältliche Komödiantin, die er anzutreffen erwartet hatte. Wahrhaftig nicht! Ein lebensprühendes, junges Geschöpf, kaum zwei Jahre älter als die Baronesse, deren Stiefmutter sie werden sollte. Kein Wunder, daß die beiden sich nicht vertragen wollten. Dr. Kircheisen betrachtete gebannt das goldbraune Haar, das in natürlich koketten Wellen unter einem aus Veilchen gebildeten Hute hervorquoll, auf das feine Gesicht mit der edel geschnittenen Nase und den großen dunklen Augen.

... Und dieses entzückende Geschöpf soll den alten Baron heiraten! ... durchfuhr es den Arzt. ... Was ist das für eine sonderbar verderbte Welt, die solche Verbindungen kennt! Der alte, verfallene Mann und dieses blühende, genußfreudige Wesen – wie soll man das begreifen können! – Ach Gott, nur zu leicht ist das Rätsel gelöst: Ein reicher Mann, ein Millionär und eine Schauspielerin! Eine schöne Frau braucht schöne Kleider, kostbaren Schmuck – der Dogcart sagt alles. Er spricht Bände. Wenn sie nicht die Braut des Barons wäre, müßte sie mit der elektrischen Tram nach Hietzing hinausfahren. Und er, der reiche, alte Mann – mit welchen Unsummen Geldes mag er sich den Körper dieser jungen, reizvollen Frau kaufen! Ein Handel. Nichts anderes – und jeder glaubt den anderen betrogen zu haben. Indessen, all das kümmert mich nicht ... dachte Dr. Kircheisen. ... Ich entledige mich meines Auftrages ...

Die Schauspielerin hatte den Arzt bisher nicht beachtet. Jetzt erst hatte sie die Fütterung des Pferdes beendet und warf dem Lakaien die Zügel zu. Dabei fiel ihr Blick auf Dr. Kircheisen, der sich leicht vor ihr verbeugte. Erstaunt sah sie ihn an.

»Ich bitte um Vergebung, mein Fräulein«, sagte der Arzt, »wenn ich Sie heute hier empfange.«

»Wo ist denn der Felix ...?« fragte sie ungeduldig. »Wo ist der Baron?«

»Das ist es ja eben ... Erlauben Sie, daß ich mich vorstelle. Dr. Kircheisen ... Ich bin Arzt.«

»Melitta Ziegler. Mitglied des Burgtheaters.«

»Sehr erfreut, meine Gnädige. Der Herr Baron hat mich zu sich rufen lassen ...«

»Es ist doch um Himmels willen nichts passiert?« rief die Schauspielerin.

... Donnerwetter – dachte der Arzt. ... Ordentlich blaß ist sie geworden. Die scheint sehr besorgt um ihn zu sein, oder sie spielt glänzend Theater ...

»Nur eine Kleinigkeit. Nichts von Belang«, gab er zur Antwort.

Die Hand der Schauspielerin haschte nach seinem Arm. »Es ist ihm etwas zugestoßen!« schrie Melitta Ziegler verzweifelt. »Er ist krank! Was fehlt ihm? Sprechen Sie doch, Herr Doktor.«

»Ein kleiner Unfall beim Reiten. Er ist vom Pferd gestürzt«, sagte der Arzt zögernd, denn diese Lüge klang ihm allzu unwahrscheinlich und es kostete ihn Überwindung, sie über die Lippen zu bringen.

Doch – wie sonderbar. Melitta Ziegler schien ihm zu glauben. Daß der hinfällige, alte Herr sich unmöglich auch nur eine Sekunde lang im Sattel halten konnte, das schien ihr ganz und gar nicht einzufallen.

»Er ist verletzt! Er ist gefährlich verletzt!« Ihre Stimme zitterte.

»Aber gar nicht. Verletzt ist er überhaupt nicht«, beruhigte sie der Arzt. »Nur ein kleiner Nervenchock, das ist alles.«

Die Hand ließ ihn los. Der Arm fiel schlaff herab.

»Gott sei Dank!« flüsterte sie und lehnte sich gegen das Torgitter. »Jetzt kommen Sie, Doktor. Ich will zu ihm. Wie ist das Unglück geschehen?«

... Du lieber Gott! ... dachte der Arzt. ... Ja, wie ist das Unglück geschehen? Wenn ich's nur selber wüßte. Aber irgend etwas muß ich ihr doch erzählen! Ich hab's schließlich dem Baron versprochen. ...

»Ja, ... also gestern abend!« begann er seinen Bericht, und gleich darauf sprach er fließend, denn er hatte sich rasch irgendeine Art von Reitunfall zurechtgelegt. »Zu Anfang der Allee soll's gewesen sein. Die Straßenlaterne brannte nicht.«

»So eine Wirtschaft!« rief die Schauspielerin. »Diese Wiener Verwaltung! Als ob jemals irgend etwas in Ordnung wär'.«

»Wie der Unfall eigentlich geschehen ist, weiß ich nicht. Es scheint, daß das Läuten eines Radfahrers das Pferd so erschreckt hat. Dieser Radfahrer hat, als er herankam, den Herrn Baron auf der Erde liegend in leichter Ohnmacht gefunden. Er ist dann rasch ins nächste Kaffeehaus gefahren, um nach einem Arzt zu telephonieren. Das war aber nicht nötig, da ich zufällig in dem Kaffeehaus gesessen bin. Ich hab' den Herrn Baron schon bei Bewußtsein gefunden – ein paar Hautabschürfungen und ein leichter Nervenchock, das war alles. Morgen wird er sein Zimmer wieder verlassen können.«

»Bitte, führen Sie mich jetzt zu ihm! Er liegt im Schlafzimmer?«

»Nein, in seinem Arbeitszimmer. Ich muß Sie aber aufmerksam machen, daß der Patient strengste Ruhe nötig hat.«

»Dann ist es also doch gefährlich! Hat er nicht nach mir verlangt? Warum hat man mir nicht sofort telephoniert? Noch gestern abend!«

»Das war wirklich nicht notwendig. Es lag kein Anlaß vor, Sie in Unruhe zu versetzen. Es ist bestimmt nichts Ernstes.«

»Dann lassen Sie mich zu ihm!«

»Gewiß, wenn Sie das beruhigt. Eine Unterredung von fünf Minuten kann ich Ihnen gestatten, wenn Sie mir versprechen, alles zu vermeiden, was den Herrn Baron aufregen und seinen Zustand verschlimmern könnte.«

»Natürlich! Ich verspreche es Ihnen, Herr Doktor!«

An der Tür des Pseudo-Krankenzimmers verabschiedete sich Dr. Kircheisen von der Schauspielerin. Er wollte inzwischen noch ein wenig nach dem Kranken schauen, sich die Sicherheit verschaffen, ob er das Haus auf eine oder zwei Stunden verlassen könnte, denn er hatte allerlei aus seiner Wohnung zu holen. Leise trat er an des Inders Bett. Ulam Singh lag bewegungslos und schlief. ... Das ist kein ungünstiges Symptom ... sagte er sich. ... Solange er nicht deliriert, ist wohl keine unmittelbare Gefahr. Das ist eigentlich etwas sehr Merkwürdiges, dieser gewaltige, beinahe heroische Kampf des menschlichen Körpers gegen das attackierende Gift. Freilich, in diesem Fall ist der Kampf vergeblich: das Gift wird Sieger bleiben. Aber bis dahin: alle Wechselfälle des Krieges zwischen Gift und menschlichem Körper: Langsames Vordringen des tückischen Feindes, zähe Verteidigung, der jähe

Versuch einer raschen Überrumpelung – abgewiesen für den Augenblick! Jetzt herrscht so etwas wie ein Waffenstillstand: Ulam Singh schläft.

Dr. Kircheisen sah auf die Uhr: ... Die fünf Minuten sind um ... Jetzt muß ich die beiden stören; sie wird ungehalten sein. Sie scheint ihn wirklich und aufrichtig gern zu haben, den alten Mann. Wie sie erschrocken war, und wie ängstlich besorgt. Dieses blühende Geschöpf liebt den grauhaarigen, hinfälligen Greis, der ihr Vater, wenn nicht gar ihr Großvater sein könnte! Frauen sind oft schwer verständlich in ihren Neigungen ...

Er klopfte an die Tür des Arbeitszimmers. »Herein!« antwortete ihm die Stimme der Schauspielerin. »O, Sie kommen schon, mich zu holen. Ja, was ist Ihnen denn, Herr Doktor! Kommen Sie doch herein! Wovor fürchten Sie sich denn?«

Dr. Kircheisen war erstaunt zurückgeprallt und ganz verwirrt in der offenen Türe stehen geblieben. Das Zimmer war von tiefer Finsternis erfüllt. Vergeblich versuchten die Augen, irgendeinen Gegenstand auszunehmen. Nur durch die offene Tür, in der Dr. Kircheisen stand, fiel jetzt ein breiter Lichtstreifen und ließ Helligkeit in einen kleinen Teil des Zimmers fallen.

»Aber so schließen Sie doch die Tür!« hörte der Arzt die Stimme des Barons. »Sie haben mir doch selbst die Dunkelheit verordnet!«

... Ich habe ihm gar nichts verordnet, ... dachte der Arzt, zog die Türe hinter sich zu und stand ein wenig betäubt im Dunkeln.

»Ja, mein Kind, ich kann dir nicht helfen!« ertönte jetzt wieder die Stimme des Barons und man merkte ihm an, daß er zu scherzen bemüht war. »Der Herr Doktor ist streng. Wir müssen ihm folgen.«

»Aber ich darf doch nachmittags wiederkommen?« fragte die Schauspielerin.

»Ich möcht's ja so gern!« klagte der Baron. »Aber der Doktor erlaubt's nicht!«

»Aber morgen doch? Morgen um diese Zeit.«

»Morgen ...«, wiederholte der Baron und machte eine lange Pause. »Ja, wir wollen hoffen, daß morgen alles vorbei ist. Und nun leb' wohl, mein Kind!«

»Darf ich jetzt bitten, gnädiges Fräulein?« sagte der Arzt und öffnete die Tür so weit, daß er und die Schauspielerin das Zimmer verlassen konnten. Melitta Ziegler schloß die Augen und hielt die Hand wie einen schützenden Schirm vor. »Wie das Licht blendet ...«, sagte sie. »Weshalb haben Sie das dunkle Zimmer angeordnet, Doktor? Sind denn die Augen auch in Mitleidenschaft gezogen?«

»Direkt eigentlich nicht ...«, antwortete der Arzt, der über das verdunkelte Zimmer selbst ganz erstaunt war. »Aber in derlei Fällen empfiehlt man gern absolute Dunkelheit, weil ihr zugleich meist eine vollkommene Ruhe assoziiert ist.«

»O Gott, – lieber Herr Doktor – wenn nur alles rasch vorüberginge!«

»Wir wollen es hoffen, gnädiges Fräulein.«

»Es scheint ihn doch tüchtig mitgenommen zu haben. Ich hab' ihn zwar nicht sehen können, aber seine Stimme klang ganz anders als sonst. Wie von einem ganz andern Menschen, dacht' ich anfangs.«

»Sie finden, daß seine Stimme ungewöhnlich oder verändert geklungen hat?« fragte der Arzt interessiert. »Wie die Stimme eines Fremden?«

»Beinahe, ja! Es muß doch keine Kleinigkeit sein, solch ein Nervenchock. – Sie wollen auch fort, Doktor?« fragte die Schauspielerin, als sie Hut und Stock in den Händen des Arztes sah.

»Ja, auf einen Sprung in meine Wohnung«, gab der Arzt zur Antwort.

»Sie wohnen im ersten Bezirk? Aber, so fahren Sie doch mit mir, Herr Doktor! Bitte schön, ist mir ein Vergnügen ... Keine Umstände ... ich setze Sie ab, wo Sie wollen. In der Nähe Ihrer Wohnung oder auf der Ringstraße. Woran denken Sie denn eigentlich, Herr Doktor? Sie hören mir ja gar nicht zu!«

Dr. Kircheisen war allerdings wieder einmal gar nicht bei der Sache. Verzückt starrte er auf eines der Parterrefenster, aus dem eben die Baronesse, geschickt wie ein Akrobat, lachend und übermütig auf einem ziemlich halsbrecherischen Wege in den Garten hinab jonglierte. »Schauen Sie nur, gnädiges Fräulein!« sagte Dr. Kircheisen und wies auf Gretl. »So ein Wildfang! So ein entzückender Tunichtgut!«

»Na ja!« sagte die Schauspielerin, die schon im Wagen saß, gleichmütig. »Wenn Ihnen das gefällt ... Kommen Sie jetzt rauf zu mir. Es wird zwar ein bissel komisch aussehen, wenn die Dame kutschiert und der Herr daneben sitzt, aber das wird Sie hoffentlich nicht weiter genieren.«

... Die Baronesse und ihre künftige Stiefmama scheinen wirklich nicht zu harmonieren ... dachte der Arzt, als er neben der Schauspielerin die Allee hinunterfuhr. ... Wie wenn sie Luft wäre, so hat die Melitta Ziegler das arme Mädel behandelt. Die Stiefmutter, natürlich! Das alte Lied. Ein bissel eifersüchtig auf ›Schneewittchen hinter den Bergen‹ ...

»Ich kann Ihnen gar nicht sagen, wie mir die Geschichte in die Glieder gefahren ist!« sagte die Schauspielerin nach einer Weile. »Ich muß mich sofort niederlegen, wenn ich nach Hause komme. Dabei hab' ich morgen das Rautendelein zu spielen, mit einem neuen Heinrich noch dazu. Mit dem Lauterböck aus Düsseldorf – kennen Sie vielleicht den Lauterböck? Ein sehr talentierter Mensch ... Nur ein bissel zu viel spucken tut er, wenn er in Feuer kommt ... Sie entschuldigen schon, Herr Doktor, aber Sie haben keine Ahnung, wie unangenehm das für die Partnerin ist.«

»Ich kann mir's vorstellen!« sagte der Arzt zerstreut.

»Sehr gescheit find' ich's von dem alten Philipp, daß er die Gretel rasch zur Schwester des Barons aufs Land geschickt hat. So hat man ihr wenigstens die Aufregung erspart.«

»Wen hat man aufs Land geschickt?«

»Die Gretel, die Tochter meines Bräutigams.«

»Ja, wer hat Ihnen denn das erzählt?« fragte der Arzt erstaunt.

»Na, Felix selbst natürlich. Der Baron.«

»Daß er die Baronesse aufs Land geschickt hat?«

»Wer wird denn so einen Fratzen Baronesse nennen. Wir nennen sie untereinand' immer nur den ›Spatzen‹. Ein herziger Kerl – ich bin ganz vernarrt in mein künftiges Töchterl! Dabei ist sie ein Spitzbub! Der Fratz hat mir vorigen Dienstag, als sie mit ihrem Vater bei mir zu Mittag war, eine Bürste ins Bett gelegt – ich hab's erst am Abend beim Schlafengehen gemerkt –«

»Aber die junge Dame, die vorhin aus dem Fenster geklettert ist, – war denn das nicht die Baronesse Gretel?«

»Wer?« fragte die Schauspielerin und verzog hochmütig die Lippen. »Aber was fällt Ihnen denn ein, wie kommen Sie auf so was? Das war doch nicht die Gretel! Die Person hab' ich zum ersten Male gesehen. Eine von den Domestiken vielleicht – ein Stubenmädchen oder so was.«

Der Arzt schwieg. Ein Gedanke, der für einen Augenblick in ihm aufgetaucht war, als die Schauspielerin des Barons Stimme »eine von einem ganz anderen Menschen« genannt hatte, verdichtete sich plötzlich zu einem Verdacht. Darum also das dunkle Zimmer ..., darum war das junge Mädchen in das Zimmer eingesperrt worden!

»Und jetzt werden wir ein bissel aufhören zu plaudern, weil wir auf die Mariahilfer Straße kommen und da muß man achtgeben beim Kutschieren, daß man keinen Pallawatsch anrichtet«, sagte die Schauspielerin. »Wenn Sie aussteigen wollen, melden Sie sich gefälligst an, Herr Doktor. Und jetzt schaun wir, daß wir vom Tramwaygleise wegkommen, sonst schreibt uns noch ein Wachmann auf ...«

Die Ersteigung der Cima Undici und –

Dr. Kircheisen war in hohem Grade Gewohnheitsmensch. Daß er erst jetzt, um elf Uhr vormittags, dazu gekommen war, sein gewohntes Morgenbad zu nehmen, störte ihn in seiner Ordnung und machte ihn verdrießlich. ... Nun, dafür hab' ich's wenigstens in meiner eigenen Wohnung gehabt und nicht in dem fremden, unbehaglichen Badezimmer der Hietzinger

Villa, und kann jetzt in Ruhe über all das nachdenken, was ich seit gestern erlebt hab' ... Damit tröstete er sich, während er in sein Schlafzimmer trat. Er nahm Kamm und Bürste und stellte sich vor den Spiegel.

Resumieren wir einmal ..., dachte er. ... Gehen wir die Dinge der Reihe nach durch. Der Baron wird mir als Hochtourist geschildert. Und ich finde einen alten Herrn vor mit allen Anzeichen einer Arteriensklerose in ihrem vorgeschrittenen Stadium. Er bekommt Besuch und versucht, sich verleugnen zu lassen, empfängt ihn schließlich in einem vollkommen verdunkelten Raum. Erschrickt vor jedem Lichtstrahl, der auf sein Gesicht fallen könnte. Er will nicht gesehen werden. Schon das ist auffällig genug, aber lange noch nicht alles. Seine Stimme klang beim Besuch verändert – ›wie die einer ganz andern Person‹, hatte die Schauspielerin gesagt. Dazu kommt noch, daß die gesamte Dienerschaft Knall und Fall aus der Villa entfernt worden ist. Offenbar gibt es etwas zu verheimlichen. Nur der alte Philipp durfte bleiben – daraus folgt, daß dieses Faktotum in alles eingeweiht ist. Für das gibt es aber nur eine einzige Erklärung! ...

Dr. Kircheisen legte Kamm und Bürste aus der Hand und ging unruhig im Zimmer auf und nieder.

... Die Lösung des Rätsels ist, ... setzte er eine Schlußfolgerung fort, ... daß der alte Herr, den ich in der Villa angetroffen habe, nicht der Baron Vogh ist. Er gibt sich für den ›tollen Baron‹ aus – ich weiß nicht, aus welchem Grunde. Alles deutet darauf hin. Die Ausrede, daß er beim Ausreiten vom Pferd gestürzt sei. Dieser alte, hinfällige Mann will geritten sein! Aber die Schauspielerin war gar nicht erstaunt darüber. Ihr erschien das ganz selbstverständlich. Natürlich! Der wirkliche Baron Vogh ist wahrscheinlich ein ebenso glänzender Reiter wie ein hervorragender Alpinist. Und der alte Herr dort oben ist aus irgendeinem Grunde genötigt, die anstrengende Rolle des ›tollen Barons‹ zu spielen ...

Dr. Kircheisen blieb stehen und machte hastig ein paar Züge aus seiner Zigarette.

... Wenn es noch irgendeines weiteren Beweises bedürfte ..., überlegte er. ... Meine Beobachtungen auf der Fahrt hierher ...! Die Melitta Ziegler kannte das junge Mädchen gar nicht, das mir als die Baronesse vorgestellt worden ist. ›Ein Stubenmädchen wahrscheinlich‹, hatte sie gesagt. Und: ›Ich seh' die Person zum erstenmal‹. Natürlich, das reizende Mädchen war ebensowenig die Baronesse Vogh, wie ihr Vater der Baron. Darum war sie in ihrem Zimmer eingeschlossen worden, damit sie der Schauspielerin nicht zu Gesicht käme ... Und jetzt erinnerte sich Dr. Kircheisen auch, in welch ängstlichem, mißtrauischem Ton der Pseudobaron ihn heute morgens gefragt hatte: ›Kennen Sie meine Tochter Gretl?‹ Natürlich, hätte er, Dr. Kircheisen, zur Antwort gegeben: ›Ich habe bereits das Vergnügen‹, so wäre das Mädchen vor ihm genau so versteckt gehalten worden, wie vor der Melitta Ziegler. Was aber war der Sinn dieses ganzen Spiels? Lag ein Verbrechen vor? Waren der wirkliche Baron und seine Tochter aus dem Wege geräumt worden? Oder waren das alles erst die Vorbereitungen zu einem Verbrechen, für dessen Ausführung etwa die Hilfe des indischen Gärtners benötigt wurde? »Er hat noch etwas Wichtiges, etwas Unerläßliches zu Ende zu bringen!« hatte der Pseudobaron gesagt. Was war es, wozu der sterbende Ulam Singh gebraucht wurde? Und wenn der alte Mann in der Villa die Rolle des Barons spielte – wo waren der wirkliche Baron und seine Tochter? Sind die beiden auf Reisen? Oder am Ende tot?

... Das sind Fragen, die beantwortet werden müssen! ... sagte sich Dr. Kircheisen und zog, vor dem Spiegel stehend, entschlossen den Knoten seiner Krawatte zu ... Daneben gibt es allerdings noch andre dunkle Punkte, zu deren Aufhellung meine Vermutung, daß der ›tolle Baron› und der gebrechliche alte Herr dort zwei verschiedene Personen sind, nicht hinreicht. Wie kommt die giftige Tik Paluga in die Villa? Wie ist es überhaupt gelungen, sie lebend nach Europa zu schaffen? Der Inder soll sie aus ihrer Heimat gebracht haben – aber er hat vor anderthalb Jahren Indien verlassen, und die Schlange ist kaum drei Monate alt. Das ist mehr, als ich begreifen kann. Und dann der zerschlagene Spiegel. ›Himmel, den hab' ich vergessen!‹ hatte der Baron geschrien. Wahrhaftig, ich habe auch in der ganzen Wohnung keinen Spiegel bemerkt. Eine recht sonderbare Schrulle, daß seine Tochter niemals ihr Spiegelbild sehen darf!

Seine Tochter ... wie furchtbar, wenn auch sie in diese dunkle Sache verwickelt wäre. Etwas Schlimmes ist dort oben geschehen, etwas Fürchterliches vielleicht ... die Unruhe des Pseudobarons, die Verzweiflung des alten Dieners, die ganze düstere und angstvolle Stimmung in dem leeren Haus, läßt es befürchten. Wollte Gott, das Mädchen wüßte nichts davon, wäre unschuldig an allem, was immer geschehen sein mag.

Dieses junge Mädchen ... dachte Dr. Kircheisen und ging ruhelos im Zimmer auf und ab. ... Um ihretwillen bin ich dem Zufall dankbar, der mich in das Haus des Barons geführt hat. Wer hätte das gedacht! Ich hab' mir doch die ganzen Jahre hindurch nichts aus Frauen gemacht. Hab' mich nicht um sie gekümmert, hab' mich immer nur mit meinen Büchern beschäftigt und mit meiner Arbeit. Nie hab' ich es bedauert, daß ich solch ein Eremitendasein führe. Ich habe immer so eine Art innerer Überzeugung gehabt, daß nicht an mir, sondern an den Frauen die Schuld gelegen ist. O ... ich hab' mir vielleicht nicht die nötige Mühe gegeben, aber es war eben keine diese Mühe wert. Und mit einem Male ist eine da, die genau so ist, wie ich sie immer gern gewollt hab'. Diese eine Frau, von der ich eigentlich mein ganzes Leben hindurch geträumt hab', die sehe ich jetzt wahrhaftig vor mir! Sie ist kein Spiel meiner Phantasie, nein! Sie hat Fleisch und Blut und lebt auch nicht in einem fremden Erdteil – in meiner nächsten Nähe find' ich sie, in derselben Stadt, täglich, wenn ich will, in fünfundzwanzig Minuten für mich erreichbar! Welcher Zufall, daß ich sie niemals vorher gesehen hab'. Wer weiß, wie oft wir beide um dieselbe Stunde über den ›Graben‹ gegangen, vor demselben Schaufenster stehen geblieben sind oder wie oft wir am gleichen Vormittag in der Kriau gefrühstückt haben. Und ich Pechvogel bin sicher immer fünf Minuten zu früh dort gewesen, oder fünf Minuten zu spät.

Daß sie schön ist, das allein ist es ja nicht, was mich so vernarrt in sie gemacht hat. Nein: dieser wunderbare Seelenzustand, den ich bisher noch bei keiner Frau getroffen hab'. Wie sie durch den Garten hinter dem Reifen her gesprungen ist ... ganz Spitzbub, ganz Wildfang, ganz Tollkopf! Aber dann, auf der Terrasse, da war sie wieder die große Dame, ... jede ihrer Bewegungen voll Hoheit und Stolz. Wie anmutig sie doch das Köpfchen senkte, als ihr Vater mich ihr vorstellte. Die

Dame von Welt ... und im nächsten Augenblick kniete sie schon wieder auf der Erde und zerschlug ihre Sparbüchse, so reizend erregt und so neugierig erhitzt. Welch ein Wunder, dieses Mädchen, das trotz aller Erziehung, trotz allen Erlebnissen, trotz allen Wandlungen ihres Körpers die süße Kindhaftigkeit ihrer Seele nicht verloren hat.

... Ich habe mit meinen Freunden oft gestritten. Ich hab' immer gesagt: die Frau, der meine Neigung gehören sollte, die müßte beides sein: Kind und Weib. Aber sie haben mich immer ausgelacht. ›Das ist unvereinbar‹, haben sie gesagt. ›Das ist ein Nacheinander, Kind und Weib, das gibt es nicht gleichzeitig.‹

Und nun hab' ich doch ein Wesen gefunden, das Kind und Weib zugleich ist. Unter Hunderttausenden vielleicht die einzige, und gerade mir ist sie begegnet. Ein Wunder, ein Märchen, so unglaubhaft, daß ich beinahe fürchte, es könnte mir zwischen den Fingern in nichts zerrinnen. Aber ich will es schon festhalten!

Und Dr. Kircheisen plättete mit einigen kräftigen Strichen die Krawatte und zerrte energisch die Weste nach unten. Seine Toilette war beendet.

... Allerdings: Vorsichtig heißt's sein, ... überlegte er, während er in sein Arbeitszimmer ging. ... Vor allem gilt es, zu erforschen, wer eigentlich die beiden sind: der alte Mann und das junge Mädchen, die sich Baron und Baronesse Vogh nennen. Natürlich, ich werde nicht so plump sein, den Mann zu fragen: ›Wer sind Sie eigentlich, mein Herr? Und wie kommen Sie dazu, die Rolle des Barons Vogh zu spielen?‹ ... O, nein. So ungeschickt werde ich nicht sein. Er darf nicht mißtrauisch werden. Er darf nicht merken, daß ich sein Spiel durchschaue. Erst wenn ich meiner Sache sicher bin, erst wenn ich ihn in irgendeiner Schlinge gefangen hab'. Beweise brauch' ich, bevor ich's ihm auf den Kopf zusage.

Ob ich nicht Fritz mit mir hinaufnehmen sollte? Aber da würde er sich einfach wieder verleugnen lassen, der Pseudobaron. Außerdem hab' ich kein Recht, die Sache an die große Glocke zu hängen. Vorläufig ist es eine Angelegenheit zwischen uns beiden, zwischen mir und dem alten Mann.

Aber wie soll ich's denn anfangen, mir Gewißheit über die Personen zu verschaffen, mit denen ich's dort oben zu tun hab' ... Wär' es nicht doch am besten, gerade heraus zu fragen? ... Dr. Kircheisen hatte sich, während er all das überlegte, an seinen Schreibtisch gesetzt und die Post zur Hand genommen. Ein paar Reklamen chemischer Fabriken, die neue Medikamente anpriesen. Zwei Hotelprospekte. Eine Installateurrechnung. Ein Sanatorium, das um gütige Überweisung von Patienten ersucht. Ein paar medizinische Zeitschriften: »Die Klinischen Wochenblätter«, das »Archiv für Toxikologie«, die »Pharmazeutische Rundschau« und – ja, was war das? »Der Gletscher«. Zeitschrift für Hochtouristik und Klettersport. Wie mag sich das Heft in meine Post verirrt haben? Dann ein Brief. Bekannte Schriftzüge, er ist von Fritz. Herrgott, ich hab' ganz vergessen, ihn anzurufen! Was schreibt er?

Dr. Kircheisen entfaltete den Brief und las.

»Lieber Franz!

Ich habe Dich gestern abends vergeblich im Café erwartet. Versuchte Dich zweimal anzurufen, konnte aber natürlich wieder keine Verbindung bekommen.

Das Heft des ›Gletschers‹, das ich Dir mit gleicher Post unter Kreuzband zusende, enthält etwas, was Dich jetzt sicher interessieren wird: den Bericht über eine aufsehenerregende, sportliche Leistung des ›tollen Barons‹, den Du vermutlich jetzt in Behandlung hast. Bitte, benachrichtige mich umgehend, was ihm eigentlich zugestoßen ist, und wie's ihm geht.

Servus! Viele Grüße

Dein Fritz.«

Dr. Kircheisen legte den Brief beiseite und suchte unter den Poststücken die Nummer des »Gletscher« hervor. Rasch überflog er den Inhalt. ›Neue Routen im Karwendelgebiet. Mit elf Autotypie-Vollbildern nach photographischen Originalaufnahmen und einer Karte‹. Schön. Weiter. ›Alpine Unterkunftsstätten in der Sierra Nevada‹. Weiter. ›Das Führerwesen in den Dolomiten‹. Dr. Kircheisen blätterte ungeduldig um. Eine Notiz über die Bewirtschaftung der Schutzhütte auf dem Pizzo Stella. Ein Nachruf für die Opfer des großen Lawinenunglücks auf dem Bruderkogel. Und da, endlich:

»Die Erstbesteigung der Cima Undici-Nordwand« von Felix Freiherrn von Vogh.
(Vortrag gehalten am 2. September d. J. im wissenschaftlichen Klub.)

Dr. Kircheisen ließ das Heft sinken ... Da hab' ich ja, was ich brauche ... dachte er ... Das Mittel, um den Pseudobaron zu entlarven. Der wirkliche Baron Vogh hat den Berg erstiegen ... wie heißt er doch gleich ... die Cima Undici. Er hat sogar einen Vortrag darüber gehalten, somit muß er doch sicherlich alle Details im Kopf haben. Wie wär's, wenn ich dem alten Herrn in der Villa ein wenig auf den Zahn fühlte? Ich bringe ihn zweifellos in die tödlichste Verlegenheit. ›So mein Herr!‹ kann ich dann einfach sagen. ›Die Cima Undici haben Sie nicht bestiegen. Also sagen Sie jetzt gefälligst, wer Sie eigentlich sind, da Sie doch auf keinen Fall der Baron Vogh sind.‹ ... Das werd' ich ihm ganz einfach sagen, und es gehört nichts weiter dazu, als daß ich mir jetzt einmal den Artikel durchlese, ein paar Details einpräge und dann das Gespräch darauf bringe. ... Also, schaun wir uns es gleich mal an ...

Dr. Kircheisen machte sich's in seinem Schreibfauteuil bequem, warf einen Blick auf die Uhr und begann dann zu lesen:

»Die Nordwand der Cima Undici ist vor meiner, am 24. Mai d. J. erfolgreich ausgeführten Ersteigung von niemand bezwungen worden. Nur von der Südwestseite her ist der Aufstieg, und zwar bis jetzt zweimal gelungen. Der schottische Ingenieur Mac Culloch, der hartnäckig die Nordwand zu erklettern versuchte, fand unterhalb des zweiten Kamines im August des Jahres 1891 den Tod. Seither hat nur noch Martin von Curtis den Versuch, der Cima Undici von Norden her beizukommen, gewagt. Dreihundert Meter hinter dem Einstieg sah er sich genötigt, die Begehung abzubrechen.

Am 24. Mai um 3 Uhr morgens brach ich mit dem Führer Jakob Schwarzinger aus Heiligenblut, der bei den meisten meiner kleineren und größeren Klettereien mein Begleiter gewesen ist, aus dem Dörfchen Salo auf. Nach mehrstündiger Wanderung gelangten wir zu jener, auch in den Berichten Martin von Curtis erwähnten geräumigen Höhle, die im Volksmund die

›Osteria‹ genannt wird. Knapp oberhalb dieser Höhle beginnt der Einstieg, eine nach vorn geneigte, etwas abstehende Felsplatte, die nach oben eine Art Rampe bildet. Auf den ersten Blick schien er ein wenig mühevoll, den geübten Kletterern aber stellt er keine unlösbare Aufgabe. Wir hatten mit den Händen in den abstehenden Spalt zu greifen, die Füße aber an der jenseitigen, schrägablaufenden Fläche der Grottenwand festzustemmen, bis der Körper in fast horizontale Lage geriet. War man so weit, so hieß es, mit dem linken Fuß blitzschnell einen sicheren Halt diesseits zu finden, um dann im Sichaufrichten mit der rechten Hand einen festen Griff an der Rampe zu erhaschen.«

Dr. Kircheisen ließ das Heft sinken und schüttelte den Kopf. ... Guter Gott! Und das macht den Leuten Vergnügen! Mit dem linken Fuß blitzschnell ... Na, ich danke schön! Aber lesen wir weiter ...

»Von hier ging es in halbstündiger leichter Kletterei bis zu einem plötzlich aufragenden Pfeiler und ein paar Schritte abwärts zu einer nischenartigen Wölbung. Jetzt galt es eine ziemlich heikle Stelle rasch zu erledigen. Auf einem ganz schmalen Bande tasteten wir uns nach außen zu einer vorspringenden Rippe, über deren Schneide wir bei stärkster Exposition hinübersetzten.

Nun standen wir vor dem ersten Kamin. Ein Blick auf den Himmel ließ erkennen, daß die Stunde ziemlich vorgeschritten war. Es mochte gegen 1/2 8 Uhr morgens sein. Das Firmament war ziemlich bewölkt und wir hatten den Vorteil einer leichten, erfrischenden Brise. Der erste Kamin erwies sich als glattwandig, war aber ohne sonderliche Mühe zu passieren. Den zweiten vermochten wir über eine kleine Gratrippe mit anschließendem Bande zu umgehen. Der Eingang des dritten Kamines war durch einen gewaltigen Steinblock verbarrikadiert. Nachdem wir uns durch eingehende Untersuchung die Gewißheit verschafft hatten, daß das Passieren dieses Kamins unerläßlich und nicht zu umgehen war, gelang es uns nach vielen Mühen den Steinklotz so weit seitwärts zu schieben, daß der Kamin eine schmale Eingangsöffnung erhielt. Nun hieß es sich durchzwängen. Auf ein paar plattigen Stufen balanzierten wir hinauf, kletterten in einer ungefähr sieben Meter hohen Runse schwierig und luftig empor und erreichten jenen kanzelartigen Stand, bis zu welchem Herr von Curtis seinerzeit gelangt war. Bis hierher reichen auch die Aufzeichnungen, welche Herr von Curtis mir zu überlassen die Güte hatte, wofür ihm bei dieser Gelegenheit neuerlich mein Dank ausgesprochen sei.«

... Schwierig und luftig empor! ... wiederholte Dr. Kircheisen voll Schauder. ... Man bekommt ordentlich Kopfschmerzen, wenn man das auch nur liest. Was werden denn noch weiter für halsbrecherische Kunststücke kommen? Die Haare stehen einem zu Berge! ...

»Jetzt ein paar böse Tritte und wir hatten uns über Geröll zur Begrenzungswand hinüberzuschieben, um durch eine etwas brüchige Rinne den Sattel zu erreichen. Dann ging's ein leicht passierbares Schuttfeld hinauf. Oben angelangt standen wir vor der schwierigsten Stelle des ganzen Aufstiegs.

Es war ein schmales Band, das an der stark hinausdrängenden Wand bei furchtbarer Exposition über einen nur angelehnten losen Block, der unaufhörlich schwankte, bis zu einem Riß führte, dessen Überwindung sich als außerordentlich gefährlich erwies – denn wir konnten nur den rechten Arm und das rechte Bein benützen, während die linken Gliedmaßen vergeblich bemüht waren, an der glatten Wand einen Stützpunkt zu finden. Es scheint die Stelle zu sein, an der Mac Culloch den Tod gefunden hat, denn einige Meter unterhalb sahen wir mit Rost überzogene Metallstücke, anscheinend Reste seines Eispickels, im Gestein liegen.

Als wir diese gefährliche Strecke hinter uns hatten, durften wir eine Weile rasten. Es mochte gegen 1/2 10 Uhr sein ... Ein Rauschen schlug an unser Ohr, nicht weit von uns stürzte ein Gletscherbach nieder. Hundert Schritte von unserem Standort begann das erste Schneefeld. Mein Begleiter meinte, daß wir nunmehr das Schwerste überstanden hätten. So sehr ich gewohnt war, ihm zu vertrauen, glaubte ich dennoch, seine Prophezeiung diesmal nicht all zu ernst nehmen zu dürfen. Es sollte sich bald zeigen, wie wohlbegründet meine Skepsis war.

Hinter dem Schneefeld lag eine Geröllschicht, die von einem etwas überhängenden Kamine abgeschlossen wurde. Wir kletterten, das Gesicht nach außen, mühevoll und recht exponiert empor und landeten auf einem schmalen, völlig vereisten Grat. Hier war es, wo beinahe das Unglück geschehen wäre.

Jakob Schwarzinger ging voran, ich etwa zehn Schritte hinter ihm. Rechts fiel die Wand gut zwölfhundert Meter tief ab. Ich stand, gegen einen Felsblock gelehnt, ließ das Seil durch die Finger gleiten und sah voll Spannung Schwarzingers prachtvoller Arbeit im Felsen zu, da hörte ich plötzlich ein leises

Knacken, das charakteristische Geräusch bröckelnden Gesteins. Und richtig! Unter Schwarzingers rechtem Fuß löst sich der Stein und bricht nach der rechten Seite hin ab. Der Fuß, der das volle Körpergewicht zu tragen hatte, bricht nach. Ich packe das Seil, überlege, ob ich mich links um den Block werfen soll – da sitzt auch schon der Schwarzinger, mein braver, nie aus der Fassung zu bringender Schwarzinger, rittlings auf dem Grat und dreht sich, wahrhaftigen Gotts, lachend nach mir um. Dann kriecht er gemächlich wieder auf die Kante zurück.«

»... Bei Gott, jetzt hab' ich genug. Ich les' nicht mehr weiter ...«, sagte Dr. Kircheisen entschlossen und legte das Heft aus der Hand. »... Das nimmt einen ja beim Lesen stärker her, als wenn man's selbst mitmachen müßt'. Solche Tollheiten! Solch ein Übermut! Die Leute verdienen es wahrhaftig, wenn sie den Hals brechen ...«

... Den Pseudobaron dort in der Villa zu überführen, ist aber jetzt eine Kleinigkeit. Ich brauch' ja nur das Gespräch auf den Berg zu bringen. Solche Dinge merkt man sich, die vergißt man sein Leben lang nicht wieder. Ich werde ein paar von den fürchterlichen Situationen einfach auswendig lernen. Vor allem aber den Namen des Führers. Wie heißt er nur gleich? Aha, da steht's ja: Jakob Schwarzinger aus Heiligenblut. Und jetzt rasch ein paar andere Stellen memorieren, da den Passus hinter dem dritten Kamin zum Beispiel ... wenn mir nur dabei nicht selbst schwindlig wird auf der Treppe! ...

Und Dr. Kircheisen griff nach Hut, Mantel und Stock und ging die Treppe hinab und über die Straße, indem er unaufhörlich vor sich hinmurmelte:

»... in einer sieben Meter hohen Runse schwierig und luftig empor und gelangten ... Jakob Schwarzinger aus Heiligenblut! Jakob Schwarzinger aus Heiligenblut! ...«

– einer Stiege

Fadendünn fiel der Regen nieder, als Dr. Kircheisen vor der Villa aus dem Auto stieg. Man spürte ihn kaum, merkte ihn erst, wenn man die kleinen Lachen auf dem Pflaster betrachtete, die infolge der Regentropfen in fortwährender Bewegung waren. Dr. Kircheisen hüllte sich fester in seinen Gummimantel und öffnete die Gartentür mit einem vagen und dennoch beklemmenden Vorgefühl irgend einer neuen, beunruhigenden Überraschung, die ihn in diesem Hause erwartete.

Diese Empfindung verlor sich sogleich, als er in die Halle trat. Die erste Person, der er begegnete, war die junge Dame, die er bis zu seinem Gespräch mit der Schauspielerin für die Baronesse Vogh gehalten hatte. Sie stand mit einer Springschnur in der Mitte der Halle und schien höchst sachlich und mit einem gewissen Ehrgeiz eine Serie gleichmäßiger Sprungübungen zu absolvieren. Das Erscheinen des Arztes war ihr durchaus kein genügender Anlaß, diese Übungen einzustellen. In einer Ecke des Raumes machte sich ein Stubenmädchen mit einem Staubbesen zu schaffen. Der Baron schien neues Dienstpersonal aufgenommen zu haben.

»Sie üben da einen gesunden und nützlichen Sport aus, Baronesse!« begann der Arzt die Konversation.

»Hundertdreiundvierzig, vierundvierzig, fünfundvierzig.« Das war alles, was das junge Mädchen erwiderte.

»Es erhält den Körper elastisch und geschmeidig«, fuhr Dr. Kircheisen unbeirrt fort.

»Achtundvierzig, neunundvierzig, hundertfünfzig!« Sie warf die Springschnur hin und wandte sich nach dem Arzt um. »Es ist sehr schwer, bis hundertundfünfzig zu kommen, ohne zu stolpern.«

»Ich hatte schon heute morgens Gelegenheit, ihre Leistungen auf dem Gebiete des Turnsports zu bewundern«, sagte der Arzt bestrebt, die glücklich begonnene Konversation in Fluß zu erhalten.

»So? Wo denn?« Sie gähnte ein wenig und gab sich überhaupt nur geringe Mühe, zu verbergen, wie sehr sie das Gespräch langweilte.

Dr. Kircheisen wurde befangen ... Ja, wenn man das wüßte, wie man eine junge Dame der Gesellschaft unterhält ... »Sie sind so fabelhaft geschickt aus dem Fenster geklettert, Baronesse!« sagte er endlich und hatte sogleich das Gefühl, taktlos gewesen zu sein. Begeht eine Dame schon solche Jungenstreiche, so darf man doch nicht darüber reden. ... Jetzt hab' ich sie wahrscheinlich in große Verlegenheit gebracht. ...

»Haben Sie mich gesehn?« fragte das junge Mädchen. »Ich hab' sie auch gesehn.« Sie sprach ganz unbefangen und zeigte keinerlei Verlegenheit. ... Das war wieder die Sicherheit der großen Dame! ... stellte der Arzt voll Bewunderung fest.

»Sie sind mit der Mama im Wagen gesessen«, setzte die Baronesse nach einer Weile hinzu.

»Mit wem bin ich im Wagen gesessen?« fragte Dr. Kircheisen.

»Mit der Mama! Mit der Melitta.«

... O weh! dachte der Arzt ... Auch sie spielt Komödie! Sie gibt sich also wirklich für die Baronesse aus. So einfach ist sie, so natürlich, aber lügen kann sie doch. Lügen hat sie dennoch gelernt. Wie schade! ...

»Ist denn Fräulein Ziegler Ihre Mutter?« forschte er.

»Also, das ist so«, erklärte sie. »Sie heiratet ja in ein paar Wochen meinen Papa, und da kann ich sie doch schon heute Mama nennen.«

... Auch sie will mich täuschen. Auch sie will mich in dieses Netz von Lügen verstricken. Sie ist mit im Komplott! ... Alles das ist Komödienspiel: ihre Natürlichkeit, ihre Einfachheit! Und ich hab' das nicht gleich durchschaut! ... sagte sich Dr. Kircheisen vorwurfsvoll.

»Sie hat mich heute geschnitten, die Mama. Sie ist fortgefahren und hat mich gar nicht angeschaut«, sagte das junge Mädchen nachdenklich.

... Aha, die kleine Komödiantin ahnt mein Mißtrauen. Sie versucht es, mir irgendeine Erklärung dafür zu geben, daß ihre angebliche Mutter sie überhaupt nicht beachtet hat ... dachte der Arzt.

»Ich weiß, warum sie böse auf mich ist. Sie ärgert sich über die Bürste.«

»Worüber?« fragte der Arzt.

»Über die Bürste! Ich hab' ihr eine Bürste ins Bett gesteckt, als ich unlängst mit dem Papa bei ihr war.«

Dr. Kircheisen horchte auf ... Wie war denn das möglich, wie konnte sie von diesem kleinen Vorfall wissen, der sich tatsächlich zwischen Mutter und Tochter in der Wohnung der Schauspielerin abgespielt hatte. Melitta Ziegler hatte ja selbst davon gesprochen.

Ja, tat er dem Mädchen am Ende unrecht, war sie nicht vielleicht doch die Baronesse Vogh? ... Dr. Kircheisen wollte Gewißheit haben.

»Wann waren Sie denn bei Fräulein Ziegler?« fragte er.

»Warten Sie ein bißchen! Wann war denn das nur? Heut ist Freitag! Mittwoch ... Dienstag ... Dienstag waren wir oben, Papa und ich!«

Dienstag, das stimmte wahrhaftig. Dr. Kircheisens Kartenhaus stürzte zusammen. Ja, um Himmelswillen, dann hatte ihn ja also die Schauspielerin belogen. Sie hatte ihre künftige Stieftochter verleugnet! Welchen Zweck verfolgte sie damit? ...

»Ist das auch alles wahr, was Sie mir erzählt haben, Baronesse?«

»Ja, warum soll's denn nicht wahr sein? Ich hab' ihr wirklich die Bürste ins Bett gelegt, da ist doch nichts dabei, das tu ich oft. Sie wird schon wieder gut werden.« Die Baronesse nahm ihre Springschnur und ging in den Garten. Es hatte zu regnen aufgehört.

»Bleiben Sie doch noch, Baronesse! Hab' ich Sie beleidigt?« rief der Arzt ihr nach. Aber sie lief schon über den Kiesweg und hörte nicht mehr auf ihn. ... Jetzt hab' ich sie ernstlich beleidigt ... dachte der Arzt bestürzt ... Sicher war etwas in dem Ton meiner Worte, was sie als Respektlosigkeit oder als Mangel an Ehrerbietigkeit empfunden hat. Sie ist ohne Gruß fortgegangen! Wie konnt' ich denn nur so ungeschickt sein, wie konnt' ich denn nur so ungeschickt sein!

»Doktor, daß ich Sie endlich finde! Ich habe Sie schon in Ihrer Wohnung angerufen, aber es hieß, Sie seien auf dem Weg hierher.«

»Ist etwas vorgefallen, Herr Baron?« fragte Dr. Kircheisen und schritt auf den alten Herrn zu, der in ziemlicher Erregung in die Halle getreten war.

»Denken Sie nur! Ulam Singh ist aufgewacht! Doktor, das ist doch ein gutes Zeichen, nicht wahr?«

»Jedenfalls ...«

»Er spricht, Doktor! Er hat mit mir gesprochen.«

»Ich werde mir den Patienten gleich ansehen.«

Der Zustand des Inders hatte sich tatsächlich verändert. Noch immer lag er ausgestreckt auf dem Bett. Aber die Muskeln seines Gesichts befanden sich in heftiger Bewegung, die Falten strafften sich in unaufhörlichen Krämpfen. Kleine Schweißperlen saßen auf seiner Stirn. Er stieß Worte und Schreie aus in einem unverständlichen Idiom, seine Stimme klang heiser, manchmal schlug der Ton in den Diskant hinauf. Sein langer, schwarzer Bart lag wie eine Peitschenschnur auf der Bettdecke.

Es war ein schauerlicher Anblick, dieser exotische Fremdling, der sich so wild um sein Leben wehrte.

Dr. Kircheisen dachte in diesem Augenblick nicht mehr an das kränkende Verhalten der Baronesse, das ihn vorher so beunruhigt hatte. Er war in diesem Augenblick wieder ganz Arzt, nichts als Arzt und hatte keinen anderen Gedanken als die Sorge um seinen Patienten.

»Verstehen Sie ihn?« fragte er den Baron.

»Zum Teil. Er spricht wieder in seiner Muttersprache. Maharattisch.«

»Was will er?«

Der Baron horchte eine kurze Weile auf die Fieberschreie des Kranken.

»Aha!« sagte er dann. »Wieder die alte Geschichte.

Er beteuert, daß er unschuldig sei. Nicht er, sondern ein gewisser Nahib Ram hätte in jener Nacht die Wache gehabt.«

»Was bedeutet das?« fragte der Arzt.

»Hab' ich Ihnen noch nichts davon erzählt? Ulam Singh war einmal Diener des Pravatitempels in Agra. Aber er hat seine Kaste verloren, weil in jenem Tempel ein schweres Sakrileg begangen worden ist. Darum ist er auch mit mir nach Europa gekommen; in Agra war er seines Lebens nicht mehr sicher. Er hat schon lange nicht mehr davon gesprochen. Jetzt, in seinen Fieberträumen kommt die alte Geschichte wieder zum Vorschein.«

»Haben Sie Eis im Hause?«

»Natürlich«, sagte der Baron und drückte den Klingeltaster.

Der Arzt hatte, während der Baron dem Diener seine Weisungen gab, ein Tuch hervorgezogen und dem Kranken die Schweißtropfen von der Stirn gewischt.

In diesem Augenblick richtete sich der Inder in seinem Bette auf. Mit weit aufgerissenen Augen starrte er den Baron an.

»Hemp!« stieß er mit heiserer Stimme hervor.

Die Wirkung, die dieses Wort auf den Baron ausübte, war eine außerordentliche. Er sprang mit einem Ruck aus seinem Lehnstuhl auf, ergriff die Hand des Kranken und legte sein Ohr an des Inders Mund.

»Ja, Ulam Singh! Sofort sollst du Hanf haben, sofort!«

»Was will er?« fragte der Arzt.

»Hanf.«

»Er phantasiert, Delirium! Achten Sie nicht darauf.«

»Nein!« rief der Baron in wachsender Erregung. »Er

weiß sehr gut, was er will. Doktor, er weiß, was er will. Er spricht ganz vernünftig.«

»Sehen Sie doch! Was soll das wieder bedeuten?«

Der Inder hatte mit einer plötzlichen Bewegung dem Arzte das Tuch aus der Hand gerissen, mit dem ihm dieser den Schweiß von der Stirne gewischt hatte. Mit Entsetzen sah der Arzt, wie der Kranke seine Beute in den Mund stopfte und voll Gier bemüht war, den Fetzen Leinwand rasch hinunterzuwürgen.

»Achtung!« schrie Dr. Kircheisen. »Helfen Sie mir, rasch, sonst schlingt er es hinunter!«

»Lassen Sie ihn nur! Lassen Sie ihn, Doktor!«

Mit Mühe und unter Aufbietung aller seiner Kräfte gelang es dem Arzt, dem sich heftig wehrenden Inder das Tuch aus den Zähnen zu reißen.

»Lieber Gott, warum haben Sie ihn denn nicht in Ruhe gelassen!« jammerte der Baron.

»Meinen Sie noch immer, daß der Kranke bei Sinnen ist? Er deliriert, er weiß nicht, was er tut«, keuchte der Arzt ganz außer Atem, denn er hatte einen förmlichen Ringkampf mit dem Kranken zu bestehen gehabt.

»Er wußte, was er tat. Sie hätten ihm seinen Willen lassen sollen!« rief der Baron zornig. Dann beugte er sich über den Kranken, der jetzt völlig erschöpft und teilnahmslos dalag.

»Ulam Singh!« rief er. »Ulam Singh! Er hört mich nicht! Er versteht mich nicht!«

»Er hat Sie auch vorhin nicht verstanden und nicht einmal gehört. Es war das Fieber-Delirium.«

»Nein! Er war vollkommen bei Vernunft! Er hat ja sofort nach Hanf verlangt, sowie er mich erkannte. Er hat ganz deutlich: ›Hemp‹ gerufen.«

»Nun, und? Was wollen Sie damit beweisen?« fragte der Arzt.

»Nichts!« sagte der Baron plötzlich ganz leise und senkte den Kopf zu Boden. »Sie haben recht, er hat im Fieber gesprochen.«

»Nun, ein Eisumschlag und eine neuerliche Antitoxin-Injektion, das wird das Fieber am besten bekämpfen. Übrigens: Der Kranke ist erstaunlich bei Kräften; förmlich ringen hab' ich mit ihm müssen.«

»Sie hätten ihm seinen Willen lassen sollen«, sagte der Baron nachdenklich.

»Ich hätte ihn das Tuch verschlingen lassen sollen? Er wäre erstickt!«

»O nein! Er hätte das Tuch sogleich selbst wieder hervorgezogen. Er wollte die Reinigung seines Körperinnern erreichen. Sie kennen wahrscheinlich die Riten der indischen Saddhus nicht. Es heißt, daß das Reinigen des Körperinnern mittels eines Leinwandstreifens zu einer höheren Stufe seelischer Vervollkommnung führt.«

»Ich verstehe Sie nicht, Herr Baron. Sprechen Sie jetzt von den Hirngespinsten und Träumen der indischen Mystik?«

»Wollte Gott, es wäre ein Traum und es gäbe ein Erwachen«, sagte der Baron ganz leise und halb für sich und sah dem Arzt zu, der jetzt mit geschickten Händen dem Kranken den Eisumschlag um die Stirne legte.

»So, nun wären wir fertig für den Augenblick«, sagte der Arzt.

»Es geht ihm heute besser, Doktor, nicht wahr, es geht ihm viel besser – glauben Sie nicht?« fragte der Baron.

»Anscheinend«, sagte der Arzt kurz. Er sah keinen

Grund, den alten Mann durch die Eröffnung zu beunruhigen, daß ihm das Delirium das letzte Stadium des Todeskampfes einzuleiten schien. Das Leben Ulam Singhs zählte nur noch nach Stunden.

Der Baron war sofort wieder in guter Laune.

»Sie machen mir doch das Vergnügen, mit mir zu speisen. Nur wir beide, ganz allein ...«

»Und die Baronesse?« fragte Dr. Kircheisen.

»Meine Tochter hat schon mit ihrer neuen Gesellschafterin zu Mittag gegessen«, antwortete der Baron. »Ich muß Sie ferner um weitgehende Nachsicht bitten. Ich kann für die neue Köchin keine Verantwortung übernehmen, sie ist erst drei Stunden im Haus. Nein, nicht hinunter. Wir werden oben im ersten Stock speisen, auf der Terrasse kann man ja bei diesem Wetter nicht sitzen.«

Der Baron trat höflich zur Seite, um den Arzt vorangehen zu lassen. ... Jetzt ist der Augenblick gekommen ... dachte Dr. Kircheisen. ... Jetzt werd' ich ihm die Falle stellen.

»Wenn ich nicht irre, haben Sie als erster die Cima Undici in der Brentagruppe bestiegen, Herr Baron?«

Der alte Herr blieb augenblicklich stehen und blickte überrascht den Arzt an. »Sie wissen davon? Interessieren Sie sich am Ende auch – sind Sie gar selber Hochtourist?«

»Ein wenig. Nur ein Outsider gewissermaßen«, sagte der Arzt.

Der Baron ergriff in freudiger Erregung Dr. Kircheisens Hand und schüttelte sie. »Auch Alpinist? Aber das ist ja herrlich! Und das sagen Sie mir erst jetzt?«

»Wann war das eigentlich, daß Sie die Cima Undici erstiegen haben?« unterbrach ihn der Arzt kühl.

»Das kann ich Ihnen ganz genau sagen, es war in diesem Frühjahr, am 24. Mai.«

Der Arzt lächelte ... In diesem Frühjahr! Das der alte Herr sich der Ungereimtheit dieser Behauptung so gar nicht bewußt wird! Aber, wie merkwürdig ... Das Datum stimmte. »Am 24. Mai um drei Uhr morgens« ... so stand es ja in der Nummer des »Gletscher« gedruckt.

»Und von wo aus sind Sie den Aufstieg angegangen? Ich meine, wo war Ihr Standquartier.«

»In Salo, natürlich«, antwortete der Baron, ohne einen Augenblick zu zögern. »Kennen Sie dieses italienische Nest?«

... Auch das stimmt ... dachte der Arzt verwundert. ... Nun, sehen wir weiter ...

»Sie hatten einen ausgezeichneten Führer mit, wie man mir erzählt hat. Den ... den ... – wie heißt er doch nur? ...«

»Den Jakob Schwarzinger! Der geht immer mit mir. Kennen Sie ihn am Ende auch? Sind Sie vielleicht auch schon mit dem Schwarzinger gegangen? Wahrscheinlich im Glocknergebiet, nicht wahr? Das ist ja seine Spezialität, er ist nämlich in Heiligenblut zu Haus.«

... Also, das ist doch zum Staunen! Alles stimmt. Es ist ihm nicht beizukommen. Hab' ich unrecht mit meinem Verdacht? Sollte der alte Mann tatsächlich der echte und wirkliche Baron Vogh sein? Ja, dann war die Sache doch noch weit unbegreiflicher! ... Dr. Kircheisen war sehr unsicher geworden.

»Ja, er ist ein außerordentlich verläßlicher Führer, der Schwarzinger«, setzte er sein Verhör fort. »Das hat sich ja auch damals auf der Cima Undici gezeigt, bei dem Gratübergang, als sich der Stein loslöste.«

Sie stiegen langsam im Gespräch die Treppe empor, die in den ersten Stock führte.

»Wie gut Sie informiert sind!« rief der Baron in freudigem Erstaunen. »Ich weiß schon, sicher waren Sie bei dem Vortrag, den ich im Juni im Touringklub gehalten habe.«

»Erraten!« log Dr. Kircheisen. Aber seine Stimme klang ganz verzagt. ... Er ist wahrhaftig der, für den er sich ausgibt. Ich war auf einem Irrweg. Aber wie, zum Teufel, soll ich mir dann sein Verhalten seiner Braut gegenüber erklären! Noch einen letzten Versuch! ...

»Haben Sie nicht auch Spuren Ihres verunglückten Vorgängers gefunden?« fragte er.

»Natürlich, ich habe das ja auch erwähnt in meinem Vortrag. Hundert Schritt vor dem ersten Schneefeld unterhalb des Risses liegt noch heute Mac Cullochs Eispickel im Geröll.«

... Jetzt gibt es keine Zweifel mehr. Er ist wirklich und wahrhaftig der »tolle Baron«! Ein Glück, daß ich nichts hab' merken lassen von meinem dummen Verdacht ... Da hätt' ich mich gehörig lächerlich gemacht.

»Sie kannten wohl Mac Culloch nicht?« fragte der Baron, indem er zwei Stufen auf einmal nahm. »Ich hab' ihn gut gekannt. Er war ein verschlossener Mensch, der nur selten und auch dann nur wenig sprach; aber immer hatte er einen höhnischen Zug um den Mund. Ich bin zweimal mit ihm geklettert, vor Jahren. Die Vajolett-Türme hab' ich mit ihm gemacht und dann die Bischofsmütze: Die war meine erste Klettertour. Ich war ein Anfänger, damals. Ich glaube, daß ich mich gut gehalten habe, aber er hatte kein Wort der Anerkennung für mich, nur immer den überlegenen, mokanten Zug um den Mund.«

Der Baron stieg rasch und voll Eifer die Treppe empor. »Sehen Sie, drum hat es mich immer gelockt und getrieben, die Cima Undici–Nordwand zu erklettern, an der der große Mac Culloch gescheitert ist. Und ich hab' sie erstiegen! Ich hab' mir selbst bewiesen, daß jenes impertinente Lächeln Mac Cullochs eine Lüge war, an die er selbst niemals geglaubt hat.«

Der Baron schöpfte tief Atem, nahm wieder ein paar Stufen und fuhr fort:

»Sehn Sie, Doktor, da war eine Stelle auf der Cima Undici hart unterhalb des Gipfels, die war noch schwerer als der Riß, an dem Mac Culloch verunglückt ist. Eine glatte, steile Wand, fast ohne Griffe. Wir machten das so: Der Schwarzinger stieg mir auf die Schultern und ich richtete mich langsam auf. Dann mußte ich mit dieser Last auf dem Rücken drei Schritte weit die Wand traversieren, bis der Schwarzinger den einen Griff erhaschen konnte, den die Wand bot.«

Der Baron drehte sich nach dem Arzt um und demonstrierte ihm jenen Griff, wobei er zur Verdeutlichung der Situation das Treppengeländer zu Hilfe nahm.

»Aber der Schwarzinger konnte den Griff nicht finden«, setzte er im raschen Weitergehen fort. »Und ich hatte keinen Halt, ich fühlte, daß wir beide, der Schwarzinger und ich, im nächsten Augenblick zerschmettert in der Tiefe liegen müßten, wenn ich die Last nicht los würde. Mein Fuß begann abzugleiten und oben brüllte der Schwarzinger: ›Aushalten! Um Gottes willen, aushalten!‹ So hatte ich ihn noch nie rufen gehört.«

Der Baron holte tief Atem, zitternd vor Erregung.

»Und ich hielt aus, bis der Schwarzinger seinen Griff

hatte. Ich weiß heut' noch nicht, wie ich's gemacht hab'. Nicht Hände und Füße allein, nein, Knie, Schulter, Brust, alles griff zu, saugte sich an der Felswand fest. Als wir oben waren, sagte der Schwarzinger: ›Mit keinem geh ich nochmals da herauf, und wenn er mir zweitausend Gulden bar auf den Tisch legt. Aber mit Ihnen, Herr Baron, noch zwanzigmal.‹ Da hat sich's nicht mehr um Geschicklichkeit gehandelt, Doktor, nicht um Mut, nicht um Ausdauer. Nein, nur um Kraft, um ganz gemeine, rohe, körperliche Kraft!«

Dr. Kircheisen schloß die Augen. In Gedanken versuchte er sich die schauerliche Situation auszumalen. Er sah die gewaltigen Felswände und die schwindelerregenden Tiefen, er hörte den Gletscherbach brausen und fühlte den kalten Hauch des Windes, der vom ewigen Eise herkam, und inmitten dieser Welt des Grauens sah er den Baron, wie er mit seiner Last auf den Schultern furchtlos Schritt für Schritt die glatte Wand traversierte, den gähnenden Abgrund zu seinen Füßen.

Dr. Kircheisens Mißtrauen war längst gewichen. Nichts als schrankenlose Bewunderung erfüllte ihn vor dem Manne, der unter solchen Gefahren mit solch übermenschlicher Kraft – – –

Plötzlich fühlte er einen leichten Stoß. Der »tolle Baron«, der die Nordwand der Cima Undici bezwungen hatte, war ihm mitten auf der Treppe in die Arme gesunken; hilflos, zitternd, nach Atem ringend lag er da und stieß mit einem müden und traurigen Lächeln hervor:

»Doktor ... ich kann nicht weiter, ... Sie müssen mir ... da hinauf helfen, ... die vielen Stufen! ... ich hab' mir ... zuviel zugemutet, ... die Stiege ist ... zu steil ...«

Die Wachteln von Allahabad

Dr. Kircheisen hatte das Mittagessen allein nehmen müssen. Den Baron hatte er nach jenem Schwächeanfall auf der Treppe in sein Arbeitszimmer gebracht; dort lag der alte Herr jetzt auf das Sofa gebettet und schlief. –

Dr. Kircheisen schob den Obstteller von sich, zündete sich eine Zigarre an und wandte sich an den Kammerdiener Philipp, der ihn während des Essens bedient hatte.

»Also Sie bleiben dabei?« fragte er. »Sie können sich wirklich nicht erinnern, daß sich der Baron schon früher über allerlei beklagt hat? Über Schmerzen im Hinterkopf beispielsweise, über Schwindelanfälle, über Zittern in den Händen?«

»Davon hat der Herr Baron ganz bestimmt niemals gesprochen!« sagte der Diener.

»Das Leiden, das ich bei Ihrem Herrn festgestellt habe, ist nämlich nicht von heute oder gestern. Es ist eine sehr ernste Sache, mit der nicht zu spaßen ist. Sie haben sicher schon einmal den Ausdruck: Arterienverkalkung gehört?«

»Jesus Maria!« schrie der alte Diener auf.

»Das, was ihm vorhin auf der Treppe geschehen ist, das war nicht die Folge einer Ermüdung, wie Sie meinen. Das war ein leichter Schlaganfall, nichts mehr und nichts weniger. Wir müssen das Kind beim rechten Namen nennen.«

»Jesus Maria Josef!« stammelte Philipp entsetzt.

»Nun denken Sie doch nochmals nach! Haben Sie niemals Klagen über Unwohlsein von Ihrem Herrn gehört?«

Der Diener schüttelte den Kopf. »Er ist immer ganz gesund gewesen. Vor vier oder fünf Tagen hat er einen Furunkel am Halse gehabt, den hat ihm der Hausarzt geschnitten. Herr Doktor haben vielleicht den Verband gesehen. Das ist aber auch alles. Sonst hat dem Herrn Baron niemals etwas gefehlt.«

»Hören Sie einmal!« sagte Dr. Kircheisen. »Diese Krankheit geht methodisch vor, ich möchte sagen: haushälterisch. Sie schießt nicht gleich mit schwerem Geschütz. Sie macht sich zuerst durch kleine Symptome bemerkbar: durch Kopfschmerzen, durch Zittern in den Händen und allerlei andere kleine Beschwerden. Dann erst kommen ernstere Anzeichen. Da ist eine bestimmte Reihenfolge gewissermaßen. Wenn Sie des Morgens aufstehen, ziehen Sie zuerst die Weste an, dann den Rock – Sie verstehen, was ich meine!«

»Ich verstehe den Herrn Doktor schon. Aber die Krankheit ist über Nacht gekommen!«

»Das ist ausgeschlossen. Ich werde mich mit dem Hausarzt des Herrn Baron in Verbindung setzen.«

»Ja, das wäre das beste; vielleicht finden die beiden Herren gemeinsam etwas, um dem Gärtner zu helfen.«

»Aber ich spreche doch von Ihrem Herrn! Von Ulam Singh war ja nicht die Rede! Dem ist nicht zu helfen, der wird den morgigen Tag nicht überleben.«

»Versuchen Sie's doch, Herr Doktor! Versuchen Sie's doch! Vielleicht finden Sie doch ein Mittel«, jammerte der alte Diener.

»Es handelt sich mir jetzt in erster Linie um Ihren Herrn. Sie scheinen sich des Ernstes der Sache noch immer ebensowenig bewußt zu sein, wie der Baron selbst, sonst würden Sie sich nicht immer mit dem Gärtner beschäftigen, der mit der Krankheit Ihres

Herrn doch gar nichts zu tun hat. Ihr Herr leidet an Sklerose und raucht trotzdem die schwersten Zigarren, trinkt die unmöglichsten Weine und hat nichts als Bergtouren und Reisen im Kopf. Das muß von Grund auf anders werden. Es wird am besten sein, wenn ich ein ernstes Wort mit der Baronesse spreche; die scheint der einzige erwachsene Mensch hier im Hause zu sein.«

Diese Bemerkung schien den alten Philipp in eine heftige Besorgnis zu versetzen. »Ich bitte, Herr Doktor sollten das nicht tun! Herr Doktor sollten das auf keinen Fall nicht tun!« rief er aufgeregt.

»Aber weshalb denn nicht? Ich werde selbstverständlich mit der notwendigen Schonung vorgehen. So rücksichtsvoll, als möglich.«

»Unsere Baronesse sollten der Herr Doktor nicht beunruhigen. Es hat gar keinen Zweck, mit ihr darüber zu sprechen.«

»Es hilft nichts. Es ist meine Pflicht als Arzt, dafür zu sorgen, daß sie ihren Vater zu einer Änderung seiner Lebensweise bestimmt, solange es noch Zeit ist.«

»Herr Doktor müssen mir schon glauben: Es hat keinen Sinn, mit unserer Baronesse darüber zu sprechen. Sie hat nicht solchen Einfluß auf den Herrn Baron, wie der Herr Doktor vielleicht meinen.« Der alte Philipp holte sein blaugetupftes Schnupftuch hervor und wischte sich den Schweiß von der Stirn.

Dr. Kircheisen überlegte eine Weile. »Wer ist der Hausarzt der Familie?«

»Der Herr Doktor Bäumel, Schönbrunner Straße 62.«

»Rufen Sie ihn, bitte, an den Apparat!«

Die Auskunft, die Dr. Kircheisen in diesem telephonischen Gespräch erhielt, vermochte ihn nur wenig zu befriedigen. Der Arzt selbst war nicht in seiner Wohnung anwesend, aber seine Frau konnte aus Notizen und Bucheintragungen feststellen, daß ihr Mann in den letzten Jahren überhaupt nur drei Besuche in der Villa gemacht hatte. Zweimal war Dr. Bäumel im letzten Herbst wegen einer leichten Influenza der Baronesse zu Rate gezogen worden. Dann noch einmal, und zwar vor fünf Tagen, da hatte er dem Baron einen kleinen Furunkel operativ entfernt. Sonst hatte der Baron die Dienste des Hausarztes niemals in Anspruch genommen. Daß ihrem Gatten bei einem dieser Besuche Symptome eines ernsteren organischen Leidens an dem Baron aufgefallen wären, war aus seinen Eintragungen nicht zu entnehmen.

Kopfschüttelnd ging Dr. Kircheisen im Zimmer auf und nieder. Das Charakterbild des Barons Vogh begann sich vor seinen Augen zu formen. Da war ein Mann, der mit bewunderungswerter und dennoch lächerlich wirkender Energie sich bemühte, die Spuren des Alters vor seiner Dienerschaft, vor seiner Tochter, seiner Braut, seinem Hausarzt, ja sogar vor sich selbst zu verbergen. Ein müder Mann, der jahrelang der Welt den ewig Jungen, den Unverwüstlichen, den »tollen Baron« vorgespielt, der die letzte und höchste aller Weisheiten niemals gelernt hatte: Still abseits zu treten, wenn die Zeit um ist, und der Jugend, der echten, wirklichen Jugend, den Platz freizugeben. Aber, vielleicht wird ihm der Ohnmachtsanfall von vorhin die Augen öffnen, ... dachte Dr. Kircheisen. ... Vielleicht wird er jetzt begreifen, daß die Natur sich nicht täuschen und betrügen läßt wie sein Diener oder seine Braut, und daß sie mit der Faust anklopft, wenn man sich vor ihren ersten leisen Mahnungen die Ohren verschließt ...

Ein Diener, der ihn in das Zimmer des Barons bat, riß ihn aus seinen Gedanken.

Der Baron war erwacht und schien den Arzt mit Ungeduld erwartet zu haben. Er ging im Zimmer auf und nieder, mit gesenktem Kopf, die glimmende Zigarre in der Hand. Rock und Weste hatte er abgelegt, denn das Zimmer war stark überheizt, das Fenster geschlossen und noch immer brannte das Feuer im Kamin.

»Entschuldigen Sie, daß ich es mir so bequem gemacht habe«, begann der Baron. »Ich habe Sie zu mir bitten lassen, weil ich – aber, was wollen Sie denn von meiner Zigarre, Doktor?«

Dr. Kircheisen hatte ihm die Zigarre aus der Hand genommen und besah sie: Natürlich! Wieder eine schwere Importe! »Hat Ihnen Ihr Hausarzt nicht das Rauchen verboten, Herr Baron?«

»Keine Spur!« sagte der Baron. »Sie finden, daß ich das Rauchen aufgeben sollte?«

»Ich müßte es Ihnen auf jeden Fall streng untersagen, wenn Sie mich zu Rate ziehen würden«, erklärte Dr. Kircheisen. Jetzt, da der Baron ohne Rock und Weste vor ihm stand, bemerkte er den Verband, den der alte Herr am Hals trug, und entsann sich, daß die Frau des Hausarztes und der Diener von einem Furunkel gesprochen hatten, der dem Baron vor ein paar Tagen geschnitten worden war.

»Arteriensklerose. Nicht wahr?« fragte plötzlich der Baron. Er sagte das mit gleichgültiger Miene, aber es klang so zaghaft und unsicher, daß es dem Arzt schien, als hätte der Baron dieses Wort zum erstenmal über die Lippen gebracht.

»Ich kann nicht annehmen, daß Ihr Hausarzt Sie über Ihren Zustand im unklaren gelassen hat.«

»Ich habe es mir gleich gedacht. Sofort als sich der lästige Druck auf dem Hinterkopf zum erstenmal zeigte.« Der Baron sprach mit leiser Stimme, beinahe nur zu sich selbst.

»Fühlen Sie diese Beschwerde schon seit längerer Zeit?« fragte der Arzt.

»Seit einiger Zeit, ja«, sagte der Baron. »Eben deswegen habe ich Sie ja jetzt heraufgebeten. Doktor, es muß etwas geschehen, und zwar rasch, sonst wird es zu spät.«

»Natürlich. Vor allem werden Sie das Rauchen aufgeben oder wenigstens einschränken, allen körperlichen Anstrengungen aus dem Weg gehen und sich bei Ihren Mahlzeiten an eine vorgeschriebene Diät halten.«

»Das alles werde ich gerne tun«, versprach der Baron. »Aber außerdem ...« Er dachte einen Augenblick lang nach. »Außerdem werden Sie dem Ulam Singh jetzt endlich das Mittel geben müssen.«

Der Arzt wurde ungeduldig und ärgerlich. Diese sprunghafte Art des Barons! Unmöglich für ihn, bei der Sache zu bleiben, einen Gedanken folgerichtig zu Ende zu denken. Jetzt war er plötzlich wieder bei Ulam Singh! »Von welchem Mittel sprechen Sie eigentlich, Herr Baron?« fragte Dr. Kircheisen gereizt.

»Von dem Mittel, das ihn für eine halbe Stunde lebendig machen kann.«

»Sie spielen auf etwas Bestimmtes an?«

»Ja, Sie wissen, was ich meine. Ihr Mittel, Doktor!«

»Ah! Das Karasin-Serum?«

»Ja! Das Karasin-Serum! Natürlich! Das ist der Name! Ich quäle mich schon seit vierundzwanzig Stunden und konnte auf den Namen nicht kommen.«

»Woher wissen Sie denn von der Existenz dieses Serums, Herr Baron?«

»Ich weiß, daß Sie mit dem Professor Karasin zusammen dieses Mittel erfunden haben.«

»Das stimmt nicht ganz. Der berühmte Chemiker, Professor Karasin, hat mit dem Serum nichts zu tun. Er ist seit zwölf Jahren tot. Es war einer seiner Schüler, Doktor Tilgner, mit dem ich zusammen an dieser Sache gearbeitet habe, und daß wir das Serum nach seinem verstorbenen Lehrer Karasin-Serum genannt haben, war bloß ein Akt der Pietät. Aber woher wissen Sie Näheres über die Wirkung dieses Serums? Doktor Tilgner und ich haben unsere gemeinsamen Untersuchungen noch nicht publiziert.«

»Ich habe jene Gerichtsverhandlung verfolgt – wie hat doch nur die große Kriminalaffäre im vorigen Herbst geheißen?«

»Ach so! Sie haben die Zeitungsberichte über den Prozeß gegen die Mörder des Privatiers Hallasch und seiner Schwester gelesen?«

»Ja, richtig! Die Affäre Hallasch!«

»Dann werden Sie aber auch wissen, daß ich das Karasin-Serum nicht in Anwendung bringen darf«, sagte der Arzt ernst.

»Ja, aber weshalb denn nicht? Eben damals haben Sie ja Gebrauch gemacht von dem Serum! Daher kenn' ich ja überhaupt Ihren Namen, Doktor!«

Dr. Kircheisen wurde es mit einem Mal klar, warum die Wahl des Barons gerade auf ihn, den nicht praktizierenden Arzt, gefallen war. Der Baron hatte das Karasin-Serum und den Namen seines Erfinders in den Zeitungsberichten über den Fall Hallasch erwähnt gefunden. Von allem Anfang an schien er dieses Serum im Auge gehabt und irgendwelche phantastische Vorstellungen an seine Wirkung geknüpft zu haben. Jetzt galt es, ihn von diesen Gedanken schleunigst abzubringen.

»Das Karasin-Serum muß leider aus dem Spiele bleiben. Sie scheinen nicht zu wissen, daß die scheinbare Besserung, die es in dem Befinden des Patienten hervorbringt, von unheilvollen Folgen begleitet ist. Schon nach einer Stunde, oft auch noch früher, stellt sich eine heftige Reaktion ein, die zumeist mit dem Tode infolge Herzlähmung endet. Doktor Tilgner und ich haben da leider nur halbe Arbeit geleistet. Das Serum wirkt absolut lebensverkürzend, und ich habe daher kein Recht, es anzuwenden.«

»Und damals in der Affäre Hallasch?« rief der Baron ganz verstört.

»Damals lag die Sache anders. Der Privatier Anton Hallasch war ermordet, seine Schwester Petronella, die ihm den Haushalt geführt hatte, tödlich verletzt worden. Der Verdacht der Täterschaft ruhte auf dem Zimmerherrn der beiden, dem Handlungsgehilfen Emil Neubauer, der, wie sich nachher herausstellte, völlig unschuldig war. Die einzige Entlastungszeugin, die Petronella Hallasch, lag in Agonie und war nicht vernehmungsfähig. Damals hab' ich über Antrag der Verteidigung der Petronella Hallasch eine Karasin-Injektion verabreicht, um sie für einige Minuten zu Bewußtsein zu bringen. Sie hat dann tatsächlich den wirklichen Täter genannt. Es stand eben ein Menschenleben auf dem Spiel, und darum habe ich ohne Bedenken das Karasin-Serum angewandt. Aber diesmal ...«

»Auch diesmal steht ein Menschenleben auf dem Spiel, Doktor!« sagte der Baron.

»Ein Menschenleben?«

»Ja! Das meine.«

»Ich verstehe Sie nicht, Herr Baron!«

»Nein, Sie verstehen mich nicht und werden mich nie verstehen! Doktor, ich bin ein schwerkranker Mann, das wissen Sie. Ulam Singh allein kann mir helfen, er muß nur eine halbe Stunde lang denken und handeln können! Was nachher geschieht, ist gleichgültig. Wenn er dann stirbt, – Sie haben ja selbst gesagt, daß er nicht mehr zu retten ist.«

»Sie erwarten ärztliche Hilfe von Ihrem indischen Gärtner? Das ist ja recht interessant! Ich habe offenbar in ihm eine Art Kollegen zu respektieren?« fragte Dr. Kircheisen spöttisch.

»Nein. Ulam Singh ist kein Arzt. Aber er ist trotzdem der einzige, der mir helfen kann.«

»Also ein exotischer Kurpfuscher? Ich fürchte, Herr Baron, unsere braven, altbewährten heimischen Kräuterweiber, die ohnehin so schwer unter dem unlauteren Wettbewerb der Ärzte zu leiden haben, werden über diese neue Konkurrenz recht ungehalten sein.«

»Sie verspotten mich, Doktor. Sie sind ein Mann der rationalistischen, materialistischen Wissenschaft Europas. Sie werde ich niemals überzeugen können, daß es dort drüben eine andere Wissenschaft gibt, die sicher älter und vielleicht auch tiefer ist, als die Ihre, und die ihren Jüngern Kräfte und Fähigkeiten verleiht, von denen Sie nichts ahnen.«

Es war etwas in der Stimme des Barons, das den Arzt bestimmte, den spöttischen Ton fallen zu lassen und der Diskussion einen ernsthafteren Charakter zu geben.

»Doch, doch!« sagte er. »Ich habe allerlei davon gehört, auch einiges darüber gelesen. Sie glauben aber doch nicht im Ernst, daß irgendeiner dieser Fakirtricks sich nicht auf eine wissenschaftlich befriedigende Art erklären ließe? Das meiste ist zweifellos Training des Körpers, das Lebendigbegrabenlassen mancher Fakire zum Beispiel, soweit es nicht überhaupt als Schwindel und Humbug festgestellt ist. Andere Experimente beruhen anscheinend auf Wachsuggestion. In diese Kategorie gehört vermutlich jener bekannte Versuch mit der Bohnenranke, von dem man vor einiger Zeit so viel Aufhebens gemacht hat.«

Der Baron hatte sich bei den letzten Worten Dr. Kircheisens erhoben, stützte die Arme auf den Schreibtisch und blickte den Arzt aufmerksam an.

»Was ist das für ein Experiment, das mit der Bohnenranke?« fragte er.

»Das Experiment mit der Bohnenranke? In der Züricher psychologischen Gesellschaft wurde es meines Wissens vor zwei Jahren zum erstenmal einer kleinen Gesellschaft von Gelehrten vorgeführt. Ein indischer Gaukler pflanzte eine Bohne in die Erde, aus der innerhalb einer halben Stunde eine Ranke bis zu einer Höhe von zirka zwei Metern emporschoß und Blüten ansetzte. Er hat dann das Experiment in umgekehrter Richtung wiederholt, bis wieder zum Schluß die Bohne da war, die er in die Erde versenkt hatte. Später zeigte er dasselbe Experiment an einem Rosenstrauch. Ich war übrigens bei jener Sitzung nicht anwesend und kenne die ganze Geschichte nur aus Zeitungsberichten. Solange ich das Experiment nicht selbst gesehen und geprüft habe, muß ich es für einen ausgezeichnet inszenierten Humbug halten.«

»Und wenn ich Ihnen nun sage, daß ich eben dieses Experiment mit eigenen Augen gesehen und geprüft habe und daß es kein Humbug ist, Doktor!« Der Baron hatte sich hoch aufgerichtet. Er zitterte am ganzen Körper vor Erregung.

»In Indien?« fragte der Arzt. Er hatte einem Futteral ein kleines Thermometer entnommen und schob es dem Baron in die Achselhöhle.

»Nein! Hier in diesem Hause!«

»Von Ulam Singh vorgeführt, wahrscheinlich. Nicht wahr?«

»Ja, Doktor! Begreifen Sie jetzt, daß mir an seinem Leben liegt?«

»Waren zu diesen Versuchen noch andere – kritischer veranlagte Personen beigezogen?

»Ich war der einzige Zeuge.«

»Sind Sie unter diesen Umständen sicher, daß Sie nicht das Opfer einer Täuschung, oder« – Dr. Kircheisen lächelte – »sagen wir: Ihrer nicht genügend geschulten, unwissenschaftlichen Betrachtungsweise geworden sind?«

»Geben Sie ihm das Karasin-Serum! Bringen Sie ihn für eine halbe Stunde zum Bewußtsein, und Sie sollen das Experiment selbst mit ansehen und prüfen. Das verspreche ich Ihnen!«

»Ich habe kein Recht, Herr Baron, das Leben dieses, nach allem, was Sie mir erzählen, zweifellos sehr interessanten Patienten nur aus wissenschaftlicher Neugierde mutwillig abzukürzen«, sagte Dr. Kircheisen lächelnd.

»Sie nehmen mich noch immer nicht ernst, Doktor! Wenn Sie mir doch nur endlich glauben wollten!«

»Aber, Sie sind im Irrtum, ich glaube Ihnen ja jedes

Wort, verehrter Herr Baron«, beruhigte ihn der Arzt und zog das Thermometer unter dem Arm des Barons hervor. »Natürlich. Ich dachte mir's gleich. Neununddreißig sechs! Sie fiebern, Herr Baron.«

Er bettete das Thermometer wieder in das Futteral. »Wundfieber offenbar. Sie haben ja vor ein paar Tagen eine kleine Operation überstanden«, sagte er dann und wies auf den Verband, den der Baron am Halse trug. »Wenn Sie erlauben, werde ich Ihnen jetzt den Verband erneuern. Zu solch kleinen Diensten erweist sich die rationalistische, materialistische Wissenschaft Europas doch vielleicht als ausreichend. Meinen Sie nicht?«

Dr. Kircheisen löste die Sicherheitsnadel ab, die den weißen Leinwandstreifen zusammenhielt. »Es ist ja wahrscheinlich nur eine Bagatelle, dieser geschnittene Furunkel, aber in Ihrem Alter muß man auch bei Kleinigkeiten vorsichtig sein. Wie alt sind Sie übrigens, Herr Baron, wenn man fragen darf?«

Die Frage schien dem Baron nicht willkommen.

»Warum wollen Sie das wissen?« fragte er. »Ich habe immer mein eigenes Tempo gehabt im Altwerden. Jeder Mensch hat sein eigenes Tempo: der eine beeilt sich, der andere läßt sich Zeit.«

»Ich meine Ihr kalendarisches Alter, Herr Baron.«

Der Baron gab keine Antwort. Dr. Kircheisen begann vorsichtig den Leinwandstreifen vom Hals des Patienten abzulösen.

»In Indien, in der Stadt Allahabad«, sagte der Baron plötzlich, »hab' ich Wachteln gefrühstückt, die waren vier Wochen alt und hatten dennoch viele hundertmal die Sonne auf- und untergehen gesehen. Sie hatten das zarte Fleisch junger Tiere und waren dabei uralt und fett vor Alter.«

»Wie das?« fragte Dr. Kircheisen.

»Die Wachteln nehmen regelmäßig zu einer bestimmten Tageszeit ihr Futter zu sich, nämlich bei Sonnenaufgang. Das machen sich die Inder zunutze. Sie sperren die Wachteln, die gemästet werden sollen, in einen dunklen Keller. Wenn nun die Türen geöffnet werden und das Tageslicht in den Keller fällt, dann glauben die dummen Tiere, es sei Morgen, beginnen zu singen und nehmen das Futter. Anfangs geschieht die Täuschung zweimal täglich, dann öfter, zum Schluß beinahe stündlich. So werden die Wachteln alt und fett lang vor der Zeit. Sie glauben ihr Leben zu Ende gelebt zu haben, wenn ihnen das Küchenmesser am Halse sitzt, und sind satt und zufrieden. Welchen Sinn hätte es für die betrogenen Tiere, darüber nachzudenken, wann sie aus dem Ei gekrochen sind? Sie wissen nicht, ob es ein Tag war, der zwischen Sonnenaufgang und Sonnenuntergang lag, oder nur Minuten.«

»Sehr interessant«, sagte Dr. Kircheisen zerstreut. »Ich dachte anfangs, es wäre wieder irgendein indisches Fakirkunststück, das Sie mir erzählen wollten. Eine sehr philosophische und lustige Geschichte, die Geschichte von den Wachteln von Allahabad.«

»Finden Sie sie wirklich so lustig?« fragte der Baron.

Dr. Kircheisen hörte nur mit halbem Ohr hin. Er hielt den Verbandstreifen in der Hand. »Donnerwetter!« sagte er. »Haben Sie aber viel Blut verloren. Die ganze Leinwand ist durchtränkt. So! Jetzt noch die Watte ablösen, am besten mit einem bißchen Wasser – schon nicht mehr nötig, es geht auch so. Jetzt, ein bißchen waschen zuerst, so und jetzt – ja, zum Kuckuck, was ist denn das?«

Der Arzt legte die blutgetränkte Watte aus der Hand, ergriff den Kopf des Barons und drehte ihn nach rechts und nach links.

»Was gibt's denn, Doktor?«

»Also, das geht über meinen Horizont! Ich finde nicht die geringste Spur einer Wunde!«

»Das ist unmöglich!« rief der Baron.

»Nicht die Spur einer Wunde! Nicht die allerkleinste Verletzung. Sie sind hier niemals geschnitten worden. Ich begreife nicht, warum Sie Ihren Hals mit einem blutgetränkten Verband umwickelt haben.«

»Sie müssen sich irren, Doktor. Mein Hausarzt hat mich vor fünf Tagen um 1/2 10 Uhr vormittags am Hals geschnitten, nachdem er mich vorher die ganze Nacht über mit essigsaurer Tonerde gequält hatte. Er hat die Geschwulst zuerst mit Chloräthyl-Spray anästhisiert und dann einen raschen Schnitt durchgezogen.«

»Unmöglich! Es mußte doch die charakteristische, kreisrunde, wie mit dem Locheisen ausgeschlagene Öffnung zurückgeblieben sein! Aber ich finde nichts.«

»Wirklich? Ich habe keine Wunde am Hals?« schrie der Baron. »Was ist das wieder für eine Teufelei!«

Er ließ den Zeigefinger über Hals und Nacken gleiten. »Doktor! Einen Spiegel! Dort an der Wand hängt einer.«

»An der Wand hängt gar nichts.«

»Ach so! Ich vergaß, ich habe sie ja gestern selbst alle heruntergenommen! Dort im Schreibtischfach muß er liegen.«

Dr. Kircheisen holte den Spiegel hervor. Mit einem Mal schlug sich der Baron mit der Hand an die Stirn und ließ sich in seinen Lehnstuhl zurückfallen.

»Natürlich!« sagte er dann ruhig. »Daß mir das nicht gleich eingefallen ist!«

»Ich verstehe nicht, was das zu bedeuten hat!« rief der Arzt.

»Mir ist alles ganz klar!«

»Dann erklären Sie mir doch ...«

»Es ist die selbstverständlichste Sache von der Welt!« rief der Baron mit seinem heiseren Lachen.

»Was hat das also zu bedeuten?«

»Vielleicht ist auch das nur ein ausgezeichnet inszenierter Humbug! So nannten Sie's doch vorhin, nicht? Oder eine kleine Wachsuggestion, meinen Sie nicht, Doktor?«

»Wollen Sie mich zum besten halten, Herr Baron? Was hat Ihre Wunde mit jenem Bohnenrankenexperiment zu tun?«

Baron Vogh kam nicht mehr dazu, dem Arzt Rede zu stehen. Denn ein Ereignis trug sich in diesem Augenblick zu, so überraschend und erschreckend, daß das Rätsel des blutbefleckten Verbandes sogleich in den Hintergrund gedrängt wurde.

Der Baron war plötzlich aufgesprungen und bemühte sich mit seinen zitternden Fingern, das Fenster zu öffnen.

»Hören Sie, Doktor! Haben Sie's gehört?«

»Ja! Es hat jemand geschrien! Unten im Garten.«

Das Fenster flog auf. Der Baron beugte sich weit hinaus.

Noch einmal ertönte ein Schrei, von unten her. Diesmal lauter.

»Das ist Gretl!« rief der Baron. »Es ist Gretls Stimme! Was ist geschehn?«

Und jetzt, trapp, trapp, die Schritte eines Menschen,

der in furchtbarer Aufregung über den Kiesweg gelaufen kam.

»Philipp!« kreischte der Baron. »Philipp! Was ist geschehn?«

»Herr Baron!« jammerte die Stimme des alten Philipp atemlos und keuchend von unten herauf. »Wieder eine Schlange! Der Baronesse ihr Hund ... ist gebissen ...!«

Ein Urwaldabenteuer

Von all den merkwürdigen und aufregenden Erlebnissen, die an jenem Tage auf den unglücklichen Dr. Kircheisen einstürmten, war es das Abenteuer in des Barons kleinem Treibhausurwald, das die tiefsten und nachhaltigsten Wirkungen in den Nerven des Arztes zurückließ. Lange konnte er die Erinnerung an den geheimnisvollen indischen Dschungel in der Orchideenabteilung des Glashauses nicht loswerden und noch Jahre nachher schlich sich das spukhafte Erlebnis immer und immer wieder in seine Träume. Dann fuhr er schreiend aus dem Schlaf auf, schlug wild mit den Fäusten um sich und stieß angsterfüllte oder anfeuernde Rufe aus, bis die alte Bettina kopfschüttelnd die Lampe in der Hand, in sein Schlafzimmer trat und ihn mit ihrem Jammern in die Wirklichkeit zurückbrachte.

»Herr Doktor! Aber Herr Doktor! Gewiß sind der Herr Doktor wieder im Urwald und jagen Schlangen!«

Zweifellos ist es ein recht seltsames Ansinnen, von einem Arzt, der ganz harmlos zu einem Krankenbesuch gekommen ist, zu verlangen, er möge an einer

Schlangenjagd im indischen Urwald teilnehmen. Dr. Kircheisen fand mit Recht, daß es ein wenig außerhalb seiner beruflichen Sphäre lag, dem Baron zu helfen, das giftige Reptil, das im Treibhause sein Unwesen treiben sollte, unschädlich zu machen. Dr. Kircheisen war alles andere als ein Heros. Im ersten Augenblick wollte er energisch ablehnen. Ein vages Gefühl tauchte in ihm auf, daß es in einem wohlgeordneten Staatswesen doch wohl irgendeinen Funktionär geben müsse, in dessen Pflichtenkreis die Vertilgung solch gefährlicher Tiere fiele, – der Wasenmeister! Selbstverständlich der städtische Wasenmeister! Und sofort schoß ihm der Satz durch den Kopf, den er hier und da im Zusammenhang mit wutverdächtigen Hunden in den Zeitungen gelesen hatte: »... wurde dem Wasenmeister zur Vertilgung übergeben ...«

Aber in dem gleichen Augenblicke, da dieser Gedanke dem Arzt durch den Kopf flog, kam die Baronesse, den toten Foxl Billy in den Armen haltend, schluchzend die Treppe hinauf, und diese Begegnung war es, die dem Dr. Kircheisen zu der heroischesten Stunde seines Lebens verhalf.

Eine Welle von Mut und Entschlossenheit strömte ihm plötzlich zum Herzen.

»Baronesse!« sagte er. »Weinen Sie nicht länger. Ich werde Ihren armen Hund rächen! Wie ist denn das Unglück überhaupt geschehen?«

»Billy ist aus dem Treibhaus gesprungen, hat furchtbar geschrien und geheult und ist hin und her gelaufen«, berichtete die Baronesse, noch immer schluchzend. »Dann ist er hingefallen, hat mit den Beinen gezuckt und war tot.«

»Im Treibhaus also müssen wir die Schlange finden. Kommen Sie, Herr Baron!«

»Einen Augenblick, Doktor!« sagte der Baron. »Warten Sie hier auf mich, ich habe einiges vorzubereiten für unsere kleine Expedition. Spatz, du bleibst im Hause und gehst nicht in den Garten, eh' ich dir's erlaub'.« Der Baron verschwand im Nebenzimmer.

Dr. Kircheisen wandte sich dem »Spatzen« zu. Er fand, daß dieser Name durchaus nicht zu der Erscheinung der Baronesse paßte.

»Sie haben Ihren Hund wohl sehr gern gehabt?« fragte er das junge Mädchen.

»Er war das einzige, was ich auf der Welt hatte! Billy, mein süßer, armer Billy!« klagte die Baronesse und wischte sich mit dem Handrücken die Tränen aus ihren großen blauen Augen.

»Aber! Aber! Das einzige? Sollte es keinen Menschen geben, den Sie auch ein wenig lieb haben?« fragte Dr. Kircheisen.

»Menschen? Die sind doch alle langweilig. Ich unterhalte mich viel lieber mit Hunden.«

»Es ist merkwürdig«, sagte Dr. Kircheisen, »wie unsere Ansichten sich begegnen. Würden Sie mir es glauben, daß auch ich zuzeiten das Gefühl habe, daß wahre, unegoistische Freundschaft nur zwischen Mensch und Tier möglich ist? Aber freilich, den Mut, diesen Gedanken laut auszusprechen, habe ich niemals gehabt. Sie sind mir um einige Jahre in Ihrer geistigen Entwicklung vor, Baronesse!«

Das junge Mädchen streichelte ihren toten Liebling und gab keine Antwort.

»Aber ich vergaß! Sie lieben ja die Komplimente nicht, Baronesse, nicht wahr?«

Die Baronesse trocknete die Tränen auf ihren Wangen. »Nein«, sagte sie. »Es ist so langweilig, wenn die Leute sagen, daß ich hübsch frisiert bin oder ein schönes Kleid an hab'. Solche Leute laß ich stehn und lauf' weg.«

»Das ist allerdings eine recht wirksame Methode, den Herrschaften ihr geliebtes Süßholzraspeln abzugewöhnen. Ich schätze diese Sorte Menschen auch nicht sehr. Ich finde überhaupt, daß unsere Ansichten in vielen Punkten erfreulich übereinstimmen.«

»Ja«, sagte die Baronesse nachdenklich. »Sie haben Hunde auch lieb. Sagen Sie mal: Liegen Sie früh auch gerne lang' im Bett?«

»Ich möchte schon, aber ich kann mir dieses Vergnügen leider nicht immer gestatten. Ich bin mit Arbeit sehr überhäuft.«

»Ich auch!« sagte die Baronesse. »Ich muß soviel wirklich unnütze Sachen lernen. Papa will es. Glauben Sie, daß mir Papa einen neuen Foxl kaufen wird?«

»Ich glaube, daß er dazu geradezu verpflichtet ist.«

»Nicht wahr?« sagte die Baronesse eifrig. »Aber diesmal einen stichelhaarigen. Adieu, Herr Doktor! Ich muß hinauf. Sie sind viel netter als der andere.«

»Welcher andere?« fragte Dr. Kircheisen, beunruhigt darüber, daß es einen anderen gab und doch froh, daß er jenem anderen vorgezogen wurde. Er hielt die feine Hand des jungen Mädchens fest in der seinen.

»Der andere Doktor, der alte, brummige«, lachte die Baronesse und riß sich los, und dem Doktor schien es, als schäme sie sich nun wieder des leisen, halbversteckten Geständnisses. Er blickte ihr nach, glücklich, daß zwischen ihm und diesem Mädchen etwas zu keimen begann, was sicherlich mehr war, als bloße Sympathie, und war entschlossen, sich die Achtung der Baronesse durch eine tapfere Tat zu verdienen.

»Philipp!« wandte er sich an den alten Diener, der eben eintrat. »Nun wollen wir uns einmal das Treibhaus von innen betrachten. Vor allem einmal die Kammer des Ulam Singh. Führen Sie mich hin, bittc.«

Der Raum, den der indische Gärtner bewohnt hatte, lag in einem niederen, schuppenartigen Vorbau, der der Hinterfront des Treibhauses angegliedert war, und erwies sich als ein kahles, fensterloses Gelaß, das sein spärliches Licht durch die Scheiben der Glastür empfing. Ein paar Matten lagen in einem Winkel, ein aus rohen Brettern vielleicht von Ulam Singh selbst zurechtgezimmerter Tisch bildete das einzige Mobiliar. Auf dem nackten Erdboden lag kunterbuntes Zeug verstreut, Kleinigkeiten, die den dürftigen Hausrat des Inders darstellten: Ein paar irdene Töpfe, ein großer Reismörser, ein Messingarmband und ein Gebetskranz aus roten Kügelchen. Auf dem Tisch lagen zwei Hände voll geschälter Walnüsse.

Sorgfältig durchsuchte Dr. Kircheisen die Kammer. Nichts jedoch war in dem Raum zu finden, was auch nur den leisesten Fingerzeig zur Lösung des Rätsels hätte geben können, wo, wie und zu welchem Zweck der Inder seine geheimnisvolle Schlangenzucht betrieben hatte. Da war kein Korb, kein Gefäß, in welchem Ulam Singh die gefährlichen Tiere verschlossen gehalten haben mochte, kein Futterrest, nicht die geringste Spur igendeiner Lebenstätigkeit der giftigen Reptilien. Kopfschüttelnd zog Dr. Kircheisen die Luft durch die Nase ein. Es roch hier nach allem möglichen, nach

Fett vor allem, oder nach Talg, und nicht zum besten. Aber von dem penetranten Geruch, den Schlangen zu verbreiten pflegen, war nichts zu spüren.

»Wohin führen die beiden Türen dort?« fragte er endlich den alten Philipp, der ängstlich wartend im Eingang stand, bereit, in jedem Augenblick den gefährlichen Raum zu verlassen.

»Die eine führt zu den Heizanlagen, die andere in die Orchideenabteilung.«

»Wo ist der Hund gebissen worden?«

»Bei den Orchideen.«

Der Arzt öffnete die Türe: »Kommen Sie mit!« befahl er dem Diener.

»Da werden Herr Doktor schon allein gehen müssen. Ich geh' da nicht hinein.«

»Sie haben recht. Warten Sie hier auf den Baron, ich geh' voraus.«

Dr. Kircheisen trat in einen großen, hellen Raum, aus dem ihm sofort eine Welle heißer Stickluft entgegenschlug. Ein fader, moderartiger Geruch stieg ihm in die Nase und dazwischen ein anderer, scharfer, beißender, der ihm die Tränen in die Augen trieb und einen starken Hustenreiz erweckte. Ein paar Sekunden dauerte es, ehe er sich an die atembeklemmende Mischung gewöhnt hatte. Dann blickte er sich um. Ein paar Gießkannen, ein Rechen und anderes Gerät lagen auf dem Erdboden zerstreut. An den Wänden ein halbes Dutzend länglicher, schmaler Tische, alle dicht besetzt mit Topfblumen. Das waren die Orchideen, zumeist unansehnliche Exemplare wenig seltener, vielfach sogar gewöhnlicher Arten. Dr. Kircheisen streifte sie kaum mit einem Blick, sondern starrte mit fassungslosem Staunen in die Mitte des Raumes, denn dort stand eine Vision, eine Fata Morgana, wahrhaftigen Gottes! Dort stand der indische Urwald!

Nein! Anders konnte man dieses blühende, duftende, rauschende, in tausend Märchenfarben leuchtende Stück Wildnis nicht bezeichnen. Der Urwald von Ceylon durch ein Wunder aus Tausend und einer Nacht hierher verpflanzt! Ein gewaltiger indischer Mangobaum stand mitten im Treibhaus mit seinen blaugrünen Lanzettblättern, zwischen denen die orangeroten Früchte hindurchschimmerten. Um den Baumstamm ein üppiges Durcheinander von Lianen, ein grüner Schleier, der über die Äste des Baumes geworfen war. Und aus diesem grünen Meere leuchtete in hundert Farben das Blütenwunder des indischen Urwalds hervor. Wahrhaftig, hier war die Thumbergia alata, die Liane mit den veilchenblauen Kelchen, und dort die weinrote Blüte war die zarte Bougainville und diese hier mit den honiggelben Sternen, das war die Tithonia diversifolia, Ceylons schönste Liane!

Überrascht und voll Erregung trat Dr. Kircheisen ganz nahe an die Lianenwildnis heran. Er wußte nicht mehr, warum er hierher gekommen war, er hatte die Schlangen und alle anderen Seltsamkeiten des Hauses vergessen. Der Botaniker war in ihm erwacht. Niemals war er in Indien gewesen. Eine Scheu vor Ansteckung, eine hypochondrische Angst, irgendeine der furchtbaren exotischen Krankheiten, Lepra, die Schlafkrankheit oder Elephantiasis, mit heimzubringen hatte ihm die Zauberwelt der Tropen verschlossen gehalten. Aber in den größten Treibhäusern Deutschlands und Österreichs hatte er die Flora Indiens ebenso gründlich studiert, wie die Zentralafrikas und Südamerikas. Und er konnte mit der Sicherheit des Naturforschers auf den ersten Blick feststellen, daß er hier vor einer mit stupender Geschicklichkeit, mit treuester Naturbeobachtung, mit profundester Gelehrsamkeit täuschend echt hergestellten Nachahmung des indischen Urwaldes stand.

Der Mann, der dieses kleine Treibhauswunder hervorgebracht hatte, der konnte wahrhaftig das Prädikat eines Gelehrten für sich in Anspruch nehmen. Mehr noch: Er war ein Künstler! In dem kleinen Raume von ein paar Quadratmetern hatte er ein Miniaturbild der indischen Dschungellandschaft geschaffen. Fiebernd vor Erregung kniete Dr. Kircheisen am Rande des üppigen Vegetationsstreifens nieder. Dieser Ulam Singh, der doch wahrscheinlich der Schöpfer dieses kleinen Kunstwerkes war, vereinigte eine tiefe und gründliche Kenntnis der indischen Flora mit einem feinen, beinahe kultivierten Geschmack, mit einer Künstlerschaft des Auges, die ihn die zartesten Wirkungen mit den einfachsten Mitteln hatte finden lassen. Nirgends Übertreibungen; die Farbenabtönung bei all dem scheinbar regellosen Durcheinander doch immer wohldurchdacht, so daß nie ein allzu greller Kontrast dem Auge wehe tat. So vielerlei Pflanzen, zusammengedrängt auf solch engen Raum, und dennoch wirkte das Gärtchen nicht überladen. Das also war Ulam Singh! Kein Wunder, daß der Baron um das Leben dieses einzigartigen Künstlers zitterte und bebte. Nein! Kein botanischer Garten, kein Treibhaus Europas konnte sich solch eines vollendeten Kunstwerkes rühmen. Der indischen Erde hatte Ulam Singh ihre tiefsten Geheimnisse abgelauscht, bis ins kleinste, scheinbar unwesentlichste Detail waren die Eigenheiten der südindischen Flora wiedergegeben. Da hatte sich, genau so wie in ihrer Heimat, die Nepenthes destillatoria ihr Plätzchen zwischen den Wurzeln des Mangobaumes gesucht, die fleischfressende Pflanze Ceylons mit ihren kammartigen Blättern. Und dies hier, bei Gott! Das war ja die Mimosa pudica Ceyl., die bis jetzt außerhalb Ceylons das kostbare und empfindliche Besitztum nur eines einzigen botanischen Gartens gewesen war, des Frankfurter Palmengartens, der um dieses Kleinod von allen Treibhäusern Europas beneidet wurde. Ja, das war sie, da war kein Irrtum möglich, da stand sie mit ihren lichten, gestreiften Blättchen, die sich bei der leisesten Berührung zusammenfalteten und niederbeugten. Dem Baron von Vogh, einem einfachen Blumenliebhaber, einem Dilettanten, war hier also eine Akklimatisation gelungen, deren sich bis jetzt nur eine einzige der gelehrten botanischen Zelebritäten Europas rühmen konnte! Und rings um den Mangobaum, da wucherten die herrlichsten tropischen Farrenkräuter mit ihren seltsam und phantastisch geformten Blättern hervor. Das war die Platyceria, der Farren mit den polsterartigen Blättern, ... stellte Dr. Kircheisen fest, und jener: Asplenium nidus, der groteske Vogelnestfarren, dessen Blätter riesige Trichter bildeten, aus denen ein schwerer Modergeruch hervorströmte, jener fade Geruch, der ihm beim Eintritt in den Raum so unangenehm aufgefallen war. Und unter all den seltenen Pflanzen ein dicker, grüner Teppich, wahrhaftig, das war sie, kunstgerecht angelegt, in fabelhafter Echtheit und Wirklichkeitstreue hierhergezaubert: Arundinaria walkeriana, der Miniaturbambus des Dschungels, die dicke Unterlage allen tropischen Pflanzenlebens!

Aber dort – was war denn das? Eine Orchidee, die

Dr. Kircheisen noch nicht kannte! Eine Spezies, von der er noch niemals vorher gehört oder gelesen hatte! Sie sprang aus dem Blattdunkel des Dschungels empor und starrte den Arzt an, jawohl! Sie starrte ihn an, denn die Blüte war wie eine menschliche Fratze geformt, wie ein häßliches Greisinnenantlitz, blutleer und verrunzelt. Zwei dunkle Flecken standen wie Augen darinnen und aus der Mitte sprang höhnisch eine scharlachrote Zunge hervor.

Ganz erregt trat Dr. Kircheisen näher. Eine Orchidee, die er noch nicht kannte! Er mußte den Baron sogleich nach dem Fundort fragen und nach ihrem wissenschaftlichen Namen! Vor allem aber wollte er sie einmal in der Nähe besehen. Vorsichtig kniete er nieder, daß keine der kostbaren Pflanzen beschädigt würde, und griff mit der rechten Hand durch das tausendfarbige Blättergewirr nach der unbekannten Orchidee.

»Um des Himmels willen, Doktor! Was tun Sie?« hörte er in diesem Augenblick die entsetzte Stimme des Barons hinter seinem Rücken.

Er wandte sich um – da stand Baron Vogh leichenblaß mit vor Schreck erstarrtem Gesicht im Türrahmen. Er hatte irgendwelche lederne Ungetüme, Fechthandschuhe, wie es sich später zeigte, und ein paar dünne Bambusstöckchen in den Händen, das alles ließ er aber jetzt in seinem Schreck zu Boden fallen.

»Beruhigen Sie sich, Herr Baron!« sagte Dr. Kircheisen kurz. »Ich verstehe mit Pflanzen umzugehen. Ich hab' keine Ihrer Kostbarkeiten beschädigt.«

»Aber die Schlange! So kommen Sie doch heraus! Wollen Sie denn gebissen werden?«

Dr. Kircheisen sprang auf und blickte den Baron erstaunt an: »Die Schlange? Hier?«

»Natürlich, wo denn? Hier drinnen steckt sie oder stecken sie. Es können ganz gut ihrer mehrere sein.«

»Hier? In dieser herrlichen, einzigartigen Anlage? Gütiger Himmel, ja wie sind sie da hineingekommen?«

»Wie kann denn ich das wissen!« rief der Baron mit heiserer Stimme. »Hier nehmen Sie die Handschuhe und den Stock!«

»Solch ein Unglück!« stöhnte der Arzt. »Wir werden an die Bestien nicht herankönnen, ohne Ihren wunderschönen kleinen Tropengarten zu beschädigen. Es ist jammerschade! Wir wollen die Pflanzen schonen so weit es möglich ist, aber ...«

»Schonen? Fort mit dem verdammten Grünzeug!« schrie der Baron, ganz außer sich vor Zorn. »Hinaus mit diesem verwünschten Unkraut!« Er hatte mit seiner behandschuhten Hand eine von den Lianen gepackt und riß und zerrte wie ein Wahnsinniger an dem zähen Schlinggewächs.

»Aber, Herr Baron! Wollen Sie denn wirklich die Pflanzen vernichten, für deren Züchtung Sie solche Mühe und so viel Geduld aufgewendet haben?«

»Hinaus mit all dem häßlichen Zeug!« tobte der Baron, rasend vor Wut. »Ich hab' genug von ihm, ich will es nicht mehr sehen!« Er hatte die prachtvolle Orchidee mit der menschlichen Fratze und der scharlachroten Zunge gepackt. Ein Ruck und sie lag zerrissen und zerfetzt auf der Erde.

»Guter Gott! Was haben Sie getan?« jammerte der Arzt. »Diese eine hätten Sie doch schonen können. Ich kenne diese Spezies gar nicht. Woher haben Sie sie denn und wie heißt sie?«

»Woher soll denn ich das wissen! Ich kenne das Unkraut nicht!« zischte der Baron, rasend vor Wut.

Dann holte er tief Atem. »Jetzt los, Doktor! Vorwärts! An die Arbeit!«

Er brachte Schaufel und Rechen herbei, die an der Wand neben der Türe lehnten. »Da nehmen sie! All das Zeug da muß ausgejätet werden – bis auf die letzte Wurzel!«

»Alles? Auch diese wunderschöne Mimosa pudica?«

»Was ist das: Mimosa pudica?«

»Wie? Sie kennen sie nicht? Sie wissen am Ende gar nicht, welchen Schatz Sie in Ihrem Treibhaus gezüchtet haben?«

»Und wie kommt es, daß Sie sie kennen, diese Mimosa pudica, Doktor?«

»Ich habe mein zweites Doktorat in den Naturwissenschaften gemacht, Herr Baron. Jahre hindurch hab' ich mich, eh' ich mich auf die Toxikologie warf, in allen botanischen Gärten Mitteleuropas herumgetrieben. Die Mimosa pudica Ceyl., das ist jene Pflanze mit den gestreiften Blättchen. Sehen Sie die interessanten Schutzbewegungen, die die Pflanze ausführt, wenn ich mit dem Finger leicht über die Blätter streiche – Jesus Maria!«

Dr. Kircheisen hatte sich über die Mimosa pudica gebeugt und sprang jetzt mit einem wilden Satz zurück.

»Was ist geschehen!« rief der Baron.

»Die Schlange!« stammelte der Arzt totenblaß und hielt die Hand an sein Herz.

»Aha! Steckt sie dort drinnen? Nun, dann wird sie uns nicht entwischen. Nehmen Sie Ihre Gerte und halten Sie sich bereit!«

»Nie im Leben bin ich dem Grab so nahegestanden wie diesmal. Beinahe hätte ich sie berührt«, flüsterte Dr. Kircheisen, noch immer blaß bis in die Lippen.

Der Baron gab keine Antwort. Er trat ganz nahe an die gefährliche Stelle heran und stieß zwei- oder dreimal vorsichtig mit der Reitgerte in das Pflanzengewirr.

Es war etwas im Wesen des Barons, das den Arzt erstaunt und verwirrt machte. Niemals hätte er dem alten Manne soviel Kaltblütigkeit, solch eine Fähigkeit des raschen Entschlusses und soviel Energie zugetraut. War der Mann, der in diesem Augenblick so selbstsicher der Gefahr entgegentrat und sie so furchtlos auf sich lenkte, der gleiche Mensch, dessen müden, hinfälligen Körper er eine Stunde zuvor auf das Sofa gebettet hatte?

Gespannt sah der Arzt auf das gefährliche Manöver.

»Da ist sie«, sagte der Baron plötzlich leise und im gleichen Augenblick erhob sich der plattgedrückte Kopf der Schlange zwischen den grünen Blättern. Mit ruckartigen, blitzschnellen Bewegungen wand sich in der nächsten Sekunde die Tik Paluga zischend an der Reitgerte empor.

»Schlagen Sie zu! Jetzt! Schlagen Sie zu!« rief der Baron halblaut. »So. Nun ist's genug. Da liegt die Bestie. Genug jetzt, Doktor! Hören Sie auf! Sie prügeln mich ja wie einen Schulbuben!«

Dr. Kircheisen hatte wie ein Wütender mit seinem dünnen Bambusstock auf die Schlange losgeschlagen und schlug noch immer weiter, jetzt aber auf des Barons Schienbein und Knie, denn die Tik Paluga lag zuckend in einem Winkel des Treibhauses, in den sie der Baron mit einem raschen Ruck seiner Reitgerte geschleudert hatte.

Der Arzt hielt inne. Er begann sich der maßlosen Aufregung zu schämen, die ihn, den jungen, starken Mann überwältigt hatte, während der Greis dort drüben wie der richtige Jäger kaltblütig und selbstbeherrscht geblieben war.

»Ist sie tot?« fragte er erschöpft und außer Atem.

»Die eine wäre erledigt«, sagte der Baron ruhig. »Aber ich wollte schwören, daß noch mehr von dem Ungeziefer in dem Unkraut steckt. Nehmen Sie die Schaufel, Doktor, und nun los! Heraus mit Ihrer Mimosa pudica und wie das Zeug sonst noch heißt!«

Alle die kostbaren Urwaldpflanzen Ceylons, die seltenen Farne, die herrlichen Orchideen, der zierliche Zwergbambus, die blühenden Lianen, alles wurde erbarmungslos ausgerissen, und flog beiseite, wo es sich, nun wirklich totes und wertloses Unkraut, zu einem häßlichen Haufen Gestrüpps sammelte. Langsam kam unter der grünen Pflanzendecke die rotbraune Erde des Treibhausbodens zum Vorschein.

Plötzlich warf der Baron seinen Spaten beiseite, und griff nach der Reitgerte. »Achtung!« sagte er. »Dort ist die zweite!«

In der Tat, von dem dicken holzigen Zweig der weinrot blühenden Liane hob sich der grünlich schillernde Leib einer zweiten Tik Paluga ab. Sie lag beinahe bewegungslos, nur der plattgedrückte Kopf schob sich in langsamer, verdrossener Bewegung von rechts nach links.

Der Baron holte mit der Reitgerte aus. »Ich treffe den Kopf!« flüsterte er. »Schlagen Sie sie gleichzeitig leicht auf den Leib. So – jetzt! He, du Bestie! Wärst du in Teufelsnamen in Indien geblieben! Was hattest du in meinem Treibhaus zu suchen?«

Vorsichtig stieß der Baron mit dem Fuß die tote Schlange beiseite. Dann bückte er sich wieder nach dem Spaten; aber im gleichen Augenblick stieß er einen Ruf des Staunens aus, und fuhr mit der Hand an seinen Kopf.

»Wo ist mein Hut? Doktor, haben Sie mir den Hut vom Kopf gerissen? Herr des Himmels! Dort oben schaukelt er!«

Mitten im Raum, wie von unsichtbaren Händen gehalten, schwebte der Hut des Barons. Ganz verdutzt blickte sein Besitzer in die Höhe.

Dr. Kircheisen war in helle Begeisterung geraten. »Eine Rotangpalme!« schrie er verzückt. »Es ist wirklich und wahrhaftig eine Rotangpalme!«

»Wie kommt mein Hut dort hinauf?«

»Calamus Rotang!« rief der Arzt und versuchte den Hut zu erhaschen. Aber er brachte den ausgestreckten Arm nicht mehr herunter. Sein Ärmel war in Fetzen gerissen und ein scharfer stechender Schmerz kühlte seine Begeisterung erheblich ab.

Der Verbrecher war ein Schlinggewächs, der wahre Wegelagerer des Urwaldes. Lange, gefiederte Blätter, die sich in ein dünnes Seil verlängerten. Kleine Widerhaken, die am Ende dieses Seiles saßen, hatten sich blutgierig in den Arm des Arztes festgebissen.

»Hat sich denn die ganze Hölle des Urwalds bei mir ein Stelldichein gegeben?« schrie der Baron, ganz außer sich. »Doktor, was soll ich tun? Sie bluten ja!«

»Der Urwald wehrt sich!« ächzte der Arzt. »Ich darf den Arm nicht bewegen. Rasch, nehmen Sie die Gartenschere dort und schneiden Sie die Blätter durch ... gut ... noch dieses eine! So, ich danke Ihnen. Jetzt bin ich wieder frei.«

Dr. Kircheisen ließ den Arm sinken und besah den zerrissenen Rock und die blutende Wunde.

»Das hätt' ich mir auch niemals träumen lassen, daß mir einmal ein echter Ceylonischer Calamus Rotang den Arm zerfetzen wird«, sagte er stöhnend.

»Halten Sie still! Ich will Ihnen den Arm mit meinem Taschentuch verbinden. Der Schaden ist nicht allzu groß! So ... jetzt können wir weiter arbeiten. Sie nehmen den Stock eben in die linke Hand. Sehen Sie, da gibt's schon wieder Arbeit, scheint mir.«

Er deutete auf die Wurzeln des Mangobaumes, zwischen denen in diesem Augenblick eine dritte Tik Paluga hervorgekrochen kam. Leise zischend, unwillig über den ungewohnten Lärm, der ihn in seiner Ruhe gestört hatte, kam der exotische Fremdling in raschen, stoßartigen Bewegungen auf seine Feinde zu.

Es war die letzte Tik Paluga, die die beiden töteten. Die Jagd im Urwald war zu Ende. Die unheimlichen Gäste waren aus dem Treibhaus ausgerottet.

Aber mit ihnen zugleich waren zu des Doktors Schmerz auch alle die kostbaren Pflanzen, die sein Botanikerherz entzückt hatten, vernichtet. Die bunten Lianenblüten, die stolzen Farne, die seltsam geformten Orchideen lagen verwelkt, zerdrückt, zerrissen und zertreten über den Boden des Treibhauses verstreut. Nur der Mangobaum stand noch aufrecht in der Mitte des Raumes und streckte, seines blühenden Lianenschleiers beraubt, schwermütig seine gewaltigen Äste aus, die den Arzt jetzt plötzlich trotz ihrer grünen Blätterpracht auf seltsame Art kahl und schmucklos anmuteten.

Dr. Kircheisen blickte den Baron an.

»Wie muß Ihnen jetzt zumute sein?« fragte er nachdenklich. »Die Arbeit von vielen Monaten ist in einer Stunde zunichte geworden. Oder sind es Jahre gewesen, die Sie Ihrem kleinen Tropengarten geopfert haben?«

Der Baron brach in sein heiseres Lachen aus. »Jawohl, Doktor! Sie haben's erraten.« Aus dem heiseren Lachen wurde plötzlich ein schrilles, wütendes Gelächter. »Jahre meines Lebens hat mich der Tropengarten gekostet! Jawohl! Jahre meines Lebens!«

Dann fuhr er sich mit der Hand über die Stirne.

»Doktor!« sagte er. »Sie haben sich um meinetwillen in Lebensgefahr begeben. Wie kann ich Ihnen das danken?«

Dr. Kircheisen schwieg ein paar Sekunden. Wie eine Eingebung kam es über ihn. Jetzt war die große Gelegenheit da. Jetzt hieß es: Zugreifen!

Er blickte dem Baron fest ins Auge.

»Herr Baron!« sagte er leise. »Geben Sie mir die Hand Ihrer Tochter.«

Die Antwort, die der Baron gab, war niederschlagend und fast verletzend.

»Sie haben Ihren guten Humor nicht verloren, Doktor, trotz Ihrem zerrissenen Ärmel und Ihrer Verwundung. Und nun wollen wir zum Tee hinauf, nicht wahr? Ich wenigstens bin hungrig geworden nach dieser stundenlangen Jagd im echten indischen Urwald! Und vorher wollen wir nach Ulam Singh schauen. Er wird erwacht sein.«

»Gewiß!« sagte Dr. Kircheisen und biß sich in die Lippen. Die ironische Abfertigung, die ihm der Baron hatte zuteil werden lassen, hatte ihn beschämt und ärgerlich über sich selbst gemacht. ... Im Grunde aber war der Baron im Recht ... dachte er ... Wie konnte ich, ein Wildfremder, nach so kurzer Zeit solch eine Bitte stellen! Er hat es als Scherz genommen und das war schließlich die vornehmste Art der Ablehnung, sicherlich ...

Dr. Kircheisen zwang sich zu einem Lächeln. »Was die Echtheit des Urwalds betrifft«, sagte er, »nun, auch die hatte natürlich ihre Grenzen. Glauben Sie, Herr Baron, daß wir, wenn wir eine Stunde lang im wirklichen Dschungel herumgestrichen wären, die niedere, indische Fauna nicht auch ein wenig zu spüren bekommen hätten? Da wäre vor allem der kleine, indische Landblutegel, der dringt zu Hunderten durch die dichtesten Kleider bis an die Haut und saugt sich fest.«

»Landblutegel?« unterbrach ihn der Baron. »Doch nicht solch kleine gelbliche Würmer, dünn wie Stecknadeln, die sich wie gewisse Raupenarten fortbewegen?«

»Genau so sehen sie aus. Woher kennen Sie diese blutgierigen kleinen Teufel so genau, Herr Baron?«

»Weil Ihnen nämlich gerade einer über den Stiefel kriecht, Doktor.«

»Himmlischer Vater! Ja, wo kommt denn der her? Wahrhaftig! Ein wirklicher, indischer Landblutegel! Und da noch einer – vier – sechs – oh, mehr als zwanzig! Weiß Gott, wie viel mir schon unter die Kleider gekrochen sind!«

»Teufel!« schrie der Baron. »Dann sind sie bei mir auch! Seit einer halben Stunde schon spür' ich das Stechen in den Beinen. Doktor! Helfen Sie mir doch! Wie wird man das Ungeziefer wieder los?«

Dr. Kircheisen rieb sich die Stirne: »Ja, ist denn das möglich?« rief er völlig fassungslos. »Wie kommen denn diese Würmer daher? Die kann doch Ulam Singh unmöglich aus Indien mitgebracht haben!«

Der Baron brach wieder in sein schrilles Gelächter aus. »Humbug, Doktor! Alles Humbug! Oder wahrscheinlich eine Wachsuggestion! Soll ich Sie in den Arm zwicken, damit Sie aufwachen? Ja, Doktor, mein Tropengarten war beängstigend echt, unheimlich echt, das müssen Sie doch zugeben, Doktor!«

Die Bürste

Dr. Kircheisen schloß behutsam die Tür des Krankenzimmers und ging, die Instrumententasche unter dem Arm, nachdenklich die Treppe hinab. Er hatte dem Baron am Morgen versprochen, ihn rechtzeitig in Kenntnis zu setzen, wenn es mit Ulam Singh zu Ende ging. Die Stunde, in der er sein Wort einzulösen hatte, schien dem Arzt nicht fern zu sein. Die Injektionen, mittels deren es ihm bis jetzt gelungen war, den Einfluß des Giftes zu bekämpfen und abzuschwächen, begannen zu versagen. Die letzte, vor einer Viertelstunde verabreichte, war, so stark er auch die Dosis gewählt hatte, beinahe ohne jede Wirkung geblieben. Ulam Singh lag stumpf und teilnahmslos mit geschlossenen Augen auf seinem Lager, ein Zustand, der zweifellos das letzte Stadium des Todeskampfes vorbereitete. Dr. Kircheisen, der im Treibhaus das feine Wunderwerk des Inders in der gleichen Stunde bewundert und zerstört hatte, empfand in diesem Augenblick zum erstenmal ein tieferes Interesse für den seltsamen Fremdling, dem er bis jetzt nur als Träger eines bemerkenswerten Krankheitsbildes Beachtung abgewonnen hatte ... Dort drinnen – dachte der Arzt – wird morgen ein großer Künstler und Gelehrter sterben, ein Mensch, dem Freund zu sein sich gelohnt hätte. Es wäre anregend und sehr nützlich für mich gewesen, wenn ich mich mit ihm nur eine halbe Stunde lang über Gartenkunst, über indische Tiere und Pflanzen hätte unterhalten können. Ich hätte sicher allerlei Neues und Wissenswertes gelernt. Wie er es beispielsweise nur angestellt haben mag, der Nepenthes destillatoria, der fleischfressenden Pflanze, die gewohnte Insektennahrung zu beschaffen! Schade um Ulam Singh! Schade um diesen sonderbaren Menschen, der sich mit einem Tuchlappen den Mund versperrte, weil er auch das kleinste der Geschöpfe Gottes nicht mit seinem Atemzug vernichten wollte. Welch eine tiefe Liebe zur Natur sprach aus der ihm zur Religion gewordenen Gewohnheit. Schade um diesen Mann. Freilich, der Tod wird ihm einen großen Kummer ersparen. Wie würde ihm zumute sein beim Anblick des zerstörten Tropengartens, seines Lebenswerkes, in dem Schaufel und Spaten so vandalisch gewütet haben.

Dr. Kircheisen war in die Halle getreten. Nein, hier war die Baronesse nicht. Die Springschnur lag noch immer auf einem der Rohrstühle, aber das junge Mädchen selbst war nicht zu sehen. Vielleicht auf der Terrasse? Oder im Garten? Kaum. Es regnete ja wieder. Wo mochte sie sein? War sie ausgegangen? Nun, dann blieb nichts übrig, als sich bis zum Abendessen in Geduld zu fassen und inzwischen die Tasche mit den Instrumenten wieder an ihren Platz zu bringen.

Vor der Türe seines Zimmers blieb der Arzt stehen und horchte. Was war das für ein Geräusch, das da aus dem Zimmer kam? Wahrscheinlich brachte der alte Philipp oder einer von den neuen Dienstboten das

Zimmer in Ordnung und richtete das Bett für die Nacht zurecht. Dr. Kircheisen zögerte nicht lange und trat ein.

Seine erste Regung war, die Türe rasch wieder zu schließen und sich davonzuschleichen. Dr. Kircheisen wollte seinen Augen nicht trauen: Die Baronesse selbst war es, die mitten in seinem Zimmer stand. Aber sie hatte ihn schon gesehen, zweifellos, denn ihr Gesicht war der Türe zugewendet. Eine überstürzte Flucht hätte ihn lächerlich gemacht und die Peinlichkeit des Augenblicks nur noch erhöht. Darum: ruhig eintreten!

Die Baronesse schien nicht im geringsten verwirrt. Mit der Sicherheit der Dame von Welt, die auch in der schwierigsten Situation niemals die Haltung verliert, nickte sie dem Arzt zu und lächelte, ein wenig absichtlich, wie es ihm schien, und beinahe trotzig.

»Sie sollen so hübsche Instrumente hier haben, Herr Doktor«, sagte sie leichthin. »So nette kleine Messerchen und Spritzen und Nadeln. Die hab' ich mir anschauen wollen.«

Sie erwartete jetzt offenbar eine Erwiderung, etwas Liebenswürdiges, Verbindliches. Aber ihm war die Kehle wie zugeschnürt. Er hatte kaum gehört, was sie gesagt hatte ... Wie unvorsichtig und doch! Wie kühn und tapfer von ihr, mich hier in meinem Zimmer aufzusuchen! ... dachte er ... In welche Gefahr hat sich das junge Mädchen um meinetwillen begeben. Wie, wenn sie hier überrascht würde! Von ihrem Vater oder von einem Dienstboten! Aber daran hat sie nicht gedacht. Sie wollte einfach zu mir, und, während ich sie überall gesucht hab', auf der Terrasse, in der Halle, ist sie hierher gekommen in mein Zimmer und hat hier auf mich gewartet, dieses zarte, süße, wunderbare Geschöpf, weiß Gott, wie lange sie schon gewartet hat! ...

»Baronesse!« flüsterte Dr. Kircheisen und beugte sich über ihre Hand.

»Sind sie darin?« fragte die Baronesse und zeigte auf die schwarze Ledertasche, die der Arzt unter dem Arm trug.

»Was denn?«

»Die Messer und die Nadeln. Bitte, zeigen Sie mir sie! Ich seh' so gerne scharfe, spitzige Messer.« Sie turnte mit leichtem Schwung auf die Tischplatte, setzte sich bequem zurecht und ordnete die Rockfalten.

»Ach, lassen Sie doch die langweiligen Instrumente, Baronesse!« sagte der Arzt. »Ich freue mich so, mit Ihnen einmal ungestört plaudern zu können. Freilich, wenn jetzt jemand kommt ...»

Sie schob die Lippe verachtungsvoll vor. »Das ist mir ganz egal.«

»Wirklich, Baronesse?« sagte Dr. Kircheisen und haschte freudig erregt über dieses Geständnis nach ihrer Hand. Jetzt war sie mit einem Male wieder in allen ihren Bewegungen, in dem lebhaften Spiel ihrer großen blauen Augen das anmutige und unbefangene Naturkind. Diese Plötzlichkeit der Wandlung! Dr. Kircheisen hatte noch das Wort ›Baronesse‹ auf den Lippen, und inzwischen war blitzschnell aus der Dame von Welt der Wildfang geworden.

»Sind Sie wirklich der Instrumente halber hierher gekommen, Gretl?« fragte der Arzt. Die Frage war wenig taktvoll, das sah er im gleichen Augenblick ein und er konnte sich's selbst nicht erklären, wie er den Mut zu solchen Worten gefunden hatte. Aber nun war's einmal gesagt und nun wollte er aus ihrem eigenem Mund erfahren, ob ihn nur leere Hoffnungen und Träume genarrt hatten.

Die Baronesse errötete, gab jedoch keine Antwort.

»Wirklich nur der Instrumente halber? Ist das der einzige Grund gewesen, Gretl?« forschte er eindringlich.

Die Baronesse senkte den Kopf und schwieg. Dann hob sie ihn mit einem plötzlichen Ruck.

»Sie wissen's also?« fragte sie.

»Ich hab's sofort geahnt! Gleich als ich Sie in meinem Zimmer stehen sah«, rief Dr. Kircheisen glücklich.

Die Baronesse war ganz ernst geworden: »Schade. Es wär' so hübsch gewesen, wenn Sie die ganze Nacht wach geblieben wären und an mich gedacht hätten.«

»Das werde ich bestimmt tun, Gretl! Ich schwöre es Ihnen. Den ganzen Tag und die ganze Nacht. Wenn Sie wüßten, Gretl, was Liebe ist!«

»Gewiß weiß ich das«, sagte die Baronesse sehr sachlich und bestimmt. »Liebe ist, wenn der Ritter den Drachen erschlägt, der die Prinzessin bewacht, oder wenn er ein Meer durchschwimmt.«

»Wenn Sie doch nur einen Augenblick ernst bleiben wollten, Gretl! Sie paßt ja wunderbar zu Ihnen, diese unaufhörliche Lust zu scherzen, aber die kostbare Zeit verrinnt, die wir für uns allein haben. Wenn Sie doch nur ein wenig Mitleid mit mir haben wollten.«

»Mitleid? Pfui!« sagte die Baronesse ganz kalt und frostig. »Das ist langweilig: Mitleid. Der Ritter Blaubart, das war ein wirklicher Mann, der hat seinen Frauen den Kopf abgeschlagen und dann immer wieder eine andere genommen. Wenn ich heirate, muß mein Mann einen großen, blauen Bart haben, sonst nehm' ich ihn nicht.«

Dr. Kircheisen betastete nachdenklich sein glattrasiertes Kinn und suchte die Baronesse zugunsten seiner Bartlosigkeit umzustimmen.

»Die Legende von dem blauen Bart des berühmten Frauenmörders«, sagte er, »ist wissenschaftlich kaum haltbar. Die Historiker behaupten, daß es sich hier überhaupt nur um ein volksethymologisches Mißverständnis handle. Ihr Ritter Blaubart hat wahrscheinlich in Wirklichkeit nie im Leben einen blauen Bart gehabt.«

»Aber der Schauspieler im Theater hat doch einen blauen Bart getragen!« meinte die Baronesse. »Aber freilich, nirgends wird soviel gelogen, wie im Theater. Nicht die Hälfte ist wahr. Ich geh' darum auch am liebsten in den Zirkus zu den Tieren. Die sind doch wenigstens wirklich wild.«

»Da begegnen sich wieder einmal unsere Neigungen. Auch ich liebe Tierdressuren über alles.«

»Heuer war ich elfmal im Zirkus. Achtmal hab' ich zugeschaut, wie der Wärter seinen Kopf dem großen Löwen ins Maul gesteckt hat.«

»Achtmal! Guter Gott, war das nicht schließlich doch ein bißchen langweilig?«

»Nein. Gar nicht«, sagte die Baronesse leise, lehnte sich zurück und schloß die Augen. »Ich bin immer wieder hin gegangen. Ich hab' gehofft, daß der Löwe doch endlich einmal ganz wild werden und dem Wärter den Kopf abbeißen wird. Oh, das hätt' ich gern gesehn, das hätt' ich gern gesehn!«

»Ist das Ihr Ernst?« fragte der Arzt. Er ließ peinlich berührt ihre Hand fallen. Dieser Zug ins Grausame an dem schönen Geschöpf erschreckte ihn. Er blickte sie an. Sie sah älter aus in diesem Augenblick als zuvor.

Die leisen Falten des Verblühens um Mund und Augen waren niemals so deutlich zu erkennen gewesen wie jetzt. Ein Unbehagen beschlich ihn. Würde sie auch zu ihm passen? Kann ein Wesen mit solch bösen Neigungen den Mann, dem es angehört, wirklich lieben? Wird sie, deren Sinne nur noch nach den letzten Reizungen der Grausamkeit verlangten, nicht seiner bald überdrüssig werden und ihn dann kalt beiseite werfen? Nein, sie ist kein guter Mensch, die Baronesse! ...

Eine kleine Pause des Schweigens und der Befangenheit entstand. Es schien, als hätte die Baronesse seine Gedanken erraten.

»Jetzt muß ich gehen«, sagte sie und sprang von der Tischplatte herab. »Es ist schon spät.«

Dr. Kircheisens moralische Bedenken waren bei diesen Worten sofort in alle Winde verscheucht.

»Nein, ich lasse Sie nicht fort von hier, Gretl!«

»Wie wollen Sie mich halten?« fragte sie mit jenem trotzigen Vorschieben der Lippe, das der Arzt schon an ihr kannte. »Sie können's nicht.«

»Sie müssen mir versprechen, daß ich Sie noch heute abend wiedersehen darf. Ich habe Ihnen noch so viel zu sagen.«

»Noch heute abend?« wiederholte die Baronesse nachdenklich.

»Ja! Ich hab' Ihnen viel zu erzählen. Bestimmen Sie selbst den Ort und die Stunde! Oder, wenn Sie das mir überlassen wollen – sagen wir: Um zehn Uhr im Treibhaus. Dort sind wir sicher vor Störungen.«

»Um zehn Uhr?« Sie schüttelte den Kopf. »Nein, das geht doch nicht.«

»Aber warum denn nicht, Gretl?«

»Weil ich da schon schlafe.«

»Ich bitte um Verzeihung, ich bin mit den Gewohnheiten des Hauses noch nicht vertraut. Dann natürlich früher, wann es Ihnen angenehm ist. Etwa um sieben Uhr?«

»Gut«, sagte sie.

»Also um sieben Uhr im Treibhaus. Wir werden ganz allein sein.«

»Ganz allein! Wird das aber lustig!« lachte die Baronesse. »Jetzt muß ich aber gehn.«

Dr. Kircheisen nahm nochmals all seinen Mut zusammen.

»Einen Kuß noch, Gretl, bevor Sie gehen. Einen einzigen Kuß zum Abschied!«

Die Bitte war kaum ausgesprochen, als er sie auch schon bereute. Wie hatte er nur so kühn sein können! Am Ende hatte er jetzt mit seinem Ungestüm alles verdorben.

Doch nein! Die Baronesse war gar nicht beleidigt. Ja, sie schien seine Bitte beinahe erwartet zu haben. Der aufs glücklichste überraschte Arzt sah sie plötzlich viel größer werden. Offenbar hatte sie sich, weiß Gott, warum! auf die Fußspitzen gestellt. Dann sah er einen Augenblick lang ihre Lippen, zugespitzt, sonderbarerweise gerade nach seinem rechten Nasenflügel zielen. Und dann fühlte er ihn, den Kuß, um den er gebeten hatte, auf seiner Nase zwar, aber das tat seiner Glückseligkeit weiter keinen Eintrag.

Gleich darauf ließ ihn ein Geräusch zusammenfahren.

»Hören Sie nichts, Baronesse?« fragte er voll Besorgnis. Beide schwiegen und lauschten. Schritte kamen die Treppe hinauf.

»Wenn das Ihr Vater ist, Gretl, wenn es ihm nun einfällt, hier herein zu kommen! Wie unvorsichtig sind wir beide gewesen!«

Wahrhaftig: Es kam jemand den Gang herauf. Dr. Kircheisen blickte sich verzweifelt im Zimmer um. Sein Blick fiel auf einen grünen Damastvorhang, der die Zimmerecke verdeckte. Mit einem Sprung stand er dort und hatte den Vorhang beiseite gerissen. Kleider hingen dort, ein Rucksack und ein Mantel. Ein Bergstock lehnte neben einem Eispickel an der Wand und zwei zu Bündeln gerollte Seile, ein langes und ein kürzeres, lagen am Boden.

»Hierher, Baronesse!« rief Dr. Kircheisen leise. »Kommen Sie hierher. Rasch. Und rühren Sie sich nicht!«

Er zog sie hinter den Vorhang.

»Sie wollen mich verstecken?« rief sie und ließ ein leises Gekicher hören. »Gott, ist das ein Spaß!«

Er zog den Vorhang vor. »Um aller Heiligen willen, still!« bat er.

Da klopfte es auch schon an der Tür.

Er hatte gerade noch Zeit, ans Fenster zu eilen und dort eine möglichst ungezwungene Haltung einzunehmen. Dann rief er: »Herein.«

Es war wirklich der Baron selbst, der in das Zimmer trat.

... Allen Göttern Dank! ... hauchte Dr. Kircheisen und hielt sich am Fensterbrett fest, um nicht umzusinken. ... Wenn ich seinen Schritt überhört hätte! Die Baronesse ..., wenn sie sich jetzt nur ruhig, mäuschenstill verhalten wollte! Eine schwere Zumutung für solch ein unbändiges Temperament. Hoffentlich dehnt der Baron seinen Besuch nicht allzu lange aus.

»Ich muß Sie um Entschuldigung bitten, Doktor«, begann der Baron, »daß ich in Ihr Zimmer dringe. Aber ich konnte mir nicht anders helfen, die Sache läßt mir keine Ruhe.«

»Welche Sache, Herr Baron?« fragte Dr. Kircheisen und sandte zugleich einen besorgten Blick nach dem Vorhang, dessen Falten sich, wie ihm schien, verdächtig bewegten.

»Ich komme aus dem Krankenzimmer. Doktor, er atmet kaum mehr! Sein Herz setzt zeitweilig ganz aus, Doktor! Wenn er nun plötzlich auslöscht, ohne daß wir's merken –«

»Das ist wenig wahrscheinlich, Herr Baron.«

»Aber ich darf es gar nicht darauf ankommen lassen. Auch die leiseste Möglichkeit eines solchen Endes beunruhigt mich namenlos!«

Dr. Kircheisen machte eine ungeduldige Bewegung. Diese Unterredung schien sich nun wirklich in die Länge ziehen zu wollen. Was wollte der Baron? Zielte er am Ende wieder nach dem Karasin-Serum? Wenn man ihn doch nur aus dem Zimmer hinaus bringen könnte! Dort hinter dem Vorhang wird's sehr unruhig. Am besten, ich schau gar nicht mehr hin, sonst fällt dem Baron meine Verlegenheit auf. Was für einen merkwürdigen Anzug er jetzt wieder trägt! Er paßt ihm gar nicht, er schlottert förmlich an ihm. Es scheint, daß der Baron Vogh prinzipiell nur Kleider trägt, die für einen andern, einen viel stärkeren Menschen gearbeitet sind ...

»Doktor! Um es kurz zu sagen, Sie müssen das Mittel anwenden. Heute noch! Gleich! Das Karasin-Serum!«

... Natürlich! Darauf ging's wieder hinaus ... »Herr Baron«, sagte der Arzt ernst. »Wenn ich gewissenlos genug wäre, dieses Gift ..., ja, ich wiederhole es: dieses Gift!, denn etwas anderes ist das Karasin-Serum nicht. Wenn ich gewissenlos genug wäre, dieses Gift anzuwenden, dann würde gerade das, was Sie befürchten, mit Sicherheit eintreten: In einer Stunde wäre Ulam Singh tot.«

»Ja!« sagte der Baron ruhig. »Aber vorher würde er auf eine halbe Stunde aus seiner Agonie erwachen.«

»Herr Baron, Sie bemühen sich vergeblich. Ich kann und darf dieses ungesetzliche Mittel nicht anwenden.«

»Und wenn ich Ihnen nun sage, Doktor, daß –«

Der Baron hielt inne. Seine Augen bekamen plötzlich einen verwunderten Ausdruck. Ein leises Geräusch, das aus dem Hintergrund des Zimmers kam, ließ den Arzt Fürchterliches ahnen. Er wagte es nicht, sich umzudrehen, sondern starrte gespannt in das Gesicht des Barons und erwartete einen wilden Zornesausbruch. Die Katastrophe ... jetzt war sie da!

Aber nein, nichts dergleichen geschah. Nur ein unbefangenes, heiteres Mädchenlachen ertönte und dann die Stimme der Baronesse: »Ich hab's nicht mehr ausgehalten dort in dem häßlichen Winkel. Da bin ich, Papa!«

Der Baron sprach noch immer kein Wort. Dr. Kircheisen fühlte, wie eiserne Finger ihm die Kehle zuschnürten. Was mußte jetzt in der Brust des Vaters vorgehen! ... Jetzt ist's meine Pflicht, dem Baron irgendeine Erklärung zu geben und die Schuld auf mich zu nehmen. Vielleicht ist es ganz gut, daß es so gekommen ist. Gleich von Anfang an die Wahrheit, das ist besser, als ein endloses Versteckenspielen. Es ist am klügsten, ich sage ihm, was geschehen ist und was meine Absichten sind.

»Herr Baron!« begann der Arzt und seine Stimme zitterte vor Erregung. »Ich muß Ihnen ein Geständnis machen. Sie sind erstaunt, Ihre Tochter hier anzutreffen. Ich bitte Sie, mir zu glauben, daß die Baronesse frei von jeder Schuld ist. Ich bin es, der sie veranlaßt hat, mir hier eine Unterredung zu gewähren. Herr Baron, seit dem Augenblick, in dem ich Ihre Tochter zum erstenmal gesehen habe, stand es für mich fest, ...«

»Aber lieber Doktor!« unterbrach ihn der Baron mit einem müden und verdrossenen Ton in seiner Stimme. »Lassen wir doch meine Tochter aus dem Spiel. Wir haben wahrhaftig wichtigere Dinge zu besprechen.« Dann wandte er sich der Baronesse zu: »Schau, daß du hinaus kommst! Mußt du überall dabei sein?« rief er böse. »Wirklich unglaublich. Mach lieber deine französische Arbeit zu Ende und geh schlafen.«

Die Baronesse warf dem Arzt einen Blick zu und huschte dann aus dem Zimmer.

Dr. Kircheisen stand starr. Nein, diesen Ausgang hatte er nicht erwartet. Um des Himmels willen ... dachte er ... wie muß es in den aristokratischen Häusern zugehn. Welche Moral herrscht hier! Der Vater findet seine Tochter im Zimmer eines fremden Herrn und sagt nichts, rein nichts! Kaum ein einziges Wort des Zornes oder des Vorwurfs! Ist nicht im geringsten empört über sein eigenes Fleisch und Blut. Du lieber Gott – – das verstehe, wer kann! Solche Zustände! Solche Zustände! ...

»Ich frage noch einmal, zum allerletzten Male frage ich Sie, ob Sie das Mittel anwenden wollen, Doktor«, ertönte die Stimme des Barons. Im Zimmer war es mittlerweile ziemlich dunkel geworden. Aber die Stimme, die der Arzt vernahm, klang jetzt, wie ihm schien, ganz anders als früher. Nicht mehr bittend, nein: fordernd, beinahe herrisch. Aber Dr. Kircheisen ließ sich nicht einschüchtern.

»Nein!« sagte er nach kurzer Überlegung. »Ich kann meinen Standpunkt nicht ändern. Sie dürfen nicht weiter in mich dringen. Denn es ist ein Verbrechen, zu dem Sie mich bestimmen wollen, Herr Baron.«

Wortlos verließ der Baron das Zimmer.

Dr. Kircheisen blieb allein zurück. Er drückte auf den Lichtkontakt und ließ den Luster aufflammen. Dann blickte er auf die Uhr. Zehn Minuten fehlten auf sieben. Nun rasch in den Garten! Die Baronesse durfte er nicht warten lassen ... Wenn sie nur kommt! Am Ende hält sie der Baron zurück. Vielleicht wird sie's erst jetzt zu büßen haben, daß er sie hier bei mir im Zimmer angetroffen hat ...

Dr. Kircheisen blickte sich um, ehe er aus der Türe trat. Alle Dinge hier im Zimmer waren ihm mit einemmal lieb und vertraut geworden. Dort der Tisch, auf dem sie gesessen war. Der Vorhang, hinter den er sie versteckt hatte. Dort – – Was war das? Die Decke, die über das Bett gebreitet lag, war verschoben und arg zerknüllt! Hier hatte jemand alles durcheinander geworfen und dann rasch wieder Ordnung schaffen wollen. Sollte am Ende sie ... durchfuhr es ihn ... Mein Kommen hat sie gestört! Sie hat am Ende eine Überraschung vorbereitet. Vielleicht hat sie mir Ihr Bild gebracht! Auf jeden Fall ist hier etwas versteckt worden! Wie hatte sie nur gesagt? »Es wär' so hübsch gewesen, wenn Sie die ganze Nacht wachgeblieben wären und an mich gedacht hätten!« Natürlich! Ihr Bild hat sie mir gebracht, ganz bestimmt! Solch eine liebe, reizende Überraschung!

Dr. Kircheisen fuhr mit der Hand unter die Bettdekke und tastete zwischen den Polstern. Er fühlte einen harten Gegenstand und zog ihn hervor. Ernst und nachdenklich betrachtete er dann das Ding, das er in der Hand hielt.

Es war eine Bürste.

Der letzte Gast aus Ceylon

Dr. Kircheisen verließ leise und vorsichtig das Haus. Der Park lag in abendlicher Dunkelheit, und über den Baumwipfeln schimmerte ein grauvioletter Himmel. Einen Augenblick lang blieb der Arzt stehen und blickte sich um. Niemand in der Nähe. Finsternis ringsumher, nur die erleuchteten Fenster des Krankenzimmers warfen große, gelbe Lichtstreifen auf den Kies. Aus der Ferne ertönte das Klingeln der elektrischen Straßenbahn.

Im Treibhaus war die Baronesse noch nicht. Dr. Kircheisen machte vor allem Licht; ein kümmerliches Licht allerdings nur, denn die kleine, grüne Glühlampe, die an der Decke hing, war zu schwach für den großen Raum. Dann ließ er sich auf einen zerbrochenen, grünen Gartenstuhl nieder und wartete.

Es dauerte eine Viertelstunde etwa, eh ihn ein leises Zirpen, in dem er das Geräusch der Türangel erkannte, aufschauen ließ. Endlich! Da war die Baronesse! Sie sah reizend aus! Ganz außer Atem war sie und das Tuch, das sie um die Schultern geworfen hatte, wehte hinter ihr her.

»Gretl! Wie soll ich Ihnen dafür danken, daß Sie gekommen sind!«

Er erinnerte sich plötzlich an die Bürste in seinem Bett und faßte die Baronesse bei beiden Handgelenken. »Sie Spitzbub, sie kleiner!«

Der »Spitzbub« schien ihr unendlich viel Spaß zu machen. »Haben Sie sie schon gefunden? Wie lustig! Ich hab's der Mama vor ein paar Tagen genau so gemacht. Ich glaub, sie ist noch heute bös darüber. Sind Sie auch bös?«

»Sehr! Aber wenn ich einen Kuß bekomme, bin ich wieder gut!«

Die Baronesse war keine Freundin von Zierereien. Nur, wie komisch: Sie stellte sich auf die Fußspitzen, wenn sie küßte! Weshalb nur? Was war das für eine eigenartige Gewohnheit? Dem Arzt blieb nicht viel Zeit, darüber nachzudenken. Der Kuß, den er verlangt hatte, landete irgendwo in der Umgebung seines rechten Auges und warf ihm beinahe den Zwicker von der Nase.

Dr. Kircheisen rückte vor allem das Augenglas wieder an seinen Platz. Dann faßte er die Baronesse an den Handgelenken. Der Augenblick der Entscheidung schien ihm gekommen zu sein.

»Gretl?« flüsterte er. »Wollen Sie ... willst du meine Frau werden?«

»Heiraten?« fragte die Baronesse nachdenklich. »Wann?«

»Bald. In ein paar Wochen, wenn es geht.«

»Nein«, sagte die Baronesse sehr ruhig und bestimmt. Aber gleich darauf schien sie sich's anders überlegt zu haben. »Oder ja«, sagte sie. »Gut.«

Dr. Kircheisen holte tief Atem. Er zitterte vor Erregung am ganzen Körper. Wie rasch das gekommen war ... Heute morgens hatte er die Baronesse noch nicht gekannt – jetzt vermochte er sich gar nicht mehr vorzustellen, wie er ohne sie leben könnte. Heute beim Frühstück, als sie ihm kaum die Hand reichte, wie hätte er da in seinen kühnsten Träumen an das Glück zu denken gewagt, das er jetzt als sicheren Besitz in Händen hielt.

Die Baronesse machte sich aus seinen Armen los und blickte sich um. »Die vielen, schönen Blumen sind jetzt alle fort!« sagte sie leise.

»Ja, die sind fort!« sagte Dr. Kircheisen und senkte schuldbewußt den Kopf. »Tod und verwelkt.«

Eine Weile schwiegen sie beide, dann begann der Arzt seine Pläne zu entwickeln.

»Ich werde meine Praxis wieder aufnehmen. Dann habe ich mit den Zinsen meines Vermögens so viel und mehr, als wir beide zu einem behaglichen Leben brauchen. Ich habe meine große Junggesellenwohnung am Kohlmarkt, fünf Zimmer mit Balkon und Küche und allem andern, die könnten wir fürs erste behalten. Zweiter Stock, mit Lift natürlich.«

»Die Küche auch im zweiten Stock?«

»Natürlich.«

»Das geht nicht«, erklärte die Baronesse. »Die Puzzi Schönborn, Mamas Freundin, die vorige Woche geheiratet hat, die hat die Küche im Parterre und die übrige Wohnung im ersten Stock. Das Essen wird unten zugerichtet und, wenn es fertig ist, im Aufzug heraufgeschickt. So will ich's auch haben.«

»Ich versteh' von solchen Dingen nicht viel, ich will mich gern nach deinen Ratschlägen richten, Kind. Ich werde noch heute mit meinem Hausherrn sprechen und ihm sagen, daß ich auf die Wohnung im ersten Stock reflektiere«, sagte Dr. Kircheisen und überlegte sorgenvoll, wie er die alte Bettina bestimmen könnte, gutwillig das Feld ihrer Tätigkeit ein Stockwerk tiefer zu verlegen. »Und was machen wir aus der leeren Küche?« fragte er dann.

»Eine Dunkelkammer.«

»Natürlich! Du hast viel Sinn für das Praktische«, sagte Dr. Kircheisen voll ehrlicher Bewunderung. »Mir geht er leider fast völlig ab. Du photographierst?«

»Nein.«

»Ich auch nicht.«

»Das macht nichts. Eine Dunkelkammer müssen wir haben. Papa hat auch eine, mit grünen und roten Lampen. Aber er läßt mich nicht hinein. Damit ich ihm nicht alles ruiniere und zerbreche, sagt er.« Sie dachte eine Weile nach. »Und das Telephon muß neben meinem Bett sein.«

»Im Schlafzimmer? Ist das jetzt modern so?«

»Natürlich. Früh, wenn ich aufwach', frag' ich dann gleich in der Küche an, was es zu Mittag gibt. Dann ruf' ich Papa an: ›Hier Spatz! Es ist halb zehn und ich lieg' noch immer im Bett!‹ Wird das lustig! Ich glaub', Papa wird's nicht erlauben.«

»Was?«

»Daß wir heiraten.«

Dr. Kircheisen schwieg. Nach den Erfahrungen, die ihm in dieser Hinsicht zur Verfügung standen, mußte er zugeben, daß die Baronesse mit ihrer Skepsis weitblickender war, als er.

»Tut nichts«, sagte das junge Mädchen nach einer Weile Nachdenkens. »Dann bleiben wir eben verlobt. Wir müssen jetzt unsere Anfangsbuchstaben irgendwo einschneiden und ein Herz ringsherum. So hat's meine frühere Französin auch gemacht, wie sie sich mit ihrem Postbeamten verlobt hat. Da hier, in diesen Baum da. Da ist Platz genug.«

Dr. Kircheisen fand diesen Vorschlag reizend. Mit seinem Taschenmesser schnitt er in kräftigen Zügen seine und der Baronesse Initialen in den Stamm des Mangobaumes und zog ein kunstvoll geschnörkeltes Herz herum.

Die Baronesse war mit seiner Leistung durchaus zufrieden. »So. Jetzt sind wir richtig verlobt«, sagte sie. »Adieu. Es ist schon spät. Ich hab' so Angst. Ich muß gehen.«

Sie legte mit einer reizenden Geste der Besorgnis die Hand an ihre Wange und war im nächsten Augenblick zur Tür hinaus.

Dr. Kircheisen blickte ihr ein Weilchen nach. Dann zog er sein Notizbuch hervor und notierte: Morgen mit dem Hausherrn sprechen, wegen der Küche im ersten Stock. Bei der Telephonzentrale um einen neuen Gesellschaftstelephon-Anschluß ansuchen. – – Er steckte sein Notizbuch ein. ... Es wird gut sein, wenn ich das Gesuch gleich morgen ausfertige, denn es dauert ja doch mindestens ein halbes Jahr, eh man in Wien einen neuen Telephonanschluß bekommt.

Dr. Kircheisen horchte auf. Wenn ihn sein Ohr nicht täuschte, so waren das Schritte, die sich näherten. Wahrhaftig, zwei Gestalten kamen durch den Garten auf das Treibhaus zu. Der Baron war es und der alte Philipp. Was wollen die hier um diese Abendstunde im Treibhaus? Hat der alte Herr Verdacht geschöpft? Wollten die beiden ihn und die Baronesse hier überraschen? ...

Dr. Kircheisen blickte sich eilig nach einem Versteck um. Er mußte verschwinden ... wie sollte er dem Baron seine Anwesenheit erklären? Dort hinter dem Gartentisch, auf dem die vielen Topfblumen standen ... dort würde ihn sicher niemand bemerken.

»Du kannst ruhig hereinkommen«, hörte er die Stimme des Barons. »Hier ist keine Schlange mehr. Ich hab' sie alle erschlagen.«

Baron Vogh kam langsam und mit gesenktem Kopf auf den Mangobaum zu. Der alte Diener ging ein paar Schritte hinter seinem Herrn, und auch er hielt den Kopf bekümmert zur Erde gesenkt.

Jetzt legte der Baron die Hände an den Stamm des indischen Baumes und fuhr beinahe zärtlich streichelnd über die rißige Rinde.

Dr. Kircheisen wagte in seinem Versteck kaum zu atmen. Sorgenvoll beobachtete er das sonderbare Tun des Barons. Wie, wenn die beiden das Herz in der Rinde entdeckten mit seinen und der Baronesse Anfangsbuchstaben darin!

»Philipp, sieh: Er trägt schon Früchte.« Die Hand des Barons tastete im Blätterwerk. Ein Ast, den er ergriffen hatte, bog sich nieder und schnellte zurück. Der alte Philipp kam näher, nahm eine Frucht aus der Hand des Barons, besah sie lange und biß hinein.

»Wie merkwürdig das schmeckt«, sagte er. »Beinahe wie Aprikosen und auch wieder wie saure Gurken.«

»Wie lange wird's dauern«, sagte der Baron und seine Stimme klang müde und traurig, »so werden die Früchte vertrocknet sein oder abgefallen auf der Erde faulen. Und die Blätter werden verwelken und der Stamm wird morsch werden und wie Zunder auseinanderfallen.«

»Jetzt kann der Herr Baron bedauern«, flüsterte Philipp heiser vor Erregung. »Jetzt sind Herr Baron verzweifelt, jetzt, wo es zu spät ist.«

»Vielleicht ist's nicht zu spät. Freilich, der Doktor verweigert mir sein Serum. Gott verzeih' ihm's, er weiß nicht, welche Schuld er auf sein Gewissen nimmt.«

»Vielleicht, wenn der Herr Baron ihm alles sagen würde, was geschehen ist. Vielleicht dann –«

»Dann würde er mir auch nicht glauben. Ins Gesicht lachen würde er mir. Aber vielleicht kommt Ulam Singh nochmals zu sich! Einmal ist er schon wach gewesen, vollkommen bei Besinnung war er und hat sogleich nach Hanf verlangt und ein Tuch zu verschlingen versucht. So haben seine Experimente immer begonnen. Wenn er nur nochmals erwachen wollte.«

»Ich hab' den Herrn Baron immer gewarnt. Himmelhoch hab' ich gebeten. Lassen sich der Herr Baron nicht ein mit diesem Fremden, der doch ganz sicher kein Christ ist, wenigstens kein katholischer. Aber auf mich alten Mann hat man ja nicht gehört!«

»Was nützt es, Philipp, wenn du mich jetzt an all das erinnerst. Ja, ich war leichtsinnig.«

»Übermütig ... der Herr Baron verzeihen schon.«

»Ja, Übermut war es, Tollheit, Selbstmord! Philipp, es hat schon manch einer sein Leben vergeudet. Mit Spielen, mit Trinken oder mit Weibern. Aber so sinnlos frivol wie ich hat noch niemals ein Mensch sein Leben weggeworfen. Und nicht allein das meine! An mir liegt nichts.«

»Das dürfen der Herr Baron nicht sagen.«

»An mir liegt gar nichts! Aber eine Unschuldige hab' ich mit ins Verderben gerissen. Mein armes Kind ...«

Der Baron verstummte mit einem Male. Irgend etwas zog seine Aufmerksamkeit auf sich. Wortlos, aber voll Erregung starrte er auf den Mangobaum.

... Hat er jetzt die Buchstaben in der Rinde entdeckt? ... durchfuhr es den Arzt ... Wird er weiter sprechen? Wird er jetzt endlich den Schleier lüften? Dr. Kircheisen lauschte angestrengt. Alles Blut drängte ihm zum Kopf. Diese wilden Anklagen, von denen er nur Bruchstücke verstanden hatte, diese furchtbare Beichte, deren Sinn so dunkel war, wie alles, was er in diesem Hause gehört und gesehen hatte! Und was, um Gottes willen, hatte seine Braut mit all dem zu tun? »Eine Unschuldige mit ins Verderben gerissen! Mein armes Kind!« Um des Himmels willen, welche Gefahr drohte der Baronesse? ...

Ein Geräusch unterbrach die Stille, ein feines Geräusch von unbestimmter Art. Dann stieß der alte Philipp einen erschreckten Ruf aus: »Da ... da ist er!«

»Wo?« rief der Baron.

»Hier ... sehen Sie nur! Auf dem Zweig gerade vor Ihnen. Wie groß er ist und wie merkwürdig er aussieht!«

»Verwünschte Bestie!« schrie der Baron und seine Stimme schlug schrill in den Diskant hinauf. »Wie kommst du wieder her? Ist die Brut noch immer nicht vertilgt? Verdammtes Ungeziefer! Stirb! So ... so ... so!«

Das Geräusch eines stampfenden Fußes ertönte. Den Baron selbst konnte der Arzt von seinem Verstekke aus jetzt nicht sehen, aber der Schatten an der Wand huschte und zuckte in wilden Verrenkungen auf und ab. Jetzt schien der Baron völlig erschöpft sich gegen die Brust des alten Philipp zu lehnen. Es war ganz still, nur die schweren, keuchenden Atemzüge des Barons waren hörbar.

»Er war sehr schön. So einen hab' ich noch nie gesehn«, sagte der alte Diener. »Der Herr Baron hätten sich nicht so aufregen sollen. Es war kein Grund.«

»Komm, Philipp, wir wollen gehen«, sagte der Baron leise.

Dr. Kircheisen hörte die schlürfenden Schritte der beiden alten Männer sich entfernen. Dann ertönte das Zirpen der Türangel. – Er war allein. Nun kam er aus seinem Versteck hervor und suchte den Boden ab, dort, wo ihn der Fuß des Barons zerstampft hatte.

Da lag ein großer Schmetterling. Tot und zertreten. Die Flügel, am Rande ausgefranst, bebten noch leise. Sie waren tief schwarz gefärbt, die Vorderflügel trugen einen weißen Querbalken ... Das ist ja, ... durchfuhr es ihn ... sollte das ein Papilio Hector sein? Die Größe stimmt ungefähr: Er ist fast handtellergroß. Die weißen Querbalken und hier auf den Hinterflügeln die Reihe blutroter Flecken ... freilich! Es ist der Papilio Hector, der schöne tropische Schmetterling mit den melancholischen Farben.

Wie merkwürdig: Alle diese Tiere, die furchtbare Tik Paluga, die lästigen Landblutegel und jetzt der schöne Papilio Hector: Sie alle stammen aus Ceylon! Was hat das zu bedeuten? Ist das nur Zufall, daß alle diese tropischen Tiere, die hier so rätselhaft auftauchen, dieselbe Heimat haben? Und dieser sinnlose Zorn, der den Baron beim Anblick des fremden, schönen Falters erfaßt hatte. Wie er ihn zerstampft hatte! Mit dem gleichen Haß, mit dem er die schönen blühenden Lianen vernichtet hatte. Jetzt entsann sich Dr. Kircheisen plötzlich jenes erschreckten Ausrufes des Barons, der ihm heute morgens so lächerlich sinnlos vorgekommen war und dessen Ursache er jetzt mit einem Male begriff. »Um Gotteswillen!« hatte der Baron geschrien. »Gibt es auch Tse-tse-fliegen in Ceylon?«

Kein Zweifel. Ausschließlich Tiere der Ceylonfauna

waren es, die den Baron in seinem Treibhause ängstigten und verfolgten. Was hatte das zu bedeuten?

Dr. Kircheisen fand keine Antwort auf diese Frage.

Er verließ das Treibhaus, aber die seltsamen Reden, die der Baron geführt hatte, ließen ihn nicht zur Ruhe kommen. »Er will mir das Serum nicht geben, Gott verzeih ihm's, er weiß nicht, welche Schuld er auf sein Gewissen nimmt«, hatte der alte Mann gesagt. Und dann, die furchtbare Gefahr, die der Baronesse zu drohen schien. »Eine Unschuldige ins Verderben gerissen! Mein armes Kind!«

Nein! Dr. Kircheisen hatte seinen Entschluß gefaßt. Er wollte keine Schuld auf sein Gewissen laden. Er durfte dem Baron das Karasin-Serum nicht länger verweigern. Vielleicht ... ein Gedanke durchfuhr ihn ... am Ende, es ist ihm so viel an dem Serum gelegen: Vielleicht könnt' ich seine Zustimmung zu unserer Eheschließung dafür erhalten! Es ist ohne Zweifel eine Ungesetzlichkeit, wenn ich das Serum verwende! Aber Ulam Singh ist nicht zu retten und überdies: Die Baronesse schwebt in irgendeiner, mir unbekannten Gefahr ... das allein schon rechtfertigt, was ich tue.

Tief in Gedanken versunken ging Dr. Kircheisen durch den Garten und auf sein Zimmer.

Spuk in der Nacht

Wer aber war die fremde Frau gewesen, die der Baronesse in Ulam Singhs Krankenzimmer diesen plötzlichen Schreck eingejagt hatte? Eine Fiebervision? Eine Halluzination der erregten Sinne? Ein Trugbild, das die überreizten Nerven den Augen der Baronesse vorgegaukelt hatten? Undenkbar! Es mußte ein Wesen von Fleisch und Blut gewesen sein. Denn der Baron hatte es so ernsthaft und mit solchem Nachdruck, als ob er mehr, als er sagen wollte, über den rätselhaften Vorgang wüßte, dem Arzt bestätigt: »Gretl hat wirklich eine fremde Frau im Zimmer gesehen. Ja! Eine fremde Frau war es, die Gretl so erschreckt hatte.«

Wer in aller Welt war das geheimnisvolle Wesen, das der Baronesse in dem halbdunklen Zimmer erschienen war? Woher war es gekommen und wohin so rasch wieder verschwunden? Sollte es etwa geheime Tapetentüren im Zimmer geben? Zu den vielen Rätseln des Hauses war ein neues, quälendes hinzugekommen, eins, das den Arzt die ganze übrige Nacht hindurch um seinen Schlaf und seine Ruhe brachte.

So hatte sich die Sache abgespielt: Gegen halb zwölf Uhr nachts hatte der Arzt das Buch, in dem er geblättert hatte, beiseite gelegt. Bevor er zu Bette ging, war es seine Pflicht, nochmals nach seinem Patienten zu sehen. Dr. Kircheisen steckte die Injektionsspritze und das kleine Fieberthermometer zu sich und verließ sein Zimmer.

Auf dem Gang blieb er stehen. Ein matter Lichtschein kam aus dem Krankenzimmer, das flackernde Licht einer Kerze mochte es sein. Und jetzt hörte er auch Geräusche, Stimmen ... was wollte der Baron zu so später Stunde noch bei Ulam Singh? ...

Dr. Kircheisen trat näher. Die Türe stand halb offen.

»Es hilft nichs, gnädiger Herr! Wir müssen ihn wieder ins Bett zurücktragen.« Es war des alten Philipp Stimme, die der Arzt vernommen hatte.

»Nur noch eine Minute, Philipp«, erklang jetzt die

Stimme des Barons. »Nur noch eine Minute wollen wir warten. Er wird bestimmt wieder zu sich kommen. Ulam Singh! Hörst du mich?«

Eine Weile blieb alles still. Ein merkwürdiger Geruch strömte durch die halboffene Tür des Krankenzimmers und erfüllte den Gang, ein Geruch, der dem Arzte fremd und völlig unbekannt war. Tabak? Was für eine infernalische Sorte raucht der Baron schon wieder? Der Arzt sog die Luft durch die Nase ein. Nein, das war kein Tabak. Nur eine leise Ähnlichkeit erinnerte an ihn, eine ganz weite Verwandtschaft, so entfernt dem Geruch der Tabakblätter, wie der Duft einer Tasse heißen Tees dem Aroma einer Schale Mokka. –

»Tot ist er nicht«, stellte jetzt drinnen die Stimme des alten Dieners fest.

»Bisher ist alles so gut gegangen«, klagte der Baron. »Er muß wieder aufwachen. Hab' doch Geduld. Er muß aufwachen.«

»Ich bin müde. Ich möchte schlafen gehen!« ertönte plötzlich die Stimme der Baronesse.

Die Baronesse war auch hier? Dr. Kircheisen stieß sogleich die Türe auf.

In dem schwach erleuchteten Zimmer bot sich ihm ein merkwürdiger Anblick.

Ulam Singh saß auf dem Boden in der Mitte des Raumes. Er war bewußtlos, das stellte der Arzt auf den ersten Blick fest. Seine Augen waren geschlossen, sein Kopf auf die rechte Schulter gesunken. Ungewöhnlich und beinahe grotesk war die Art, wie er saß: Der dunkle, ausgemergelte Körper des Inders war zu einer unnatürlichen, beinahe unglaubhaften Haltung verrenkt. Der rechte Fuß lag auf dem linken Oberschenkel und der linke auf dem rechten Oberschenkel, ganz oben, beinahe an die Hüften gepreßt, und die linke Hand hielt die rechte Fußspitze gepackt, während die rechte schlaff am Körper hinabhing. Der Baron stand über den Inder gebeugt und starrte ihm mit einem Ausdruck der Angst und der Erwartung ins Gesicht. Der alte Philipp kniete hinter Ulam Singh auf dem Boden und rieb Stirne und Schläfen des Inders mit einem nassen Tuch.

Ein Häufchen glühender Asche lag vor Ulam Singh auf der Erde, das sandte dünne, bläuliche Rauchwolken in die Höhe; sie waren es, die den ganzen Raum mit jenem fremdartigen Duft erfüllten, den der Arzt schon draußen am Gang gespürt hatte.

Auf dem Tisch standen zwei brennende Kerzen. Die Baronesse saß mit geschlossenen Augen in einem Lehnstuhl.

»Was geht hier vor?« fragte der Arzt. »Was ist mit Ulam Singh geschehen, Herr Baron?«

Keiner von den dreien hatte den Arzt bemerkt. Jetzt fuhr der Baron erschrocken in die Höhe. Er war verwirrt und verlegen und bot in seinen ewig schlotternden Kleidern einen kläglichen Anblick.

»Ulam Singh hat gerufen«, stammelte er. »Er ist aufgewacht und hat sein Bett verlassen. Haben Sie nichts gehört, Doktor?«

»Nein«, sagte der Arzt. »Und ich achte auf den leisesten Laut, der aus dem Krankenzimmer kommt. Es ist merkwürdig, daß Sie sein Rufen gehört haben. Mein Zimmer ist viel näher gelegen als das Ihre.«

»Jetzt können wir wohl nichts weiter tun, als ihn wieder zu Bett bringen«, sagte der Baron rasch. »Hilf mir, Philipp.«

»Was bedeutet das hier?« fragte Dr. Kircheisen, während die beiden den Inder in sein Bett hoben, und wies auf das Häufchen glühender Asche.

»Hanf«, sagte der Baron. »Es ist Hanf. Ulam Singh liebt diesen Geruch. Bleiben Sie jetzt bei dem Kranken? Oder haben Sie etwas dagegen, wenn ich die Nacht über bei ihm wache?«

»Herr Baron!« sagte der Arzt nach kurzem Überlegen. »Ich werde jetzt vor allem dem Patienten seine Injektion geben. Wenn das getan ist, möchte ich gerne unter vier Augen mit Ihnen sprechen. Wollen Sie mich in meinem Zimmer erwarten?«

»Sehr gerne, Doktor! Komm Spatz, bist schon schläfrig, mein Kind, nicht wahr?«

Der Baron und der alte Diener verließen das Zimmer. Die Baronesse erhob sich schlaftrunken aus ihrem Lehnstuhl, nahm die Kerze und wollte ihrem Vater folgen. Aber der Arzt ergriff ihre Hand und hielt sie fest.

»Gretl«, flüsterte er. »Jetzt werd' ich mit deinem Vater sprechen.«

»Bin müde«, klagte die Baronesse im Halbschlaf.

»Ich weiß es bestimmt: diesmal wird er nicht ›Nein‹ sagen.«

»Möcht' schlafen«, flüsterte die Baronesse.

»Seh' ich dich morgen beim Frühstück?«

Die Baronesse blickte müde auf und sah den Arzt mit verschlafenen Augen an. Im nächsten Augenblick stieß sie einen entsetzten Schrei aus und ließ die Kerze fallen.

Es war stockdunkel im Zimmer.

»Gretl, was ist dir denn?« fragte der Arzt erschrokken.

»Die Frau!« rief die Baronesse und klammerte sich mit beiden Händen an Dr. Kircheisens Arm. »Die fremde Frau!«

»Wo denn, Gretl?«

»Hier im Zimmer!«

»Aber hier ist doch kein Mensch außer dem Gärtner und uns beiden, Gretl.«

»Ich fürcht' mich. Ich will hinaus.«

Dr. Kircheisen führte die Baronesse aus dem Zimmer. Auf dem Gang machte er Licht. Irgend etwas mußte sie heftig erschreckt haben, denn sie war leichenblaß im Gesicht und zitterte am ganzen Körper. Dr. Kircheisen ergriff ihre Hand und zählte die Pulsschläge.

Da kam auch schon der Baron eilig den Gang heraufgestürzt und der alte Philipp hinter ihm.

»Gretl, wo bleibst du?« rief der Baron. »Was ist geschehn? Warum hast du geschrien?«

Dr. Kircheisen zuckte die Achseln: »Ihre Nerven haben ihr einen Streich gespielt. Sie behauptet«, ... der Arzt lächelte ..., »eine fremde Frau im Zimmer gesehen zu haben.«

»Eine fremde Frau hast du gesehen, Gretl?« fragte der Baron.

»Ja. Mitten im Zimmer. Sie hat eine Kerze in der Hand gehabt und mich so starr angesehen. Ich hab' Angst, Papa.«

Der Baron und der alte Diener warfen sich einen stummen Blick zu. »Geh schlafen, mein Liebling!« sagte der Vater. »Hab keine Angst. Sie wird nicht mehr kommen, die fremde Frau. Philipp wird bei dir bleiben die ganze Nacht hindurch, Spatz, und ich auch, wenn du dich fürchtest.«

»Ein bißchen Fieber wahrscheinlich. Es dürfte eine der bläulichen Hanfwolken gewesen sein, die die Baronesse für eine weibliche Figur gehalten hat. Oder neigt Ihre Tochter am Ende zu Halluzinationen?« fragte der Arzt mit einem leichten Anflug von Besorgnis, als die Baronesse sich entfernt hatte.

»Nein, Doktor. Das war keine Hanfwolke und keine Halluzination. Meine Tochter hat wirklich eine fremde Frau im Zimmer gesehen. Ja, eine fremde Frau war es, die Gretl so erschreckt hat«, sagte der Baron ernst und trat in das Krankenzimmer.

Er machte Licht und blickte sich um. »Natürlich. Hab' ich mir's doch gleich gedacht.«

Er bückte sich und hob ein großes, braunes Tuch vom Boden auf. »Helfen Sie mir, Doktor«, bat er. »Wir wollen es wieder dorthin hängen, wohin es gehört.«

»Sie meinen, daß dieses Tuch die fremde Frau gewesen ist?« fragte der Arzt lächelnd.

»Nein. Ich sagte Ihnen ja, Gretl hat wirklich eine fremde Frau gesehen.«

Er stieg auf einen Stuhl und bemühte sich, mit dem Tuch einen mannshohen Wandspiegel zu verhängen, von dem es scheinbar herabgeglitten war.

»Herr Baron«, sagte der Arzt. »Wir könnten unsre kurze Unterredung gleich hier erledigen.«

»Ja. Ich höre.«

»Ich habe Ihnen heute nachmittags das Karasin-Serum verweigert. Inzwischen habe ich mir die Sache überlegt. Ich werde das Mittel anwenden, wenn Sie wünschen.«

»Ist das Ihr Ernst?« schrie der Baron, ließ das Tuch fallen und stieg, so rasch als er konnte, vom Stuhl hinab. »Jetzt gleich?«

»Ein wenig Geduld!« sagte der Arzt. »Ich muß mir erst das Präparat und meinen kleinen Kochapparat aus meiner Wohnung kommen lassen. Um halb acht Uhr morgens wird alles bereit sein.«

»Wie soll ich Ihnen danken, Doktor!« rief der Baron in überquellender Freude. »Mein ganzes Vermögen reicht nicht aus, um Ihnen so zu danken, wie ich möchte.«

»Wenn Sie glauben, daß der Dienst, den ich Ihnen erweise, wertvoll genug ist, dann bitte ich Sie nochmals ...«

»Nun!« rief der Baron. »Fordern Sie! Fordern Sie unbeschränkt!«

»... um die Hand Ihrer Tochter«, sagte der Arzt leise.

»Die Hand wessen?«

»Ihrer Tochter!«

»Soll das ein Scherz sein?«

Der Arzt verlor die Geduld. »Herr Baron!« sagte er in sehr bestimmtem Ton. »Sie tun unrecht, meine Bitte so von oben herab zu behandeln. Ich hab' einen Namen in der Wissenschaft und bin korrespondierendes Mitglied zweier Akademien. Auch bin ich materiell unabhängig. Meine Entdeckung, das Karasin-Serum, wird mich, wenn es mir gelingt, sie zu vervollkommnen, reich und vielleicht auch weltberühmt machen.«

Der Baron blickte den Arzt nachdenklich an.

»Sie haben recht, Doktor!« sagte er. »Ich bitte Sie um Verzeihung: Ich bin blind gewesen. Das war ja vorauszusehen.« Er schlug sich an die Stirne. »Wie konnte mir nur das entgehen!«

»Darf ich also auf Ihre Einwilligung rechnen, Herr Baron?«

»Sie sollen die Hand meiner Tochter haben, wenn Sie sie morgen verlangen werden, Doktor.«

»Ich danke Ihnen, Herr Baron.«

»Wenn Sie sie morgen noch verlangen werden«, wiederholte der Baron mit Nachdruck. »Und nun gute Nacht, Doktor. Und nicht wahr, morgen früh ist alles bereit? Ich glaube, ich werde wieder schlafen können, heute nacht.«

Das Karasin-Serum

»Anzünden!« befahl Dr. Kircheisen. Der alte Philipp brannte ein Streichholz an und ließ die Spiritusflamme emporschießen.

Dr. Kircheisen hatte inzwischen seine schwarze Ledertasche geöffnet und ihren Inhalt auf den Tisch ausgeschüttet. Aus einer flachen Blechbüchse nahm er die Phiole und erwärmte sie vorsichtig über der Spiritusflamme.

»Philipp!« flüsterte der Baron. »Ruf' die Baronesse! Bring' sie rasch hierher.«

Jetzt schüttete Dr. Kircheisen eine goldgelbe Flüssigkeit aus der Phiole in das Röhrchen der Spritze. Dann setzte er sich an den Bettrand.

Ulam Singhs Gesicht war erdfarben, beinahe fahl. Die Rippen drängten unter der dunklen Haut hervor. Sein Körper zitterte unter jedem Atemzug.

Mit einem raschen Ruck setzte Dr. Kircheisen die Nadelspitze ein und drückte den Kolben nieder. Dann erhob er sich, trat hinter die Bettlehne zurück und legte die Spritze aus der Hand.

Der Baron stand mit vorgebeugtem Kopf und starrte den Kranken erwartungsvoll an.

»Gleich ...«, sagte der Arzt. »Nur ein wenig Geduld noch.«

»Wird er jetzt erwachen?« fragte der Baron. Seine Stimme zitterte vor Erregung.

»Sehen Sie selbst!«

»Gottes Wunder ...«, flüsterte der Baron.

»O nein! Genau so war's bei der Petronella Hallasch auch. So wirkt das Karasin-Serum immer.«

Ein heftiger Ruck war durch Ulam Singhs Körper gegangen. Seine Knie hoben sich zu einem spitzen Winkel und glitten dann langsam nieder. Sein Kopf zuckte in die Höhe.

Jetzt schlug er die Augen auf. Sie waren schauerlich anzusehen: Die Pupillen groß wie Haselnüsse, der Augapfel ein schmaler, bräunlichgelber Ring. Der Kranke erhob sich mühsam, keuchte heftig und sank wieder zurück.

»Ulam Singh!« rief der Baron.

Der Inder drehte langsam den Kopf und bewegte die Lippen. Aber kein Laut wurde hörbar. Ulam Singh schloß die Augen und lag eine Weile regungslos.

Eine Minute verrann. Der Baron stand noch immer über den Inder gebeugt und sah ängstlich mit einem scheuen Seitenblick nach dem Arzt hin ... Sollte das Serum versagen? ... bettelte dieser stumme Blick. ... Helfen Sie doch, Doktor! Sagen Sie doch ein Wort! ...

Dr. Kircheisen nickte dem Baron beruhigend mit dem Kopfe zu ... Es ist alles in Ordnung! ... bedeutete das ... Nur noch ein paar Sekunden Geduld. Kein

Grund zur Beunruhigung. Das Serum tut seine Wirkung, seien Sie dessen gewiß ...

Keiner von beiden hatte ein Wort gesprochen. Dennoch hatte jeder des anderen stumme Sprache verstanden. Der Baron stieß einen leisen Seufzer der Erleichterung aus. Dr. Kircheisen zog die Uhr und zählte die Sekunden. Die Baronesse war indessen leise ins Zimmer getreten und blickte mit ihren großen blauen Augen unruhig und erstaunt bald auf den Kranken, bald auf den Arzt und bald auf ihren Vater.

Und dann kam es. Dr. Kircheisen lächelte befriedigt und ließ die Uhr zurück in die Westentasche gleiten. Ulam Singh hatte sich mit einem Ruck kerzengerade in seinem Bette aufgerichtet. Er schien jetzt erst den Baron erkannt zu haben, winkte mit den Armen und stieß ein paar unartikulierte Laute aus, abgerissene Worte einer fremden Sprache, die halb wie ein Kreischen, halb wie Gelächter klangen.

Aber lauter noch als Ulam Singh schrie jetzt der Baron. Er hatte den Inder an der Schulter gepackt, schüttelte ihn und stieß unverständliche Rufe aus. Wenige Worte nur waren es, die er dem Inder ins Ohr schrie, die aber wiederholte er immer wieder von neuem, mit bittenden, erregten und verzweifelten Gesten. Wie zwei Tollhäusler schrien beide aufeinander ein und keiner wollte den andern zu Worte kommen lassen.

Da verstummte plötzlich der Inder und sah dem Baron mit offenem Munde ins Gesicht. Ein irres Lächeln glitt über seine erdfarbenen Züge. Er nickte zweimal ernsthaft mit dem Kopf – es schien, als habe er lange nicht verstanden, was der Baron von ihm verlangte, als wäre ihm aber jetzt endlich alles klar geworden. Er erhob sich, stand wankend da auf zum Skelett abgemagerten, gespenstisch dünnen Beinen und bückte sich, die Arme über der Brust gekreuzt, zu einem tiefen Salam.

Aufatmend trat der Baron einen Schritt zurück und blickte sich um. »Gretl! Ist meine Tochter da?«

»Hier, Papa!«

Der Baron ergriff die Bettdecke und legte sie um die Schultern Ulam Singhs, der wie schlafwandelnd oder wie volltrunken hin und her wankte.

»Wie lange ... welche Zeit geben Sie Ulam Singh, Doktor?« stieß er atemlos hervor.

»Eine halbe Stunde. Vielleicht ein paar Minuten darüber.«

»Dann rasch hinunter! Philipp, hilf mir, wir müssen ihn führen!«

»Wohin, Herr Baron?« fragte der Arzt.

»Ins Treibhaus. Komm, Gretl!«

Eine leise Unruhe hatte den Arzt ergriffen, über die er sich keine Rechenschaft geben konnte. Ein Gefühl der Angst, nicht um den Inder, nicht um den Baron. Nur um die Baronesse.

»Was haben Sie vor, Herr Baron?« fragte er. »Was gedenken Sie im Treibhaus zu tun?«

»Später! Später sollen Sie alles erfahren! Jetzt nicht. Wir dürfen keine Minute verlieren! Gretl! Philipp!«

»Wohin führen Sie die Baronesse? Erklären Sie doch ...«, rief der Arzt.

»Später will ich Ihnen alles erklären. Die Zeit verrinnt«, schrie der Baron.

Der Arzt blickte den alten Mann voll Mißtrauen an. Ein Gedanke war in ihm plötzlich erwacht, eine Vorstellung, die ihn beklemmte und aufs tiefste erschreckte. Wie, wenn den Baron sein Versprechen reute? Wie, wenn er ihm die Baronesse rasch aus den Augen bringen, sie trotz der gegebenen Zusage irgendwo auf einem seiner Güter vor ihm verstecken wollte?

»Herr Baron!« rief er, seiner selbst vor Erregung nicht mehr mächtig. »Die Baronesse wird doch wieder zurückkommen ... versprechen Sie mir das!«

»Ja, Doktor!« sagte der Baron mit einem seltsamen, beinahe feierlichen Klang in seiner Stimme. »Meine kleine Gretl wird bald wieder zurückkommen! Und nun geben Sie sich zufrieden und lassen Sie uns gehen.«

Dr. Kircheisens Unruhe wollte trotz dieses Versprechens nicht weichen. »Herr Baron!« sagte er entschlossen. »Sie werden mich mit ins Treibhaus nehmen müssen. Ich lasse Sie nicht allein.«

»Gut, dann kommen Sie. Aber rasch.«

»Gnädiger Herr!« rief in diesem Augenblick der alte Philipp vom Fenster her. »Der Wagen des gnädigen Fräuleins ist soeben in den Garten eingefahren. Sie wird gleich hier sein.«

Der Baron geriet bei dieser Meldung in die furchtbarste Aufregung.

»Meine Braut?« schrie er. »Gerade jetzt! Hat sich denn alles gegen mich verschworen?«

Er zwang sich mit Gewalt zur Ruhe. »Philipp«, befahl er. »Geh mit Ulam Singh und Gretl voraus, aber über die Hintertreppe, damit ihr meiner Braut nicht begegnet. Ich komme gleich nach. Und Sie, Doktor, müssen mir auch heute wieder einen kleinen Dienst erweisen. Sie gehen nicht mit uns, nicht wahr? Sie bleiben oben und widmen sich ein Viertelstündchen lang meiner Braut. Sie darf nicht ungeduldig werden, Sie muß hier oben auf mich warten. Sie werden sie zurückhalten, wenn es ihr einfallen sollte, mich unten im Garten zu suchen. Sagen Sie ihr, ich sei noch bei der Toilette oder im Bad ... sagen Sie ihr, was Sie wollen. Also, nicht wahr, Sie bleiben? Ich wußte, daß ich auf Sie rechnen kann. Leben Sie wohl, Doktor ... also eine Viertelstunde lang.«

Es war etwas Zwingendes in der Stimme des Barons, etwas, was keinen Widerspruch zuließ; ein unbeugsamer und eiserner Wille, der der Bitte die Kraft eines Befehles verlieh. Dr. Kircheisen brachte die Energie nicht auf, die ihm zugedachte Aufgabe abzulehnen, und verbeugte sich stumm.

Langsam ging er, als der Baron das Zimmer verlassen hatte, daran, die Instrumente in seine schwarze Ledertasche zu füllen. Die feinen Messer und die spitzen Nadeln, die scharfen und gefährlichen Dinge, die die Baronesse so liebte. Die Baronesse! Dr. Kircheisen legte die Tasche aus der Hand und trat ans Fenster. Ulam Singh und der Baron waren eben in das Treibhaus getreten. Aber die Baronesse war noch im Garten. Langsam ging sie über den Kiesweg. Wie schön sie war, mit welch edler Grazie sie dahin schritt, dieses junge Weib mit dem anmutig, leichten Gang eines verträumten Kindes. Dr. Kircheisen liebkoste die schlanke Gestalt mit den Augen. Jetzt begann sie rascher zu gehen; ihr Vater hatte sie gerufen. So kurz war der Weg, ein paar Schritte noch und sie mußte ihm aus den Augen sein. Wenn sie doch stehen bleiben wollte, nur eine kurze Minute lang! Doch sie stand schon in der Treibhaustür. Einen Augenblick lang noch leuchtete der helle Fleck ihres blaßblauen Kleides im dunklen Türrahmen, ... ein letztes Aufschimmern ihres blonden Haares ... nun war sie verschwunden.

Dr. Kircheisen trat vom Fenster zurück. Das sonderbare und ganz unerklärliche Angstgefühl, das ihn schon vorher beschlichen hatte, war plötzlich wieder da, doch stärker und deutlicher als zuvor. Die Unruhe war zu einer quälenden Traurigkeit geworden, die Sorge zu einer drückenden Gewißheit. Irgend eine dunkle Vorstellung einer furchtbaren Gefahr tauchte in ihm auf, die sich nicht in Worte fassen ließ, und der er dennoch nicht entrinnen konnte. Es war ihm mit einem Male ganz klar, daß dieses kurze Aufleuchten des blonden Haares in der dunklen Tür ein Abschied gewesen war, der Abschied für immer. »Sie wird nie mehr wiederkommen«, sagte er leise vor sich hin, wie etwas, was nicht mehr zu ändern war, und wußte dennoch nicht, woher ihm diese furchtbare Gewißheit kam. Langsam ging er aus dem Zimmer und über den Gang. Nun würde das alte, traurige Leben wieder beginnen, das trostlose, liebeleere Dasein, das Jahre hindurch sein Anteil am Leben gewesen war. Nein, niemals wieder würde er noch eine Frau lieben können, nach dieser einen, einzigen, die er jetzt verloren hatte. »Vorüber!« flüsterte er halblaut, und der Klang seiner eigenen Stimme ließ ihn aus seinen Gedanken auffahren.

Er stand vor dem Arbeitszimmer des Barons ... Was ist nur plötzlich über mich gekommen? ... fragte er sich verwundert ... Solch ein Unsinn! Auf eine Viertelstunde ist sie hinuntergegangen, und ich trauere ihr nach, als wär es ein Abschied fürs Leben gewesen. Wie ist mir denn überhaupt dieser absurde Gedanke gekommen? Wer in aller Welt kann mir sie jetzt noch nehmen? Ich habe ihre Liebe, ich habe die Zustimmung des Vaters, brauche ich mehr? Sonderbar, daß man von so närrischen Einfällen am hellichten Tage heimgesucht werden kann ...

Er öffnete die Tür und trat ein. Melitta Ziegler saß schon da und wippte sich in des Barons großem Schaukelstuhl. Sie schien schon recht ungeduldig geworden zu sein.

»Felix!« rief sie, als der Arzt ins Zimmer trat. »Ach, Sie sind's, Doktor?«

»Guten Morgen, Gnädigste.«

»Grüß Sie Gott, Doktor. Was fehlt Ihnen? Sie sind so blaß heut.«

»Wirklich? Blaß?«

»Ist etwas passiert?«

»Nein. Mir wenigstens nichts.«

»Wem denn? Am Ende ... wo ist Felix?«

»Der Herr Baron ist vollkommen wohlauf«, beruhigte sie der Arzt. »Er ist noch bei der Toilette und wird in ein paar Minuten bei Ihnen sein.«

»Wieder wohlauf! Doktor, das haben wir Ihnen zu danken!« rief die Schauspielerin und drückte dem Arzt die Hand. »Da bleib ich gleich den ganzen Vormittag hier. Heut hab ich keine Probe, zum erstenmal seit vielen Wochen. Wir hatten jetzt so viel Arbeit mit dem neuen Stück – – aber das interessiert Sie wahrscheinlich nicht, Doktor.«

»Im Gegenteil ... alles, was Ihre Person betrifft, Gnädigste, interessiert mich sehr, zumal jetzt, wo ich bald das Glück haben werde ...«

»Nun, Doktor? Erzählen Sie doch, welches Glück Ihnen bevorsteht!«

»Wenn Sie gestatten, Gnädigste, so will ich Ihnen alles sagen. Sie wissen ja, wes das Herz voll ist ... Nun, als Sie mich zum erstenmal trafen, ahnten Sie nicht, daß ich so bald schon zu dem engeren Kreis Ihrer Familie zählen werde.«

»Zu dem –? Wozu werden Sie zählen?«

»Zu Ihrer allernächsten Verwandtschaft. Gnädigste, ich habe mich gestern verlobt.«

Melitta Ziegler stand auf und blickte den Arzt an.

»Warten Sie, Doktor«, sagte sie. »Mir ist das alles ganz wirr ... Ich hab zwei Kusinen, die Lili und die Gerti, aber die sind doch beide verheiratet. Ledig ist in meiner Familie nur noch die Resitant', die das ewige Rheuma hat, ... Doktor, Sie werden doch nicht die Resitant' heiraten wollen?«

»Daß Sie gerade auf das Nächstliegende nicht verfallen! Die Baronesse und ich, wir haben uns verlobt.«

»Die Baronesse? Welche Baronesse?«

»Nun, die Tochter des Hauses natürlich. Die Gretl.«

Die Schauspielerin ließ sich mit enttäuschter Miene wieder in ihren Schaukelstuhl zurückfallen. »Da bin ich Ihnen schön hineingefallen, Doktor. Nun ja, Sie haben den Spaß aber auch mit einem so ernsten Gesicht gebracht ... jeder wär' Ihnen hineingefallen auf den Witz.«

»Auf welchen Witz?« fragte Dr. Kircheisen erstaunt.

»Nun, auf Ihre Verlobung mit dem Spatzen.«

»Aber ich versichere Ihnen, Gnädigste, es ist mein voller Ernst.«

»Sie sind ein geborener Schauspieler! Nicht einmal die Mundwinkel zucken Ihnen. Ich muß immer gleich lachen, wenn ich mir aus jemandem einen Narren mach'. Ich werd' meinen Direktor auf Sie aufmerksam machen, der ist eh das ganze Jahr in der Provinz hinter neuen Talenten her.«

»Ich verstehe nicht, Gnädigste«, sagte Dr. Kircheisen befremdet, »warum Sie fortgesetzt an dem Ernst meiner Mitteilung zu zweifeln belieben.«

»Also, jetzt kenn' ich mich in Ihnen schon selbst nicht mehr aus. Wenn das Ihr Ernst ist, dann sind Sie übergeschnappt.«

»Übergeschnappt?« rief der Arzt bestürzt.

»Ja. Komplett verrückt. Es tut mir leid, aber wenn das Ihr Ernst war, dann gibt's keinen andern Ausdruck.«

»Aber wir lieben uns! Ich vergöttere die Baronesse und auch sie hat mir ihre Neigung gestanden.«

»Neigung gestanden! Was reden Sie da! Als ob der Spatz ... Sie ist doch noch ein Kind!« rief die Schauspielerin.

»Aber gerade das ist es ja, was mich so zu ihr hinzieht.«

»Und das sagen Sie mir so ins Gesicht, ohne dabei rot zu werden? Schämen Sie sich! Man muß sich ja fürchten, mit Ihnen allein zu bleiben, Sie Wüstling!«

»Aber Gnädigste ...«, stammelte der Arzt.

»Ihre Schuld, wenn Sie Grobheiten bekommen haben. Man hetzt einen Witz nicht zu Tode, merken Sie sich das. Auch beim Theater nicht, er wird sonst langweilig.« Sie gähnte, laut und provokant. »Das ist Felix, nicht wahr?«

Die Türe hatte sich geöffnet. Aber nicht der Baron war es, der eintrat, sondern der alte Philipp.

»Herr Doktor möchten rasch herunterkommen. Herr Doktor werden gebraucht, ich glaube, der Gärtner will sterben«, flüsterte er dem Arzt zu.

»Gnädigste entschuldigen mich. Man benötigt meine Hilfe«, sagte der Arzt sehr förmlich.

»Ist schon gut. Geh'ns nur«, verabschiedete ihn die Melitta Ziegler ungnädig.

Dr. Kircheisen folgte dem alten Diener ins Treibhaus. Er war bestürzt und verzweifelt. Mit solcher Mühe hatte er die Abneigung des Barons gegen diese Verbindung beseitigt, und nun kam ein neuer Widerstand von einer Seite, von der er ihn nicht erwartet hatte. Aber es gab kein Zurück, es durfte keines geben! Auch dieser Widerstand mußte gebrochen werden. Gretl mußte fort mit ihm aus diesem Haus, wo in jedem Winkel eine Tollheit oder ein Geheimnis lauerte, wo jedes Ding auf dem Kopfe stand.

Wahrhaftig. Alles stand auf dem Kopf in diesem Haus: In der Kammer Ulam Singhs erwartete den Arzt ein großer, breitschultriger Mensch, der sonderbarerweise in den Kleidern des Barons steckte. »Sie kommen zu spät, Doktor!« sagte er vertraulich und drückte ein Taschentuch an seinen Hals. »Er ist schon tot. Ich hab' ihn gleich hinauftragen lassen.«

»Wo ist Gretl?« rief der Arzt. »Wo ist meine Braut?«

»Ihre Braut? Gehen Sie nur hinein, sie erwartet Sie«, sagte der fremde Mensch.

Dr. Kircheisen trat in die Orchideenabteilung. Der große Raum sah ganz verändert aus, kahl, leer, dürftig, irgend etwas fehlte, irgend etwas, was in den Raum gehörte, war nicht da. Der Mangobaum! Das war es! Wo war der Mangobaum? Der mächtige Stamm mit seinen großen, blaugrünen Blättern und den goldgelben Früchten – er war verschwunden. Ein dünnes Stämmchen, dessen dürftige Zweige ein paar kümmerliche grüne Blattknospen trugen, stand an seiner Stelle. Verblüfft trat Dr. Kircheisen an das Bäumchen heran. Aber im nächsten Augenblick fuhr er entsetzt und verstört zurück.

In die Rinde des Bäumchens war ein Herz eingeschnitten und Buchstaben, G. v. V. und darunter F. K., winzig klein alles, kaum wahrnehmbar, und dennoch dieselben Zeichen, die er tags zuvor in großen Zügen in die Rinde des stolzen Mangobaumes gegraben hatte!

»Sie staunen über das Mangobaumwunder, Doktor«, sagte der Riese, der des Barons Kleider trug, und tupfte mit einem blutigen Taschentuch seinen Nacken. »Ja, Ulam Singh hat sein letztes Experiment beendet.«

»Gretl!« schrie Dr. Kircheisen auf und blickte sich um. Die Sonnenstrahlen fielen durch die schrägen Fenster und blendeten ihn. Nirgends sah er die Baronesse.

Aber aus einem der grünen Gartenstühle erhob sich jetzt ein sonderbares Geschöpf: Ein kleines Mäderl, zart und schmächtig, doch beladen und belastet mit einem unförmigen, blaßblauen Kleid, einem wahren Ungetüm von Kleid, das das Kind mit beiden Händen raffen und in die Höhe heben mußte, um einen Schritt tun zu können, und das dennoch als riesige Schleppe hinter ihm her floß. In viel zu großen Schuhen schwimmend, mit Ärmeln, die leer bis auf die Erde herabhingen, so kam das seltsame Wesen auf Dr. Kircheisen zugetrippelt.

»Gretl!« rief der Arzt noch immer suchend, mit einem jammervollen Klang in der Stimme.

»Aber ja doch! Hier bin ich!« zwitscherte das Kind, stolperte über sein Kleid, verfing sich in seinen Ärmeln, erhob sich wieder und stand endlich neben dem Arzt. Ein schmales, blasses Kindergesicht, das er nie zuvor gesehen hatte, blickte aus ihren, aus Gretls großen, blauen Augen zu ihm auf.

Ein Frösteln lief über Dr. Kircheisens Rücken. Er tastete nach einer Stuhllehne. Der Orchideensaal mit seinen Stühlen, Tischen, Topfblumen und Gartengeräten drehte sich in einem wilden Tanz um ihn.

»Gretl!« erklang die Stimme des breitschultrigen Menschen. »Lauf hinauf, mein Liebling, zieh dich rasch um und geh dann mit Mama im Garten spazieren. Sag ihr, daß ich bald nachkomme. Nun Doktor! Erkennen Sie mich noch immer nicht?«

Mechanisch wandte sich Dr. Kircheisen um. Der Riese, der die Kleider des Barons trug, stand noch immer hinter ihm und hatte, das erkannte Dr. Kircheisen erst jetzt, des Barons Kopf auf seinen mächtigen Schultern: Die kühne, gebogene Nase, die buschigen Brauen, das dichte Haar – nur die tausend Falten und Runzeln waren verschwunden, ein straffes, sonngebräuntes Männerantlitz blickte den Arzt an.

»Setzen Sie sich, Doktor«, klang es an Dr. Kircheisens Ohr. »Es ist Zeit, daß ich Ihnen alles erzähle ... Sie haben mich gestern nach meinem Alter gefragt. Ich konnte Ihnen keine Antwort darauf geben: Nun, Doktor, jetzt will ich's Ihnen sagen: Ich bin achtunddreißig Jahre alt. Und meine kleine Gretl, die ist wirklich heute wiedergekommen ...«

Der Tempelgarten in Agra

»Sie starren mich noch immer an, Doktor, ... ich sehe ein wenig verändert aus, nicht wahr? Ja, ich hatte einen schlechten Tag gestern, das können Sie mir glauben. Setzen Sie sich, Doktor, denn ich will Ihnen jetzt alles erklären: wie die Tik Paluga in mein Treibhaus gekommen sind, wer die fremde Frau war, die meine Tochter heute nachts gesehen hat, und wie ich in den furchtbaren Zustand gekommen bin, in dem Sie mich vorgestern abends angetroffen haben, ... das alles sollen Sie jetzt erfahren. Aber ich muß weit zurückgreifen und mit dem Tag beginnen, an dem ich zum erstenmal jenes unglückselige Experiment mit der Orchidee gesehen habe. Das ist in der Stadt Agra gewesen, im Winter vorigen Jahres, auf meiner indischen Reise.

Das Datum weiß ich freilich heute nicht mehr ganz genau. Aber ich erinnere mich, daß es tagsüber sehr heiß war, obwohl die Hindus am frühen Morgen kleine Feuer auf den Straßen angezündet hatten, um sich zu erwärmen. Kälte am Morgen, Hitze bei Tag ... es dürfte also anfangs Jänner gewesen sein. Es war der Tag, bevor ich Agra verließ; ich wollte nur noch die große Prozession abwarten, die die Hindupriester der Stadt zu Ehren der Pravati, Vishnus Gattin, der Göttin mit den Fischaugen, abhalten wollten. Man hatte mir in Hamiltons Hotel viel von der malerischen Wirkung dieser Zeremonie erzählt. Leider kam sie schließlich nicht zustande, zweier fanatischer Mohammedaner wegen ... aber davon später.

Ich verließ Hamiltons Hotel gegen sieben Uhr früh, um zwei anglo-indische Freunde zu einer Spazierfahrt abzuholen, den Captain Elliot und den Arzt Reginald Fawcett, einen Vetter meiner verstorbenen Frau, die eine Engländerin gewesen ist. Ich ging zu Fuß. Ich sehe die Landschaft noch heute so lebendig vor mir, als hätte ich sie erst gestern verlassen. Der Weg führte anfangs durch eine Allee von Kokospalmen. Eine Herde

Kühe kam mir entgegen, dann zwei Hindufrauen in ihren Festkleidern. Die kupferne Kuppel des Vishnutempels leuchtete vom Ende der Allee her zu mir herüber, und ich hörte das Geschrei der heiligen Papageien, die in den Ornamenten der Tempelfassade nisten. Dann brach die Palmenallee ab und der Weg führte zwischen Indigo-, Baumwoll- und Zuckerrohrfeldern weiter bis zu einem Garten, der schon zum Tempel Vishnus gehörte.

Am Eingang dieses Gartens stand Ulam Singh. Er war damals einer von den Dienern des Heiligtums, das konnte ich schon aus den Aschenlinien erkennen, mit denen er seinen nackten Oberkörper zu Ehren Shivas, des Todesgottes, bemalt hatte.

Ich war diese Straße schon öfter gegangen und hatte Ulam Singh häufig über den Gartenzaun hinweg bei seiner Arbeit beobachtet, wenn er seine Nelken und benghalischen Rosen begoß. Aber niemals vorher hatte ich ihn so erregt gesehen. Er kam auf mich zu und sprach mich an.

Er sprach maharattisch. Ich beherrsche diesen indischen Dialekt nur unvollkommen, aber er wiederholte seine Bitte sogleich in gebrochenem Englisch. Ob ich nicht in den Garten eintreten und seine Blumen ansehen wolle.

Ich bin ein leidenschaftlicher Blumenliebhaber, Doktor. Ich weiß, Sie halten mich für einen verständnislosen Vandalen, seit ich gestern die Blumen im Treibhaus zu Ihrem Schmerz mit Stumpf und Stiel ausgerottet habe. Nun, ich gebe zu, meine Leidenschaft für tropische Pflanzen hat sich während der letzten zwei Tage erheblich abgekühlt, ... aber das hat seine guten Gründe, Doktor. Damals aber in Agra war mir nichts willkommener als Ulam Singhs Einladung. Ich hatte schon lange den Wunsch gehabt, den Tempelgarten zu besichtigen, und so trat ich denn hinter dem Gärtner ein.

In der Mitte des Gartens stand eine mächtige Granitfigur, die den Gott Ganisa, den Dämon mit dem Elefantenkopf und den vielen Armen darstellt. Und rings um das Götterbild waren Blumenbeete angelegt: Nelken, Hyazinthen, weiße und blaue Strobilanthusblüten. Ein paar Talipotpalmen mit tiefroten Blütentrauben und zwischen ihnen ein kleiner Weiher, dessen Spiegel ganz überdeckt war von den lichtblauen Blüten einer japanischen Lotosart.

Ulam Singh beugte sich über eines der Beete und reichte mir eine Nelke.

Es war keine gewöhnliche Nelke. Sie war weiß, voll aufgeblüht und gefüllt, aber sie trug eine merkwürdige Zeichnung: In brennroten Blütenblättern eine ganz kleine, dreizinkige Gabel, das Symbol des Gottes Vishnu.

Es war das Resultat kunstvoller, vielleicht jahrzehntelanger Zucht- und Kreuzungsversuche ... Ich hatte ähnliches noch nie vorher gesehen. Ulam Singh merkte das und nannte seinen Preis: Dreiundvierzig Rupien.

Dreiundvierzig Rupien, das schien mir zu viel für eine botanische Spielerei; und ich wandte mich daher zum Gehen. Ulam Singh machte ein bestürztes Gesicht, winkte mir zu warten, und verschwand hinter dem Götzenbild. Gleich darauf kam er wieder hervor und bot mir einen Blumentopf mit einem zwerghaft kleinen Jasminstrauch, der zweierlei Blüten trug, rote und weiße.

Ich fragte nach dem Preis.

›Dreiundvierzig Rupien‹, war die Antwort, und die Hartnäckigkeit, mit der der Inder diese Ziffer festhielt, fiel mir auf. Ich überlegte ein wenig. Ulam Singh hielt den Handel für abgeschlossen und fragte, ob er mir die Pflanze in Hamiltons Hotel bringen solle.

Nun war mir aber im selben Augenblick ein orchideenartiges Gewächs aufgefallen, das im Schatten des Ganisabildes an einer hölzernen Stange emporkletterte. Ich kannte es nicht, hätte es aber gerne im Zustand der Blüte gesehen. Ich fragte deshalb den Gärtner, ob er nicht ein aufgeblühtes Exemplar dieser Orchideenart in seinem Garten habe.

Ulam Singh verneinte. ›Das ist schade!‹ sagte ich. ›Die hätte ich gerne gekauft.‹

Ulam Singh überlegte eine Weile.

›Kommt der Sahib diesen Weg zurück?‹ fragte er dann.

›Wahrscheinlich.‹

›In einer Stunde?‹

›Beiläufig! Ja!‹

›So wird der Sahib die Blume haben, die er wünscht.‹

Er geleitete mich bis zur Gartentür. Dort verabschiedete er sich mit einer tiefen Verbeugung.

Ich fand meine Freunde noch bei ihrem monotonen indischen Frühstück: Fisch, Curry und Wildbret, wie alle Tage. Wir machten unsere kleine Spazierfahrt, dann gingen wir zum Tempel, in dessen Halle schon die Prunkstücke zur Prozession ausgestellt waren: ein Thronhimmel, der auf silbernen Stützen stand, die saphirbesetzten Tragsessel, die Prachtgewänder der Priester und vor allem die beiden schweren, goldenen

Armleuchter, die an den Stoßzähnen des heiligen Tempelelefanten festgeschraubt werden sollten. Es war schon gegen elf Uhr vormittags, als ich mich endlich meines Blumenhandels erinnerte. Wir gingen alle drei zu Fuß hinunter bis zu Ulam Singhs Garten. Unser Wagen fuhr langsam hinter uns her.

Ulam Singh stand mit gekreuzten Armen und vorgebeugtem Kopf unbeweglich vor der Gartentür und spähte nach mir aus. Als er mich kommen sah, machte er seinen tiefen Salam und wies uns dann mit einer einladenden Bewegung seiner Hand in das Garteninnere.

Wir traten ein. Die Luft war mit Düften von hunderterlei Blumen geschwängert. Aber ich habe eine feine Nase und spürte sogleich einen scharfen, mir unbekannten Geruch, den ich vorher bestimmt nicht wahrgenommen hatte.

›Reginald! Captain!‹ fragte ich und zog die Luft durch die Nase ein. ›Spüren Sie nichts?‹

›Hemp!‹ sagte Reginald. ›Verbrannter Hanf.‹

Vor der Granatfigur des Ganisa lag ein Häufchen glühender Holzkohlen. Ich dachte einen Moment lang darüber nach, warum Ulam Singh trotz der Vormittagshitze in seinem Garten ein Feuer unterhalten haben mochte. Am Morgen war es sicherlich noch nicht dagewesen. Aber im gleichen Augenblicke fiel mein Blick auf etwas anderes, das vorher gleichfalls nicht dagewesen war.

Eine schöne, beinahe mannshohe Orchidee rankte sich an einer hölzernen Stange empor, mit großen, rötlichgelben Blüten ... Sie kennen Sie sicherlich, Doktor: Die Blüten sind wie der Totenschädel eines Pferdes geformt. Das Sonderbare aber war, daß die schöne, vollaufgeblühte Pflanze genau an derselben Stelle stand, die am Morgen das junge Pflänzchen, das ich nicht hatte kaufen wollen, eingenommen hatte.

Ich war meiner Sache ganz sicher. Ich hätte sie beschwören können. Ich muß ein verblüfftes oder verwirrtes Gesicht gemacht haben, den beiden andern fiel es auf.

›Baron? Was gibt's denn?‹ fragte der Offizier.

›Schauen Sie die Orchidee dort an!‹ sagte ich.

›Nun ja, die Pflanze, deretwegen wir hergekommen sind.‹

›Nun: ich erkläre Ihnen, die Pflanze war heute morgen noch nicht da.‹

›Unsinn‹, sagte der Captain.

Reginald Fawcett zog noch immer die Luft durch die Nase: ›Sie meinen‹, sagte er, ›daß die Orchidee während Ihrer dreistündigen Abwesenheit aufgeblüht und die Stange emporgeklettert ist?‹

›Nein, das wäre absurd. Das zu behaupten, wäre lächerlich.‹

Reginald gab keine Anwort, sondern hatte mit Ulam Singh einen kurzen Wortwechsel im Maharattadialekt.

›Er sagt‹, wandte er sich dann an mich, ›daß die Pflanze immer dagestanden sei. Sie hätten sie nur vorher nicht beachtet. Er behauptet, Sie wären »dimeyed.«‹

›Nein. Ich habe gute Augen. Sie können mir glauben, Reginald, die Pflanze war heute morgen nicht da.‹

Facwett sprach neuerdings ein paar Worte zu Ulam Singh.

›Er meint‹, sagte er dann, ›die Orchidee sei am Morgen im Schatten der Ganisafigur gestanden und deswegen in ihrer Farbenwirkung beeinträchtigt gewesen. Darum habe er Sie gebeten, später wieder zu kommen.‹

Mich befriedigte diese Erklärung nicht. Captain Elliot war indessen ungeduldig geworden. ›Nun, was verlangst du für die Pflanze?‹ fragte er den Inder.

›Dreiundvierzig Rupien!‹ sagte Ulam Singh leise und schüchtern.

›Dreiundvierzig Rupien? Bist du toll, Nigger?‹ ... Wenn Captain Elliot wütend war, dann erklärte er jeden, der nicht aus der Londoner City stammte, für einen ›Nigger‹.

Ulam Singh stellte statt aller Antwort den Zwergjasminstrauch neben die Orchidee und legte die Nelke mit dem roten Zeichen des Vishnu dazu. Dann beschrieb er mit den Fingern einen Kreis um die drei Pflanzen: Alles zusammen kostete dreiundvierzig Rupien.

›Man darf den Leuten niemals geben, was sie verlangen‹, entschied der Offizier kurz und bündig. ›Bieten Sie ihm die Hälfte.‹

Ulam Singh hatte ihn verstanden und schüttelte heftig den Kopf.

›Fragen Sie ihn doch, wozu er das Geld braucht!‹ sagte ich zu Fawcett.

›Er will mit dem Nachteilzug nach Bombay fahren‹, wurde mir die Antwort des Inders verdolmetscht.

›Was hast du in Bombay zu suchen?‹ wollte der Captain wissen.

Ulam Singh zuckte die Achseln, ließ den Kopf hängen und gab keine Antwort.

›Dreißig Rupien. Mein letztes Wort!‹ rief Elliot. Er setzte seinen Stolz darein, mir zu beweisen, daß ich der ewig betrogene Fremde sei, und, wie gut hingegen er die Leute zu behandeln wisse. Mir war seine Einmengung lästig, aber ich konnte mich ihrer nicht gut erwehren.

Ulam Singh schüttelte auf das Gebot der dreißig Rupien bekümmert den Kopf und blickte im Garten umher, ob da nicht noch etwas wäre, was er mir anbieten könnte.

›Kommen Sie, Baron‹, drängte Elliot und zog mich zum Ausgang. ›Ich kenne den Orient. Fünf gegen eins: Der Kerl kommt Ihnen in einer Viertelstunde nachgelaufen.‹

Wir verließen den Garten. Ulam Singh begleitete uns trotz des zerschlagenen Handels mit der gleichen unterwürfigen Höflichkeit, mit der er uns empfangen hatte, auf die Straße. Als der Wagen rollte, traf mich sein letzter bittender Blick.

Ich war ärgerlich und schlecht gelaunt. Mich verdroß die wenig rücksichtsvolle Art, in der mir Elliot seine Kenntnis der indischen Handelsbräuche demonstriert hatte. ›Der Mann ist mir nicht nachgelaufen, Captain‹, sagte ich, als wir in der Nähe des Hotels waren. ›Ich muß die Orchideen haben. Fahren wir zurück.‹

›Wie Sie wünschen‹, gab Elliot zur Anwort. Wir kehrten um. Eine Viertelstunde später standen wir vor Ulam Singhs Garten.

Wir riefen, ohne Antwort zu bekommen. Der Inder war nicht zu sehen.

Wir traten ein. Elliot ging voran. Der Garten war leer. Die Mittagsglut trieb uns den Schweiß ins Gesicht. Wieder stieg mir der Hanfgeruch in die Nase, diesmal aber stärker und beißender.

Elliot war mir, wie gesagt, um ein paar Schritte voraus. Mit einem Male blieb er stehen.

›Wir sind falsch gefahren‹, sagte er. ›Das ist nicht der Ort, den wir suchen.‹

›Aber wieso denn?‹ rief ich. ›Dort steht ja der Ganisa. Hier das Bassin mit den blauen Lotosblumen. Und da ist ja noch der Jasminstrauch mit den weißen und roten Blüten!‹

›Und wo ist die Orchidee?‹

Wir starrten alle drei einander ins Gesicht. Dort, wo eine halbe Stunde vorher die Orchidee mit ihren gelbroten Blüten mannshoch emporgeklettert war, stand jetzt wieder eine schmächtige grüne Pflanze – dieselbe, die ich am Morgen gesehen hatte, so klein, daß sie ein Tropenhelm hätte bedecken können.

Fawcett brach zuerst das Schweigen.

›Ich wünsche Ihnen Glück, meine Herren‹, sagte er. ›Sie sind durch Zufall Zeugen eines sehr charakteristischen indischen Sadhuexperimentes geworden, das Ihnen, Herr Baron, wenn Sie Indien verlassen haben, ein bleibendes Andenken sein wird. Nicht jeder Indienfahrer hat das Glück, solch eine interessante Reiseerinnerung mit nach Hause zu nehmen.‹

Fawcett ahnte wahrhaftig nicht, wie prophetisch diese Worte waren. Ulam Singhs Experiment wäre mir ohne Ihre Hilfe, Doktor, wirklich ein bleibendes Andenken geworden ... aber eines von furchtbarer Art. Was Fawcett aber eigentlich meinte, verstanden wir nicht. Der Captain hatte ein halb verlegenes, halb skeptisches Lächeln, und ich habe damals wahrscheinlich auch kein sehr kluges Gesicht gemacht.

›Ich bin seit achtzehn Jahren in Indien‹, erklärte Fawcett. ›Ich habe allerlei Fakirkünste gesehen. Bei mir zu Hause besitze ich ein ziemlich umfangreiches Dossier mit Protokollen über Erlebnisse mit indischen Sadhus. Dieses Experiment habe ich jetzt im ganzen fünfmal beobachtet. Einmal an einem Mangobaum; zweimal war eine Bohnenranke das Objekt, einmal ein Zuckerrohr, heute diese Orchidee.‹

›Was ist eigentlich vorgegangen?‹ fragte ich. ›Reginald, glauben Sie im Ernst ...‹

›Hier handelt es sich nicht mehr um »glauben«. Das sind keine Vermutungen. Für mich sind's bestehende Tatsachen. Ihr Gärtner ist zweifellos ein Sadhu, ein Hinduheiliger. Er scheint freilich ein Anfänger zu sein, etwa im Stadium der Yama, der sogenannten äußeren Bezwingung, die dem Sadhu gewisse höhere Kräfte, in erster Linie die Herrschaft über den Organismus eines fremden Wesens verleiht. Die Art des Experimentes läßt auf einen Adepten von wenig entwickelten Fähigkeiten schließen. Aber ich habe auch schon Sadhus in der achten Stufe der Andacht gesehen. Im Samadhu, der »Versenkung in sich selbst«. Sie verleiht Gewalt über den eigenen Organismus, die weit schwieriger zu erlangen und überaus selten ist.‹

Glauben Sie mir, Doktor, mir wurde ganz wirr im Kopfe bei diesen Worten. Elliot flüsterte neben mir ganz leise sein ›Nonsence‹.

›Haben Sie niemals die Beobachtungen Braids gelesen, die dieser berühmte Physiologe an dem Yoghi Harida angestellt hat? Und seinen Bericht über den abgeschnittenen Ringfinger des Hinduweibes Sipra?‹ fragte mich Fawcett.

›Aber, Reginald, die Erklärung! Eine biologisch faßbare Erklärung dafür!‹ rief ich.

›Die Sadhus haben die Fähigkeit, das Wachstum eines fremden Organismus ganz außerordentlich zu beschleunigen und ihn dann wieder in seinen ursprünglichen Zustand zurückzubringen. Vielleicht mittels Strahlungen des Körpers, Dungmittel insubstanzieller Natur ... man weiß darüber so gut wie nichts. Sicher ist, daß die meisten Sadhus sich durch den Dampf gewisser Hanfpräparate in einen Rauschzustand versetzen ... sie nennen es: der Gottheit näher kommen. Mir ist der Hanfgeruch gleich aufgefallen. Wollen Sie mir helfen, ein Protokoll über den Vorfall aufzunehmen? Für mein Dossier, meine Herren.‹

So habe ich also Ulam Singhs Experiment kennen gelernt. Ihn selbst suchten und riefen wir eine halbe Stunde lang vergeblich. Er zeigte sich nicht und so verließen wir den Garten.

Am Abend desselben Tages saß ich in Hamiltons Hotel am Table d'hote-Tisch. Das Super war beendet, die Diener räumten das Obst ab und brachten die bronzenen Karaffen mit Wasser, in dem wir uns die Fingerspitzen netzten. Eben, als ich aufstehen und auf mein Zimmer gehen wollte, kam noch ein verspäteter Gast in den Speisesaal. Dr. König von der ›Kölnischen‹.

Er kam sehr aufgeregt an den Tisch, jedermann konnte ihm anmerken, daß er im Besitze einer besonderen Sensation war und darauf brannte, sie loszuwerden.

›Also aus der Prozession wird nichts. Sie haben umsonst so lang gewartet, Herr Baron!‹

›Warum? Was ist geschehen?‹ bestürmten wir ihn.

›Eine kolossale Prügelei zwischen Hindus und Moslems. Sogar geschossen ist worden!‹

›Wahrhaftig? Hier hat man aber nichts gehört? Geschossen? Waren Sie dabei? Was war die Veranlassung?‹ rief alles durcheinander.

Dr. König wußte es nicht. Er verstand keinen der Eingeborenen-Dialekte, und ihm auf englisch zu erklären, was eigentlich vorgefallen war, hatte sich niemand Zeit und Mühe nehmen wollen.

Aber der Hoteldirektor, der jetzt in den Speisesaal kam, wußte mehr von der großen Neuigkeit.

›Sehr schwere Unruhen in der Oststadt. Die große Prozession wird leider nicht abgehalten werden‹, sagte er in dem gleichen Tone des Bedauerns, in dem er uns sonst einbekannte, daß die gefüllten Tomaten ausgegangen seien, oder daß es Kalbsrippen leider nicht mehr gäbe.

›Und der Anlaß zu den Unruhen?‹ fragte ich.

›Ein schweres Sakrileg. Wie Sie wissen, sollte morgen das heilige Buch, das die Gebete zu Ehren der Göttin Pravati enthielt, ein über tausend Jahre alter Foliant übrigens, mit der Prozession durch die Straßen getragen und den Gläubigen zur Schau gestellt werden. Nun, dieses heilige Buch – Gaunth nennen es die Hindus – kann nicht gezeigt werden.‹

›Ist es gestohlen worden?‹

›Weit schlimmer als das: Es ist zerrissen und besudelt worden, noch dazu mit dem Blut eines Tieres, einer Kuh oder eines Schafes. In den Augen der Hindus kann es keine ärgere Entweihung geben.‹

›Und wer hat das getan?‹

›Zwei moslemitische Fanatiker, Afghanen. Man kennt sogar ihre Namen. Sie sollen sich schon vor Wochen in unbestimmten Redensarten ihrer Tat gerühmt haben.‹

›Hat man sie festgenommen?‹

›Leider nicht. Die sind von ihren Glaubensgenossen schon längst in Sicherheit gebracht worden. Dafür haben ein paar ganz unschuldige arme Teufel die Rache des Hindumobs zu spüren bekommen, die Tempelhüter, die Diener des Pravatiheiligtums. Zwei von ihnen sind der wütenden Menge in die Hände gefallen. Der eine ist tot, der andere liegt jetzt im Missionsspital.‹

›Und die anderen?‹

›Auf die wird noch immer Jagd gemacht. Sie hätten übrigens Zeit genug gehabt, sich aus dem Staube zu machen. Man sagt, daß die Diener des Heiligtums das Verbrechen schon vor Monaten entdeckt haben. Nur aus Furcht vor Strafe verschwiegen sie es und suchten die Katastrophe, so lange es ging, hinauszuschieben. Heute, am Tage vor der Prozession, mußte die Sache natürlich ans Licht kommen. Hören Sie den Lärm? Offenbar ist man wieder hinter einem von den armen Teufeln her.‹

Ich wußte jetzt, warum mich Ulam Singh so dringend um die dreiundvierzig Rupien gebeten hatte. Es war das Geld, das er für die Fahrt nach Bombay gebraucht hatte; er hatte Agra verlassen und sich vor der Rache des Hindumobs in der großen Hafenstadt verbergen wollen. Doktor, ich war grenzenlos wütend über den Kapitän Elliot, der mich gehindert hatte, dem Inder mit den dreiundvierzig Rupien aus seiner Not zu helfen. Ich war jetzt daran schuld, wenn der Unglückliche tot oder schwerverwundet im Missionsspital lag oder von der wütenden Menge durch die Straßen gehetzt wurde. Ich machte mir schwere Vorwürfe. Ein Menschenleben hätte ich retten können! Und ich fühlte plötzlich Ulam Singhs letzten flehenden Blick wieder, mit dem er mich vergeblich um Hilfe gebeten hatte, als mein Wagen davonrollte.

Ich verließ den Speisesaal. In der Halle kam der Manager des Hotels auf mich zu.

›Herr Baron!‹ sagte er. ›Sie haben kürzlich die Absicht geäußert, vor Ihrer Abreise einen eingebornen Diener zu engagieren. Ich kann Ihnen einen sehr geschickten und verläßlichen Menschen empfehlen. Komm her, Boy! Mach dem Sahib deinen Salam!‹

Und aus dem dunklen Winkel, in den er sich geduckt hatte, kam mein Freund Ulam Singh hervor, dessen Tod ich mir eben zum Vorwurf gemacht hatte.

›Nebenbei gesagt, Herr Baron: Sie tun ein gutes Werk mit diesem Engagement. Der Bursche muß aus Agra fort. Er ist einer von den unglückseligen Dienern des Pravatitempels, denen heute nicht sehr wohl in ihrer Haut ist. Da ist keiner, der, wie die Dinge heute liegen, auf die Dauer für Ulam Singhs gerade Glieder einstehen möchte‹, meinte der Manager.

Ulam Singh hatte sich tief vor mir verneigt. Jetzt holte er unter seinem gelben Mantel eine kleine Topfpflanze hervor und stellte sie vor mich hin auf den Boden. Es war der Jasminstrauch mit den zweifach gefärbten Blüten, den ich hatte kaufen wollen. Er hatte ihn mitgebracht und bot ihn mir zum Geschenk an, so wie ein geprügelter Hund einen Knochen oder ein Stück Holz herbeischleppt, um seinen Herrn in gute Laune zu versetzen.

Mir kam der Gedanke, daß ich Ulam Singh sehr gut in meinem Wiener Treibhaus verwenden könnte.

›Du bist Gärtner?‹ fragte ich.

›Der Sahib will dich mit nach Europa nehmen. Gib

ihm Antwort, Boy! Er versteht‹, meinte der Manager, nun zu mir gewendet, ›alle Gärtnerarbeiten: Beete anlegen, Bäume pfropfen und beschneiden – ‹

›Sonst nichts?‹ fragte ich den Inder. ›Ist das alles?‹

›Er wird sich jetzt zu jeder Arbeit verstehen, auch zu der niedersten, er hat nämlich seine Kaste verloren‹, versicherte der Manager.

›Ich möchte einmal sehen, ob du diese Jasminknospe innerhalb einer Viertelstunde zum Aufblühen bringen kannst‹, sagte ich zu Ulam Singh.

Aber der Inder schüttelte heftig den Kopf und machte eine abwehrende Bewegung mit beiden Händen.

›Ah, Sie denken offenbar an das bekannte Kunststück der indischen Büßer, Herr Baron?‹ sagte der Manager lächelnd. ›Aber das ist keine so alltägliche Sache, glauben Sie mir. Die Herren Indientouristen meinen, ein jeder von den Natives, denen sie begegnen, verstände die Kunst. Lassen Sie sich sagen, Herr Baron, ich bin seit meinem sechzehnten Jahr in Indien, aber diesen Trick habe ich nur ein einziges Mal zu sehen bekommen. Das war da drüben in Dschaipur, von einem sogenannten Bhat, einem radschputischen Straßensänger. Nein, dergleichen dürfen Sie von unserem Mann nicht erwarten. Aber ein tüchtiger Gärtner ist er, der sein Fach versteht, dafür verbürge ich mich.‹

Ulam Singh ließ den Kopf hängen, sprach kein Wort und erwartete meine Entscheidung.

Seh'n Sie, Doktor, mir gefiel, daß der Inder seine Fähigkeiten geheim hielt. Es schien mir etwas von dem Feingefühl des echten Künstlers darin zu liegen, der seine Leistungen nur ungern der Neugierde der großen Menge preisgibt.

›Es ist gut, du kannst bleiben‹, sagte ich. ›Mach dich reisefertig, wir fahren wahrscheinlich schon morgen ab.‹

Ulam Singh war reisefertig. Er brachte ein Bündel aus seinem Winkel. Es enthielt Betelblätter und Nüsse, ein paar Armbänder und einen Gebetskranz aus roten Kugeln. Und noch etwas: eine Handvoll geriebenen Hanfs. –

Die Positur der Lotosblume

Während der Rückfahrt nach Europa habe ich an Ulam Singhs Wesen wenig Absonderliches oder Merkwürdiges gefunden. Er unterschied sich in nichts von jedem anderen eingebornen Diener. Er hielt meine Sachen leidlich in Ordnung, bediente mich zu meiner Zufriedenheit und verbrachte im übrigen seine freie Zeit mit dem Kauen von Betelblättern, die er sehr geschickt mit Butter zu bestreichen und mit einer Einlage von Arekanuß zu füllen verstand.

Auch hier in meiner Wiener Villa war er anfänglich ein Diener wie jeder andere; ein wenig exotisch vielleicht in seinen Lebensgewohnheiten, im allgemeinen aber erinnerte nichts in seinem Verhalten an jenen geheimnisvollen Vorgang, der sich im Garten des Pravatitempels in Agra abgespielt hatte.

Erst nach einigen Monaten erfolgte das tragikomische Abenteuer meines Kammerdieners Philipp mit seinem jungen Fuchs, das eigentlich die Einleitung zu jenen Ereignissen bildete, deren Verlauf, Doktor, mich zwang, Ihre Hilfe in Anspruch zu nehmen.

Um mich kurz zu fassen – – Philipp und mein indischer Gärtner vertrugen sich schlecht. Eine gewisse Eifersucht meines alten Kammerdieners mag wohl die Hauptschuld daran getragen haben. Sie müssen wissen, daß Philipp schon seit vielen Jahren in meinen Diensten steht; ich habe ihn von meinem verstorbenen alten Bruder übernommen. Daneben hat wohl auch Philipps Unduldsamkeit gegen die mannigfachen, oft allzu indischen Gewohnheiten Ulam Singhs mitgespielt. Der Inder liebte es beispielsweise, im Garten bei seiner Arbeit zu singen, in einem sonderbaren Rhythmus, der für europäische Ohren einfach unerträglich war. Auch war Ulam Singh nicht davon abzubringen, Treppen und Veranda täglich mit einer abscheulichen Kuhdunglösung zu bestreichen, wie er es von seiner Heimat her gewohnt war. All das gab Gelegenheit zu Streit, und eines Tages kam es sogar zu Tätlichkeiten – – der Anlaß war übrigens komisch genug.

Ulam Singh war abergläubisch. Er duldete es nicht, daß irgendwer im Garten auch nur eine einzige Rose von einem der Stöcke schnitt. Er war überzeugt, daß in jedem von den Rosenstöcken irgendein indischer Gott seinen Wohnsitz aufgeschlagen hatte, der im übrigen den ganzen Tag zu schlafen schien. Denn bevor Ulam Singh die Gartenschere an die Rosen setzte, klatschte er dreimal in die Hände, damit der Rosengott gewarnt wäre und Zeit hätte, sich rechtzeitig auf und davon zu machen. Diese rücksichtsvolle Zeremonie unterließ Ulam Singh nie; ich und meine Gäste haben oft unseren Spaß daran gehabt.

Nun hatte aber Philipp eines Tages in Abwesenheit Ulam Singhs eine Art Götterdämmerung im Garten veranstaltet; zumindest drei Dutzend Rosen hatte er von den Stöcken geschnitten, natürlich ohne vorher den Göttern die gebührende Rücksicht des Aufwekkens zu erweisen. Darüber kam es zwischen Philipp und Ulam Singh zu einem Streit, der diesmal in eine wilde Prügelei ausartete, bei der Ulam Singh den kürzeren zog. Er hinkte davon und stieß furchtbare Flüche und Verwünschungen in maharattischer Sprache aus. Von diesem Tage an suchte er offenbar unausgesetzt eine Gelegenheit, sich zu rächen. Und seine Rachsucht war so intensiv, daß sie ihn dazu brachte, jene geheimnisvolle, sorgsam vor mir verborgen gehaltene Fähigkeit zu benutzen, von der ich damals in Agra eine Probe erlebt hatte. Stellen Sie sich vor, Doktor, er kam auf den Gedanken, seine Kunst, das Wachstum eines fremden Organismus ... doch nein! Ich will Ihnen die Geschichte von Anfang an erzählen.

Mein alter Philipp, der ein großer Tierfreund ist, hat vor ein paar Wochen von seinem Neffen, einem Forstgehilfen in Naßwald, einen possierlichen, ganz jungen Fuchs geschenkt bekommen, ein noch hilfloses, kaum acht Tage altes Tier, mit dem man spielen konnte wie mit einer Katze. Philipp gab sich die größte Mühe, ihn aufzuziehen. Der Fuchs war überaus drollig in seinen Bewegungen und schon nach ein paar Stunden der Liebling der ganzen Dienerschaft, so daß es tagsüber ganze Prozessionen nach dem kleinen Schuppen gab, in dem Philipp das Tier untergebracht hatte. Dort lag es, ließ sich tätscheln und streicheln und spielte den ganzen Tag über mit Holzstücken und Zwirnknäueln, die man ihm gebracht hatte.

Gegen acht Uhr morgens am nächsten Tage hörte ich plötzlich Lärm im Hof. Ich trat ans Fenster; der alte Philipp kam kreischend über den Hof gelaufen. Er schwenkte die eine Hand in der Luft, sah mich am Fenster, blieb stehen und wies schreiend mit der anderen Hand nach dem Schuppen.

Da kam blitzschnell irgend etwas hervorgeschossen ... irgend etwas Großes, Langgestrecktes, Rotes ... ein toller Hund dachte ich im ersten Augenblick. Mitten unter die Hühner fuhr das Phantom hinein, die nach allen Seiten auseinanderstoben. Dann raste es wütend hin und her zwischen den Mauern, die den Hof einschlossen, während Philipp mäuschenstill in einen Winkel gepreßt stand ... nur die Hand schwenkte er noch immer in der Luft.

Ich lief ins Nebenzimmer, riß die Jagdflinte von der Wand, lud, legte an und schoß.

Die ekelhafte Bestie überschlug sich, fiel nieder, schleppte sich noch ein paar Schritte weit und streckte dann alle viere von sich.

Ich lief in den Hof hinunter. Ein riesiger, steinalter Fuchs war es, der tot auf der Erde lag. Meine Kugel hatte ihm das Rückgrat zerschmettert.

Jetzt kam auch der alte Philipp aus seinem Winkel hervor. Er war totenblaß vor Schreck und zitterte an allen Gliedern.

›Das ist Ulam Singh gewesen, der indische Teufel! Er hat mir meinen kleinen Fuchs gestohlen und an seine Stelle diese wilde Bestie in den Schuppen gesperrt‹, jammerte er und zeigte mir seinen Arm. Er blutete aus einer tiefen Bißwunde. Der Fuchs hatte ihn, als er in den Stall trat und das Tier streicheln wollte, sofort angesprungen und sich in seinen Arm verbissen.

Ich ließ mir Ulam Singh kommen und überhäufte ihn mit Vorwürfen. Dabei mußte ich mir alle Mühe geben, ernst zu bleiben, denn die raffinierte und doch drollige Art seiner Rache belustigte mich mehr, als ich zugeben wollte.

Woher er sich so rasch das alte bissige Tier verschafft hätte, wollte ich wissen.

Aber aus dem Inder war nichts herauszubekommen. Er blieb bei allen Vorwürfen stumm und zuckte bloß die Achseln.

Er sollte doch wenigstens sagen, wo er das junge Tier versteckt hätte.

Ulam Singh gab keine Antwort.

Ich holte die Reitpeitsche aus der Tischlade, knallte ein paarmal durch die Luft, markierte fürchterlichen Zorn und drohte dem Inder, ihn auf die Straße zu jagen.

Aber Ulam Singh erschrak, als er mich zornig sah, und warf sich auf den Boden.

›Wo hast du das Tier versteckt, Halunke!‹ schrie ich.

›Sahib! Es ist der gleiche Fuchs!‹ jammerte Ulam Singh. ›Ich schwöre, es ist der gleiche Fuchs!‹

›Bist du verrückt?‹

›Er ist so alt geworden über Nacht! Ich schwöre, Sahib, es ist der gleiche Fuchs. Sieh den weißen Fleck auf der Stirne.‹

Ich ging in den Schuppen ... In der Ecke des Verschlages sah ich glimmende Holzkohle, und mit einem Male spürte ich jenen infernalischen Hanfgeruch wieder, und zu gleicher Zeit schoß mir ein Gedanke durch den Kopf, der mir im Augenblick toll, wahnwitzig und unmöglich schien, aber schon im nächsten festbegründete und unbestreitbare Wirklichkeit für mich geworden war.

›Ulam Singh!‹ forschte ich voll Aufregung. ›Du hast mit dem Fuchse dasselbe getrieben, was du damals in Agra mit der Orchidee getan hast!‹

›Ja, Sahib. Ich hab' ihn alt gemacht über Nacht.‹

›Wie hast du das angestellt, gib Antwort, oder ich zerschlage dir alle Knochen.‹

›Durch die Positur der Lotosblume‹, sagte der Inder zitternd. ›Und durch den Verzicht des Atems, welcher die Reinigung meines Körpers bewirkt. Unsere Weisen nennen das: die Padmasana.‹

›Was ist das, die Positur der Lotosblume?‹ forschte ich.

›Die Gewalt der Lotosblume ist sehr groß, der schmutzige Körpertopf muß gereinigt werden‹, gab Ulam Singh geheimnisvoll zur Antwort.

›Beschreibe mir, was du getan hast‹, drängte ich.

›Wille ist der Dünger, Entsagung der Regen, Versenkung die Sonne, sagten meine Lehrer‹, erwiderte Ulam Singh.

Mehr war aus dem Inder nicht herauszuholen. Immer gab er diese gleichen, formelhaften Antworten. Dafür aber zeigte es sich, daß die Scheu und die Zurückhaltung, die sich Ulam Singh bis dahin auferlegt hatte, gebrochen waren. In der Tat! Tag für Tag wiederholte sich jetzt das Orchideenwunder. Ein kleiner Orangenbaum, der in der Halle stand, trug eines Morgens vier goldgelbe Früchte, ohne daß ich vorher Blüten wahrgenommen hätte. Eine Bohne, die ich selbst in die Erde gepflanzt hatte, war tags darauf meterhoch emporgeschossen. Ein paar Farrenkräuter in einem Winkel des Gartens wurden plötzlich zu einem undurchdringlichen Dickicht. Eine neugeborne Katze strich schon am Abend zwischen den Schuppen umher und jagte Mäuse ... Sie sehen mich erstaunt an, Doktor, sie wundern sich, daß ich von diesen Erscheinungen, die allen unseren biologischen Anschauungen widersprechen, erzähle, als ob sie das natürlichste und selbstverständlichste Ding von der Welt wären. Das Unfaßbare und Unerklärliche wird uns merkwürdig bald alltäglich. Der Mensch, der zum erstenmal das spukhafte Wunder des Telephons, das phantastische Ereignis des Aeroplans erlebt hat, war sicher im ersten Moment starr vor Staunen – aber nur diesen einen Moment lang, und schon im nächsten schien ihm das Wunder gewöhnlich und selbstverständlich, und er bediente sich seiner, als wär' es seit jeher dagewesen. So ist es mir ergangen. Nur einen kurzen Augenblick lang war ich fassungslos, vermochte ich zu staunen, dann aber war mir das Wunder ein Alltagsding geworden und schien mir so vertraut, als wär' ich groß geworden in Ulam Singhs verschlossener Welt rätselvoller Weisheit und zauberhafter Fähigkeiten und hätte es nie anders gewußt.

Jetzt freilich, da Ulam Singh tot ist, beginnen mir die Erlebnisse der letzten Tage wieder unfaßbar und schattenhaft zu werden, das Gefühl des grenzenlosen Staunens, das mich in der ersten Sekunde durchzuckt hat und dann erloschen ist, ist schon jetzt wieder erwacht, und ich sehe die Zeit nahe, wo mir der Inhalt der letzten Tage in meiner Erinnerung nur wie ein furchtbarer und angstvoller Fiebertraum sein wird, der niemals Wirklichkeit gewesen ist.

Und dennoch habe ich Ulam Singhs Experiment mit eigenen Augen gesehen und im eigenen Körper gefühlt – lassen Sie mich weiter erzählen, Doktor.

Es war ein paar Tage später, daß ich von Ulam Singh

verlangte, er solle mich bei einem seiner Experimente als Zeuge anwesend sein lassen. Er sollte seine Kunst vor meinen Augen erweisen. Es war nicht Mißtrauen und im Grunde auch nicht Wissenstrieb, der mich dieses Verlangen stellen ließ. Es war Neugierde, nichts als Neugierde, und ich setzte schließlich meinen Willen durch.

Es wurde vereinbart, daß Ulam Singh das Experiment in meiner Anwesenheit an Gretls kleinem Fox Billy ausführen sollte. Ich erinnere mich noch deutlich aller der umständlichen Vorbereitungen, die der Inder traf. Der Schauplatz des Versuches war die Veranda. Der Fox war an ein Stuhlbein angebunden und spielte unausgesetzt mit einem Papierknäuel.

Das erste, was Ulam Singh tat, war etwas sehr Merkwürdiges. Er brachte einen schmalen Leinwandstreifen von der Länge eines halben Meters zum Vorschein, den schlang er hinunter und zog ihn sodann an seinem Ende wieder aus dem Hals hervor, langsam, Zoll für Zoll, – zur Reinigung des ›schmutzigen Körpertopfs‹, wie er sich ausdrückte. Das erscheint Ihnen unmöglich – aber die indischen Sadhus sind zweifellos, ich kann wohl sagen: nachweislich, in ungleich höherem Maße Herren ihres Muskelspiels als wir. Dann trank Ulam Singh Wasser in großen Mengen und spie es wieder aus – auch das zur Reinigung seines Körperinnern, weil diese, wie er mir erklärte, die Voraussetzung zur Erlangung der Herrschaft über die Kräfte der Natur bilde.

Nun brannte er ein kleines Holzkohlenfeuer an, mitten auf dem Boden der Veranda, und warf große Mengen seines grünlichen Pulvers auf die glühenden Kohlen.

Sogleich verbreitete sich jener penetrante Hanfgeruch, den ich schon wiederholt wahrgenommen hatte. Ich bekam starke Kopfschmerzen und ein wenig Atembeschwerden. Billy spielte noch immer mit seinem Papierknäuel. Ulam Singh nahm indessen die Lotospositur ein. Er setzte den rechten Fuß auf den linken Schenkel und ebenso den linken Fuß auf den rechten Schenkel. Dann griff er mit den Händen nach den Fußspitzen und hielt den Atem an. Ich stand hinter ihm und stellte mittels meines Taschenspiegels fest, daß tatsächlich jede Lungentätigkeit aufgehört hatte. Auch die Herztätigkeit schien erloschen zu sein. Die Augen quollen hervor und die Adern an der Stirne begannen anzuschwellen und heftig zu schlagen.

Die Untersuchung des Inders hatte mich die ganze Zeit über derart in Anspruch genommen, daß ich das eigentliche Objekt des Versuches, den Foxterrier, ganz außer acht gelassen hatte. Jetzt erst wandte ich mich dem Hund zu.

Ein alter, triefäugiger Köter lag vor mir auf der Erde. Der Geifer rann ihm aus dem Maul, die Augen blinzelten mich müde an. Ich rief ihn bei seinem Namen. ›Billy!‹ rief ich. ›Billy!‹

Der Hund versuchte mühsam sich zu erheben, sank aber sogleich wieder kraftlos auf den Boden zurück. Ein paar Fliegen summten um seinen Kopf, aber Billy war zu müde oder zu faul, sie zu verscheuchen. Er stieß ein leises Jammern aus, das in ein Gähnen überging, streckte sich aus, blinzelte mich nochmals an und begann zu schlafen.

Ich kann Ihnen die Erregung nicht schildern, die mich ergriff. Nie vorher in meinem Leben habe ich ein so grausam wahres Bild der Trostlosigkeit des Alters gesehen. Der Hund, der vor einer kleinen Viertelstunde der Übermut und die Tollheit selbst gewesen war, und der jetzt kraftlos auf der Erde lag, zu müde, um die Fliegen zu verscheuchen, das war in einer Art erschreckend und schauerlich, die ich Ihnen heute schwer begreiflich machen kann. ›Billy!‹ rief ich nochmals. Der Hund wendete noch einmal den Kopf nach mir und begann kläglich zu winseln.

›Genug!‹ rief ich Ulam Singh zu. ›Es ist genug!‹

Ulam Singh schrak empor, holte tief Atem und blickte mich an. Dann wies er auf den Hund und lächelte.

Nach einigen Augenblicken stand er langsam auf, ging einigemal in der Veranda hin und her und blieb vor dem Hunde stehen mit einem Blick, der Triumph auszudrücken schien und zugleich den Wunsch nach Lob und Anerkennung. Dann bückte er sich, nahm eine von den glühenden Kohlen in die Hand und näherte sie dem Hund.

Das Tier rührte sich nicht, obwohl die rotglühende Kohle seinem Kopfe näher und näher kam. Erst als die Glut ihm die Haare versengte, schnupperte er ein wenig und bog dann den Kopf schläfrig zur Seite. Der Hund war blind vor Alter, und das war es, was Ulam Singh mir hatte zeigen wollen.

Ich habe eiserne Nerven, aber das alles war mehr, als ich ertragen konnte. Es schien mir, als wäre das Tier an der äußersten Grenze seines Daseins angelangt, als müsse der dünne Faden, der es am Leben hielt, im nächsten Augenblick zerreißen. Ich sprang auf und verlangte von Ulam Singh – – ich glaube in sehr wirren und unzusammenhängenden Worten – – die Beendigung des Experiments.

Ulam Singh beeilte sich nicht eben sehr. Er warf wieder sein Pulverpräparat auf die Kohlenglut, ließ sich langsam und umständlich nieder, schöpfte einige Male tief Atem und nahm endlich die Positur der Lotosblume wieder ein – alles das sehr bedächtig und langsam, wie jemand, der durchaus keine Eile hat.

Diesmal beachtete ich sein Verhalten nicht weiter, sondern konzentrierte meine ganze Aufmerksamkeit auf den Hund. Einige Minuten hindurch konnte ich keine Veränderung an ihm wahrnehmen. Mit einem Male hob er scharf und kurz den Kopf, wurde unruhig, stieß Laute aus, aber kein Winseln mehr, sondern ein Knurren, und im gleichen Moment sah ich plötzlich wieder Leben und Bewegung in seinen Augen, er blickte zu mir auf, erkannte mich – und da schoß mir zum erstenmal jener wahnwitzige Gedanke durch den Kopf, der mich seither nicht wieder loslassen wollte!

Ich sah, daß das Experiment geglückt war. Und da durchfuhr es mich: der Versuch mußte wiederholt werden! Das alles mußte ich nochmals sehen – aber nicht an einem Tiere, nicht an einer Pflanze, nein! An mir selbst!

Es war Wahnsinn, Doktor, der mir den Gedanken einblies. Tolle Begierde nach dem Unbekannten, Luft, mich ins Dunkle und Ungewisse zu wagen. Derselbe Trieb, der mich zwingt, einen glatten steilen Felsenturm, an dem kein anderes Auge Griffe für Hände und Tritte für Füße erkennt, zu erklimmen.

Doch die Größe der Gefahr, die unerwartet hereinbrechen sollte, konnte ich damals nicht ahnen. Sonst hätte ich niemals den frivolen und verbrecherischen Gedanken gefaßt, auch meine Tochter, mein einziges Kind, in die Sache hineinzuziehen. Ja, auch an ihr sollte das Experiment ausgeführt werden, ich war begierig danach, das Kind eine Minute lang in der vollen Schönheit eines reifen Weibes zu sehen, ich wollte in ihre Zukunft blicken, ich malte mir aus, daß sie dann ihrer toten Mutter ähnlich sehen müßte, die eine wunderschöne Frau gewesen ist – und da schlug plötzlich Lärm an mein Ohr – der Sessel war umgestürzt, an den der Hund gebunden war, Billy tollte in der Veranda umher, sprang auf den Tisch, kläffte, war wild, ausgelassen, übermütig, jung wie vorher – und in mir hatte sich jener Entschluß festgebohrt und festgefressen, der für mich viele Stunden der Angst und der Verzweiflung in sich bergen sollte, und für Ulam Singh den Tod.«

Das letzte Experiment

Der Baron schwieg eine kurze Weile hindurch, nahm sein Taschentuch vom Halse und besah die Blutflecken.

»Doktor!« sagte er dann. »Sie müssen die Güte haben, sich die Schnittwunde an meinem Halse anzusehen. Sie blutet unausgesetzt. Ich habe Ihnen wohl schon gesagt, daß ich vor ein paar Tagen am Nacken geschnitten worden bin. Natürlich: Gestern haben Sie ja vergeblich die Wunde unter dem Verbande gesucht – nun, da ist sie, Doktor, sehen Sie sich sie an. Ein bißchen Watte und ein kleines Stück Leinwand! So, das genügt schon, und jetzt will ich in meinem Bericht fortfahren.

Was ich Ihnen jetzt erzähle, wird für immer zwischen uns beiden ein Geheimnis bleiben. Nur mein

Diener Philipp weiß noch davon, sonst kein Mensch im ganzen Hause. Das Aushilfspersonal, das ich gestern in aller Eile aufgenommen habe, wird abgelohnt und packt seine Sachen; in einer halben Stunde werden die Leute das Haus verlassen haben, keiner von ihnen wird mich zu Gesicht bekommen. Die alte Dienerschaft, die ich auf mein mährisches Gut geschickt habe, ist bereits telegraphisch zurückbefohlen. Sie werden mich alle genau so antreffen, wie sie mich vor ihrer Abreise gesehen haben. Kein Mensch wird wissen, daß ich inzwischen zwei Tage lang ein alter Mann gewesen bin. –

Das verhängnisvolle Experiment fand vorgestern um vier Uhr nachmittag in meinem Treibhaus statt. Ich hatte erwartet, daß Ulam Singh einige Schwierigkeiten machen werde, aber meine unverhohlene Bewunderung und das Interesse, das ich an seinen Versuchen nahm, machten ihm anscheinend solche Freude, daß er zu allem, was ich verlangte, bereit war.

Langsam und umständlich, wie immer, nahm er die Prozedur vor, die er ›die Reinigung des Körperinnern‹ nannte. Ich stand indessen neben dem dünnen Stämmchen, das Sie dort sehen, einem Mangobaum, der erst ein paar Monate alt ist; er war mir kurz zuvor aus Ceylon zugeschickt worden, und Ulam Singh hatte ihn am Vormittag jenes Tages im Treibhause eingepflanzt. Während Ulam Singh das Hanfpräparat auf die glühende Kohle schüttete und sich sodann in die ›Positur der Lotosblume‹ niederließ, besah ich den Mangobaum und hatte meine Freude an den schönen, blaugrünen Lanzettblättern. Gretl, die keine Ahnung davon hatte, was ich mit ihr beabsichtigte, spielte mit ihrer Springschnur unbekümmert um das, was um sie vorging; nur der Qualm des glimmenden Hanfes war ihr unangenehm, sie hustete und rieb sich die Augen. Ich beobachtete indessen das Anschwellen der Schlagadern an der Stirn Ulam Singhs, und die ersten Minuten vergingen, ohne daß ich eine Veränderung an mir selbst wahrnehmen konnte.

Das erste Auffällige, das ich spürte, war ein leiser Schmerz im Zahnfleisch, das heißt, es war eigentlich kein richtiger Schmerz, sondern eher eine gewisse Unruhe. Auch Gretl schien etwas Ähnliches zu fühlen, denn ich konnte beobachten, wie sie mehrmals mit der Hand über ihre Backen strich. Diese Erscheinung verging aber bei mir sehr bald, statt ihrer stellte sich ein leises Prickeln auf der Kopfhaut ein – ich notierte mir diese Beobachtungen samt den genauen Zeitangaben in mein Taschenbuch. Gleich darauf klagte Gretl über Schmerzen im Fuß. Sie setzte sich auf den Boden nieder und zog die Schuhe aus; ich konnte mir das nur damit erklären, daß ihr die Schuhe zu eng wurden. Gleichzeitig sah ich, daß eines der Schürzenbänder gerissen war; ein Knopf sprang ab, und ein paar Nähte platzten. Es war klar, daß ihr Körper gegen das Kinderkleidchen zu rebellieren begann.

Jetzt stellten sich auch bei mir neue Erscheinungen ein, solche recht lästiger Art: ein starker Druck im Hinterkopf, ein dumpfer Schmerz im Kreuz und in den Handgelenken, dazu ein gewisses Gefühl der Leere und der Müdigkeit. Ich glaubte es plötzlich in allen Gliedern zu fühlen, daß ich im Begriffe war, ein alter Mann zu werden. Eine unbeschreibliche Angst erfaßte mich, aber ich drückte sie gewaltsam nieder und zwang mich, ruhig zu denken: in einer halben Stunde, sagte ich mir, ist alles wieder, wie es vorher war. Aber der Schmerz im Rückgrat nötigte mich doch, irgend etwas zu suchen, woran ich mich lehnen konnte. Nun wußte ich ja das dünne Mangobaumstämmchen hinter mir, an das lehnte ich mich also, aber ganz leicht und in dem Bewußtsein, daß es sofort elastisch nachgeben werde. Doch es gab nicht nach, etwas Fremdes, Breites und Festes war hinter meinem Rücken, und ich drehte mich um.

Wie soll ich Ihnen jetzt meine Überraschung beschreiben, wie soll ich Ihnen schildern, wie mir zumute wurde bei der erstaunlichen Veränderung, die sich meinen Augen darbot. Unter dem Einfluß der Kräfte Ulam Singhs war nämlich auch der Mangobaum gewachsen, er war alt geworden, so wie ich alt geworden war, er stand da, ein starker, knorriger Stamm mit faustgroßen Früchten. Und rings um ihn war unendliches anderes Leben entstanden, über und über war er von Schlinggewächsen umsponnen, aus der Erde kam es hervor, von seinen Ästen ringelte es sich herab, Efeugeranke mit blauen, gelben und feuerroten Blüten – vor meinen Augen wuchs der indische Zaubergarten hervor, den Sie gestern gesehen haben, Pflanzen, die ich nie vorher gekannt habe, waren jetzt auf einmal da – Sie, Doktor, waren es, der mir zum erstenmal ihre Namen nannte. Ein Blütenmeer dehnte sich nach allen Seiten und wurde zum undurchdringlichen Dschungel. Aus allen Richtungen wurde ich angefallen. Ein Aufruhr der Pflanzenwelt! Ein dünner Zweig schnellte auf mich zu und schlug mir mein Taschenbuch aus der Hand. Ein riesiges Blattgewächs schob sich an mich heran und entfaltete sich knisternd wie ein Zeitungsblatt vor meinem Kopf. Ein bösartiges, kleines Bambusstöckchen versuchte mich in den Fuß zu stechen, mein Knie war plötzlich von einer blaublühenden Winde umschlungen und gefesselt, ich bückte mich, um es frei zu bekommen, und dabei fiel mein Blick auf Gretl.

Nein! Nicht auf Gretl. Auf eine fremde, schöne Frau, die ich nicht kannte. Ich muß Ihnen gestehen, Doktor, ich war in solcher Verwirrung, daß mich wirklich einen Augenblick lang der Gedanke beschäftigte: Was sucht diese fremde, schöne Frau in meinem Treibhause? Wer hat sie hereingeführt? Es war, als hätte ich mein Gedächtnis verloren, aber nur den Bruchteil einer Sekunde lang, denn die fremde Frau stieß jetzt einen Ruf des Entzückens aus und kniete auf die Erde nieder, ganz unbekümmert, so wie kleine Mädchen niederknien, und an dieser raschen, kindlichen Bewegung erkannte ich meine Gretl.

Sie hatte das hundertfältige Blütenwunder der Schlinggewächse erblickt und pflückte jauchzend eine Blüte nach der anderen, und dann wies sie mit den Fingern auf ein großes Farrenblatt hin, und ich sah zwei Ameisen von einer fast fingerlangen, rostroten Art, die auf dem Blatt hin und her liefen. Ich entsinne mich noch, daß es mir durch den Kopf schoß: Zum Teufel, wie kommt denn dieses tropische Ungeziefer hierher? Aber ich hatte keine Zeit, darüber nachzudenken, denn in diesem Augenblicke, da geschah das Fürchterliche.

Es war anfangs nur ein ganz leises Geräusch, das von den Blättern des Mangobaumes herzukommen schien, ein kaum hörbares Rieseln, ein Gleiten. Es wurde zu einem deutlichen Rascheln, ganz nahe meinem rechten Ohr, und ich wußte noch immer nicht, was das zu bedeuten hatte, aber dann kam das Zischen, kurz und scharf.

Über Gretls Kopf hing eine Tik Paluga. Ceylons giftigste und gefährlichste Schlange war in meinem Treibhause. Die indische Kobra will immer fliehen, sucht, wenn sie nur irgend kann, sich zu verbergen, – aber die Tik Paluga greift sogleich jedes lebende Wesen an und beißt. Und da hing solch eine Tik Paluga zwischen den Blättern des Mangobaumes, hatte den Schwanz um einen Ast geschlungen, ihr Oberkörper schwang wie ein Pendel hin und her und zielte mit wütendem Zischen nach Gretls Kopf.

Ich wollte die Schlange packen und mit einem raschen Griff unschädlich machen – ich hatte in Indien gelernt, wie man mit Schlangen umgeht. Aber da fühlte ich plötzlich, daß ich nicht zugreifen konnte, meine Hände zitterten heftig, ich war ja ein alter Mann! Und da rief ich Ulam Singh zu Hilfe.

Ulam Singh hörte mich sofort. Er fuhr auf, sah die Schlange und erkannte die Gefahr. Mit einem blitzartigen Zufahren ergriff er die Tik Paluga am Schwanz und wirbelte sie im Kreise in der Luft herum. Ich kannte diese Art, Schlangen unschädlich zu machen, von Indien her, ich wußte, daß er jetzt den Schwanz des überraschten und durch die Raschheit der Bewegung betäubten Tieres loslassen und am Halswirbel zupakken würde – dann konnte die Schlange nicht mehr beißen. Aber – weiß Gott, wie das geschehen ist, wahrscheinlich hat Ulam Singh die Schlange nicht an der richtigen Stelle gepackt – die Tik Paluga glitt ihm durch die Finger, wand sich um sein Handgelenk und biß ihn in den Arm.

Ulam Singh schrie auf, starrte mich einen Augenblick wortlos an und ließ die Schlange zu Boden fallen. Ich sprang zu und zertrat ihr den Kopf. Das alles hatte sich gedankenschnell abgespielt. Von dem Moment, in dem ich das Zischen der Schlange zuerst gehört hatte, bis zu ihrem Biß waren nur Sekunden verflogen. Gretl hatte nichts bemerkt und pflückte noch immer die Blüten der Lianen, hinter ihr aber wand sich Ulam Singh in Krämpfen auf dem Erdboden.

Was sich eigentlich zugetragen hatte, woher die Schlange in mein Treibhaus gekommen war, dafür fand ich erst später die Erklärung. Des Inders geheimnisvolle Fähigkeit, die ›Gewalt der Lotosblume‹, wie er sie nannte, hatte nicht nur den Mangobaum, sondern alles, was an lebenbergenden Keimen, dem Auge unsichtbar, in seinen Blättern, in seinen Wurzeln, in seinem Erdreich verborgen, die Reise von Ceylon in mein Treibhaus mitgemacht hatte, zu einem fieberhaft raschen Wachstum gebracht. Samen von allerlei Gewächsen, die der Tropenwind angeweht hatte, Eier von Insekten und von Reptilien, die an den Blättern klebten, sie alle waren mit dem Mangobaum zugleich durch die Kraft der ›Padmesana‹ zur Entwicklung gekommen. In dem Mangobaum waren, unsichtbar dem menschlichen Auge, die Wunder und die Gefahren des indischen Urwalds verborgen gewesen, und die waren jetzt wild emporgeschossen und bedrohten uns alle mit Verderben.

Das kam mir aber erst viel später zum Bewußtsein. In jenem Augenblick kniete ich neben Ulam Singh und bemühte mich, ihm den Arm oberhalb der gebissenen Stelle abzuschnüren.

›Vater, was fehlt dir?‹ hörte ich Gretl ängstlich neben mir rufen. ›Wie siehst du aus? Ganz anders als sonst!‹

›Ich bin krank, mein Kind‹, gab ich zur Antwort.

Gretl beruhigte sich bei dieser Erklärung. Ich zog meinen Taschenspiegel hervor. Ein verrunzeltes und verfallenes Gesicht blickte mir daraus entgegen, das Gesicht eines alten Mannes. Mein Haar war grau geworden, und erst jetzt wurde mir die ganze Tragweite der furchtbaren Wendung, die das Experiment genommen hatte, bewußt: So wie ich mich in dem Spiegel sah, so mußte ich bleiben, wenn Ulam Singh starb!

Aber da war in all meiner Verzweiflung etwas, was mich tröstete und aufrecht erhielt: Ich merkte keine Änderung meiner psychischen Beschaffenheit. Ich vermochte, genau wie vorher, ruhig und geordnet zu denken und zu überlegen. Ich stellte mit vollkommener Ruhe fest, daß nur mein Körper gealtert war, daß aber meine geistigen Kräfte: Entschlossenheit, Energie und rasches Denken mir ungeschwächt erhalten geblieben waren.

Es war sicher, daß Ulam Singhs Gewalt nur den Körper altern gemacht hatte. So wie in Gretls Frauenkörper noch immer die Seele des elfjährigen Kindes lebte, so waren meine eigenen geistigen Kräfte, Gefühle und Empfindungen jung und stark geblieben und nur in einen siechen, greisen Körper gesperrt.

Während ich noch neben Ulam Singh kniete, hörte ich meinen alten Philipp an der Treibhaustür pochen und rufen. Doktor, es würde viel zu lang währen, wenn ich Ihnen schildern wollte, was es für Mühe kostete, dem alten Manne zu erklären, was sich ereignet hatte, und, daß ich wirklich sein ›gnädiger Herr‹ war. Genug, es gelang mir, und nach zehn Minuten hatte ich den jammernden und ganz fassungslosen Philipp so weit, daß er mir brachte, was ich benötigte, vor allem übermangansaures Kali, von dem ich sogleich eine Dosis in Ulam Singhs Arm einführte.

Ich konnte bald feststellen, daß die Injektion von guter Wirkung war. Die Krämpfe ließen nach, auch stellte sich kein Anschwellen der Gliedmaßen ein; ich hatte Grund, zu hoffen, daß für den Augenblick das Ärgste abgewendet war; jetzt galt es, für rasche, ärztliche Hilfe zu sorgen.

Das ging nun freilich nicht so leicht, wie ich wünschte. Das Treibhaus durfte ich nämlich nicht verlassen. Keiner von meinen Leuten sollte mich zu Gesicht bekommen. Philipp schickte sie alle auf mein mährisches Gut – – ich weiß gar nicht, welchen Vorwand er zu Hilfe nahm, ich glaube, er sprach von einem Blatternfall in der Nachbarschaft. Erst um sechs Uhr abends war das Haus leer, und ich konnte ans Telephon. Gretl hatte inzwischen ein Kleid aus der Garderobe der abgereisten Französin bekommen, das ihr leidlich paßte.

Ihren Namen, Doktor, kannte ich, da ich mich Ihres Eingreifens in die Kriminalaffäre Hallasch und der Dienste, die Ihr Karasin-Serum damals der Polizei geleistet hat, sehr gut entsann. Sie schienen mir der einzige Mensch zu sein, von dem Hilfe zu erwarten war. Ich setzte mich daher mit Ihrem Freund, dem Architekten, der die Pläne zu meiner Villa entworfen hat, in Verbindung.

Eine Stunde währte es, ehe Sie kamen, und wissen Sie, wie ich diese Stunde verbracht habe? Ich bin von Zimmer zu Zimmer gegangen und hab alle Spiegel versteckt oder verhängt, denn Gretl sollte ihr Bild nicht sehen, sie durfte nicht erfahren, was mit ihr geschehen war, und welches Verbrechen ich an ihr begangen hatte. Nur an einen einzigen Spiegel hab ich vergessen, an den Spiegel auf der Veranda. – Sie haben mich sicher für verrückt gehalten, als ich ihn so rasch zerschlug, ehe Gretl zum Frühstück kam. Dennoch hat meine Tochter heute nachts in einem Spiegel, dessen Vorhang zu Boden gefallen war, ihr Bild gesehen. Aber sie hat sich selbst nicht erkannt und sich vor der fremden Frau gefürchtet. Jetzt ist alles glücklich vorüber, und ich kann die Tücher von den Spiegeln nehmen lassen.

Ich glaubte, für alles gesorgt, jede Möglichkeit vorbedacht zu haben – – dennoch ist mir manches entgangen. Als Sie gestern unter meinem Verbande keine Wunde gefunden haben – – Doktor, glauben Sie mir, ich war im ersten Moment ebenso erstaunt und überrascht wie Sie. Und es war doch so klar, daß mit dem Altern meines Körpers zugleich auch meine Wunde verheilen und die Narbe verschwinden mußte. Jetzt ist sie auf einmal wieder da, und ich glaube, ich habe viel Blut verloren, ehe Sie mir den Verband erneuerten.

Daß Sie mir das Karasin-Serum verweigerten, war mir eine furchtbare Enttäuschung. Mir blieb nur noch die einzige, schwache Hoffnung, daß ich selbst Ulam Singh vor seinem Tode noch einmal zum Bewußtsein bringen und ihn veranlassen könnte, sein Experiment zu beendigen. Heute nacht, als Sie mich überraschten, hatte ich den Versuch gewagt – – er war kläglich mißlungen.

Ein oder zweimal, Doktor, war ich auf dem Wege, Ihnen alles zu beichten, was geschehen war. Aber im entscheidenden Moment brachte ich es doch nicht über mich. Ich schwieg, nicht aus Feigheit und nicht aus Angst vor Vorwürfen. Nein! Ich mußte jedoch damit rechnen, daß Ihr Karasin-Serum versagen, daß

Ulam Singh sterben könnte, ohne das Bewußtsein wiedererlangt zu haben. Für diesen Fall war ich entschlossen, mich mit Gretl in irgendeinen versteckten Winkel der Welt zu verkriechen, wie ein krankes Tier. Dann hätte niemand unser Unglück erfahren dürfen, niemand, auch Sie nicht, Doktor, denn es gibt nichts Schlimmeres, als um eines Schicksals willen bemitleidet zu werden, das man durch eigene Schuld auf sich gezogen hat.

Nun, Doktor, wissen Sie, wofür wir Ihnen zu danken haben, Gretl und ich. Das Kind freilich wird es nie erfahren dürfen, Doktor, darum muß ich Sie bitten – – doch still! Ich glaube, das ist sie.«

Die Treibhaustür war stürmisch aufgerissen worden, und die Baronesse hüpfte herein. Hinter ihr kam Melitta Ziegler.

»Felix!« rief die Schauspielerin und faßte ihren Bräutigam bei beiden Händen. »Bist wieder hübsch beinand'? Na, weißt, du hast mir einen schönen Schrecken eingejagt. Kannst dich bei dem Herrn Doktor bedanken, daß du so gut davongekommen bist. Das ist übrigens ein spaßiger Mensch, dein Herr Doktor. Weißt du, womit er mich unterhalten hat, vorhin? Er und der Spatz wollen heiraten, hat er mir erzählt, und hat ganz ernst dabei dreing'schaut – – ich bin ihm wirklich aufg'sessen und hab' zu schimpfen ang'fangen.«

Dr. Kircheisen wurde blutrot im Gesicht, senkte den Kopf und schwieg.

Der Baron sah die Verlegenheit des Arztes. »Gretl!« sagte er. »Gib dem Herrn Doktor einen Kuß und sag: Dank schön!« Und ganz leise, nur für den Arzt allein hörbar, setzte er hinzu: »Er hat mir mein Leben und dir deine Jugend gerettet.«

Und die kleine Baronesse stellte sich auf die Fußspitzen und machte sich so groß als möglich, spitzte dann umständlich die Lippen und gab dem Dr. Kircheisen den Kuß, genau den gleichen, der ihn tags zuvor zweimal so selig und stolz gemacht hatte, und der doch nur der gedankenlose Kleinkinderkuß des elfjährigen Mädchens war, das folgsam und artig den Spielkameraden küßt oder den braven Onkel.

Ende

Königskerzen und Narzissen, Rosen, Nelken und Vergißmeinnicht, Stiefmütterchen und Reseden blühten in ihren Töpfen und in ihren Beeten auf, wurden begossen, dufteten ein paar Wochen hindurch und verwelkten wieder, wenn ihre Zeit um war. Der Garten des Barons war geheimnislos geworden: Wind und Sonne, Regen und Tau hatten ihre uralten, ewigen Rechte wieder an sich genommen, die ihnen der Gärtner des Pravati-Heiligtums in Agra für eine kurze Spanne Zeit entrissen hatte.

Dr. Kircheisen unternahm zwei Tage nach Ulam Singhs Tod seine Reise nach Korfu. Das eifrige Studium der Reptilien- und Insektenfauna der Ionischen Inseln ließ ihm keine Zeit, in seinen Gedanken den Erlebnissen in des Barons Villa allzuviel nachzuhängen, und jene große und verzehrende Leidenschaft, der solch eine grausame Enttäuschung gefolgt war, erlosch allmählich. Als er in seine Wiener Wohnung heimgekehrt war, hatte er monatelang mit der Sichtung und Verarbeitung des gesammelten wissenschaftlichen Materials zu tun, und die Anzeige der Trauung der Hofschauspielerin Melitta Ziegler mit dem Freiherrn von Vogh, die er auf seinem Schreibtisch vorfand, vermochte ihn kaum fünf Minuten lang von seiner Arbeit abzulenken. Seine Haushälterin Bettina überraschte er eines Tages, nach Durchsicht seines Notizbuches, durch die Mitteilung, daß er sich im ersten Stock eine neue Küche einzurichten und die alte in eine Dunkelkammer umzuwandeln gedenke – er hatte in seiner Zerstreutheit vergessen, daß diese außerordentlich praktische Idee aus dem närrischen Geplauder eines spielenden Kindes in sein sonst mit lauter biologischen, histologischen und embryologischen Ernsthaftigkeiten angefülltes Notizbuch geraten war. Es bedurfte der vollen hauswirtschaftlichen Autorität Bettinas, um den Doktor von seinem Vorsatz abzubringen.

Hie und da, wenn auch nicht allzuhäufig, wurde er auch später noch an seine Krankenvisite in der Hietzinger Villa erinnert. Eine Ansichtskarte, die ihm aus irgend einer überseeischen Gegend zugeflogen kam, ein paar Zeilen in einer Zeitung, die von einer neuen Erstbesteigung des bekannten Hochtouristen Felix Freiherrn von Vogh berichteten, gelegentliche Notizen in der Rubrik »Sport und Gesellschaft«, in denen der Baron unter den Teilnehmern an einem Hoffest oder an einem Fechtmeeting genannt war, zeigten dem Arzt, daß sein ehemaliger Patient den Becher des Lebensgenusses, den ihm ein seltsames Geschick beinahe aus den Händen geschlagen hätte, bis zur Neige auszuschlürfen entschlossen war. Dr. Kircheisen beneidete ihn um all diese Zerstreuungen nicht. Sein Studierzimmer bot ihm mit seiner Sammlung von Büchern und Präparaten, sauber etikettiert und alphabetisch geordnet die gleiche Summe irdischen Glücks, die der Baron auf seiner ruhelosen Jagd durch alle Taumel und Räusche dieser Welt zu erraffen suchte.

Doch auch für Dr. Kircheisen gab es Augenblicke, in denen er sich aus der Stille seines Eremitendaseins in jenes reichere und buntere Leben sehnte, dem er einmal beinahe Aug' in Aug' gegenüber gestanden war. Das war, wenn er an schönen Tagen in den Straßen der inneren Stadt der Baronesse Vogh begegnete, die artig an der Seite ihrer Gouvernante spazieren ging, im kurzen Kinderkleidchen, den Reifen in der Hand – das kleine elfjährige Mäderl, das einmal einen Herbsttag lang seine Braut gewesen war.

Der Kosak und die Nachtigall

Roman

(Seite 195)

Inhalt

Die Flucht aus Athen

»Wer ist dort? Mit wem spreche ich? Ist dort die dänische ... Ja, wer spricht denn? Apotheke Marinopulos? Das ist doch ...! Verzeihung. Ich bin falsch verbunden. Fräulein! Fräulein! Zum zweitenmal haben Sie mich falsch verbunden. Ich will mit der dänischen Gesandtschaft sprechen, mit der Gesandtschaft des Königreichs Dänemark, das werden Sie doch hoffentlich verstehen ... Besetzt? Dann, bitte die Geheimnummer. Die dänische Gesandtschaft hat eine Geheimnummer, ich weiß es. Gegen Ihre Instruktionen? ... Das mag sein, aber es handelt sich ... Nein! Es ist nicht gleichgültig, um was es sich handelt, ich muß mit der dänischen Gesandtschaft sprechen. Liebes Fräulein, ich bitte Sie, haben Sie doch die Güte ... Kanaille! ...

Nina? Ja, was ist denn, Nina, ich hab dir schon gesagt ... Der Tierarzt? Was soll ich denn jetzt mit dem Tierarzt anfangen, du siehst doch, ich steh' wie auf Nadeln. Fräulein! Jetzt meldet sie sich wieder nicht ...! Er soll warten. Er soll später kommen. Er soll Topsy drüben bei dir ansehen. Führ' ihn hinunter in die Halle, dort soll er warten. Beschäftige ihn, frag ihn nach seiner Praxis. Ich habe jetzt keine Zeit für den Tierarzt, überhaupt ...

Fräulein! Hallo! Hören Sie mich denn nicht, Fräulein? Warum melden Sie sich denn eine Ewigkeit lang nicht. Sie haben auf mich zu hören, wenn ich rufe, und nicht Segelpartien zu verabreden. Jawohl, ich habe es deutlich gehört, Sie haben mit irgendwem eine Segelpartie verabredet – und mich lassen Sie eine halbe Stunde lang rufen. Gewiß, ich werde mich beschweren, aber jetzt ... Sie wollen sich beschweren? Schön, meinetwegen, aber vorher verbinden Sie mich endlich mit Lykabettos zwölfhunderteinundneunzig. Mit der dänischen Gesandtschaft ...

Jetzt wird sie mich aus Bosheit .. Bestie! Ich könnte ihr die Haare ausreißen, wenn ich sie da hätte. Hallo! Wer spricht dort? Ist dort die dänische Gesandtschaft? Gott sei Dank! Verbinden Sie mich, bitte, mit Herrn Holger Langaard. Hier spricht Madame van Loo. Er ist in seinem Bureau, ich weiß es bestimmt. Schön, also lassen Sie ihn suchen, aber, wenn ich bitten darf, rasch, rasch, die Sache ist dringend, verstehen Sie? Was gibt es denn schon wieder, Nina, um des Himmels willen, wen bringst du mir denn da? Kann ich denn nicht einmal fünf Minuten lang ungestört ... Der Maler? Herr Trionpatis? Der hat sich ja eine wunderbare Stunde ausgesucht für die erste Sitzung. Ich bin gerade in der richtigen Verfassung. Schick' ihn fort! Wenn er will, kann er warten, unten in der Halle beim Tierarzt, wenn er will, kann er Topsy malen ...

Holger! Ach, daß du endlich da bist. Ich bin es, Lydia. Holger, erschrick nicht, es ist ein Unglück geschehen. Ich muß fort und wir werden uns nie wieder sehen, nie ... nie ... nie ...! Nein, Holger, es ist mein Ernst. Mein lieber Junge, hör' mich ruhig an, ich werde dir alles erklären. Es ist aus. Ich weiß, Holger. Es hat nicht sein sollen. Ach, wenn wir doch klüger gewesen wären! Jetzt ist alles vorüber. Ich hab' es immer gewußt, daß es so kommen muß ...

Was fällt dir ein? Nein, du darfst nicht kommen, um Gottes Willen, versprich mir, daß du nicht kommen wirst! Nie wieder dürfen wir uns sehen. Verstehst du denn nicht? Er ist da! Jawohl, er ist da ... Nein, ich habe ihn nicht gesehen. Niemand sieht ihn, noch immer versteht er die Kunst, sich unsichtbar zu machen. Aber er wirft einen Schatten, und diesen Schatten ... diesen Schatten, Holger, habe ich vor einer Stunde gesehen. Seinen alten Diener, der mit ihm durch die Welt reist, den Andruscha. – Ganz bestimmt. Ich habe ihn erkannt. Und wenn Andruscha da ist ... Holger, um Gottes Willen, das ist ja Wahnsinn, was du da redest. Du kennst ihn nicht ... Glaub' mir, er ist ... Nein, Holger, ich bin nicht in Gefahr, ich nicht, ich schwöre es dir, aber du, mein Liebling, begreif' doch endlich, daß du mit deinem Leben spielst!

Verhaften lassen? Ihn? Holger, du sprichst wie ein Kind. Du kennst ihn nicht, es gibt keinen Menschen hier in Athen, der es mit ihm aufnehmen könnte. Frag' den General Wrangel, frag' Denikin nach ihm. Ich bin ja so froh, so froh bin ich, daß ich den Diener gesehen habe, den Andruscha, so kann ich dich wenigstens warnen, du wärst sonst blind in dein ... Holger, wenn es zu spät wäre! Vielleicht hat er uns schon zusammen gesehen, wir waren so unvorsichtig ... gestern im Wagen ... du bist neben mir gesessen ... es war ein offener Wagen ... Du hast meine Hände geküßt, das genügt ihm. Holger, du mußt fort, heute noch, versprich es mir. Gleichgültig, wohin, mit dem nächsten Schiff ... Einen Augenblick, Holger, einen Augenblick, es hat geklopft. Ich bin ja so unglücklich, Holger ...

Herein! ... Herein! ... Sie sind es, Herr Direktor? Sie haben eine sonderbare Art, sich anzumelden. Klopfen Sie immer so energisch an die Türen Ihrer Gäste? Das Balkonzimmer? Behalten Sie es, ich brauche es nicht mehr. Ich verreise. – Gestern? Ja, aber seit gestern hat sich verschiedenes geändert. Sie können über die Zimmer verfügen, ich verlasse Athen ... Und jetzt – – Sie entschuldigen mich, Sie sehen, ich habe ein dringendes Gespräch. Auf Wiedersehen ...

Holger, bist du da? Ach, diese Menschen, du kennst sie ja, rücksichtslos, keinen Augenblick ... Und für halb drei habe ich den Juwelier bestellt, dem ich meine Perlen zum Umfassen geben wollte ... Holger, du mußt fort ... Wir werden uns wiedersehen. Wenn du heute noch abreist, werden wir uns wiedersehen, das versprech' ich dir ... Bald, Holger, bald, mein Bub! ... Wo du willst, in Palermo, in London, in ... Du nimmst Urlaub und fährst mit dem nächsten Schiff! Es muß möglich sein, es muß ... Ja? Dienstlich? Um so besser! ... Wunderbar, das trifft sich wunderbar ... Nein, nenn' keinen Namen, Liebling, keinen Ort! Vorsicht. Bist du allein im Zimmer? Ganz allein? ... Ja. Hotel des Palmes. Ich werde dir schreiben. Telegraphieren ... Ich? Ja, wohin fahr' ich ... nach Brüssel, nach Warschau, nach Zürich, nach Stockholm, kreuz und quer durch Europa, bis er meine Spur verliert, und dann komm' ich zu dir. Und jetzt heißt es Abschied nehmen auf lange Zeit ... nein, Holger, auf kurze Zeit ...

Es klopft, das ist der Juwelier, ich hab' die Tür abgesperrt, er soll warten, er soll klopfen ... Leb' wohl, mein Bub! – Nein, so kann ich nicht von dir Abschied nehmen, so nicht. Wir müssen uns noch einmal sehen, Holger. Ich werde ... Wann geht dein Schiff? ... Um sieben, die Amphitrite. Ich werde ... Es klopft nicht mehr, er ist fort. Wo bist du vorher, um fünf, um sechs? ... Im Klub? Was tust du im Klub? Es wäre besser, du bliebest ... Nein! Nein! Nein! Es ist schon gut so. Fahr' in den

Klub, du sollst nicht einen Augenblick lang allein bleiben bis zu deiner Abreise ... Paß gut auf: Ich werde um sechs im Zappion auf der Terrasse sitzen, rechts von der Balustrade, du wirst mich sehen, du mußt mich sehen, wenn du vorüberfährst ... aber, um Gottes willen, nicht grüßen, du darfst mich nicht grüßen, versprich es mir, nicht einmal winken darfst du mir. Wie wenn wir einander fremd wären. Nur, daß dein Blick mich streift, damit ich dich noch einmal sehe, damit du mein Bild mit dir nimmst. Um sechs Uhr, im Zappion auf der Terrasse ... Und jetzt, Holger ... Abschied, jawohl! Wir sehen uns wieder, ich komm' zu dir! – Bald, Holger, bald! Schließ' die Augen, Holger, ich küsse dich.«

Ein Gruß von der Straße her

Lydia van Loo trat aus der Hotelhalle, da stand plötzlich, händeringend und verzweifelt, ein Mensch vor ihr, ein kleiner korpulenter Herr, ihr Manager, Monsieur Repiquet.

»Es ist unmöglich!« keuchte er. »Es ist ganz unmöglich! Ich habe dem Dirigenten gesagt, daß das nur ein Mißverständnis sein kann.«

Lydia van Loo hatte mit einer ungeduldigen Handbewegung einen Wagen herbeigewinkt. Jetzt wandte sie sich an den Manager: »Was wollen Sie, Repiquet?«

»Ich komme vom Nationaltheater«, rief der kleine Herr. »Dort hat man mir gesagt, daß Sie heute abend nicht mehr auftreten. Das ist doch unmöglich! Das kann nur ein Irrtum sein! Sie haben doch noch heute Mittag dem Korrepetitor ...«

»Es ist kein Irrtum. Man hat Ihnen die Wahrheit gesagt«, unterbrach ihn Lydia van Loo. »Wir reisen ab.«

»Ja, aber um Gottes Willen, Madame, Sie brechen Ihr Gastspiel ab?«

»Wollen Sie mich nicht freundlichst in meinen Wagen lassen, Repiquet?« meinte Lydia van Loo. »Ich muß um sechs Uhr im Zappion sein. Sie wissen, ich bin immer gerne pünktlich.«

»Kontraktbrüchig!« schrie der Manager auf.

»Zum Zappion!« befahl Lydia dem Kutscher. »Repiquet, Sie werden mir doch nicht mitten auf der Straße eine Szene machen wollen. Steigen Sie ein, Sie dürfen mich ein Stückchen begleiten.«

Der Manager kletterte in den Wagen, ließ sich ächzend in das Polster fallen und wischte sich den Schweiß von der Stirne.

»Kontraktbrüchig!« jammerte er. »Schon wieder kontraktbrüchig!«

»Durchaus nicht«, meinte die Sängerin gelassen. »Der Kontrakt muß in aller Güte und Freundschaft gelöst werden. Das ist Ihre Sache, Repiquet, Sie werden das schon in Ordnung bringen.«

»So. Ich werde das in Ordnung bringen. Sehr einfach ... Sie stellen sich das sehr einfach vor. Und das Pönale?«

Er fletschte die Zähne und hatte plötzlich das Gesicht eines gereizten Eichhörnchens.

»Freilich«, sagte Lydia nachdenklich, »das Pönale werden Sie bezahlen müssen.«

»Ich werde es nicht bezahlen!« schrie der Manager erbittert.

»Mein Gott! Dann werden wir es eben schuldig bleiben.«

»Ich werde es diesmal nicht bezahlen. Diesmal nicht! Das kann überhaupt nicht so weitergehen, Madame.«

»Wirklich?« sagte die Sängerin mit der Stimme eines ausgescholtenen kleinen Mädchens. »Das täte mir leid. Das täte mir wirklich leid. Ich hatte mich schon so an Sie gewöhnt, Repiquet.«

»Ja, wie stellen Sie sich das eigentlich vor, Madame? Jedes Gastspiel brechen Sie ab. Ohne Grund, Madame, ganz ohne jeden Grund.«

Die Sängerin schüttelte den Kopf.

»Sie werden niemals lernen, sich präzise auszudrükken, Repiquet«, sagte sie mit einem Ton tiefen Bedauerns in ihrer Stimme. »Sie sagen ohne Grund. Sie wollen doch wohl sagen, daß Sie meine Gründe nicht kennen?«

»Ohne daß ich eine Ahnung habe ...«

»Ja, ist denn das wirklich nötig, Repiquet?«

Der Manager preßte wütend die Hände an seine Schläfen.

»So kann ich nicht arbeiten«, rief er. »So kann man beim besten Willen nicht arbeiten. Und zu all dem noch Ihre Marotte, unaufhörlich Ihren Namen zu ändern. Das hat noch niemand vor Ihnen getan. Seit ich die Ehre habe, Sie zu managen, haben Sie nicht weniger als sechsmal Ihren Namen geändert. Sechsmal sind Sie durch meine Arbeit ... durch Ihre Stimme, gewiß, aber auch durch meine Arbeit berühmt geworden, und immer nur für ein paar Tage, es ist grotesk!«

»Sie übertreiben, Repiquet«, sagte die Sängerin. »Erinnern Sie sich doch: in London bin ich unter dem gleichen Namen aufgetreten, den ich in Amsterdam geführt habe. Volle fünf Wochen habe ich Maria Laszanska geheißen, die ganze Zeit hindurch Maria Laszanska, und dabei hat mir dieser Name gar nicht einmal so besonders gefallen.«

»Wenn Sie wenigstens bei Ihrem jetzigen Namen bleiben wollten!« klagte der Agent. »Van Loo ..., das ist der beste Name, den ich bis jetzt für Sie gefunden habe.«

»Es ist wahr, er klingt ganz gut, aber ich kann Ihnen leider nicht helfen, Repiquet, Sie müssen sich einen neuen Namen einfallen lassen.«

Der Agent starrte sie entgeistert an.

»Wieder einen neuen! Das wirft mich um. Ich bin fertig. Wenn es Ihr Ehrgeiz ist, Madame, mich ins Irrenhaus zu bringen ...! Haben Sie denn eine Ahnung, wie schwer das ist, für eine Unbekannte Gastspiele abzuschließen! Und dabei darf ich keiner Menschenseele verraten ... nicht mit einem Wort darf ich andeuten, wer Sie wirklich sind.«

»Nein, Repiquet, das dürfen Sie nicht. Sie nennen es eine Marotte. Sie werden mich nie verstehen, Repiquet. Ich will nicht von einem Ruf, der mir vorauseilt, getragen werden. Sie ahnen ja nicht, was für ein Rausch das ist, sich seinen Erfolg immer wieder aufs neue zu erkämpfen: Ich trete auf ... Lydia van Loo ... niemand kennt sie, das Theater ist halb leer. Ich singe, die Leute horchen auf. Ich fühle, wie ich dieses vielköpfige Ungeheuer dort unten im Parkett mit meiner Stimme bezwinge. Am zweiten Abend ist das Haus voll, am dritten Abend werden die Leute von den Kassen weggeschickt und tags darauf ...«

»Und tags darauf, Madame, interessiert Sie die Sache nicht mehr, Sie sagen ab und ich ..., ich darf das Pönale zahlen, nicht wahr? Eine beneidenswerte Stellung, die Sie mir da eingeräumt haben. Wahrhaftig, Madame, ich hätte Lust ...«

Der Wagen hielt. Lydia van Loo stieg aus, winkte dem Manager einen flüchtigen Gruß zu und sagte:

»Repiquet, philosophieren Sie nicht! Fahren Sie ins Nationaltheater und bringen Sie die Sache in Ordnung ... Den Wagen können Sie gleich behalten. Und wenn Sie dann noch ein wenig Zeit haben, besorgen Sie noch drei Plätze auf dem nächsten Schiff, das nach Konstantinopel fährt ... Leben Sie wohl, Repiquet, ich werde erwartet. Wir sehen uns ja noch heute abend.«

Ein Wagen fährt vorüber ...

Kein Windhauch wehte über die Terrasse, doch unter den schützenden Baumkronen machte sich die Hitze des Junitages nicht allzusehr fühlbar. Von ihrem Platze aus konnte Lydia den Olga-Boulevard in seiner ganzen Breite übersehen, keiner der Wagen, keines der vielen Automobile, die ihn kreuzten, entging ihrem Blick, sie konnte sie verfolgen, bis sie hinter dem Massiv der Georgskathedrale verschwanden. Die grellbunten Farben der Blumen, der Sonnenschirme, der Toiletten, die schneeweißen Livreen der Chauffeure ermüdeten ihr Auge. Die Musikkapelle hinter dem Kiosk erzeugte mit einer Phantasie aus der Oper »Zampa« einen barbarischen Lärm, der sich erfolgreich gegen die Hupensignale, das Wagengerassel und das Kutschergeschrei zu behaupten wußte.

Die Blicke, die die Sängerin von den Nachbartischen her trafen, verrieten ihr, daß sie erkannt war. Ganz

Athen schien sie als Gilda, als Zerline, als Butterfly gehört zu haben. Aber die Popularität, die sie so rasch gewonnen hatte, machte ihr in diesem Augenblick wenig Freude. Sie hatte nur einen Wunsch, den, unbehelligt zu bleiben, eine kleine Viertelstunde lang zumindest. Aber dort vom Eingang her grüßte sie jemand auf eine so unangenehm vertrauliche Art, ein ganz junger Mensch, und jetzt kam er gar auf sie zu.

»Gestatten Sie, Gnädigste? Ich sehe, Sie erkennen mich nicht. Doktor Tachykopoulos vom ›Messager d'Athenes‹.«

Sie zwang sich zu einem Lächeln, aber es gelang ihr nur, verwirrt und hilflos auszusehen. Und dann sagte sie, ohne den Blick vom Olga-Boulevard zu wenden: »Ach, Sie sind es, Doktor. Ist das aber ein Zufall.«

»Kein Zufall, Gnädigste. Ich war zweimal in Ihrem Hotel, aber da hieß es immer, Sie hätten keine Zeit, Sie empfingen nicht. Nicht einmal meine Karte wollte man Ihnen bringen. Nun, bei meinem Beruf heißt es Geduld haben. Als ich zum drittenmal kam, hatte ich Glück: der Portier sagte mir, Sie seien gerade zum Zappion gefahren. Da nahm ich mir einen Wagen ...«

»Liebster, bester Doktor, seien Sie mir nicht böse, aber ich habe leider auch hier nicht eine Minute lang Zeit.«

»Was tun Sie hier, Gnädigste?«

»Ich erwarte jemand.«

»Da werden Sie doch wohl gestatten, daß ich Ihnen Gesellschaft leiste ... Ich verpflichte mich, zu verschwinden, sowie dieser Jemand kommt, hoffentlich ist er nicht allzu pünktlich. Fünf Minuten, Gnädigste!«

»Fünf Minuten. In Gottes Namen«, sagte die Sängerin resigniert.

Er nahm Platz. Er legte sein Spazierstöckchen quer über den Tisch, streifte den rechten Handschuh ab und zog sein Notizbuch.

»Sie können sich wohl denken, Gnädigste, welche Frage ich an Sie zu richten habe. Man spricht davon, daß eine Intrigue der Origoni daran schuld ist, daß Sie Ihr Gastspiel abbrechen.«

»Unsinn, nicht ein Wort ist wahr!« rief die Sängerin. In nervöser Unruhe starrte sie an dem Notizbuch des jungen Mannes vorbei auf den Boulevard hinab. »Was die Leute alles reden! Die Origoni, damit Sie es nur wissen, ist die liebenswürdigste Kollegin gewesen, die ich mir nur wünschen konnte.«

»Dann werde ich mich beeilen, diese Version in unserem Morgenblatt zu dementieren«, versicherte Doktor Tachykopoulos. »Also, die Origoni trägt nicht die Schuld. Aber was in aller Welt hat Sie dann veranlaßt, nach einem so sensationellen Erfolg ...«

»Ein Todesfall«, sagte Lydia van Loo. »Der Tod eines Menschen, der mir ...«

Sie hielt inne. Sie wurde bleich. Eine abergläubische Furcht überkam sie. Einen Todesfall hatte sie vorgeschützt und dabei zitterte sie um Holger Langaards Leben. Hatte sie mit dieser Lüge nicht das Schicksal herausgefordert? Und unter der Tischplatte faltete sie die Hände ... Lieber Gott, betete sie im stillen, lieber, guter Gott, du hast es nicht gehört. Ich war dumm, ich war leichtsinnig, lieber, guter Gott, laß es ihn nicht entgelten ...

»Mein aufrichtigstes Beileid«, sagte Tachykopoulos.

»Nein, kein Todesfall, schreiben Sie es nicht in Ihr Buch«, rief Lydia. »Ich will Ihnen die Wahrheit sagen, Doktor: Anderweitige Verpflichtungen, heute mittags bekam ich ein Telegramm, das Hamburger Opernhaus ...«

»An das Hamburger Opernhaus verpflichtet«, notierte Doktor Tachykopoulos. »Unser kunstverständiges Publikum wird das jedenfalls von ganzem Herzen bedauern. Wir in Athen lieben die Musik ...«

»Sagen Sie, Doktor, kennen Sie sich in den Schiffen aus?« unterbrach ihn die Sängerin. »Wissen Sie, welche Schiffe heute den Hafen verlassen?«

»Zu dienen. Da ist der Columbus, der fährt nach Südamerika, dann der Bayard von der Messageries, Bestimmung Marseille, dann die Amphitrite ...«

»Die Amphitrite, das ist das Schiff, das ich meine. Die geht nach Neapel, wie? Und um wieviel Uhr?«

Er entfaltete eine Zeitung, überflog die Schiffsnachrichten und gab Bescheid. »Um sieben Uhr, Gnädigste.«

»Und jetzt ist ...?«

»In fünf Minuten halb sieben.«

Halb sieben! Seit sechs Uhr wartete sie. Sollte er schon vorüber sein? Unmöglich. Nicht eine Sekunde lang hatte sie die Fahrbahn aus dem Aug' gelassen. Sie hätte ihn sehen müssen. Oder sollte er ...

»Es ist doch noch möglich, die ›Amphitrite‹ zu erreichen?« fragte sie voll Angst.

»Gewiß, Gnädigste. Bei normaler Fahrgeschwindigkeit braucht ein Auto eine kleine halbe Stunde bis zum Piräus.«

»Ich danke Ihnen. Dann ist ja alles gut«, sagte sie mit einem Seufzer der Erleichterung.

Ihr Blick durchforschte die Autos, die an der Terrasse vorüberfuhren ... Zwei Damen ... ein Herr in Uniform ... Eine junge Frau mit einem kleinen Knaben.

Und jetzt – nein, das ist er nicht. Holger ist schlanker, sein Gesicht gebräunter. Englisch gestutzter Schnurrbart, überhaupt ein ganz fremdes Gesicht ... Jetzt müßte er doch schon kommen! Wieder zwei Damen. Die eine, die ältere, sieht sehr vornehm aus. Warum fahren Damen fast immer zu zweit im Auto? Ich habe Fieber, ich spüre es ... Ein Ungeheuer, ein Koloß, lehnt sich zurück, pafft Rauchringe ... aber den kenne ich ja, das ist doch Abadjian Dschahid, der Tabak ... Er hat mich nicht gesehen, ein Glück, daß er mich nicht gesehen hat ... Wenn Holger jetzt nicht bald ... Nein er kommt zurecht. Eine kleine halbe Stunde bei normaler Fahrgeschwindigkeit. Aber er kann ja 80 Kilometer, hundert ... wenn er vorüber ist ... Amphitrite, Abfahrt sieben Uhr, pünktlich um sieben, Bestimmung Neapel, Hotel des Palmes ...

Dem Journalisten dauerte das Schweigen zu lange.

»Kennen Sie den Herrn dort, Gnädigste, den mit dem Panamahut?« fragte er und wies mit seinem Spazierstöckchen auf eines der vorüberfahrenden Autos. »Das ist der General Rotaxias, eine der interessantesten Persönlichkeiten, Sie haben bestimmt schon von ihm gehört. Der hätte im vorigen Jahr beinahe Revolution gemacht. Seine Pläne waren bis ins kleinste Detail ausgearbeitet, er hatte mächtige Verbündete, auch ganz oben, Sie verstehen, aber dann ist es doch ganz anders gekommen, der Herr General mußte seinen Abschied nehmen ... Der Herr in dem grün ausgeschlagenen Cadillac ist der Oberst Skassis, ehemaliger Flügeladjutant des Kronprinzen, allererste Familie, und seine Tochter ... Sie können es lustig oder traurig finden, ganz wie Sie wollen ... seine Tochter hat ein Verhältnis mit Demeter Stratos, dem bekannten Sozialistenführer. Eine tolle Welt, nicht wahr, Gnädigste? Die Dame im weißen Wagen ist Helena Logudakis, Athens allererste Kokotte. Sie ist eben dabei, den jungen Miouaulis zu ruinieren, das ist keine kleine Arbeit, sein Vater hat die Schwefelgruben in Trikale, vielfacher Millionär ...«

»Glauben Sie wirklich, Doktor, daß mich dieser Herr Miouau – daß mich dieser Herr mit dem Katzennamen interessiert, ob er reich ist, wer ihn ruiniert, wer ihn aushält, wem die Schwefelgruben gehören ...«

»Bitte, Gnädigste, befehlen Sie! Wir können ja auch über die Akropolis sprechen oder über das Anziehen der Kaffeepreise.«

»Wenn Sie wüßten, wie nervös ich bin!«

»Weshalb sind Sie nervös?«

»Muß ich Ihnen das wirklich sagen? Doktor, nehmen Sie es mir nicht übel: Ihre fünf Minuten sind um.«

»Allerdings. Ich halte mein Wort, ich werde Sie nicht länger behelligen. Nur noch eine Frage für mein Blatt: Welche Ihrer Glanzpartien haben Sie für Ihr nächstes Auftreten gewählt?«

»Noch keine. Ich weiß überhaupt nicht, ob ich in der nächsten Zeit singen werde.«

»Aber Sie sind doch an das Hamburger Opernhaus verpflichtet ...!«

»Nein. Quälen Sie mich doch nicht. Ich bin nirgends hin verpflichtet.«

»Und Sie sagten doch soeben ... Da stehe ich nun wieder, wo ich war. Man hat es wahrhaftig nicht leicht in diesem Beruf. Gnädige Frau, was soll ich den Lesern, die wissen wollen, warum Sie das Gastspiel abbrechen, eigentlich sagen?«

»Schreiben Sie, was Sie wollen. Schreiben Sie, daß ich das Klima nicht vertrage. Schreiben Sie, daß ich plötzlich erkrankt bin. Hohes Fieber, Schüttelfrost ...«

»Verzeihen Sie, Gnädigste, aber dann hätten Sie sich doch nicht an einer exponierten Stelle zeigen dürfen. Hier, im Zappion auf der Terrasse, um diese Zeit, wo ganz Athen ... Die Leute werden glauben ...«

»Die Leute sollen glauben, was sie wollen, es ist mir namenlos gleichgültig, was die Leute glauben ... Er kommt nicht! Er kommt noch immer nicht ...«

»Fürstin!« kam plötzlich ganz aus ihrer Nähe eine Stimme.

Lydia van Loo fuhr zusammen. Ihr Blick löste sich von dem Gewirr der Wagen.

Da stand, in einer Wolke von Mandelblüten-Parfüm, Dschahid, der Tabakgroßhändler Dschahid, der Koloß mit den funkelnden, schwarzen Augen und dem melancholisch hängenden Schnurrbart.

»Fürstin!« wiederholte er und in seinem Gesicht war Überraschung, freudiges Erstaunen.

Sie sprang auf. Sie starrte ihn haßerfüllt an. Am liebsten hätte sie ihn mit dem Spazierstock des Journalisten ins Gesicht geschlagen.

»Wie nennen Sie mich?« fauchte sie. »Habe ich Ihnen nicht verboten ... Sie wissen ...«

Er duckte sich wie ein Hund, der Schläge erwartet.

»Verzeihen Sie. Ich vergaß.«

»Was wollen Sie hier!« fuhr sie ihn an.

»Seit zwei Stunden bin ich in Athen«, stammelte er. »Ich komme aus Sofia.«

»Fahren Sie wieder zurück! Ich kann Sie nicht brauchen.«

»Ahnungslos, ich schwöre es Ihnen, ganz zufällig kam ich hierher, da sah ich Sie ...«

»Der Teufel hat Sie hergeführt. Fort! Ich habe keine Zeit für Sie.«

»Was ist Ihnen?«

»Ich bin rasend vor Nervosität.«

»Das sehe ich.«

»So gehen Sie doch endlich! Verstehen Sie denn nicht? Ich will Sie jetzt nicht sehen ...«

»Ich verstehe ... So schlecht haben Sie mich noch nie behandelt.«

Linkisch, von den mitleidig spöttischen Blicken der in der Nähe Sitzenden verfolgt, zog sich der Koloß zurück. Lydia van Loo setzte sich. Noch immer war sie bleich vor Erregung.

Doktor Tachykopoulos hatte diskret hinweggehört. Jetzt wandte er sich an die Sängerin:

»Sie sind gegrüßt worden, Gnädigste.«

»Ach, ein Bekannter aus früheren Tagen, immer wieder läuft er mir in den Weg.«

»Nein, den mein' ich nicht. Vom Boulevard her sind Sie gegrüßt worden.«

Sie erfaßte seinen Arm. »Aus einem Auto?«

»Jawohl. Aus dem Auto der dänischen Gesandtschaft.«

»Holger Langaard!« rief die Sängerin. »Oh! er ist vorüber. Mußte dieser Dschahid gerade jetzt ... Sie sagen, daß er mich gegrüßt hat? Der Unvorsichtige! Ich habe ihn doch gebeten, mich nicht zu grüßen.«

»Herr Langaard hat Sie nicht gegrüßt«, gab Doktor Tachykopoulos zur Antwort. »Er hat nur flüchtig hergesehen und dann, als das Auto vorüber war, wendete er sich noch einmal um ... Der Herr, der neben ihm saß, der hat Sie gegrüßt.«

»Der Herr, der neben ihm saß?« wiederholte Lydia van Loo nachdenklich. »Sonderbar. Ich kenne keinen von Holger Langaards Freunden ... Wie sah er aus? Können Sie ihn mir beschreiben?«

»Ja, das kann ich. Das Auto fuhr auffallend langsam an der Terrasse vorüber, und ich dachte darüber nach, wo ich dieses Gesicht schon gesehen habe ... vielleicht in Paris vor dem Krieg ...? Das war ein Fremder, das ist sicher. Ein Gesicht voll Widersprüche: der Kopf eines Halbgottes, der Blick eines Raubvogels, die Mundpartie einer Bulldogge, die Stirne eines Gelehrten. An der Brust ein orangerotes Ordensband ... Was ist Ihnen, gnädige Frau?«

Lydia van Loo hatte einen Schrei ausgestoßen, den man weit über die Terrasse hin vernahm. Leute sprangen auf, ein fremder Herr eilte, wie um ihr zu Hilfe zu kommen, auf sie zu. Er blieb stehen, wandte sich um und ging dann langsam, zögernd, kopfschüttelnd an seinen Tisch zurück. Lydia van Loo brauchte keine Hilfe. Sie hatte ihre Haltung wiedergewonnen.

»Es ist nichts«, sagte sie. »Es ist nichts«, wiederholte sie ganz leise. »Nur, daß Holger Langaard verloren ist.«

»Wie soll ich das verstehen?« fragte Doktor Tachykopoulos betreten.

»Er ist in die Hände seines Todfeindes gefallen.«

»Gnädige Frau«, erklärte der Journalist mit überlegenem Lächeln. »Sie machen sich unnötige Sorgen. Ich kenne Herrn Langaard. Ein Mensch von seinem persönlichen Charme hat in der ganzen Welt keinen Feind.«

»Seit gestern hat er einen«, sagte die Sängerin.

»Sind Sie dessen sicher?« rief Doktor Tachykopoulos. »Dann müßte man ihn warnen ...«

Lydia van Loo sah mit einem abwesenden Blick den Journalisten an.

»Zu spät«, flüsterte sie. »Da hilft keine Warnung mehr.«

Ihre Züge strafften sich. Ihr Mund wurde hart. Sie hatte von Holger Langaard Abschied genommen. Sie wußte, daß sie ihn nie wiedersehen würde. Sie strich ihn aus ihrem Leben.

»Vielleicht, wenn es Sie beruhigt, gnädige Frau«, sprach Doktor Tachykopoulos auf sie ein, »ich kann die Gesandtschaft anrufen, ich verständige die Hafenpolizei. Man kennt mich. Ich habe Verbindungen ...«

Sie schüttelte den Kopf.

»Da gibt es keine Verbindung und keine Behörde der Welt ...«

Ein Kellner trat an den Tisch.

»Madame van Loo?«

Sie wandte ihm gleichgültig das Gesicht zu.

»Für Madame ist soeben dieser Brief abgegeben worden«, sagte der Kellner.

Ein großer, weißer Umschlag. Ein Strauß weißer Zyklamen war an ihm befestigt.

Die Blumen flogen in weitem Bogen von der Terrasse hinab auf die Straße. Der Brief wurde in hundert kleine Stücke zerrissen.

»Sie lesen ihn nicht?« fragte Doktor Tachykopoulos verwundert.

»Ich weiß, von wem er kommt«, gab sie zur Antwort.

»Und Sie wissen, was er enthält?«

»Ja. Eine saldierte Rechnung«, sagte sie mit einem kurzen Auflachen, das wie Weinen klang.

Der Arzt aus Kordofan

Dr. Frederik Hamersvelt, – derselbe Hamersvelt, der während seiner Tätigkeit in Colombo die grundlegenden Arbeiten über den Erreger der Kala-azar, der »schwarzen Krankheit« veröffentlicht hat, – Dr. Frederik Hamersvelt nahm, nach vier Jahren anstrengender Tätigkeit im Hospital von El Obeïd, Urlaub, um zwei Monate in seiner Heimat zuzubringen. Er war Holländer und seine Eltern lebten unweit von Haarlem.

Vier Jahre Dienst als Arzt in der unseligen Landschaft Kordofan! Niemand weiß, was das bedeutet. Die feuchte Hitze, die niemals nachläßt, die Fliegen, vor denen man Tag und Nacht auf der Hut sein muß, dazu die Eintönigkeit des Daseins ... es ist die siebente Hölle. Es soll am oberen Kongo und in Senegambien Gegenden geben, die schlimmer sind. Immerhin, auf Ceylon war das Leben erträglicher gewesen. Es gab dort Ausflüge in die Berge und Zivilisation in allernächster Nähe. In El Obeïd? Wenn der Dienst in den Krankenräumen zu Ende war, begann die Arbeit im Laboratorium. Dr. Wilcox, der Chefarzt, war ein Ignorant. Seine Idee, in den verseuchten Gegenden die Neger aus ihren Dörfern wegzuschleppen ... völliger Wahnsinn! Der Ansteckungsstoff blieb erhalten ... vermutlich waren dort, wo keine Menschen lebten, Antilopen oder Wasserbüffel die Zwischenträger der Krankheit.

Hie und da gab es einen freien halben Tag. Ihn auszufüllen war immer ein Problem gewesen. Anfangs hatte Dr. Hamersvelt ein wenig Musik getrieben, und die Negerweiber in seiner Nachbarschaft hörten die Melodien Chopins. Doch das Pianino – es gehörte dem Chefarzt – vertrug offensichtlich das heiße Klima nicht. Im zweiten Jahre seines Aufenthaltes war Dr. Hamersvelt dazu übergegangen, die Bantu- und Dinkasprache aus Büchern zu studieren mit dem Erfolg, daß die intelligenteren von den Bantunegern – Dinkas gab es, wie es sich herausstellte, in El Obeïd nicht – ihn verstanden. Oder gaben sie nur vor, ihn zu verstehen? Gleichgültig. Die vier Jahre waren vorüber, er lag in einem Schlafwagenabteil erster Klasse und träumte vor sich hin. Er hatte Träume, die der Gegenwart um Jahrzehnte vorauseilten, und Träume, die den nächsten Tagen galten. In den Träumen auf lange Sicht spielte eine mit Assagais, Wurfspießen, grell bemalten Schildern und Negertrommeln verschwenderisch ausgestattete Villa die Hauptrolle, ein Buonretiro, irgendwo zwischen Haarlem und Leyden. Die Vorstellungen, die sich an die nächsten Tage knüpften, waren von bescheidener Art. Er wollte sehen, nichts als sehen: glänzende Schaufenster, menschenerfüllte Straßen, lautlos dahingleitende Autos, Ordnung, Zivilisation und schöne Frauen.

Vor allem schöne Frauen. Es gab ja Europäer in El Obeïd, Europäer aus aller Herren Länder, aber nur Männer, immer wieder nur Männer. Kaufleute, die den Gummi- und Durrhaexport betrieben, englische Verwaltungsbeamte und Offiziere, der Direktor des

Hotel »Omdurman« war ein Schweizer gewesen, und hin und wieder erschien eine Jagdgesellschaft in El Obeïd, die irgend ein englischer Colonel oder ein deutscher Herzog organisiert hatte. Die Mitglieder dieser Expeditionen saßen dann im Speisesaal des Hotels, in dem auch Dr. Hamersvelt seine Mahlzeiten einnahm, und erzählten bis in die tiefe Nacht hinein von Abenteuern mit Elefanten, Wasserböcken und Raubkatzen. Dr. Hamersvelt war voll von solchen Jagdgeschichten, er wußte genau, wie sich die Ziegenantilope beschleichen läßt und wann das Nashorn zum Angriff übergeht. Er selbst jagte ja nicht ... oder doch, er jagte, aber seine Nachstellungen galten nur einem Wild, einem unscheinbaren Lebewesen, das blutdürstiger ist als der Leopard und gefährlicher als der verwundete Gorilla. Er bekämpfte die Tse-tse-fliege.

Die Tse-tse-fliege, die mit ihrem Stich dem Menschen das Gift der Schlafkrankheit einimpft, die war sein Wild. Er verfolgte sie mit leidenschaftlichem Eifer. Er suchte sie in ihren Schlupfwinkeln, dem Buschwerk an den Flußufern, auf, er vernichtete sie mit Schwefeldämpfen, er überzog Fischplätze, Furten und Tümpel mit Petroleum und Saprol, er rodete die Wasserpflanzen aus, auf denen ihre Larven lebten. Aber sie war ein zäher Feind. Noch immer zweihundertsiebzehn Fälle von Schlafkrankheit im letzten Jahre. Und nur dreizehn Dauerheilungen waren zu verzeichnen. Und dabei war die neue Methode, die Atoxylbehandlung durch Injektionen von Tartarus stibiatus zu unterbrechen, zweifellos ein Fortschritt in der Therapie der Krankheit. Dreizehn Fälle von Dauerheilung, ein klägliches Resultat, aber wenn die Arbeit des Professor Chieti, des Triester Bakteriologen, wirklich zu einem

Ergebnis führte ... Natürlich wird der Chefarzt das Verdienst, den Professor zu dieser Untersuchung angeregt zu haben, für sich in Anspruch nehmen. Er wird die Stirne haben zu behaupten, daß er als erster die Virulenzschwankungen der Trypanosomen bei Wechsel des Wirtstieres beobachtet hat.

Dr. Hamersvelt warf einen Blick auf seine Uhr, dann überzeugte er sich, daß eine kleine, mit schwarzem Leder überzogene Kassette noch immer auf ihrem Platze stand. Er schloß die Augen. Vier Stunden noch. Vier kurze Stunden und er war in Kairo.

Ein Arzt – ein Patient

Das Gepäck war im Hotel deponiert, die Lackleder-kassette, die das für Professor Chieti bestimmte Präparat enthielt, hatte Dr. Hamersvelt dem Hoteldirektor persönlich zur Verwahrung übergeben. Nun bummelte er ziellos durch die Straßen der Stadt. Er hatte Zeit. Das Schiff, das ihn nach Triest bringen sollte, ging erst am nächsten Tag von Alexandrien ab.

Vier Jahre im Exil. Hatte sich das Gesicht der Welt inzwischen verändert? Dr. Hamersvelt stand auf dem Esbekijehplatz vor den Litfaßsäulen und studierte die Plakate ... »Der elegante Herr trägt Larkinschuhe« ... las er ... »Glauben Sie mir, es ist ein Vergnügen, Enos-Fruchtsaft zu trinken« ... »Sehen Sie nicht, alle Ihre Freunde rauchen Sunripe-Zigaretten« ... Da stehe ich, ein Barbar aus Kordofan, und lasse mich belehren ... »Rund um die Welt mit der Ellermanline« ... Wie gerne! Ein ausgezeichneter Gedanke, nur leider ... »Jede

Frau bleibt jung, wenn sie ...« Nichts für mich. – »Ihre Zähne sind ...« Ich weiß, eine Elfenbeinpalisade. »Verteidigen Sie sie mit Hudsons Dentifrice.« Uralt. Genau so las ich es schon vor fünf Jahren. Was gibt es in der Oper? Heute »Lakmé«, Mittwoch »Carmen«. Wie lange schon habe ich die »Carmen« nicht gehört! Madame Thamaron als Gast? Den Namen kenne ich nicht. Vermutlich eine Größe dritter Ordnung. Halt! Erhöhte Preise? Sollte ich in El Obeïd das Aufgehen eines neuen Sterns versäumt haben? ... Gleichgültig. In Kairo werde ich »Carmen« nicht hören. Morgen um diese Stunde ... Wie spät ist es eigentlich ... gleich acht, man könnte frühstücken.

Er ging hinüber in das Café Ganti. Die Europäer in Kairo sind keine Frühaufsteher, das Lokal war noch beinahe leer. Nur drüben in der Ecke saß hinter seiner Zeitung ein einsamer Gast, der sich von einem Negerjungen die Schuhe putzen ließ.

Der Kellner kam. Dr. Hamersvelt bestellte Tee, Schinken und Eier. Dann verlangte er Zigarren.

»Haben Sie Havanas?«

»Gewiß, mein Herr. Welche Sorte wünschen Sie?«

»Gleichgültig«, sagte Doktor Hamersvelt.

Der Herr drüben in der Ecke ließ die Zeitung sinken und beschattete seine Augen mit der Hand. Er stand auf, der Negerjunge bekam einen Stoß und flog beiseite, und dann trat der Fremde mit allen Anzeichen lebhaftester Überraschung an Dr. Hamersvelts Tisch.

»Sie sind es also wirklich! An Ihrem ›Gleichgültig‹ habe ich Sie erkannt. Ich saß dort und las den ›Daily Mail‹, da hörte ich ... das kann doch nur Hamersvelt sein, dachte ich mir. Alter Junge, lassen Sie sich ansehen! Woher kommen Sie?«

Bei Gott, es war Carslake! Dr. Carslake, der Käfermann, mit dem er in Colombo zusammen gearbeitet hatte.

Dr. Carslake ließ ihm keine Zeit zu einer Antwort.

»Noch immer der Alte«, fuhr er fort. »Alles gleichgültig, wie? Noch immer der geduldige Packträger des Schicksals. Die ganze Indolenz ... nein, ich will nicht gleich wieder in der ersten Minute mit Invektiven beginnen ... das ganze Phlegma Ihrer Rasse liegt in diesem einen Wort.«

Er nahm eine von Dr. Hamersvelts Henry Clays.

»Was gibt es Neues, drüben in Ceylon? Erzählen Sie.«

»Keine Ahnung«, sagte Dr. Hamersvelt. »Ich arbeite seit vier Jahren in El Obeïd. Infektionsspital.« Er wies mit einer vagen Handbewegung in die Richtung des Bankpalastes des ›Crédit Lyonnais‹. »Unten in Kordofan.«

Carslake blies den Rauch der Zigarre in die Luft.

»Encephalitis lethargica?« fragte er.

»Jawohl. Hauptsächlich Schlafkrankheit«, erklärte Dr. Hamersvelt. »Ungefähr neunzig Prozent aller unserer Fälle. Daneben etwas Dysenterie. Und Sie, Carslake, sammeln Sie nur noch Käfer?«

»Unsinn! – Schon gut, Boy, da hast du deine Penny und troll dich.« Das galt dem kleinen Stiefelputzer. »Unsinn, schon lange nicht mehr. Ich war in Celebes und in Java ... malayische Altertümer, wissen Sie, angestrichene Buddhas, ich habe viel Geld an dem Zeug verloren. Jetzt bin ich wieder Arzt, das heißt, ich war es ... vor drei Tagen ist mein Patient gestorben.«

»Ihr Patient?«

»Jawohl, ich hatte nur den einen.«

Es stellte sich heraus, daß Carslake als Begleiter eines jungen, lungenkranken Belgiers nach Ägypten gekommen war. Als ärztliche Vertrauensperson der Familie gewissermaßen. Nun hatte er den Auftrag, die Leiche nach Brüssel zu bringen. Er beklagte sich bitter über die Schwierigkeiten, die ihm die Behörden bereitet hatten. Hundert Wege zu allen Ämtern. Jetzt war er endlich so weit, daß er alle Papiere, die er brauchte, in Händen hatte.

»Morgen fahre ich mit der ›Helouan‹«, sagte er.

»Mit der ›Helouan‹? Ich auch«, stellte Dr. Hamersvelt fest.

»Ausgezeichnet«, rief der Engländer. »Ich habe also Gesellschaft. Fahren Sie auch über München ... Köln ...«

»Ich fahre nur bis Triest. Ich habe dort zu tun«, sagte Dr. Hamersvelt.

»Schade«, meinte Carslake. »Immerhin, auf dem Schiff sind wir zusammen. Das sind drei Tage. Die Hälfte der Reise ... mehr als die Hälfte. Tatsächlich, ich hatte Furcht, mich zu langweilen. Er war schon vorher nicht sehr mitteilsamer Natur. Ich weiß so gut wie nichts über ihn. Erst in den letzten Stunden begann er zu reden ... von seinen Eltern und von seinem Kinde. Er hatte ein Kind, ein uneheliches Kind. Er war Student, aber was er studierte, das weiß ich nicht. Armer Junge.«

Mit einer energischen Handbewegung, die den Aschenkegel seiner Zigarre zu Boden fallen ließ, verscheuchte Carslake die Erinnerung an den Toten.

»Vorüber«, sagte er. »Ich habe zweihundert Pfund überflüssig, etwas über zweihundert Pfund. Ich hätte Lust, Altertümer zu kaufen. Was halten Sie davon?

Skarabäen, kleine Götter mit Tierköpfen, Idole, Mumienhände. Das ist jetzt drüben in Europa große Mode. Beteiligen Sie sich, Hamersvelt, machen wir das Geschäft zusammen. Sie können eine Menge Geld an der Sache verlieren. Nichts für Sie? Auch gut. Müssen Sie hier warten, Hamersvelt? Nein? Was haben Sie vor? Nichts? Begleiten Sie mich doch zu Shepheards Hotel. Ich will sehen, ob ein Telegramm für mich da ist.«

Carslake bekommt einen Auftrag

Den Gästen, die um diese Stunde rauchend und plaudernd, die Vorübergehenden betrachtend, in der Halle von Shepheards Hotel saßen, bot sich für wenige Augenblicke ein Bild, das ihre Aufmerksamkeit völlig auf sich zog.

Eine Dame kam die Treppe herunter ... eine wahrhaft königliche Erscheinung. Sie trug ein einfaches graues Straßenkostüm, das gar nicht zu ihrem Wesen paßte; man mußte unwillkürlich, wenn man sie sah, an eine prunkvolle Abendtoilette denken, an ein Kleid von der dunklen Farbe des Granatapfels etwa. Kelchhaft emporstrebend die Büste, ein wundervoll geformter Kopf, Wangen von zarter Blässe, unnatürlich große, dunkle, sprechende Augen. Das weiche, ein wenig zurückfliehende Kinn nahm dem Antlitz alles Strenge, alles Herbe und gab ihm einen knabenhaft verträumten Ausdruck.

Die schöne Frau, der alle Blicke folgten, trat durch die Einfahrt auf die Straße, nur ein leiser Duft von Maiglöckchen blieb in der Halle zurück. Mit einem leichten Kopfnicken dankte sie einem weißhaarigen Gentleman, der sie ehrerbietig gegrüßt hatte. Während sie in ihr Auto stieg, nickte sie noch einmal flüchtig zu einem Fenster des ersten Stockwerkes hinauf, in dem der Kopf eines jungen Mädchens sichtbar wurde. Dann setzte sich der Wagen in Bewegung und man sah sie nicht mehr.

Dr. Hamersvelt riß sich gewaltsam aus einer Art Betäubung.

»Wer war das?« fragte er mit einem Ton von Heftigkeit in der Stimme.

»Die Dame, die fortfuhr? Eine Sängerin. Madame Thamaron von der Oper«, gab Carslake zur Antwort. »Ich habe sie gestern als Margarethe gesehen, als Margarethe von Valois in den ›Hugenotten‹.«

»Mittwoch singt sie die Carmen«, sagte Dr. Hamersvelt leise.

»Richtig«, bestätigte Carslake. »Ich war nur dieses eine Mal in der Oper. Der Kleine, wissen Sie, mein Belgier, der ging nur in die Music-Halls. Er war, glaube ich, in ein Dancing-Girl verliebt, aber er schwärmte sie nur aus der Ferne an, nie hat er ein Wort mit ihr gesprochen. Alle Abende mußte ich mit ihm in einer Loge des ›Eden‹ sitzen, und wenn der Sketch vorüber war, in dem sie tanzte, dann ging er. Ich habe niemals solch eine Menge von Jongleuren, Musikclowns, Bauchredner, tanzenden Hunden und Fußball spielenden Ziegenböcken gesehen wie in diesem Winter. Einigermaßen unterhaltend waren nur die Zauberkünstler. Ich erinnere mich an einen Mann, der aus einem Taschentuch, einer Zigarre und einem Kanarienvogel ... hallo, Hamersvelt! Woran denken Sie?«

»Ich denke darüber nach, ob Professor Chieti sehr

wütend sein wird, wenn er sein Präparat eine Woche später bekommt.«

»Professor Chieti? Kenne ich nicht. Was ist's mit dem Präparat? Sind Sie müde, Hamersvelt, wie? Haben Sie nicht geschlafen diese Nacht? ... Da kommt der Boy aus dem dritten Stock, sehen Sie, und er hat ein Telegramm für mich.«

Eine Stunde später klopfte Dr. Hamersvelt an Carslakes Tür.

Der Engländer war gerade mit dem Packen fertig geworden. Jetzt saß er mit der kalt gewordenen Pfeife im Mund auf der Tischplatte, ließ die Beine baumeln und sah nochmals die amtlichen Papiere durch, die er sich beschafft hatte.

»Carslake«, sagte Dr. Hamersvelt, »ich habe meine Disposition geändert. Ich bleibe in Kairo.«

Carslake sprang vom Tisch herunter.

»Oh!« rief er. »Das ist schade. Sie bleiben in Kairo? Ich habe kein Streichholz, Hamersvelt, geben Sie mir Feuer!«

»Hier ist Feuer. Sie müssen mir einen Gefallen erweisen, Carslake. Sie fahren über Triest. Wollen Sie in Triest das Hafenspital aufsuchen und in der Abteilung für tropische Infektionskrankheiten nach Professor Chieti fragen?«

»Ja ... Ein Freund von Ihnen?«

»Kein Freund. Ich korrespondiere mit ihm und er erwartet mich. Sie werden ihm diese kleine Kassette übergeben, sie enthält den Liquor cerebri von drei verschiedenen Tieren, in Reagenzröhrchen, mit Trypanosomenkulturen darin. Grüßen Sie ihn von mir und sagen Sie ihm, ich hätte die Reise in Kairo unterbrechen müssen, sagen Sie ihm, ich sei erkrankt.«

»Gut. Ist das alles?«

»Sie müssen dann noch in Triest ein Telegramm für mich aufgeben. Ich habe es Ihnen aufgeschrieben. ›Wilcox Hospital El Obeïd. Nachtwetter Sonnenhitze Allright Hamersvelt!‹«

»Ist das ein Wetterbericht?« fragte der Engländer.

»Carslake! Halten Sie Ihre Gedanken ein wenig in Ordnung. Das sind Code-Worte. Wenn Wilcox, der Chefarzt unten in El Obeïd – übrigens ein bösartiger Ignorant – wenn also Wilcox das Telegramm bekommt, so weiß er, daß ich dem Professor das Präparat übergeben habe, besser gesagt, er muß annehmen, daß ich das tat. – Das ist alles. Wollen Sie es machen? Ja? Ich danke Ihnen, Carslake. Professor Chieti ..., schreiben Sie sich den Namen auf.«

»Schon notiert. – Was ist's mit Ihnen, Hamersvelt? Sind Sie wirklich krank?«

»Krank, ja, wie Sie wollen, Carslake! Sie können es auch krank nennen«, sagte Dr. Hamersvelt.

Weiße Zyklamen

Dr. Hamersvelt sah sich einem Problem gegenüber, das in keiner Weise mit seinem wissenschaftlichen Spezialgebiet zusammenhing. Er hatte sich die Aufgabe gestellt, Madame Thamaron in der großen Stadt aufzufinden und die Richtung, die ihr Auto eingeschlagen hatte, gab ihm Anlaß zu scharfsinnigen Überlegungen. Der Wagen war gleich hinter Shepheards Hotel in die Sharia Elfi Bey eingebogen und in dieser Straße lag eine französische Mädchenschule, ein Theater zweiten Ranges und das Telegraphenamt. Das Theater und die Schule spielten in dieser Angelegenheit sicherlich keine Rolle. Und das Telegraphenamt? Gewiß, die Möglichkeit, daß der Sängerin daran gelegen war, ein wichtiges Telegramm pesönlich aufzugeben, war durchaus nicht von der Hand zu weisen. Aber weit mehr Gründe ließen sich für die Annahme geltend machen, daß Madame Thamaron das Hotel mit der Absicht verlassen hatte, der unerträglichen Hitze, die auf Kairo lastete, zu entgehen und den Tag im Freien zuzubringen.

Die Sharia Elfi Bey führt geradewegs zur großen Brücke, die die Stadt mit Gezîre Bulak, der Nilinsel, verbindet. Auf Gezîre liegt das Villenviertel. Der schattige Fahrweg, der den Parkanlagen entlang führt, ist zur Zeit des Wagenkorsos die bevorzugte Promenade der europäischen Welt. Auf der Insel gibt es Golf- und Tennisplätze und ein sehr vornehm geführtes Gartenrestaurant. Dr. Hamersvelt war nicht länger im Zweifel darüber, wo er Madame Thamaron zu suchen hatte.

Der Tag, den er auf Gezîre verbrachte, war nicht gänzlich verloren. Er hatte das Glück, auf einem der Sportplätze Mr. Forbes G. Atkinson, den Sieger in den Kämpfen um die Golfmeisterschaft von Britisch-Indien, beim Training und im zoologischen Garten den südamerikanischen Tukan oder Pfefferfresser beim Brutgeschäft beobachten zu können. Im Deutschen Institut für Altertumskunde sah er den hölzernen Streitwagen des Königs Merenptah und die Alabasterstatue der Göttin Tooris in Nilpferdgestalt. Während des Mittagessens im Gezîre-Palace-Hotel wurde sein Gesichtskreis durch ein von einem Nachbar geführtes Gespräch über die Geschäftsaussichten der Yellow

Cab Manufacturing Co. nach einer ganz neuen Richtung hin erweitert und im Aquarium lernte er den Marmelrochen (Torpedo marmorata) sowie die Spöke (Chimaera monstrosa) kennen. – Madame Thamaron sah er nicht.

Spät am Abend erst kam er in das kleine Hotel, in dem er abgestiegen war. Er hatte sich nur ein bescheidenes Ziel gesetzt. Er wollte die Sängerin wiedersehen, mehr wollte er nicht. Das mußte ihm gelingen.

Aber auch der nächste Tag stand unter einem ungünstigen Stern. Dr. Hamersvelts Mißgeschick begann damit, daß er sich verspätete. Als er seinen Beobachtungsposten in der Sharia Kamel bezog, hatte die Sängerin schon lange das Hotel verlassen. Zwei Stunden lang wartete er vergeblich, dann entschloß er sich, Erkundigungen einzuziehen. Doch der Hotelportier konnte ihm nur eine sehr vage Auskunft geben:

»Vielleicht ist Madame ins Opernhaus gefahren, mein Herr, wer kann sagen ... vielleicht in die Bazare, vielleicht besichtigt Madame die Azhar-Moschee, auch die Zitadelle ist sehr beliebt als Ausflugsziel, oder die Gräber der Kalifen, es gibt viele Sehenswürdigkeiten in Kairo, wer kann wissen, mein Herr?«

»Gleichgültig«, sagte Dr. Hamersvelt mit einer Geste, die ausdrücken sollte, daß der Portier der ganzen Sache viel zu viel Bedeutung beilegte. Dann ging er, Madame Thamaron zu suchen, von keinem andern Gefühl geleitet als von dem Vertrauen auf sein gutes Glück.

Er durchstreifte das Bazarviertel, er verlor sich in den engen Gassen der Altstadt. Er bestieg die Zitadelle, er trat in die Moscheen, er warf forschende Blicke in die Läden der Silbersticker und der Teppichhändler.

Um fünf Uhr nachmittags gab er seine Nachforschungen auf. Es war ihm zum Bewußtsein gekommen, daß das Bild der Sängerin nur noch wesenlos, gänzlich verblaßt in seiner Erinnerung stand, er durfte kaum noch hoffen, sie zu erkennen, wenn sie ihm der Zufall wirklich in den Weg führte.

Am Abend speiste er in Shepheards Hotel. Er ließ sich mit dem Kellner, der ihn bediente, in ein Gespräch ein und erfuhr, daß sich Madame Thamaron nur selten in den Speisesälen zeigte. Meist ließ sie sich ihre Mahlzeiten in ihren Zimmern servieren. Nur wenn sie in der Oper sang, nahm sie vorher, gegen sieben Uhr abends etwa, auf der Dachterrasse an einem für sie reservierten Tisch den Tee.

Am nächsten Abend – es war der Abend der »Carmen« Aufführung und er trug sein Billett schon lange in seiner Tasche – erschien Dr. Hamersvelt mit einem Strauß gelber Rosen auf der Dachterrasse des Hotels. Er ließ sich den Tisch der Sängerin zeigen und nahm in seiner unmittelbaren Nähe Platz. Er trank einen Sherry, nahm eine englische Zeitung großen Formates aus der Tasche und begann zu lesen. In einem Augenblick, da er sich unbeobachtet wußte, legte er die Rosen auf ihren Tisch.

Sie kam. Dr. Hamersvelt sah ein Kleid von weißer, fließender Seide und einen großen, weißen Straußfedernfächer und er wußte, daß sie es war. Mit einem Gefühl von Glück und Beklemmung sah er endlich das Gesicht wieder, das ihn verzaubert hatte. Sie war nicht allein. Das junge Mädchen, dem sie aus dem Auto zugenickt hatte, war mit ihr.

Hinter seiner Zeitung verborgen beobachtete Dr. Hamersvelt die Sängerin, er sah, wie ihr Blick auf die gelben Rosen fiel. Sie errötete, ihre Augen wurden groß und erstaunt wie die eines Kindes. Ein flüchtiges, verträumtes Lächeln, sie nahm die Rosen und führte sie an ihr Gesicht und dann legte sie sie achtlos auf einen leeren Stuhl.

»Von ihm?« hörte Dr. Hamersvelt ihre Begleiterin fragen.

Die schöne Frau schüttelte den Kopf.

»Sind gnädige Frau ganz sicher, daß sie nicht von ihm sind? Er hat sich schon lange nicht ...«

»Nina!« sagte die Sängerin, und aus ihrer Stimme klang es wie Vorwurf. »Dann wären es doch Zyklamen! Weiße Zyklamen ...«

Die Sängerin war schon lange verschwunden und Dr. Hamersvelt saß noch immer hinter seiner Zeitung.

Er biß sich in die Lippen ... Ein Fehlgriff! Diese gelben Rosen waren ein Fehlgriff! Wie gleichgültig sie sie aus der Hand gelegt hat. Ja, wenn es weiße Zyklamen gewesen wären! ... »Habe ich Ihnen, mein Herr, für die schönen Blumen zu danken?« ... Oder wenigstens ein Blick, ein Lächeln, ein Zunicken! Aber wie, zum Teufel, hätte ich auf Zyklamen verfallen sollen! Nun gut, jetzt weiß ich es, weiße Zyklamen sind ihre Lieblingsblumen. Es gibt Zyklamen hier in Kairo, natürlich, alle Arten von Blumen, dieses ganze Land ist ein Treibhaus ... Acht Uhr. Zeit genug bis zum Beginn der Vorstellung.

Er winkte den Kellner herbei und zahlte seinen Sherry.

Von seiner Loge aus, die er mit zwei sehr alten, sehr distinguierten, italienisch konversierenden Herren teilte, ließ Dr. Hamersvelt den Blick erwartungsvoll durch das festlich erleuchtete Haus schweifen. Das unaufhörliche Zuströmen neuer Gäste, die vielen Uniformen, der Schmuck, die Toiletten und die mattschimmernden Dekolletés der Damen, dazu seine eigene höchst sonderbare Situation – er sollte längst nicht mehr in Kairo sein, er hatte sich diesen Abend, der ihm nicht gehörte, einfach genommen – das alles hatte ihn in einen Zustand der Erregung versetzt. Er preßte die weißen Zyklamen an sich, als hätte er Angst, man könnte sie ihm entreißen.

Geheimnisvolle Minuten, in denen Geige, Englischhorn und Flöte erwachend ihr verworrenes Gespräch vernehmen ließen, ehe noch ihre Meister von ihnen Besitz ergriffen hatten. Dann, als das Stimmen der Instrumente ein jähes Ende fand, als die Lichter erloschen und nach einer bedeutungsvollen Pause die erste Welle der Musik brausend ihm entgegenströmte, da kam eine leise Rührung über ihn und er mußte an das arme verstimmte Pianino in El Obeïd denken, das ihm der Gefährte vieler Stunden gewesen war.

Aber bald vergaß er El Obeïd und die vergangenen Nächte, als wären sie nie gewesen. Sie stand auf der Bühne, sie spielte, sie sang, daß es ihm war, als hätte er diese Oper, die er so liebte, nie zuvor gekannt. – –

Zum zweiten Male fiel der Vorhang, die Lichter flammten auf, ein Beifallsorkan durchbrauste das Haus. Die Sängerin trat an die Rampe. Sie verneigte sich, mit einem erstaunten Lächeln in ihren knabenhaft verträumten Augen nahm sie den jubelnden Dank der Menge hin, als wäre er ein Geschenk, das ihr nicht zukam.

Jetzt hielt Dr. Hamersvelt seine Zeit für gekommen. Er erhob sich und warf der Sängerin die weißen Zyklamen zu.

Er hatte gut gezielt. Sie fielen zu ihren Füßen nieder.

Sie war im Begriff gewesen, hinter dem Vorhang zu verschwinden. Nun blieb sie stehen, ließ die Hand des Escamillo los und hob die Blumen auf.

Hamersvelt stand noch immer an die Logenbrüstung gelehnt.

Da traf ihn der Blick der Sängerin. Sie sah ihn an und aus diesem Blick sprach nicht Dank oder Überraschung, in diesem Blick lag Hilflosigkeit und Qual ... in diesem Blick war Angst.

»Es ist Zeit für Sie, nach Hause zu gehen«

Es klopfte, die Türe wurde geöffnet. Ein alter Theaterdiener stand im Logeneingang. Er hielt die weißen Zyklamen in der Hand und bat um Entschuldigung, daß er störe und daß er sich die Frage erlaube, wer von den Herren die Blumen auf die Bühne geworfen habe.

Die beiden Italiener sahen ihn verwundert an und schüttelten die Köpfe. Dr. Hamersvelt stand auf. Es bereitete ihm Genugtuung, für seine Tat einstehen zu können, er war entschlossen, sie gegen alle Theaterdiener und Ordnungswächter zu verteidigen.

»Jawohl, ich bin es gewesen«, erklärte er. »Ist es vielleicht hier nicht erlaubt? Verbietet es die Hausordnung, einer Dame, einer großen Künstlerin ...«

»Gewiß nicht, gewiß nicht ...«, beeilte sich der Diener zu versichern. »Der Herr hat sich nicht gegen die Hausordnung vergangen. Will der Herr die Güte haben, mit mir zu kommen?«

»Wohin?« fragte Dr. Hamersvelt voll Kampflust. »In die Theaterkanzlei?«

»Nein, nicht in die Theaterkanzlei. Madame Thamaron hat mich beauftragt, den Herrn zu bitten ... Madame wünscht den Herrn, der die Blumen geworfen hat, zu sprechen.«

Madame Thamaron! Ein freudiger Schreck durchfuhr ihn, als er den Namen hörte, der von seinem Denken völlig Besitz ergriffen hatte.

»Mich will sie sprechen? Mich?« fragte er auf's höchste verwirrt. »Unmöglich. Sie kennt mich gar nicht. Ist das kein Irrtum?«

»Den Herrn in der zweiten Loge rechts, der die Blumen geworfen hat«, wiederholte der Diener.

Nein, kein Irrtum. Dr. Hamersvelt suchte voll Hast in seiner Tasche nach einem Geldstück für den Überbringer dieser Botschaft.

»Das bin ich. Gewiß, natürlich, ich komme sogleich«, stieß er hervor. »Sagen Sie Madame ... nein, ich gehe mit Ihnen. Ist denn noch Zeit? Wo finde ich Madame?«

»Madame Thamaron ist in ihrer Garderobe. Ich werde den Herrn führen«, sagte der Diener.

Die Sängerin erhob sich. Auf ihren Wink verließen die Garderobiere und die Friseuse den Raum. Sie machte einen Schritt auf Dr. Hamersvelt zu, in der Hand hielt sie die Kastagnetten, ihre schweren dunklen Locken waren in jener kunstvoll arrangierten Unordnung, die ihre Rolle erforderte. Die Glühbirne, die in einem Drahtgitterkorb über dem Spiegel hing, warf ein unsicheres Licht auf die Gläser und Schalen des

Toilettentisches, auf die rotsamtene Gardine, die das Fenster verhüllte, und auf die Seidenschleifen, die verblaßten Photographien und die vergilbten Lorbeerkränze an der Wand.

»Schließen Sie, bitte, die Tür«, sagte die Sängerin.

Er gehorchte.

»Und nun sprechen Sie. Rasch, wir haben nur wenige Minuten Zeit, die Pause wird sogleich zu Ende sein. Wer sind Sie?«

Er stand vor ihr wie ein Schuljunge, verwirrt und mit klopfendem Herzen.

»Dr. Frederik Hamersvelt«, sagte er. »Verzeihen Sie, Gnädigste, daß ich nicht gleich meinen Namen genannt habe.«

»Und was haben Sie mir zu sagen?«

»Daß ich noch nie zuvor solch eine Carmen gesehen habe, wie die Ihre, Gnädigste«, begann Dr. Hamersvelt. »Daß ich entzückt bin, nein berauscht, durch Ihr Spiel und Ihre Stimme in eine andere Welt versetzt ...«

»Lassen Sie bitte die Phrasen und kommen Sie zur Sache«, unterbrach ihn die Sängerin. »Was haben Sie mir mitzuteilen?«

»Sonst nichts«, sagte Dr. Hamersvelt betroffen.

»Das war also alles? Und deswegen die weißen Zyklamen? Sagen Sie, bitte, Ihrem Auftraggeber ...«

»Meinem Auftraggeber? Ich habe keinen«, rief Doktor Hamersvelt.

Eine kurze Weile hindurch war Schweigen, die Sängerin sah ihm mit einem forschenden Blick ins Auge.

»Wer hat Sie hergeschickt?« fragte sie.

Dr. Hamersvelt geriet völlig in Verwirrung.

»Sie selbst, Gnädigste ... der Diener ... Es ist vielleicht ein Mißverständnis. Der Diener sagte mir, daß Sie mich zu sprechen wünschten. Ich hätte nie gewagt ...«

Sie warf mit einer heftigen Bewegung den Kopf zurück.

»Sie wollen mich nicht verstehen, wie? Ich frage, in wessen Auftrag Sie in die Oper gekommen sind?«

»In niemandes Auftrag«, gab er bestürzt zur Antwort. »Ich kam, um Sie zu hören, aus keinem anderen Grund.«

»Wirklich? Nur um mich zu hören?« sagte sie und aus ihrer Stimme klang überlegener Spott und ein leiser Unterton von Verachtung. »Erstaunlich. Sie erwarten doch nicht, daß ich Ihnen das glaube?«

Dieser Ton von Spott und Verachtung bewirkte, daß Dr. Hamersvelt seine Ruhe wieder fand.

»Ich bin fremd hier, ich kenne keinen Menschen in Kairo«, sagte er. »Ich las Ihren Namen auf dem Theaterzettel.«

»Und Sie kannten meinen Namen, wie?«

»Nein, Gnädigste. Aber ich sah Sie eine Stunde später in Shepheards Hotel und man sagte mir, wer Sie seien.«

»Und die Blumen? Die weißen Zyklamen? Ein Zufall, nicht wahr, daß Sie gerade diese Blumen wählten!«

»Kein Zufall, Gnädigste«, sagte er ruhig und sehr bestimmt. »Ich saß heute abend in Ihrer Nähe, oben auf der Dachterrasse des Hotels. Ich hörte, wie Sie von weißen Zyklamen sprachen. Da kam mir der Gedanke ... Ich wollte Ihnen eine Freude machen, ich hatte vielleicht kein Recht dazu, es ist mir ja auch, wie es scheint, mißlungen.«

Wieder schwieg sie und wieder suchten ihre Augen in seinem Gesichte zu lesen.

»Sie wollten mir eine Freude machen?« fragte sie und aus ihrer melodisch-dunklen Stimme klang kein Spott mehr.

»Nichts anderes«, beteuerte er. »Glauben Sie mir!«

»Darf ich das?« fragte sie langsam und nachdenklich. »Es ist wahr, Sie sehen nicht aus, als wären Sie eine seiner Kreaturen. Sollte ich Ihnen Unrecht getan haben?«

Sie hatte ganz leise, nur für sich selbst gesprochen. Er hatte nur ihre letzten Worte verstanden.

»Und ich dachte, weiße Zyklamen seien Ihre Lieblingsblumen«, sagte er.

»Sie waren es einmal. Sie waren es. Heute sind sie ein Zeichen, das ich fürchte.«

Von der Tür her schrillte die Glocke des Inspizienten. Die Sängerin warf einen raschen Blick in den Spiegel. Dann wandte sie sich an den Arzt: »Mein Herr, der dritte Akt beginnt. Verzeihen Sie, es war vielleicht wirklich ein Mißverständnis.«

»Ich bin diesem Mißverständnis dankbar«, sagte Dr. Hamersvelt, entschlossen, die Situation, die sich zu seinen Gunsten gewendet hatte, auszunützen. »Ich war so glücklich, Gnädigste, als Sie mich rufen ließen. Werde ich Sie wiedersehen?«

Sie lächelte. Der Zug von Herbheit und Strenge war schon längst aus ihrem Gesicht gewichen.

»Es ist wahr, ich habe gar keine Zeit gefunden, Ihnen für die Blumen ... für Ihre gute Absicht zu danken. Nun gut. Erwarten Sie mich nach der Oper vor dem Bühneneingang. Sie werden meinen Wagen dort finden.«

Als das Orchester schwieg und der Vorhang über der Gruppe der Häscher und der Soldaten, die den Don

José umringten, fiel, war Dr. Hamersvelt schon auf der Straße.

Er mußte lange warten. Dann kam sie, angekündigt und stürmisch begrüßt von den Jubelrufen der Enthusiasten, die den Bühneneingang besetzt hielten.

Dr. Hamersvelt trat aus dem Dunkel hervor und zog den Hut.

In diesem Augenblick kam ihm zum ersten Male das Gewagte, das Absonderliche seiner Situation zum Bewußtsein. Diese Frau war schön, jung, umworben, der Jubel dieser vielen jungen Menschen galt ihr, die ganze Stadt sprach von ihrer Kunst. Und er? Er war nicht mehr jung. An seinen Schläfen zeigten sich die ersten weißen Fäden. Er war nicht weltgewandt. Vier Jahre in Kordofan! Er hatte es beinahe verlernt mit Frauen zu sprechen. Berühmt? Seine Fachkollegen drüben in Europa hatten seine Arbeiten gelesen und vielleicht benutzt, aber das war nicht Ruhm, das konnte nichts in ihren Augen gelten. Was wollte er hier? Warum hatte er an dieser Straßenecke so lange gewartet? Er fühlte plötzlich, daß ihn das Schicksal und seine eigene Torheit auf einen Platz gestoßen hatten, an den er nicht gehörte.

Doch er hatte nicht Zeit, diesen Gedanken nachzuhängen.

»Da sind Sie ja«, sagte die Sängerin. »Ich sah Sie nicht und dachte, Sie hätten die Geduld verloren. Es hat ein wenig lange gedauert. Sie sind doch nicht böse, wie?«

Sie wies mit einer einladenden Handbewegung auf den Platz an ihrer Seite. Dr. Hamersvelt zögerte. Eine Sekunde lang dachte er daran, sich mit ein paar Worten der Entschuldigung zu verabschieden, das Abenteuer mit einem Kuß auf ihre Hand enden zu lassen. Aber dann saß er plötzlich an ihrer Seite und der Wagen setzte sich in Bewegung.

»Wir fahren, wenn es Ihnen recht ist, zur Kasren-Nilbrücke«, schlug die Sängerin vor, »und dann durch das Ismael-Viertel. Es ist ein Umweg, aber ich mache an schönen Abenden gerne eine kleine Spazierfahrt. Es beruhigt die Nerven.«

Mit einem Blick auf das Operngebäude, mit einem Lächeln und einem kleinen Seufzer fuhr sie fort:

»Es ist ja schön und immer wieder neu und aufregend, auch wenn man die Partie schon, ich weiß gar nicht wie oft, gesungen hat, aber es nimmt einen her.«

Sie wendete sich um und winkte noch einmal zurück. Die Jubelrufe verstärkten sich, um dann plötzlich abzubrechen, als der Wagen in die Sharia el Baidak einbog.

Dr. Hamersvelt begann in begeisterten Worten die unvergleichliche Stimme der Sängerin zu rühmen, ihr beseeltes Spiel, ihre Kunst der Menschengestaltung. Er war sich freilich dessen bewußt, daß er ihr damit nur das sagte, was sie täglich von allen Seiten zu hören bekam. Doch indem er von Dingen sprach, die ihm geläufig waren, verlor sich seine Befangenheit und die Worte kamen ihm von selbst.

Sie hörte seine Elogen mit Aufmerksamkeit an. Dann sagte sie, daß sie das Urteil eines Mannes zu schätzen wisse, der allem Anschein nach eine nicht alltägliche Erfahrung besäße. Dr. Hamersvelt bestätigte, daß er vor dem Krieg und in seinen Jugendjahren die Materna, die Lind und sogar noch die große Patti gehört habe, und dabei hatte er eine unangenehme Empfindung, er mußte plötzlich wieder an die weißen Haare an seinen Schläfen und seinen stark gelichteten Scheitel denken ... Unwillkürlich zog er den Hut tiefer in die Stirne.

»Wirkliches Kunstverständnis trifft man hierzulande recht selten«, fuhr die Sängerin fort. »Die Leute sind leicht zu begeistern, gewiß, aber die Fähigkeit, selbständig zu urteilen, fehlt ihnen, darüber bin ich mir im klaren. Ihr Beifall gilt im Grunde genommen der erfolgreichen Tätigkeit des Managers, und wenn der gute Repiquet, – das ist mein Manager – auf den Einfall käme, vor den Vorhang zu treten und sich zu verbeugen, so wäre er vollkommen in seinem Recht. Aber sprechen wir nicht weiter vom Theater. Sie sagten, sie seien fremd in Kairo. Kommen Sie aus Europa?«

»Nein, Gnädigste. Ich komme aus dem Gebiete des oberen Nil, aus Kordofan. Ich lebe seit vier Jahren in der Stadt El Obeïd.«

Die Sängerin hörte den Namen dieser Stadt zum ersten Male.

»Kann man dort leben?« fragte sie, und da Dr. Hamersvelt schwieg, gab sie sich die Antwort gleich selbst. »Gewiß. Warum denn nicht? Vielleicht lebt man dort sogar ruhiger, friedlicher, glücklicher als in den großen Städten Europas.«

Dr. Hamersvelt schüttelte den Kopf.

»Nein, Gnädigste. Sie dürfen sich das Leben in El Obeïd nicht so idyllisch vorstellen«, sagte er. »Seit vier Jahren stehe ich in einem ununterbrochenen Kampf, der mir kaum Zeit läßt ...«

»Wilde Tiere?« fragte sie.

»Ja und nein. Nicht das, was man gewöhnlich unter wilden Tieren versteht. Der Feind, den ich bekämpfe, ist gefährlicher als Schlangen und Löwen sind. Er taucht auf, wenn man ihn nicht erwartet, er ist da, ohne daß man es ahnt, er umlauert einen ...«

Er spürte plötzlich den Griff ihrer Hand an seinem Arm.

»Wovon sprechen Sie?« fragte sie leise.

»Von meinem Beruf. Ich bin Arzt, Bakteriologe. Der Feind, den ich seit vier Jahren bekämpfe, ist ein kleines Insekt, die Tse-tse-fliege, die die Schlafkrankheit verbreitet. – – Was hat Sie so erschreckt, Gnädigste?«

Der Druck ihrer Hand ließ nach.

»Ach, nichts«, sagte sie. »Es klang nur so sonderbar, was Sie sagten: er umlauert einen, er ist da, ohne daß man es ahnt ... Ich war bei anderen Dingen mit meinen Gedanken, verzeihen Sie mir ... Das ist der Nil.«

Vom fahlen Schimmer des Mondlichts übergossen, tauchte der bleiche Spiegel des Stroms vor ihren Augen auf. Eine Weile hindurch begleitete sie das dumpfe Rauschen der träge dahinfließenden Wellen auf ihrer nächtlichen Fahrt. Dann wendete sich der Weg, Häuser, Bäume, Gartenmauern, verschlossene Portale, Gittertore, erleuchtete und dunkle Fenster glitten schweigend an ihnen vorüber.

»In solchen Stunden noch einen Wunsch zu haben ist vermessen«, sagte der Arzt. »Vielleicht zerbreche ich den Zauber und erwache in meinem Hotelzimmer und alles war ein Traum. Und doch ... ich kann nicht anders, wir Menschen sind nun einmal so. Ich habe eine Bitte.«

»Nun?«

»Vielleicht werden Sie sie unbescheiden finden. Sie haben heute für alle Welt gesungen, für jeden, der Sie hören wollte. Singen Sie jetzt noch einmal ...«

»Für Sie allein?«

»Für mich und für die Sterne.«

Sie lächelte. Dann begann sie mit leiser Stimme ein Lied, dessen Worte er nicht verstand. Er lehnte den Kopf zurück und horchte. Der Wagen fuhr im langsamen Tempo durch eine schmale Gasse und plötzlich stieg in Dr. Hamersvelt wieder das schmerzliche Gefühl des vergeblichen Suchens auf, als säße die Sängerin nicht an seiner Seite. Und er erkannte in der Gasse, durch die sie fuhren, die Sharia Elfi Bey, in der das kleine Theater lag und die französische Mädchenschule und das Telegraphenamt.

Die Sängerin war zu Ende, er fuhr aus seinen Träumen auf.

»Das war nicht ›Carmen‹«, sagte er. »Das war keine Opernarie.«

»Nein, das war ein russisches Lied aus meinen Kinderjahren. Es heißt ›Der Kosak und die Nachtigall‹. Ich bin in Rußland aufgewachsen, habe ich Ihnen das nicht schon erzählt? Ich liebe dieses Lied mehr als alle Opernarien, es ist so einfach und so traurig. ›Im Herbst, wenn purpurn glüht das Laub der Espen‹ ... so beginnt es. Hat es Ihnen gefallen?«

»Ich verstehe, daß Sie dieses Lied lieben müssen. Keine andere Melodie ist Ihnen, Ihrem Wesen so verwandt wie diese.«

»Sie sagen das so leichthin ... Kennen Sie mich denn? Was wissen Sie von mir?«

»Oh, ich weiß allerlei. Daß Sie sehr hart sein können und sehr stark. Daß Sie die großen Städte Europas nicht lieben, daß eine kleine, weiße Blume Sie erschreckt, daß Sie singen wie ein Engel, und daß Sie nicht glücklich sind.«

Der Wagen hielt.

»Daß ich nicht glücklich bin, das wissen Sie auch«, sagte sie. »Und Sie ...? Sind Sie glücklich?«

»Heute war ich es. Bis zu dieser Minute noch war ich es. Die Fahrt ist kurz gewesen. Werde ich Sie wiedersehen?«

Er wartete auf Antwort, während er ihr beim Aussteigen behilflich war. Sie gingen die Treppe hinauf, die von der Straße zu Shepheards Hotel führt. Oben auf den Stufen, wo die Balustrade endet, blieb sie stehen und reichte ihm die Hand.

»Ich danke Ihnen«, sagte sie. »Und wenn es der Zufall fügen sollte ...«

Er gab ihre Hand nicht frei.

»Wollen Sie denn mein Glück wirklich von der Laune eines Zufalls abhängig machen?«

Ein Schatten flog über ihr Gesicht. Sie blickte über die Balustrade hinweg auf die vom Wind geschüttelten Kronen der Lotosbäume.

»Ihr Glück?« wiederholte sie. »Ob es ein Glück für Sie wäre, mich wieder zu treffen, das ist sehr die Frage. Meine Freundschaft bringt selten Glück.«

»Sie scherzen!«

»Ich scherze nicht. Diese Stadt ist so unheimlich, so groß und fremd, manchmal voll Lärm und manchmal totenstill. Ich habe immer Furcht. Oft ist es mir, als ob mich böse Augen auf allen Wegen verfolgten. Vielleicht ...«

Sie schwieg und horchte. Von der Straße her kam kein anderer Laut als das Geräusch des Wagens, der sich langsam entfernte. Sie sah den bittenden Blick des Arztes und fuhr fort: »Da aber die Blumen, die weißen Zyklamen, von Ihnen kamen und von keinem andern, ist diese Angst wohl töricht und wir dürfen uns wiedersehen. Die Tage, an denen ich nicht proben muß, verbringe ich meist drüben in Heliopolis. Kennen Sie die Sykomore, die die Legende den Baum der Mutter Gottes nennt? Wenn Ihr Weg Sie einmal dorthin führt ...«

Er beugte sich dankend über ihre Hand.

An die Mauer des gegenüberliegenden Hauses gedrückt, stand er noch lange in der Dunkelheit und blickte zu ihren Fenstern hinauf. Manchmal sah er ihren Schatten, der sekundenlang über die Gardinen glitt, er folgte jeder ihrer Bewegungen mit seinen Gedanken ... jetzt geht sie durch das Zimmer ... jetzt tritt sie vor den Spiegel ... und dann öffnete sich die Erkertüre und er sah sie noch einmal.

Der gedämpfte Schein der Tischlampe fiel durch die offene Türe, minutenlang war der Erker in violettes Licht getaucht. Sie stand halb zurückgewandt und ließ sich die Stirne von der kühlen Nachtluft streicheln, der weiße Schal, den sie um ihre Schultern geworfen hatte, bewegte sich im Wind. Dann verschwand sie, wie ein Traum verschwindet, die Tür fiel zu, der violette Glanz erlosch.

Plötzlich kamen aus der Dunkelheit Schritte. Ein Mann trat auf den Wartenden zu, grüßte kurz und ein wenig nachlässig und bat um Feuer für seine Zigarette.

Dr. Hamersvelt zog sein Taschenfeuerzeug hervor. Als die Flamme aufzuckte, sah ihm der Fremde mit einem scharfen forschenden Blick ins Gesicht. Dann warf er die Zigarette auf das Straßenpflaster.

»Danke«, sagte er. »Nicht mehr nötig ... Wie spät haben Sie?«

»Es ist bald zwei. Zehn Minuten fehlen auf zwei.«

»Zeit für Sie, nach Hause zu gehen«, sagte der Fremde.

»Wie meinen Sie, bitte?«

»Zeit für Sie, nach Hause zu gehen«, wiederholte der Unbekannte laut und nachdrücklich. Dann legte er grüßend die Hand an den Rand seines Hutes und gleich darauf war er in der Dunkelheit verschwunden.

Das war das erste jener sonderbaren Ereignisse, die in ihrem raschen Ablauf den Dr. Hamersvelt völlig gegen seinen Willen an die Küste des nördlichen Eismeers brachten statt nach Haarlem.

Fünf Minuten lang berühmt

Über die Gartenmauer hinweg konnte man das grellweiße Stationsgebäude sehen und die Dattelpalmen und Feigenbäume eines kleinen Fellachendorfes, das sich mit seinen Lehmziegelhütten an die gelben Sanddünen der Wüste lehnte. Von dem Schutthügel, der einst das Heiligtum des falkenköpfigen Sonnengottes getragen hatte, führte ein Fußpfad zwischen Reis- und Zuckerrohrfeldern zu einem Rinnsal, das den Fellachenweibern als Waschplatz und dem Vieh als Tränke diente. Eine Ziegenherde kam diesen Weg herab und eine dunkelfarbige Frau, die einen Wasserkrug auf dem Kopfe und zwei andere Gefäße in den Händen trug, und ein Eseltreiber, der mit dem Zipfel seines blaugestreiften Haiks zwischen den Zähnen hinter seinem galoppierenden Tier herlief.

Dr. Hamersvelt lag im Schatten der Sykomore. Er wandte kein Auge von der Sängerin, die in einem Gemisch von englischen, französischen und sehr wenig arabischen Worten dem Besitzer des Gartens klarzumachen versuchte, daß sie nie, nie wiederkommen werde, wenn er es sich noch einmal einfallen ließe, seinen Büffel zu schlagen, das gute Tier, das drüben in den Reisfeldern den Ziehbrunnen antrieb. Das sei sehr häßlich von ihm, sehr gemein.

Der Araber hob die Hände und senkte den Kopf. Er hatte kein Wort verstanden und ahnte nur dunkel, daß er die fremde Gebieterin erzürnt hatte und daß er in Gefahr war, die zwei Piaster zu verlieren, die er täglich von ihr empfing, weil es ihr gefiel, gerade in seinem Garten im Grase zu liegen und zu ruhen und nicht in dem Garten seines Nachbarn.

Die Sängerin wandte sich an Dr. Hamersvelt, der seit zwei Tagen ihr vertrauter Begleiter war.

»Er hat es mir versprochen, er wird es nie wieder tun«, sagte sie. »Er hat so gute Augen. Geben Sie ihm zwei Kurusch.«

Der Araber nahm die beiden Silbermünzen und führte sie feierlich an seine Stirne und an seine Lippen.

Dr. Hamersvelt richtete sich auf. Seine vom grellen Sonnenlicht geblendeten Augen folgten der Sängerin, die mit dem Eifer eines verspielten kleinen Mädchens über den Kiesweg hinter den smaragdgrünen Eidechsen herlief. Bald hier, bald dort tauchte zwischen den Euphorbienbüschen das fliederfarbene Kleid auf, dessen hauchzartes Gewebe einem Schleier glich, der das Spiel ihrer überschlanken Glieder erraten ließ. Wünsche drangen wie feindliche Eroberer voll Ungestüm in sein Bewußtsein. Gestern noch hatte ihn der Gedanke an die Möglichkeit irgendwelcher Veränderungen in seinem Leben beunruhigt ... das war vorbei. Mochte er alles verlieren, was er bis zu dieser Stunde für wertvoll und wichtig gehalten hatte: seine Arbeit, sein Ziel, seinen Namen in der Wissenschaft und das erträumte Buonretiro zwischen Haarlem und Leyden ... das alles war gleichgültig. Mochte sein Leben im Winde dahintreiben ... diese Frau war sein Schicksal, er wollte kein anderes, er gehörte ihr.

Jetzt kam sie zurück mit erhitzten Wangen und fliegendem Atem und mit ein wenig Enttäuschung und Spott über sich selbst in ihren Kinderaugen, denn keine von den vielen Eidechsen hatte sich erhaschen lassen. Müde und glücklich warf sie sich ins Gras, über ihrer rechten Schulter hatte sich das fliederfarbene Kleid verschoben. Eine Weile lag sie so, dann hob sie den Kopf und sagte im Tonfall eines verwöhnten Kindes, das Märchen hören will: »Erzählen Sie mir doch etwas. Sie sind so schweigsam heute. Gestern haben Sie so nette Geschichten von Ceylon und von den Singalesen erzählt.«

»Erzählen soll ich? Gerne. Ich habe heute morgen ein amüsantes Erlebnis gehabt. Die Geschichte hat nur leider keine Pointe. Macht nichts ... Sehe ich aus wie ein italienischer Tenor?«

»Wahrhaftig nicht«, stellte die Sängerin fest. »Sie sehen aus ... warten Sie, lassen Sie mich nachdenken ... Sie sehen aus wie ein sehr korrekter, sehr wohlerzogener englischer Captain ... Wie kommen Sie auf diesen Einfall?«

Dr. Hamersvelt lachte leise vor sich hin.

»Heute morgen, als ich auf die Straße trat«, berichtete er, »war ich fünf Minuten lang eine internationale Berühmtheit. Es ist ein sehr schönes Gefühl, berühmt zu sein, ich muß gestehen, es war mir neu. Die Leute blieben stehen und sahen mich an ... es war wundervoll. Ich wurde sogar photographiert und mein Bild kommt in eine illustrierte Zeitschrift.«

»Wirklich? ... ›Der bekannte Bakteriologe Dr. Frederik Hamersvelt verläßt Afrika, um sich in seine holländische Heimat zu begeben. Unser Bild ...‹«

– »Ach nein, so weit habe ich's leider noch nicht gebracht«, sagte der Arzt. »Was ich, Dr. Frederik Hamersvelt, tue, ob ich in Afrika bleibe oder nach Europa gehe, das interessiert keine Menschenseele, ausgenommen vielleicht meinen Chef, Mr. Wilcox, der übrigens ein bösartiger Ignorant ist. Nein. Ich sagte Ihnen ja, man hielt mich für einen italienischen Tenor. Der eine von den beiden Reportern behauptete, mich seit Jahren zu kennen, er nannte mich Cavaliere und Commendatore und schüttelte mir unaufhörlich die Hand. Es half gar nichts, daß ich ihm meine Papiere zeigte, er blieb dabei, daß ich der Maestro sei. Schließlich tat ich ihm den Gefallen und ließ mich für seine Zeitschrift photographieren.«

»Ist das alles?« fragte die Sängerin. »Ihre Geschichten aus Ceylon waren unterhaltender.«

»Ich sagte Ihnen ja, es war ein Abenteuer ohne Pointe. Als sie mich auf ihre Platte bekommen hatten, ließen sie mich stehen, ich war ihnen gleichgültig geworden. Und die Zuschauer verliefen sich, ich war plötzlich kein Maestro mehr, kein Cavaliere, kein Commendatore, nichts als ein höchst obskurer Dr. Hamersvelt und ich dachte nur ... Ich soll nun wohl still sein, Gnädigste, Sie wollen schlafen, wie?«

Sie lag mit geschlossenen Augen, sie vergaß die Oper, »Carmen«, die Proben, sie vergaß den schwierigen Einsatz im »Mädchen aus dem goldnen Westen«, zweiter Akt, dritte Szene, die lächerliche Künstlermähne des Gastdirigenten, Repiquets Telegrammwechsel mit der Mailänder Scala, die Kolleginnen, den Korrepetitor, Dr. Hamersvelts pointenlose Geschichte und die dummen Eidechsen, die sich nicht fangen lassen wollten.

Sie schlief. Nein, sie stellte sich schlafend, um ihr Lippen zuckte ein spöttisches Lächeln über den Mann, der sich so wohlerzogen, so korrekt benahm, den Bruchteil einer Sekunde lang hoben sich die Augenlider ... nein, sie schlief. So gleichmäßig, so ruhig ging ihr Atem ...

Zyklamen von einem anderen

Im großen Speisesaale von Shepheards Hotel summten und schwirrten die Laute aller Sprachen der Welt durcheinander. Abgedämpft und diskret gab das Orchester mit seinem internationalen Programm die Begleitung.

Dr. Hamersvelt amüsierte sich über das Staunen des Kellners, der ihn noch vorgestern gönnerhaft an einem Nebentisch in der Nähe der Sängerin plaziert hatte und nun sah, wie der Arzt heute lächelnd und selbstbewußt direkt auf Lydias Tisch zuschritt.

Sie hatte ihn erwartet. Ein Silberband durchzog wie ein Diadem ihr Haar. Aus dem schwarzen Spitzentraum ihres Kleides blühten blutrot dunkle Seidenrosen. Sie streckte ihm die schmale Hand zum Kusse entgegen.

Während des Soupers plauderten sie wie alte Freunde und die Sängerin erinnerte sich, im Vorjahre eine Woche lang in Amsterdam aufgetreten zu sein.

»Nur eine Woche ...?« fragte Hamersvelt, in seinem Nationalgefühl ein wenig verletzt.

»Ja, nur eine Woche ... dann mußte ich mein Gastspiel abbrechen.« Ein Schatten flog über ihr Gesicht. »Aber ich habe Amsterdam, diese eigenartige schöne Stadt lieben gelernt.«

Hamersvelt nickte versöhnt. Amsterdam ... Wie merkwürdig vertraut und doch fremd klang das aus ihrem Munde.

»Gnädige Frau sind Deutsche?« fragte er.

»Russin ... Habe ich Ihnen das nicht schon erzählt? Deutschrussin ...«

Sie las in seinen Augen die Frage, die er an sie richten wollte, und fügte hinzu: »Nun bin ich bald zwei Jahre auf der Wanderschaft ...«

»Erst zwei Jahre ... Und gnädige Frau haben früher an der Moskauer Oper gewirkt? Oder in Petersburg?«

»Weder da noch dort«, widersprach sie.

»Sondern?« fragte er neugierig.

»Gar nicht. Ich habe überhaupt nicht ›gewirkt‹! Vor zwei Jahren habe ich noch gar nicht gesungen ... Wenigstens nicht öffentlich.«

Hamersvelt wußte, daß die Revolution viele Damen der russischen Gesellschaft gezwungen hatte, ihre Heimat zu verlassen und sich irgendwie durchs Leben zu schlagen. Großfürstinnen arbeiteten in Paris als Kellnerinnen und wirkliche Prinzessinen traten in Tingeltangels als Tänzerinnen auf. Mißbilligend schüttelte er den Kopf. Wie hatte sich die Welt verändert ...

»Ja«, sagte er mit einem teilnahmsvollen Blick auf Lydia. »Die unleidlichen politischen Verhältnisse haben wohl auch Sie aus Ihrem Vaterlande vertrieben!«

»Unleidliche Verhältnisse!« bestätigte sie hart und starrte zerstreut in den bewegten Saal.

»Und ganz allein reisen gnädige Frau durch die Welt?«

»Keineswegs. Meine Zofe begleitet mich.«

Dr. Hamersvelt zog die Schultern hoch.

»Eine Zofe ...!«

»Fast eine Freundin! Dann darf ich meinen Impresario nicht vergessen, Mr. Repiquet, der alle Engagements für mich abschließt und den ich mit meinen Launen zur Raserei bringe.«

»Gnädige sind nicht verheiratet?« entfuhr es Hamersvelt.

Ein strenger, zurechtweisender Blick traf ihn. Aber sein offenes, männliches Gesicht zeigte so viel ernste Teilnahme, so viel freundschaftliche Besorgtheit, daß sie ihm nicht zürnen konnte. Nur ihre Stimme klang um eine Nuance kühler, als sie erwiderte.

»Ich habe keinen Mann ...«

Mit der ganzen Harmlosigkeit, die ein vieljähriger Aufenthalt unter den Eingeborenen von Kordofan ihm verliehen hatte, setzte der Arzt seine Inquisition fort: »Es hat auch keinen gegeben? Niemals ...?«

Lydia sah ihn mit großen Augen an.

»Doch«, erklärte sie schließlich zwischen Unwillen und Heiterkeit. »Es hat einmal einen gegeben ... Vor Zeiten ... Aber ich lebe von ihm getrennt.«

Sie blickte nervös um sich, als ob sie sich vergewissern wollte, daß kein Horcher in der Nähe sei. Dann fügte sie leise und mit einem flüchtigen, bitteren Lächeln hinzu:

»Und seither durfte kein Mann in meinem Leben eine Rolle spielen.«

Dr. Hamersvelt konnte sich keine Rechenschaft darüber geben, warum ihn diese Worte mit Genugtuung erfüllten. Ein starkes, warmes Gefühl strömte durch sein Herz. Am liebsten hätte er ihre kleine weiße Hand ergriffen und zärtlich gestreichelt.

»Wirklich?« fragte er mehr zärtlich als ungläubig. »Und das wird so bleiben?«

»Wahrscheinlich.«

»Sie müssen doch auf Ihren Reisen durch alle Erdteile Menschen kennenlernen, die Sie interessieren?«

Einen Augenblick schien die Sängerin nachzudenken.

»Doktor«, sagte sie dann eindringlich und ernst, »Doktor, es ist nicht gut, meine Bekanntschaft zu machen. Es ist nicht so ungefährlich, wie es vielleicht den Anschein hat.«

»Gewiß nicht, gnädige Frau«, bestätigte der Arzt lächelnd. »Es ist höchst gefährlich ...«

»Sie haben keine Ahnung, wovon Sie reden, lieber Doktor. Glauben Sie mir, es ist schon unvorsichtig von Ihnen, hier bei mir zu sitzen.«

»Wahrscheinlich, weil mich alle beneiden ...«

»Beneiden ist nicht das richtige Wort.«

»Ich kenne keine Furcht, gnädige Frau!«

»Daß Sie den Gefahren der Wildnis und der Einsamkeit zu trotzen vermögen, will ich Ihnen gerne glauben. Auch daß Sie sich vor dem Gift Ihrer Tsetse-fliegen nicht fürchten ...! Aber die Gefahr, in die ich jeden bringe, der meinen Weg kreuzt, ist ganz anderer Art ...«

Der Doktor griff nach dem geschliffenen Glase, das vor ihm stand und in dem der lichtrosa Romané mousseux helle Perlen aufsteigen ließ.

»Ich bin mir der Gefahr vollkommen bewußt«, versicherte er galant und hob den Kelch.

Lydia zog fast unmerklich die Augenlider zusammen.

»Machen Sie mir keine Komplimente! Ich weiß, weshalb ich alle Männer von mir fernhalte: ... Nach jedem Auftreten ist meine Garderobe voll von Blumen ... Und dann die Briefe. Ich verbrenne sie meist ungelesen!«

»Da habe ich ja besonderes Glück gehabt, daß Sie mit mir eine Ausnahme machen ...«

»Bestehen Sie nicht darauf, darin ein Glück zu sehen. Nennen Sie es ...«, kam es nachdenklich von ihren Lippen. Sie verstummte. Er sah, wie ihr Blick sich entrückt zu verschleiern begann. Ihre Augen waren plötzlich feucht geworden.

»Hören Sie ... Hören Sie doch!«

Der holländische Arzt horchte. Die Kapelle in der Ecke des Speisesaales hatte ein neues Stück begonnen. Das war doch ... ja, das war die seltsame Melodie, das russische Lied vom Kosaken und der Nachtigall, vom Herbst und dem purpurglühenden Laub der Espen, die schwermütige Melodie, die Lydia gestern für ihn in der Sharia Elfi Bey gesungen hatte. Als das Stück zu Ende war, legte sie ihre Hand auf seine.

»Ich danke Ihnen«, sagte sie herzlich. »Das war wirklich aufmerksam von Ihnen.«

Verständnislos sah er sie an.

»Mein Lieblingslied ... Sie haben es für mich spielen lassen.«

»Ich weiß nicht«, stammelte der Holländer.

»Unbegreiflich ist es mir nur, woher die Musiker das Lied kennen ... Hatten Sie die Noten?«

»Ich versichere Ihnen, daß ich kein Wort ...«

»Leugnen Sie doch nicht, nur Sie konnten wissen ...«

»Muß ich es denn gewesen sein? Es kann doch auch jemand anderer wissen, daß Sie dieses Lied lieben.«

Heftig faßte sie seinen Arm. Ihre Finger preßten sich krampfhaft in den Ärmel seines Fracks.

»Niemand kann es wissen«, flüsterte sie erregt. »Ich kenne hier niemand außer Ihnen, ich habe mit keinem Menschen gesprochen. Ein anderer ...? Spielen Sie nicht mit diesem Gedanken! Ich bitte Sie! Weshalb leugnen Sie ...?«

»Ich leugne ja gar nicht«, erwiderte Dr. Hamersvelt und hob nachgiebig die Schultern. Ihre plötzliche Unruhe schien ihm unerklärlich. Es war doch schließlich gleichgültig, wer das Lied bestellt hatte. Wahrscheinlich hatte sie schon öfter davon gesprochen. Mit der Zofe ... oder mit ihrem Impresario ... Und es war leicht möglich, daß jemand in der Nähe saß und das Gespräch belauscht haben konnte; hatte doch er vor ein paar Tagen auf der Hotelterrasse auf dem gleichen Wege von ihrer Lieblingsblume Kenntnis erhalten. Er hielt es nicht für nötig, ihr seine Vermutungen auseinanderzusetzen. Denn vieles Reden war nicht seine Sache. Schweigend zog er ihre Hand an seine Lippen.

»Ich danke Ihnen«, sagte sie gerührt. »Auch für die Blumen ... Sie verwöhnen mich. Mein ganzes Zimmer war in einen Zyklamenhain verwandelt ...«

Der Arzt riß die Augen auf und stellte das Glas klirrend vor sich auf den Tisch.

»Zyklamen?« fragte er befremdet.

»Ja«, lächelte sie, »seit ich weiß, daß Sie meine Lieblingsblumen in Erfahrung gebracht haben, daß die weißen Zyklamen von Ihnen kommen, flößen sie mir keine Angst mehr ein ...«

»Ich? ... Zyklamen?« wiederholte der Holländer verwirrt. »Gestern, sagen Sie ...?«

Da stimmte schon wieder etwas nicht. Abermals sollte er für eine Aufmerksamkeit verantwortlich gemacht werden, von der er nichts wußte. Plötzlich verlor er die Lust, die Verwirrung durch sein einverstandenes Schweigen weiterbestehen zu lassen. Er schüttelte den Kopf.

»Sie leugnen schon wieder?« sagte sie ein wenig nervös, aber noch immer lächelnd.

»Ich muß Ihnen gestehen, daß ich nichts davon weiß.«

»Sie haben die Zyklamen nicht geschickt?«

»Ich habe weder die Zyklamen geschickt noch das russische Lied bestellt. Mein Ehrenwort!«

Jäh verschwand das Lächeln aus ihrem Gesichte. Ihre Augen waren starr auf ihn gerichtet.

»Ja«, fuhr er entschlossen fort, »ich habe Ihnen ein einziges Mal Zyklamen geschenkt – damals im Theater, während der Vorstellung – ein einziges, kleines Sträußchen ... Und der Eindruck, den die Blumen auf Sie machten, hat mich nicht ermutigt, Ihnen wieder welche zu bringen. Übrigens hatte es mich die größte Mühe gekostet, diese wenigen weißen Zyklamen in Kairo aufzutreiben, und es müßte verteufelt schwer sein, hier eine größere Menge ...«

Er brach ab. Ihr Gesicht hatte sich mit einem Schlage völlig verändert, medusenhaft versteinert. Tiefdunkle Schatten senkten sich um ihre Augenlider. Die Nasenflügel bebten.

»Was haben Sie, gnädige Frau?« fragte er erschrokken.

Ein hartes, fast lautloses Lachen erschütterte sie.

»Es gibt einen, für den nichts zu schwer ist«, flüsterte sie mit erlöschender Stimme, »und ich weiß jetzt, von wem die Blumen kommen.«

»Sie wissen?«

»Ich hatte Sie gewarnt ...! Nun ist es zu spät ... Verlangen Sie die Rechnung. Wir gehen.«

»Die Rechnung!« rief Dr. Hamersvelt bestürzt.

Er griff in die Brusttasche, doch zog er die Hand leer zurück. Unruhig und hastig tastete er alle Taschen seines Rockes ab. Nichts, nichts ... Er fühlte, wie er erblaßte.

»Was suchen Sie?« erkundigte sich Lydia.

»Meine Brieftasche«, stieß er hervor. »Sie ist weg ...!«

»Verloren?«

»Gestohlen!«

»Sind Sie dessen sicher? Sehen Sie doch nochmals nach!«

Noch einmal durchforschte er, diesmal langsam und systematisch, den Inhalt aller seiner Taschen.

»Vielleicht liegt sie in Ihrem Zimmer ... Vergessen ...«

»Ich hatte sie eben noch bei mir.«

»Wann?«

»Ich hielt sie in der Hand, als ich mit dem Portier sprach. Ich erinnere mich genau, daß ich sie dann zu mir gesteckt habe ... hier, links, wo ich sie immer trage. Und jetzt ist sie verschwunden ...«

»Das ist sonderbar.«

»Eine Menge Geld ...! Mein Paß! Briefe, Dokumente ...!«

Der Kellner war an den Tisch getreten.

»Der Herr hat die Rechnung verlangt?« fragte er artig.

»Ja ... ja ...«, stotterte Hamersvelt. »Aber fragen Sie vorher nach, ob nicht eine rotlederne Brieftasche gefunden worden ist.« Und dann, als der Kellner verschwunden war, sagte der Arzt zu Lydia:

»Ich werde sofort die Anzeige erstatten! Dieses Kairo ist der Tummelplatz der geschicktesten internationalen Taschendiebe ...«

Lydia hatte scheinbar ihre Ruhe wiedergewonnen. Sie hielt den Holländer, der sich erheben wollte, mit einer energischen Geste zurück, beugte sich über den Tisch vor und begann rasch zu sprechen:

»Hören Sie mich an, Dr. Hamersvelt. Es ist ganz gleichgültig, ob Sie den Diebstahl anzeigen oder nicht; Ihre Brieftasche werden Sie nie wiedersehen. Es ist kein gewöhnlicher Diebstahl. Dem Mann, der ihn verübt hat, liegt nichts an Ihrem Geld. Sie begreifen noch immer nicht, was um Sie vorgeht, Sie wollen noch immer nicht glauben, daß Sie sich in der größten Gefahr befinden ...«

»Was soll mir denn drohen?« fragte Hamersvelt ein wenig ungeduldig. »Ich bin kein Kind, ich werde mich zu verteidigen wissen! Sprechen Sie doch endlich und sagen Sie mir, was ich zu fürchten habe ...«

»Das weiß ich nicht«, rief sie erregt. »Und das ist ja gerade das Furchtbare. Jeder Augenblick kann die Katastrophe bringen. Sie müssen mir blindlings folgen. Vor allem: hier ist mein Portemonnaie ...«

Dr. Hamersvelt sah sie entgeistert an. Schüttelte den Kopf.

»Aber ich kann doch nicht ...«

»Was?«

»Ich kann doch nicht Geld von Ihnen nehmen«, murmelte er wirklich bestürzt.

»Sie müssen! Unterbrechen Sie mich nicht immer. Wir haben keine Zeit für diese überflüssigen Komödien. Ich werde mich jetzt erheben, werde Ihnen gute Nacht wünschen und werde gehen ...«

»Nein«, sprach der Holländer hartnäckig. »Es ist ausgeschlossen, daß ich in der Gefahr von Ihrer Seite weiche.«

»Mir droht keine Gefahr. Begreifen Sie doch endlich! Nur Ihnen ganz allein! Sie müssen sich fügen, denn ich will Sie retten! Also, Sie verabschieden sich in aller Form von mir, bleiben dann unbefangen hier am Tisch sitzen, zünden sich eine Zigarre an, begleichen die Rechnung und warten! Sie können in der Zwischenzeit auch den Hoteldirektor kommen lassen und die Anzeige von Ihrem Verlust erstatten. Es ist überflüssig, denn ich weiß, wer Ihre Brieftasche gestohlen hat, aber Sie haben wenigstens eine Beschäftigung ... In einer Viertelstunde sehen wir uns wieder.«

»Hier?«

»Nein! In der Öffentlichkeit dürfen wir uns nie mehr zusammen blicken lassen. Jede Ihrer Bewegungen wird beobachtet. Machen Sie kein unglückliches Gesicht ...! Lächeln Sie ...! So ist's gut! In einer Viertelstunde wird man Sie zu einer plötzlich erkrankten Dame rufen; Sie müssen es so einzurichten wissen, daß Sie in der Nähe sind und sich sofort melden können, wenn ein Arzt verlangt wird. Meine Zofe wird Sie zu mir hinaufführen ...!«

Dr. Hamersvelt blickte sie überrascht an.

»Ja«, fügte Lydia entschieden hinzu und atmete

schwer, »es gibt keine andere Möglichkeit. Ich hoffe, daß Sie mich verstanden haben ...«

Die Sängerin war gegangen. Auf dem Tisch vor Hamersvelt lag ihr kleines goldenes Portemonnaie. Unwillkürlich streckte er die Hand aus, um es zu verbergen. Die Musik intonierte: My name is Susy ... Und er brannte sich, um seine Erregung zu unterdrücken, eine Zigarre an.

Begegnung im Dunkeln

Lydia Thamaron bewohnte ein Appartement im zweiten Stock, das aus zwei Zimmern und dem dazwischenliegenden Baderaum bestand. In dem zweiten, kleineren Zimmer schlief die Zofe. Die Sängerin hatte den Lift benützt, eilte mit flüchtigem Schritt durch den Korridor, bog um die Ecke und trat atemlos ein.

Nina fuhr auf. Sie war eben mit der Abfassung eines zärtlichen Briefes beschäftigt und hatte gerade den Satz geschrieben: Wenn Madame es sich nicht anders überlegt, hoffe ich im April bei Dir, mein geliebter süßer Tonio, in Rom zu sein ...

Lydia ließ sich wortlos in die Chaiselongue fallen und bedeckte ihr Gesicht mit den Händen.

Besorgt beugte sich Nina über sie.

»Was ist geschehen?«

»Wir sind glücklich wieder so weit!«

»Schon wieder?« rief Nina bestürzt. »Ist es denn möglich ...?«

»Es ist möglich! Es ist möglich! Ich kann nicht mehr so weiterleben ... Ich will nicht mehr so weiterleben! Noch schneller als sonst bricht das Schicksal herein!«

Lydias Blicke irrten durch den Raum. Vasen und buntschillernde französische Gläser waren mit weißen Zyklamen gefüllt.

»Weg mit den Blumen!« schrie sie bebend vor Nervosität. »Weg mit den Zyklamen! Wie konnte ich bloß eine Sekunde denken, daß sie von einem anderen sein könnten als von ihm ...«

»Sie sind also nicht von dem Negerdoktor?«

»Nein! Sie sind von ihm ... Immer wieder findet er meine Spur, immer ist er hinter mir her, verfolgt mich, hetzt mich, die Welt wird zu klein für diese Jagd ... Auf was wartest du? Ich will die Blumen nicht länger vor Augen haben! Fort mit ihnen!«

Eilig trug Nina die Zyklamen in das Badezimmer und kehrte zurück.

»Madame dürften nicht auftreten ... So lange Madame das Theater nicht lassen, kann er natürlich immer erfahren ...«

Lydia unterbrach sie heftig.

»Trete ich nicht immer unter einem anderen Namen auf? Tauche ich nicht unter, sobald ich seinen Schatten auf meinem Wege fühle? In jede Stadt komme ich als Unbekannte, jedem Direktor stelle ich mich als Debütantin vor ...! Er kann doch nicht alle Opernsängerinnen der Welt kontrollieren! Mir graut vor der unbegreiflichen Sicherheit, mit der er sich an meine Fersen heftet, vor der Unerbittlichkeit, mit der er in mein Leben eingreift ...!«

»Gewiß hat er überall Spione ...!«

»Überall! Ich kann niemand mehr trauen. Sogar Repiquet habe ich schon im Verdacht gehabt ...! Ich bin ungerecht, verbittert ... Wenn ich meine Kunst nicht hätte, würde ich wahnsinnig! Nicht singen! – wie du dir das vorstellst! Wovon soll ich leben? Dein Lohn? Die Kosten meiner ewigen Flucht?«

»Mein Gott«, bemerkte Nina, »gnädige Frau wären doch wirklich nicht auf die Gage angewiesen ... Wie viele Männer hätten sich schon glücklich geschätzt ...«

»Schweig. Du weißt, daß mir all' diese Männer nichts bedeuten können ...«

»Ich weiß! Aber gnädige Frau müßten einen Mann finden, der imstande wäre, Sie zu schützen, der ...«

»Keiner kann sich selbst vor ihm schützen, Nina! Wieviel weniger mich ... Aber ich habe es satt! Er selbst treibt mich zu Entschlüssen, die ich vielleicht bereuen werde. Ich will es nicht mehr untätig mitansehen, wie jeder Mann, der in mein Leben tritt, der sich für mich interessiert und der mir sympathisch wird, von einem unbegreiflichen Schicksal betroffen, verschwindet ...! Was geschieht mit diesen Menschen? Ich trage schließlich die Verantwortung! Wer mich kennenlernt, ist verloren! Ich leide ...«

»Aber gnädige Frau lieben doch keinen ernstlich«, warf Nina ein.

»Das verstehst du nicht! Gewiß wäre mir jeder ganz gleichgültig, wenn ich nicht für ihn vom ersten Augenblick an zittern und kämpfen müßte, wenn ich nicht wüßte, daß ich, ich sein Unglück bin. Ich komme mir wie eine Verbrecherin vor. Und in dem Augenblick, wo ich weiß, daß er mir wieder einen entreißen will, wird mir jeder wertvoll, teuer, unersetzlich ... Ich will ihn behalten, retten, ich klammere mich an ihn ... und liebe ihn. Jetzt ist es dieser afrikanische Doktor ...«

Nina lächelte ungläubig.

»Seit drei Tagen kennt ihn die gnädige Frau ...!«

»Er hat sich in mich verliebt. Er ist ein großes, gutes, naives Kind ... ein Gelehrter! Ein Mann! Zehn Jahre hat er im entlegensten Sudan nur seiner Arbeit gelebt und nun, auf der Heimreise, will es sein Unglück, daß er mir begegnet! Ich kann ihn nicht opfern! ... Ich glaube, ich habe ihn liebgewonnen ... Diesmal werde ich die Stärkere sein ...«

Die Zofe zuckte die Schultern.

»Der Stärkere ist er!«

»Ich werde die Klügere sein!«

»Ach, gnädige Frau, alles ist vergeblich. Was hilft Klugheit gegen die List des Teufels!«

»Er darf nicht in sein Verderben rennen! Ich werde den Anschlag vereiteln.«

»Sie lieben ihn also wirklich, diesen Doktor, gnädige Frau?« fragte Nina.

»Ja ... ich liebe ihn! Ich muß ihn lieben, weil sich wieder die grausame Hand nach ihm ausstreckt. Aber diesmal werde ich dem Schicksal zuvorkommen! Er wird nicht sinnlos zugrunde gehen wie alle seine Vorgänger.«

»Nicht sinnlos ...?«

»Nein, nicht vergeblich. Retten kann ich ihn nicht, so soll er wenigstens seine Stunde haben. Das, was sein Feind verhindern will, wird geschehen ... Ich werde seine Geliebte sein ...«

Mit hastigen Fingern nestelte sie ihr Kleid auf und ließ es von ihren Schultern gleiten.

»Lauf in die Halle hinunter«, sagte sie zu Nina, die

sie in einen nilgrünen Spitzenschlafrock hüllte, »rasch, in den Speisesaal, und rufe einen Arzt ...«

»Einen Arzt?«

»Ja ... einen Arzt! Benimm dich aufgeregt und erzähle, ich sei plötzlich erkrankt ...!«

»Ja, gnädige Frau! Wie Sie befehlen. Und dann ...?«

»Dr. Hamersvelt wird sich zur Verfügung stellen, er wartet ...«

»Er weiß, daß ich kommen werde?«

»Natürlich! Du bringst ihn mit herauf, denn dies ist die einzige Möglichkeit, ihm unauffällig Eintritt in mein Zimmer zu verschaffen. Schnell, schnell! Jede Minute ist kostbar.«

»Gut ... Und von welcher Erkrankung soll ich sprechen?«

»Das ist doch ganz egal! Eine Ohnmacht ... Beeile dich und mach' deine Sache gut!«

Sie drängte Nina aus der Türe und lauschte mit klopfendem Herzen den Schritten der Zofe, die auf dem Teppich verklangen.

»Nina!« rief sie ihr nach. »Warte! Sag', daß ich Kopfschmerzen habe, einen Herzanfall, was du willst ... Daß ich eine Morphiuminjektion wünsche! Und: du darfst ihn nicht allein gehen lassen, er muß mit dir kommen ...«

Lydia war der Zofe bis an die Treppe nachgeeilt. Dann kehrte sie um und ging langsam durch den Korridor zurück. Die Türe zu ihrem Zimmer war offen geblieben und quer über den dunkelroten Teppich fiel ein Streifen Licht. Plötzlich erlosch die Gangbeleuchtung. Lydia erschrak und tastete sich an der Wand vorwärts. Die kurze Strecke schien ihr endlos. Die Füße waren ihr schwer wie Blei. Das Herz klopfte ihr im

Halse. Ein kühler Lufthauch wehte ihr von dem Fenstervorhang, an dem sie vorbei mußte, entgegen. Jeden Augenblick mußte sie die Kraft zum Weitergehen verlassen.

Bewegte sich nicht der Vorhang? War das nicht der Schatten eines Menschen?

Ein Körper wuchs vor ihr aus der Dunkelheit und versperrte ihr den Rückweg. Heiße Atemzüge streiften ihr Gesicht. Mit hilflos herabhängenden Armen blieb sie stehen.

»Du bist es? Du bist es wirklich? Warum verfolgst du mich?« hauchte sie kaum hörbar.

»Weil du mir gehörst und keinem anderen«, kam eine Stimme aus der Finsternis.

»Wann wirst du mich lassen?«

»Nie!«

»Was willst du?«

»Einem kleinen Kind das Spielzeug wegnehmen, bevor es Schaden anrichten kann.«

»Wer sagte dir, daß ich hier bin ...?«

»Wo immer in der Welt man mir die Augen verbindet ... ich finde zu dir ...«

Wilder Trotz bäumte sich in ihr auf.

»Diesmal kommst du zu spät«, flüsterte sie. »Du kannst dich vielleicht rächen – aber du wirst es nicht mehr verhindern ...«

»Wir werden sehen.«

Im Stiegenhaus ertönte eine schrille Klingel. Irgendwo wurde eine Türe zugeschlagen. Ein Windstoß schien den Vorhang in die Höhe zu treiben.

Mit einem leisen Aufschrei taumelte Lydia, halb wahnsinnig vor Erregung, auf ihre Türe zu, stürzte in das Zimmer und schob den Riegel vor.

Schnell einen Arzt!

Dr. Hamersvelt sog nachdenklich an seiner Zigarre.

Er fühlte sich unbehaglich. Kaum jemals hatte er sich in einem ähnlichen Zustand unklarer und unerklärlicher Beunruhigung befunden. Er, der sich jahrelang zur Kaltblütigkeit erzogen hatte, den man um seine Entschlossenheit und Gefaßtheit beneidete, wäre am liebsten vor der drohenden Gefahr, die er nicht sah, aber dunkel ahnte, in die Einsamkeit von El Obeïd geflohen.

In den letzten Jahren hatte er nicht annähernd so viel erlebt wie in diesen letzten Stunden. Es war nicht die Fülle des Erlebten, die ihn unsicher machte, sondern der Umstand, daß die Ereignisse, in deren Mittelpunkt er sich wider Willen gerückt sah, für ihn jeder Logik und jeden Zusammenhangs entbehrten. Das war die Strafe dafür, daß er den geraden Weg der Pflicht verlassen hatte. Wäre er, wie er sich's vorgenommen hatte, mit der ›Helouan‹ nach Europa gefahren und hätte er seinen Auftrag ordnungsgemäß persönlich ausgeführt, so würde er sich zweifellos eine Menge von Unannehmlichkeiten und Abenteuern, deren Ende noch nicht abzusehen war, erspart haben. Gewiß hätte er dann aber auch diese wunderbare Frau nicht kennengelernt, die herrlichste Frau, der er in seinem ganzen Leben begegnet war. Nein, er wollte, er durfte es nicht bedauern, daß er in Kairo zurückgeblieben war ...

In wenigen Minuten würde sie ihn in ihrem Zimmer empfangen ... die Zofe würde durch die Halle kommen und nach einem Arzt fragen ... Er war zur Stelle, er war bereit! Dann mußte sich auch alles aufklären, welcher Art die Gefahren waren, vor denen sie ihn gewarnt hatte ... Er fürchtete nichts. Keine Gefahr der Welt ... Wie lange schon hatte er keine Frau geküßt und niemals zuvor hatte er eine Frau in den Armen gehalten, die so schön und begehrenswert war wie diese mysteriöse Sängerin.

Ärgerlich war die Sache mit der Brieftasche. Er kannte die Behörden im Orient und wußte, wie schwer man bei ihnen energisches Vorgehen durchsetzte. Wie viele Stunden, wie viele Tage würde er durch diesen unliebsamen Zwischenfall verlieren! Und es schien ihm selbst zweifelhaft, ob er Aussicht hätte, daß die Nachforschungen irgend ein Ergebnis zeitigten.

Peinlich, daß er sein Souper mit fremdem Geld, mit dem Gelde einer Dame noch dazu, bezahlen mußte.

Er öffnete das Portemonnaie der Sängerin, das mit Goldsovereigns gefüllt war, und wandte sich suchend nach dem Kellner um.

Als ob er ihn schon gerufen hätte, stand der Kellner plötzlich vor ihm.

»Sind Sie der Herr, der seine Brieftasche vermißt?« fragte er artig und verbeugte sich.

»Ganz richtig, der bin ich.«

Der Kellner legte eine Brieftasche, die rotlederne Brieftasche, vor ihn auf den Tisch.

»Ihr Portefeuille, mein Herr, wurde im Bureau abgegeben.«

»Ah!« rief der Arzt erfreut. »Ich war überzeugt, daß es mir gestohlen worden ist. Und nun ... Gefunden sagen Sie?«

»In der Halle, mein Herr, einer der Liftboys ...«

»Merkwürdig ... In der Halle? Nun, wo, ist ja gleichgültig ... Bitte, die Rechnung!«

Mit einem raschen Griff zog er das Bündel Banknoten aus dem einen Fach, zählte es durch und überzeugte sich, daß nichts fehlte.

Auf der andern Seite fühlte er die Papiere und den Umschlag des Passes, den er dort zu verwahren pflegte. In wesentlich verbesserter Laune beglich er die Rechnung und fügte eine Belohnung für den redlichen Finder bei.

In diesem Augenblick trat der Hotelsekretär an seinen Tisch und teilte ihm flüsternd mit, daß er in der Halle erwartet werde.

»Ich danke schön«, sagte Dr. Hamersvelt erfreut. Das ist sie, dachte er, sie ruft mich. Er stand auf. »Ich weiß«, nickte er. »Eine Dame, nicht wahr?«

»Bedauere«, entgegnete der Sekretär kühl, »es ist ein Herr, der Sie erwartet.«

»Ein Herr ...?« wiederholte der Holländer. »Was für ein Herr? Ich kenne keinen Herrn. Gut! Wir werden sehen ...«

»Uns ist der Herr bekannt«, bemerkte der Hotelsekretär trocken.

Als Hamersvelt die Halle betrat, stand wahrhaftig ein Mann in einem gelben Anzug da, ein Mensch, den er niemals vorher gesehen hatte und der nun, den Hut in der Hand, dicht an ihn herantrat.

Sein vergilbtes Gesicht hatte einen feindseligen Ausdruck und seine Augen funkelten stechend.

»Sie wünschen?« erkundigte sich der Arzt.

»Darf ich Sie bitten, mein Herr, mir unauffällig zu folgen«, erwiderte der Fremde.

»Ihnen folgen?« fragte Hamersvelt unangenehm berührt. »Ach, ich verstehe ... Ich werde zu einer Kranken gerufen ... Gewiß ... gewiß ... Ich hatte nur erwartet, daß eine Zofe ...«

Der andere schüttelte energisch den Kopf.

»Sie werden nicht zu einem Kranken gerufen«, sagte er. Mit einer gewohnheitsmäßigen Bewegung knöpfte er den Rock auf, schlug ihn zurück und zeigte die Plakette des Geheimpolizisten.

»Wollen Sie mit mir kommen«, wiederholte er nachdrücklich, aber ohne die Stimme zu heben.

»Wohin?« fragte Hamersvelt grenzenlos verwirrt.

»Zum Wagen.«

»Zu welchem Wagen?«

»Der draußen auf uns wartet.«

»Ich soll fort von hier? Ich verstehe nicht! Das geht nicht ... Ich darf nicht fort.«

Der andere verzog keine Miene.

»Sie dürfen ... Auf meine Verantwortung ...«

»Mit Ihnen habe ich nichts zu tun.«

»Glauben Sie?«

»Man braucht mich hier. Ich werde gleich zu einer Patientin gerufen werden. Sehen Sie, man sucht mich schon.«

Am Eingang zum Speisesaal war Nina aufgetaucht.

»Dort ...«, rief Dr. Hamersvelt. »Das Mädchen ...«

»Das Mädchen geht Sie gar nichts an«, erklärte der Detektiv.

»Aber sie sucht mich! Zum Teufel, was wollen Sie eigentlich von mir ...«

Er machte brüsk kehrt und wollte auf Nina zueilen. Aber er fühlte sich von einer eisernen Hand zurückgehalten.

»Kein unnötiges Aufsehen, wenn ich Ihnen raten darf!«

»Gott verdamm' mich!« schrie der Holländer, außer sich vor Wut, und ging mit geballter Faust auf den andern los. »Ich bin Arzt! Lassen Sie mich sofort los.«

»Sie sind so wenig Arzt wie ich«, widersprach der Detektiv ruhig.

Am Eingang des Speisesaales hatte sich eine kleine Gruppe von Neugierigen angesammelt. Auch aus dem angrenzenden Spielzimmer waren einige Herren in die Halle getreten, um die ungewöhnliche Szene zu beobachten. Ein Kellner rief mit weithin hörbarer Stimme:

»Ein Arzt wird verlangt ... Schnell einen Arzt! Eine Dame ist plötzlich erkrankt ... Bitte, befindet sich unter den Herrschaften vielleicht ein Arzt?«

»Haben Sie gehört? Man benötigt meine Hilfe ... Es ist meine Pflicht ...«

»Geben Sie es auf«, unterbrach ihn der Detektiv. »Die ganze Geschichte geht Sie nichts an. Sie sind kein Arzt! In Ihrem Interesse ersuche ich Sie zum letzten Male, mir zu folgen.«

Hamersvelt machte nochmals eine Bewegung, als ob er sich auf seinen Gegner stürzen wollte ... Das Blut stieg ihm in den Kopf.

»Ich bin«, knirschte er, »Dr. Frederik Hamersvelt aus El Obeïd ... holländischer Staatsbürger ...«

»Wir wissen, wer Sie sind«, sagte der Detektiv achselzuckend und gleichmütig. »Folgen Sie mir auf die Polizeistation.«

»Was will man von mir?«

»Vorwärts! Das Publikum wird schon aufmerksam.«

»Das lasse ich mir nicht bieten, ich protestiere ...«

»Schön, das ist Ihr gutes Recht. Aber deswegen müssen Sie doch mit mir kommen.«

Dr. Hamersvelt blickte empört um sich. Fremde Gesichter sahen ihn kalt und ablehnend an. Lydias Zofe war verschwunden.

Sie wartet auf mich, dachte er in ohnmächtigem Zorn, und ich kann nicht kommen. War das die Gefahr, vor der sie ihn gewarnt hatte und die ihn nun doch ereilte? Einen Schritt vor der Schwelle zum höchsten Glücke! ... Sollte er sich zur Wehr setzen? Sollte er laut in den Saal schreien, daß ihm Gewalt geschähe? Es wäre ihm ein leichtes gewesen, den zudringlichen Polizisten mit einem Faustschlag unter das Kinn niederzustrecken. Aber er fürchtete den Skandal. Er durfte Lydia nicht kompromittieren, durfte sich durch gewalttätiges Benehmen nicht ins Unrecht setzen. Auf dem Polizeibureau würde er sich legitimieren, alles mußte sich aufklären und in längstens einer halben Stunde würde er wieder frei sein. Schweigend folgte er dem Detektiv.

Eine Pokerpartie wird unterbrochen

Lydia wußte nicht, wie sie ihr Zimmer erreicht hatte.

Nie hatte sie ihre Hilflosigkeit schrecklicher empfunden. Die starren Augen weit aufgerissen auf die Tür gerichtet, wartete sie. Gedanken, Pläne, Entschlüsse jagten sich in ihrem Gehirn, kreuzten und überstürzten sich, fielen in Nichts zusammen.

Nina! Wenn nur Nina schon zurück wäre! Wie ein krankes, bedrängtes Kind dürstete sie nach der Anwesenheit einer Person, der sie sich rückhaltlos mitteilen konnte, nach einem Menschen, dessen Nähe das Gefühl ihrer Verlassenheit abschwächen würde.

Wenn Hamersvelt in diesem Moment eingetreten wäre, hätte sie sich hilfesuchend an seine Brust gewor-

»Das ist er ...«, flüsterte sie mit kalten Lippen, während ihr Herz erzitterte.

»Der Arzt«, rief Nina draußen.

Lydia stieß den Riegel zurück und breitete die Arme aus. Auf der Schwelle stand ein alter Herr mit borstigem weißen Schnurrbart und weingerötetem Gesichte und sah sie durch eine scharfe, goldgefaßte Brille prüfend an.

Ein fremder alter Herr in einem verdrückten, spiegeligen Smoking.

Lydia brachte keinen Laut hervor. Sie saß mit flach geöffneten Händen auf der Ottomane und starrte den Besucher, hinter dem Nina achselzuckend sichtbar wurde, wortlos an.

»Ich habe die Ehre, einen guten Abend zu wünschen«, sagte der Unbekannte. »Wie geht es Ihnen? Sie haben nach einem Arzt verlangt ...«

Er kam mit geräuschvollen Schritten auf sie zu, ließ sich auf einem Sessel vor ihr nieder und griff geschäftsmäßig nach ihrem schmalen Handgelenk.

»Der Puls«, murmelte er, »hm ... ein wenig unregelmäßig ... sprunghaft ... beschleunigt ... Aber Morphium? Haben Sie Schmerzen? Wo denn? Was denn? Ich bin für allergrößte Sparsamkeit in der Verwendung narkotischer Gifte ... Haben Sie vielleicht die Gewohnheit, Morphium zu nehmen? Oder sonst ein kleines Narkotikum? Wie? Was?«

Er blinzelte ihr durch seine Brille unverschämt zu. Sein Atem roch nach Whisky.

»Ich denke«, fuhr er fort, »wir behelfen uns vorläufig mit einer kalten Herzkompresse ... Nicht? ... Oder? Und die Fenster müßte man vor allem öffnen ...«

Lydias Beherrschung war zu Ende. Sie entriß dem

Arzt ihre Hand und der Zustand ihrer fassungslosen Starrheit löste sich in einem konvulsivischen Tränenerguß.

Nina eilte bestürzt auf sie zu, aber die Sängerin ließ sie nicht zu Worte kommen und schrie: »Aus meinen Augen, Unglückliche! So hast du meinen Auftrag ausgeführt ...!«

»Es ist nicht meine Schuld«, verteidigte sich die Zofe. »Ich habe mich genau an Madames Auftrag gehalten. Bin hinuntergelaufen und habe nach einem Arzt gerufen ...«

»Ganz richtig«, erklärte der alte Herr mit der Brille, »ich saß zufällig in der Nähe ... bei meiner Pokerpartie. Trank meinen Whisky aus und kam mit. Ich stehe zu Ihrer Verfügung, Madame.«

»Was wollen Sie hier? Wer hat Sie gerufen?« schluchzte Lydia verzweifelt. »Ich brauche Sie nicht ... ich will Sie nicht ...!«

»Beruhigen Sie sich, bitte, meine schöne Dame«, sagte der Arzt und versuchte vergeblich, ihre Hand wieder zu ergreifen. »Sprechen Sie sich aus ... Wir werden die Sache schon in Ordnung bringen.«

»Gehen Sie!« befahl Lydia. »Ich habe Ihnen schon gesagt, daß ich Sie nicht brauche!«

»Sie irren, gnädige Frau, Sie scheinen ärztlichen Beistand wirklich dringend nötig zu haben. Diese grundlose Erregung beunruhigt mich. Sie sollten zu Bett gehen! Pflegen derlei Anfälle häufig aufzutreten? Wie?« wandte er sich dann an die ratlos dastehende Zofe.

»Nein«, versetzte Nina, »ich weiß nicht ...«

»Sprechen Sie die Wahrheit? Aufrichtig? Konsumiert die Dame irgendwelche Drogen? Wie? Was? Na?«

»Niemals!« beteuerte die Zofe lebhaft.

»Ist irgend etwas Besonderes vorgefallen? Seelische Emotionen? Kummer, schlechte Nachrichten?«

Lydia rang die Hände.

»Weshalb bin ich nicht selbst hinuntergegangen ...? Nun ist es zu spät! Oh, mein Gott, mein Gott, es ist meine Schuld.«

»So habe ich Madame noch nie gesehen ... Ich weiß mir selbst nicht mehr zu helfen«, stammelte Nina mit Tränen in den Augen.

Lydia preßte die Fäuste an die Schläfen. Es war klar, daß Dr. Hamersvelt in eine Falle gegangen war. Welch ein teuflischer Anschlag mochte gegen ihn in Szene gesetzt worden sein. Sollte sie in die Halle stürzen, um Hilfe rufen, die Behörden alarmieren? Es war umsonst. Gegen die geheimnisvolle Macht, die ihr Leben lenkte, gab es keine Hilfe und keinen Schutz. Sie dachte an die zuversichtliche Miene des Holländers und hörte sein frisches Lachen, sah seine Augen verliebt über ihre Gestalt gleiten und wußte, daß sie ihn nie wieder, niemals wieder sehen würde ...

Wie aus unendlicher Ferne hörte sie eine fremde Stimme, die Anordnungen traf.

»Wir bringen sie zu Bett. Fassen Sie an. Und dann die Kompresse. Ich bleibe selbstverständlich hier ... Morphium nur im äußersten Notfall ...«

Ninas verweinte Augen beugten sich über sie. Ein rotes Gesicht mit einem weißen Schnurrbart und eine funkelnde Brille unter struppigen Augenbrauen verschwammen vor ihren Blicken. Ihr Herz klopfte zum Zerspringen. Kalter Fieberschauer floß ihr über den Rücken. Und mit einem leisen Klagelaut fiel sie nun wirklich in eine tiefe Ohnmacht.

Der Ingenieur aus Taganrog

Vor dem diensthabenden Kommissär protestierte Dr. Hamersvelt auf das »entschiedenste und energischste« gegen seine zwangsweise Vorführung und drohte, sich wegen der Belästigung seiner Person beim holländischen Konsul zu beschweren.

»Sie meinen wohl beim russischen«, unterbrach ihn der Beamte freundlich. »Aber einen solchen haben wir hier nicht.«

»Wenn ich holländisch sage, so meine ich holländisch«, rief Dr. Hamersvelt aufgebracht und ballte die Fäuste. »Ich bin ...«

»Sie sind der Ingenieur Alexander Ristow aus Taganrog«, stellte der Kommissär fest und sah ihn mit zugekniffenen Augen an.

»Ristow? Ingenieur ...? Was soll dieser verdammte Unsinn?«

»Wollen Sie sich gefälligst eines anderen Tones bedienen, Herr Ingenieur!«

»Ich bin kein Ingenieur, ich bin Arzt!«

»Sie sind ebensowenig Arzt, wie ich ein Schornsteinfeger bin ... Wir wissen sehr genau, wen wir vor uns haben.«

»Ich bin Dr. Frederik Hamersvelt aus Heemstede bei Haarlem, Bakteriologe am Tse-Tse-Institut in El Obeïd.«

»Das haben Sie sich ganz nett zurechtgelegt. Es dürfte Ihnen nur schwer fallen, diese Behauptungen zu beweisen ...«

»Nichts einfacher als das«, sagte Hamersvelt, der seine Selbstbeherrschung wiedergefunden hatte, ruhig und griff in seine Rocktasche.

Der Kommissär stützte das Kinn in die Hand und sah sein Gegenüber fragend an.

»Na«, lächelte er, »bitte ...!«

Der Arzt zog sein Portefeuille – das auf rätselhafte Weise verschwundene und glücklich wiedererlangte Portefeuille – hervor und klappte es auf, um seinen Paß vorzuweisen.

In dem einen Fach steckten die Banknoten ... gegenüber die Dokumente ... Himmel! Was war das? Sein Paß ...? Nein, sein Paß hatte einen gelblichbraunen Umschlag gehabt, dieser war grau und fleckig ... Auch seine Briefe und die anderen Schriften waren verschwunden. Ausgetauscht ...! begriff er blitzschnell. Denn an ihrer Stelle lag eine Anzahl von Briefen und Papieren, mit wirren cyrillischen Schriftzügen und mit Stempeln bedeckt, die er nicht zu entziffern vermochte.

Er erblaßte und starrte mit offenem Munde auf die Papiere.

Der Beamte nahm ihm den Paß aus der Hand, entfaltete ihn und breitete ihn auf dem Tische aus.

Dr. Hamersvelt glaubte seinen Sinnen nicht trauen zu können: kein Zweifel – dieser Paß lautete auf den Namen Alexander Iwanowitsch Ristow, Zivilingenieur, geboren am 23. November 1884 in Taganrog, Gouvernement Charkow, Rußland. Und auf der ersten Seite – mit einer russischen Stampiglie versehen, klebte sein Bild! Seine – Dr. Hamersvelts – wohlgetroffene Photographie, lächelnd, zum Sprechen ähnlich ...

»Leugnen Sie noch, Herr Ingenieur?« fragte der Polizeikommissär triumphierend.

»Die Papiere eines wildfremden Menschen ...«

»Die Sie zu Ihrem Vergnügen oder aus Zerstreutheit

in der Tasche haben, nicht wahr? Und die leider zufällig Ihr Bild tragen ...«

»Der Paß ist gefälscht!« erklärte Hamersvelt rasch.

»Gewiß, es ist recht, daß Sie es gleich zugeben. Ihr wirklicher Name ist Alexei Pawlowitsch Lewinow – von der Komintern! Sie reisen mit den Papieren des Ingenieurs Ristow, den die Tscheka im Jahre 19 in Charkow erschossen hat ... Sie sehen, daß wir genau informiert sind.«

Hamersvelt griff sich an den Kopf.

»Herr!« schrie er. »Machen Sie mich nicht verrückt! Niemand wird mir beweisen können, daß ich ein Russe bin, der mit den Papieren eines anderen Russen reist ...!«

»Ich muß Sie darüber aufklären, Herr Ingenieur ...«

»Nennen Sie mich nicht immer Ingenieur ...«

»Ich muß Sie darüber aufklären, daß wir Ihnen gar nichts zu beweisen haben. Sie allein hätten den Beweis zu erbringen, daß Sie nicht der sind, für den wir Sie halten.«

»Wenn ich hier in Kairo nur nicht fremd wäre ...«

»Sie werden doch irgend einen Bekannten haben, der imstande ist, Ihre Identität nachzuweisen ...«

»Einen Bekannten ... einen Bekannten ...! Verdammt! Gleich am Tage meiner Ankunft habe ich hier einen Freund getroffen, Dr. Carslake, mit dem ich seinerzeit in Colombo gearbeitet hatte. Leider ist er inzwischen nach Triest abgereist.«

»Natürlich, dieser Herr kennt Sie ganz genau, er ist nur leider abgereist«, spottete der Polizeikommissär.

»Halt!« rief Hamersvelt und atmete auf. »Das hätte mir auch früher einfallen können! Unser Konsul – der holländische Konsul kennt mich natürlich! Mynheer van Haardenbrook! Sie brauchen ihm bloß zu telephonieren ...«

»Wie Sie wünschen«, entgegnete der Kommissär schläfrig. »Ich will gerne morgen früh das holländische Konsulat anrufen ...«

»Morgen früh? Weshalb erst morgen früh ...?«

»Weil es jetzt zwei Uhr nachts ist und ich es durchaus nicht verantworten könnte, den Herrn Konsul einer derartigen Lappalie wegen im Schlafe zu stören.«

»Ich protestiere dagegen, daß Sie diesen ungeheuerlichen Angriff auf die Freiheit eines holländischen Staatsbürgers eine Lappalie nennen! Etwas Ähnliches war überhaupt noch nicht da! Meine Geduld ist zu Ende, Sie haben mich lange genug festgehalten! Ich verlange, augenblicklich freigelassen zu werden! Ich habe noch einen dringenden Krankenbesuch zu absolvieren ...«

»Wie lange wollen Sie diese Doktor-Komödie hier eigentlich noch spielen?«

»Das ist keine Komödie, Himmel und Hölle! Ich will meine Freiheit wiederhaben ...!«

»Morgen früh – falls die Aussage des Herrn Konsuls günstig für Sie ausfällt.«

»Ich erkläre Ihnen zum letzten Male, daß ich Dr. Frederik Hamersvelt bin und im Auftrag des Chefarztes Dr. Wilcox von El Obeïd nach Kairo gereist bin. Ich fordere Sie auf, sogleich an die Tse-Tse-Station zu telegraphieren ...«

Die Hartnäckigkeit des Holländers schien auf den Polizeibeamten doch einigen Eindruck zu machen. Er lümmelte sich quer über den Tisch und sagte entgegenkommend: »Schön ... Telegraphieren. Was?«

»Erkundigen Sie sich, ob Dr. Frederik Hamersvelt

derzeit im Auftrag seiner vorgesetzten Stelle in Kairo weilt.«

»In Ordnung. Wird geschehen.«

»Wann kann die Antwort hier sein?«

»Keinesfalls vor morgen mittag.«

»Das ist schrecklich ... Ich bitte Sie jedenfalls, dringend zu depeschieren ... Auf meine Kosten.«

»Wie Sie wünschen. Das Verhör werden wir also bis morgen vormittag unterbrechen.«

»Und meine Freilassung?«

Der Kommissär erhob sich und betrachtete nachdenklich den Plafond.

»Freilassung? Die erfolgt, sobald sie gerechtfertigt erscheint. Nicht früher, nicht später.« Er winkte einen Polizisten herbei. »Der Mann wird Ihnen eine Zelle anweisen«, sagte er gähnend.

»Eine Zelle?« begehrte Hamersvelt auf.

»Natürlich! Ich kann Sie doch nicht über Nacht hierbehalten.«

»Ich bin doch kein Verbrecher ...«

Der Kommissär zuckte die Schultern und zündete sich eine neue Zigarette an.

»Über die genaue Qualifikation Ihrer Stellung kann man verschiedener Ansicht sein. Inzwischen wollen wir Sie als Untersuchungshäftling betrachten.«

»Ich protestiere ... Ich protestiere! Sie werden mir doch nicht zumuten wollen, daß ich mit allerlei Gesindel ...«

»Selbstverständlich erhalten Sie einen Raum für sich. Wir wissen, was wir Ihnen schuldig sind. An Komfort dürfte es Ihnen allerdings ein wenig fehlen ...«

In dieser Nacht schloß Dr. Hamersvelt kein Auge.

Ruhelos wanderte er in der Zelle auf und ab. Sein Gehirn arbeitete. Wer konnte daran Interesse haben, ihm seine Papiere zu entwenden und dafür die dieses verfluchten Russen in seine Brieftasche zu praktizieren? Wie mußte sich Lydia Thamaron ängstigen, da er nicht gekommen war und ihr sein Fernbleiben nicht erklären konnte. Er scheute sich, hier ihren Namen zu nennen, ihn in die Affäre zu verwickeln und zu kompromittieren. Ein verdammtes Mißgeschick! Wie anders hatte er sich den Verlauf dieser Nacht vorgestellt ... Nun saß er hier eingeschlossen und wagte nicht die schmutzigen Wände mit dem Ärmel seines Rockes zu streifen ... Die Holzpritsche war hart und klebrig. Es roch nach Moder und Unrat, nach Zwiebeln, nach verfaulten Feigen, nach Orient. Mit sehnsüchtigem Blick sah er zu dem kleinen vergitterten Fensterviereck empor, durch das die blassen Sterne leuchteten. Die Türe war mit rostigem Eisenblech beschlagen, und wenn er mit den Fäusten dagegen trommelte, riß er sich die Haut an scharfen Kanten und Nägeln blutig.

Alle seiner Nerven waren bis zum Zerreißen gespannt. Galt dieser sinnlose Anschlag ihm oder war er gegen Lydia gerichtet und hatte es sich nur darum gehandelt, ihn auszuschalten und aus ihrer Nähe zu entfernen? Sie hatte ihn gewarnt ... Wußte sie, welche Gefahr ihm drohte? Kannte sie seine rätselhaften Feinde? Welches Geheimnis umgab diese seltsame schöne Frau?

In wahnsinniger Ungeduld zog er alle Augenblicke die Uhr und zählte die Minuten. Seine letzte Hoffnung war der kommende Morgen, der nun nicht mehr lange auf sich warten lassen konnte und an dem sich seine Unschuld, seine Identität herausstellen mußte. Der holländische Konsul würde ihn zweifellos noch erkennen, würde ihn gleich mit sich nehmen ... Man war doch nicht verlassen in dieser Welt, die ein Netz von behördlichen Organisationen umspannte, in der Leben und Sicherheit jedes Europäers durch den Vertreter seiner Nation, auch in weniger zivilisierten Gegenden, geschützt werden mußte. Vielleicht kam die Antwort auf seine dringende Depesche aus Kordofan noch vor dem Erscheinen des Konsuls auf dem Kommissariate an, so daß man ihn gar nicht mehr zu bemühen brauchte. Dann wollte er ihn jedoch gleich am Vormittage aufsuchen, um seine Beschwerde vorzubringen. Es war unerhört, unqualifizierbar, wie man sich gegen ihn benommen hatte. Dieser Kommissär mußte entlassen, aus dem Amte gejagt werden. Er, Dr. Hamersvelt, war fest entschlossen, sich erst zufriedenzugeben, wenn er eine offizielle, von der ägyptischen Regierung gezeichnete Entschuldigung erhielt.

Endlich wurde der Himmel hinter dem vergitterten Fenster heller. Eine bleierne Müdigkeit senkte sich auf seine Augenlider. Die Beine schmerzten ihn, der Rücken tat ihm weh. Er fühlte von neuem maßlose Wut in sich aufsteigen und begann wieder anhaltend, kräftig und rücksichtslos gegen die eisenbeschlagene Zellentüre zu trommeln, bis der Aufseher sich nach seinem Begehren erkundigte.

Eine Stunde später wurde er dem Kommissär vorgeführt.

Übernächtig und unausgeschlafen, mit ausgetrocknetem Schlund, rotgeränderten Augen und verwirrtem Haar stand er da und blinzelte in das helle Sonnenlicht, das grell und weiß durch die offenen Fenster des Amtsraumes fiel.

»Hier ist der Mann«, hörte er den Polizeikommissär sprechen. »Er behauptet, Ihr persönlicher Bekannter zu sein, Herr Konsul ...«

Erst aus diesen Worten entnahm Dr. Hamersvelt, daß der Konsul bereits anwesend war. Er hatte in seiner Benommenheit, in der allgemeinen Stumpfheit, in die er verfallen war, Mynheer van Haardenbrook völlig übersehen. Freudig erregt ging er auf den Konsul zu und machte Miene, ihn zu begrüßen.

Aber dieser behielt die Hände in den Taschen seines weißen Jachtanzuges und sah ihn kühl und mißtrauisch an.

»Dieser Mann behauptet, ein guter Bekannter von Ihnen zu sein«, wiederholte der Polizeibeamte.

»Pardon«, unterbrach ihn Hamersvelt, »das entspricht nicht den Tatsachen. Ich habe mich niemals einen alten Bekannten des Herrn Konsul genannt, sondern ich habe bloß der Wahrheit entsprechend angegeben, daß ich die Ehre habe, von ihm gekannt zu werden ...«

»Ich werde den Sachverhalt unserer Bekanntschaft sofort aufklären«, sagte der Konsul langsam. »Dieser Herr, – er nannte sich Dr. Frederik Hamersvelt –«

»Aha! Er nannte sich bloß so! Sie kannten ihn also nicht von früher her unter diesem Namen?« rief der Kommissär dazwischen.

»Das nicht, nein ...«, erwiderte der Konsul trocken. »Ich hatte ihn vorher niemals gesehen. Ja ... also ... er kam während der Amtsstunden zu mir und stellte sich als Landsmann vor. Sein Besuch hatte eigentlich keinen legalen Grund. Wie er sagte, wollte er mir bloß seine Aufwartung machen. Wir unterhielten uns dann etwa eine Viertelstunde in holländischer Sprache.«

»Die Kenntnis der holländischen Sprache ist natürlich noch kein Beweis dafür, daß man es auch tatsächlich mit einem Holländer zu tun hat?«

»Ganz gewiß nicht«, gab Mynheer van Haardenbrook zu. »Aber ich muß feststellen, daß der Herr ein tadelloses Holländisch spricht.«

»Die Herren vom Propagandadienst sind gewöhnlich ausgezeichnete Linguisten«, bemerkte der Kommissär. »Haben Herr Konsul in die Papiere des Besuchers Einsicht genommen?«

»Dazu lag absolut keine Veranlassung vor, da ja der Besuch – wie gesagt – ein rein privater war. Ich kann also meine Angaben in der Erklärung zusammenfassen, daß dieser Herr sich unter dem Namen Dr. Hamersvelt bei mir eingeführt hat. Einen Beweis, daß er zur Führung dieses Namens und Titels berechtigt ist, erbrachte er nicht.«

»Ich hatte keine Ahnung, Herr Konsul, daß Sie darauf Wert legen«, brachte Hamersvelt mühsam hervor. »Ich konnte nicht wissen, in welche Lage ich geraten würde ... Ich bitte Sie, doch zu bedenken, Mynheer van Haardenbrook, welche Bedeutung Ihre Stellungnahme in diesem Falle für mich haben kann. Mein Name ist der wissenschaftlichen Welt nicht unbekannt. Die Vervollkommnung der Atoxylbehandlung bei Schlafkrankheit wurde gewissermaßen erst durch die Ergebnisse meiner Arbeiten ermöglicht. Ich darf wohl sagen ...«

Der Konsul ließ seine Blicke unsicher und stumpf zwischen dem Beamten und Hamersvelt hin und her wandern.

»Ihre Angaben«, sagte er langsam und wiegte den dicken Kopf, »werden natürlich gewissenhaft geprüft werden. Und wenn sie auf Richtigkeit beruhen ...«

Der Kommissär blätterte in einem vor ihm liegenden Akt.

»Der Mann heißt mit seinem richtigen Namen Alexei Pawlowitsch Lewinow ...«

»Niemals habe ich so geheißen«, murmelte Hamersvelt kopfschüttelnd.

»Er ist Russe von Geburt«, setzte der Kommissär fort, »reist mit den Dokumenten des ermordeten Ingenieurs Ristow und ist bolschewistischer Emissär ...«

»Was soll ich sein?« wiederholte Hamersvelt, der falsch verstanden zu haben glaubte, und riß angestrengt die Augen auf.

»Was soll ich sein? Bolschewistischer Emissär? God verdoeme ...!«

Mynheer van Haardenbrook lächelte flüchtig und durch den heimatlichen Klang von Hamersvelts herzhaften Fluch angenehm berührt.

»Es scheint mir doch, Herr Kommissär«, bemerkte er nachdenklich, »daß es sich hier um einen holländischen Staatsbürger handelt ..., wenn auch die Papiere ...«

Hamersvelt atmete auf.

»Der Mann spielt seine Rolle gut. Lassen Sie sich nicht irreführen, Herr Konsul!« warnte der Polizeikommissär.

Der Konsul machte ein würdevolles Gesicht.

»Ich kenne meine Pflicht«, erklärte er, »und gebe Ihnen bekannt, daß der Mann bis auf weiteres unter dem Schutze des königlich niederländischen Konsulates steht.«

Ein eingeborner Polizist trat ein und überbrachte ein Telegramm. Ohne besondere Eile entfaltete es der Kommissär.

»Die Antwort aus El Obeïd«, sagte er.

Neue Hoffnung und Zuversicht erfüllte Dr. Hamersvelt. Nun kam auch noch die Antwort aus El Obeïd! Jetzt winkte völlige Aufklärung, Rehabilitierung, Befreiung! Ein Wiedersehen mit der Frau, nach der er sich sehnte ...

Der Polizeibeamte blies den Rauch seiner Zigarette durch die Nase und las:

»Dr. Hamersvelt unmöglich Kairo, da von ihm Code-Telegramm aus Trieste Italia datiert vom 16. erhalten stop verhaftet Schwindler stop Wilcox.«

Einen Augenblick herrschte tiefe Stille in dem Raume. Dann fügte der Kommissär lachend hinzu: »Ist schon geschehen! Was sagen Sie jetzt, Ingenieur Ristow?«

Hamersvelt sank in einen Korbsessel.

Das Code-Telegramm war natürlich von Dr. Carslake aufgegeben worden, nachdem er die Kassette mit den Reagenzröhrchen an Professor Chieti im Triester Hafenspital ausgefolgt hatte ... ›Nachtwetter Sonnenhitze allright Hamersvelt‹ ... Ein absolut verläßlicher Bursche, dieser Käfersammler. Gewissenhaft. Pünktlich. Alles war auf die Minute erledigt worden. Alles hatte geklappt. Nun saß er da und es gab keinen Ausweg mehr.

Mit flehender Stimme rief er : »Meine Herren, es ist doch ganz unmöglich ...«

Aber die beiden anderen kümmerten sich nicht mehr um ihn und unterhielten sich im Flüstertone weiter.

Der Polizeibeamte sprach mit lebhaften Gesten auf den holländischen Konsul ein und dieser schien ihm mit wiederholtem Kopfnicken zuzustimmen.

»Der dritte in dieser Woche. Einen suchen wir noch. Die Herren in Moskau beehren uns mit einem ganz besonderen Interesse«, sagte der Kommissär und drehte sich eine Zigarette.

»Unglaublich«, sagte der Konsul entrüstet. »So rasch wie möglich unschädlich machen! Diese Sowjetagenten können wir hier nicht brauchen.«

Dann verabschiedete er sich liebenswürdig von dem Beamten und ging, ohne Hamersvelt eines Blickes zu würdigen.

»Was haben Sie nun damit gewonnen, daß Sie den Herrn Konsul unnütz herbemüht haben?« fragte der Kommissär achselzuckend.

Hamersvelt wußte nicht, wie ihm geschah. Er war zu müde, um sich in eine Debatte einzulassen. Ein verfluchter Esel, dieser Wilcox! ... Nein, ich selbst bin der Esel. Warum habe ich meine Reise verschoben? fragte er sich mit einem Male. Hatte er nicht Jahre lang darauf gebrannt, heimzukehren, hatte er nicht von den saftig grünen niederländischen Wiesen geträumt, von den blühenden Tulpenbeeten zwischen Haarlem und Leyden, und die Stunden gezählt bis zum Abgang des Schiffes, das ihn diesem verfluchten Kontinent entführen sollte? Bis dann plötzlich in der Halle von Shepheards Hotel jene berückende blasse Frau aufgetaucht war, deren aparte Schönheit alle seine Pläne über den Haufen geworfen hatte und deretwegen er jetzt in der Klemme saß. Was würde eigentlich mit ihm geschehen? Was stand ihm bevor? Gleichgültig! Wenn die Wendung, die sein Schicksal nahm, eine Strafe sein sollte, so war er bereit, sie auf sich zu nehmen. Nur nicht mehr mit diesem unsympathischen, höhnischen Gesicht da gegenüber Frage und

Antwort tauschen müssen ... Nichts mehr reden ... schlafen ...

Mit einer schwachen, ablehnenden Handbewegung nahm er die letzte ironische Ansprache des Kommissärs hin und ließ die müden Augenlider zufallen. Seine Beine streckten sich. Er war sitzend eingeschlafen.

Nach einer Weile wurde er unsanft wachgerüttelt.

»Sie nehmen die Sache nicht tragisch«, sagte der Kommissär. »Das ist recht. Sie brauchen keine Angst zu haben ... Es geschieht Ihnen nichts ... Sie werden bloß – im Austauschwege – in Ihre Heimat geschickt. Sie reisen – und noch dazu kostenlos ...«

»Nach Amsterdam?« fragte Hamersvelt wie aus dem Traum.

»Fangen Sie schon wieder an zu phantasieren?« unterbrach ihn der Kommissär und zog ärgerlich die Brauen zusammen ... »Jetzt könnten Sie die Komödie doch schon aufgegeben haben! Sie reisen in Ihre Heimat ... Nach Archangelsk. Eine schöne, weite Reise, die Sie in Gesellschaft einiger ebenso liebenswürdiger wie amüsanter Gentlemen zurücklegen werden, mit denen Sie sich gewiß recht gut vertragen werden ... Parteigenossen ... Kollegen, die alle auch einen unfreiwilligen Urlaub in die geliebte Heimat antreten.«

Der Kommissär packte die Dokumente des Ingenieurs Alexander Iwanowitsch Ristow und das Telegramm zu seinem Akt, klingelte, stand schwerfällig auf.

Dr. Hamersvelt hatte nur mehr den Klang einer Stimme gehört, ohne den Sinn der Worte zu verstehen. Er sehnte sich bloß nach Ruhe ... alles andere war ihm gleichgültig.

Intermezzo

Liebste!

Ich sehe, daß Du zornig bist, daß Du meine Schriftzüge erkennst und daß du den Zyklamenstrauß zu Boden wirfst und mit Deinen kleinen Füßen zertrittst ... Und doch waren weiße Zyklamen Deine Lieblingsblumen und sind es noch ... Ich bin traurig, daß ich Dir wieder Schmerz bereiten muß, aber es ist nicht meine Schuld. Hättest Du mich nicht verlassen, meine süße, einzige Geliebte, so wäre vieles ungeschehen geblieben, was Dir und mir und anderen Kummer bereitet. Wie leid sie mir tun, die armen jungen Leute, die zwischen uns standen und nun nicht mehr zwischen uns stehen ...

Es wird Dich interessieren, was aus dem kleinen Baron Langaard, dem hoffnungsvollen Favorit der Athener Gesellschaft geworden ist. Mademoiselle Zaymis und Mademoiselle Caradja weinen noch immer um ihn, wenn sie an ihn denken, und sie denken oft an ihn. Allerdings haben sie auch schon früher um ihn geweint, – von dem Tag an, an dem Du zum ersten Male seinen Weg gekreuzt hast. Ach, sie sind treue Seelen und trauern noch immer um ihn, wenn er ihnen zum Schluß auch nicht mehr gehört hat. Er war in der Tat ein reizender und nicht ganz unbegabter Mensch, der Karriere gemacht hätte, wenn er nicht den einen Fehler gehabt hätte, den Fehler, leidenschaftlich gern zu spielen. Als ich und zwei meiner zuverlässigsten Freunde ihm eine Partie Ecarté vorschlugen, zögerte er keinen Augenblick, anzunehmen. Er hatte wohl gehofft, in der Aufregung des Spieles, Dich vergessen zu können. In diesem Punkte scheint er sich jedoch getäuscht zu haben. Er muß mit seinen Gedanken doch bei dir gewesen sein, denn er war zerstreut, proponierte unrichtig, vergaß den König zu markieren und verlor ununterbrochen – ob er poitierte oder an der Jouette war. Zwanzigtausend Pfund sind eine nette Summe – er verlor sie an meinen Freund Istomyn. Ich gebe Dir die Versicherung, daß nicht ich ihm das Geld abgenommen habe, sondern daß es Istomyn war, der alles gewann, was Baron Langaard bei sich trug. Ja, der junge Mann hatte wirklich den ganzen Betrag in der Tasche – bloß daß es nicht sein Eigentum war, sondern der Gesandtschaftskasse gehörte ... Du kannst Dir leicht vorstellen, daß die Geschichte für den Armen leicht ein übles Ende hätte nehmen können. Er sah keinen Ausweg vor sich, die Familie hätte bestimmt nichts für ihn getan, und so war es geradezu meine Pflicht, mich seiner anzunehmen.

Wenn Du jemals Lust bekommen solltest, in Cincinnati Deine herrliche Stimme ertönen zu lassen – es wundert mich ja längst, daß Du Dich noch nicht auf eine amerikanische Tournee begeben hast – wenn Du also auf diese Weise nach Cincinnati kommen solltest, dann steige freundlichst im Walpoole Hotel ab, wo er als Messerputzer eine zwar relativ bescheidene, aber gesicherte Existenz führt. Jetzt fühlst Du gewiß einen leisen oder auch stärkeren Stich in der Herzgegend – nicht wahr, Liebste? – aber das wird in einer Sekunde vorbei sein. Es muß auch Messerputzer geben und vielleicht denkt er trotzdem an Dich. Man vergißt einander doch niemals – so wie ich auch überzeugt bin, daß der wackere holländische Doktor aus Kordofan Dich nie im Leben vergessen wird ... Auch ihn hast Du auf dem Gewissen, mein Täubchen. Auch ihn hast Du zum letzten Male gesehen. Er wird nicht mehr wiederkommen. Aber

Du brauchst keine Angst zu haben – es wird ihm kein Leid geschehen. Du weißt, daß ich kein Mörder bin. Er hat sich, ohne davon selbst eine Ahnung zu haben, in einen bolschewistischen Agenten verwandelt und reist jetzt – wie ich zugebe, nicht ganz freiwillig – nach Rußland. Dort wird er gegen einen von der Tscheka verhafteten englischen Offizier ausgetauscht werden. Du kannst Dir denken, daß ihn dieser Engländer, dem er den Weg in die Heimat eröffnet, mit Sehnsucht erwartet.

Schicksal, Liebling, Kismet! Weiß Gott, ob er wieder nach Kordofan zu seinen Tse-Tse-Fliegen heimkommt. Viel wahrscheinlicher ist es, daß er in Rußland irgend eine neue Spezies Stechmücken finden und seine Tse-Tse-Fliegen vergessen wird. Rußland ist groß und braucht Ärzte. Und das alles ist geschehen, weil eine schöne Frau die unbezwingliche Laune hatte, ihrem Serjoschka, dem sie im Herzen treu ist, einen neuen Streich zu spielen ...

Gib es doch auf, mein Täubchen. Du bist das unheilvolle Licht, an dem die vielen armen Motten sich die Flügel verbrennen! Laß den braven Dr. Hamersvelt das letzte Opfer gewesen sein. Ich denke an Dich, ich bin bei Dir und küsse den Boden, über den Du schreitest ...

Sergej.

Ein Laib Brot

In einem kleinen, schäbig eingerichteten Passagierzimmer des Hotel »Europe« in Kielce saß, in abgenützte Decken eingehüllt, ein kranker Mann in einem wakkeligen Lehnstuhl.

Schütteres Haar fiel feucht und wirr in seine fieberheiße Stirne. Auf den unrasierten, eingefallenen Wangen brannten rote Flecken. Sein Mund stand offen und seine Brust unter der zerrissenen Bluse hob und senkte sich in hastigen, kurzen Atemzügen. Erwartungsvoll hingen seine Augen an der Türe.

Plötzlich erhob er sich, wankte mit unsicheren Schritten an sein zerwühltes Bett und drückte auf die elektrische Klingel.

Ein scharfes, klirrendes Signal hallte unheimlich und hilferufend durch die leeren Gänge. Gleich darauf steckte eine unsaubere Frauensperson, ohne anzuklopfen, den zerrauften Kopf durch den Türspalt und rief in singendem Tonfall: »Bitte ... Panje ...«

»Ist mein Brief ... nicht expediert worden?« stöhnte der Kranke.

»Gewiß, Panje. Der Gemeindediener hat ihn mitgenommen. Gleich am Morgen. Er mußte wegen der Straßenumlage hinüber.«

»Und niemand ...?«

»Bis jetzt nicht, Panje. Aber gerade fährt ein Schlitten in den Hof! Vielleicht ...«

In der Einfahrt wurden Stimmen laut. Ein fester Schritt kam über die knarrende Holztreppe. Mit einem unbeholfenen Knix ließ das Stubenmädchen einen eleganten jüngeren Herrn in verschnürtem kurzem Pelz eintreten.

»Skorgewski!« rief der eben Angekommene und sein hübsches blasses Gesicht mit dem gestutzten dunklen Schnurrbart nahm einen tief bestürzten Ausdruck an. »Freund ... Bruder ...!«

»Ja«, erwiderte der andere mühsam, »du wunderst dich ...«

»In diesem elenden Hotelzimmer! ... Du bist krank, du mußt sofort mit mir kommen! Mein Gott, was ist dir widerfahren?«

Er hatte die beiden abgezehrten Hände Skorgewskis ergriffen und drückte sie herzlich.

»Ich werde nicht zu dir kommen«, sagte Skorgewski.

»Aber du kannst doch nicht hierbleiben! Das dulde ich nicht. Bei mir findest du Pflege, – ein reines Bett. Ich lasse den Arzt rufen!«

Skorgewski und Roman Kodenski hatten zusammen in der Armee des Generals Koltschak in Sibirien gedient, waren mit ihm, gegen die roten Truppen kämpfend, bis an die Wolga gekommen, hatten mit einer Kosakensotnie zwei Partisanenabteilungen vernichtet und den Ring, den die Bolschewiken um die Usin'sche Brigade gezogen hatten, durchstoßen. Als die Bolschewiken Koltschak in Wladiwostok erschossen hatten, war Kodenski auf sein Gut nach Polen zurückgekehrt.

»Du wirst jede erdenkliche Pflege haben, alter Kamerad«, rief er. »Hier in diesem schmutzigen Quartier bist du verkauft und verloren.«

»Bruder, nicht um mich handelt es sich.«

Skorgewski tastete nach einem Glase, das neben ihm auf dem Tische stand, befeuchtete die fiebertrokkenen Lippen und erhob sich mit Anstrengung; öffnete mit einem Ruck die Türe, um sich zu überzeugen, daß sie nicht belauscht wurden. Dann taumelte er wieder kraftlos in den Lehnstuhl.

»Glaubst du, daß ich hergekommen bin, um mir dein Gut anzuschauen? Nein ... es ist der reine Zufall ... Ich bin auf der Reise nach Zürich ... Ja ... Und wenn mich das Fieber nicht gepackt hätte, hätte mich dieses verdammte Kielce niemals zu Gesicht bekommen.«

Er trank durstig von dem trüben, abgestandenen Wasser und fuhr fort: »Ich habe mich erinnert, daß du hier in der Nähe zu Hause bist ...«

»Nach Zürich willst du? Was suchst du dort?«

»Ich habe einen Auftrag übernommen. Er muß ausgeführt werden! Verstehst du? Du bist Landwirt geworden, hast den Säbel abgelegt. Ich aber fechte weiter, bin im Dienst ...«

»Der Krieg, Bruder –«

»Der Krieg ist zu Ende. Die Armee hat sich aufgelöst. Aber der Feind ist noch immer da ...«

Er unterbrach sich und sah Kodenski mit dem durchdringenden Blick des Sterbenden in die Augen.

»Glaubst du noch an unsere Sache?« fragte er hastig. »Bist du noch der Unsere ...? Glaubst du daran, daß Rußland auferstehen wird?«

»Ich glaube, daß Rußland auferstehen wird«, antwortete Kodenski ernst und feierlich.

»Bruder, ich komme aus Rußland und ich werde verfolgt.«

»Ist die Meute hinter dir her? Sei ruhig, hier bei uns bist du in Sicherheit.«

»Du irrst dich, Bruder. An keinem Ort der Welt bin ich in Sicherheit, so lange ich ...«

Er zögerte. »Schau nach, ob niemand draußen ist!« bat er.

Kodenski ging an die Türe und blickte hinaus.

»Niemand«, beruhigte er den Kranken.

Im Flüstertone fuhr Skorgewski fort:

»Bruder, wozu viele Worte, ich kenne dich ... Du wirst mich nicht enttäuschen. Hör mich an. Sie haben alle Ursache, mich zu verfolgen ... Ich habe einen Laib Brot über die Grenze gebracht.«

»Einen Laib Brot ...«, fragte der andere mit leichtem Erstaunen in der Stimme.

Sprach Skorgewski im Delirium? Glühte der Wahnsinn in seinen Augen? Brot? Flucht? Verfolgung? Was bedeuteten diese wirren Reden?

Skorgewski beugte sich vor. Sein Atem ging rauh und stoßweise.

»Ein Laib Brot ... Jawohl ... den man mir anvertraut hat ... und den die drüben mir abjagen wollen. Dreiunddreißig Tage bin ich auf der Reise. Immer verkleidet ... als Rotarmist, als Kutscher, als Bahnarbeiter, als Heizer auf einem Dnjeprdampfer ... Zuerst war's Baron Frederiks. Er ist tot und ich übernahm das Brot. Viermal waren sie nahe daran, mich zu verhaften ... Viermal gelang es mir, ihnen zu entkommen, bis ich auf Schleichwegen polnischen Boden erreichte ... Aber auch nach Polen reicht ihr Arm ... Sie sind hinter mir her. Auf offener Straße haben sie mich überfallen ... In diesem Augenblick vielleicht schon bereiten sie einen neuen Anschlag vor. Ich muß weiter! Ich darf nicht hier bleiben. Und jetzt ist dieses verdammte Fieber über mich gekommen ... Ich habe keinen Arzt zu mir gelassen ... ich traue keinem. Die Zeit drängt ... und der nächste Überfall findet mich wehrlos. Und dann ist alles verloren ... dann war alles umsonst. Sie bringen das Brot zurück nach Rußland.«

»Das Brot?« fragte Roman Kodenski und sein Blick war voll Mitleid und Verständnislosigkeit. »Was bedeutet das Brot? Was verbirgt es? Papiere? Geld?«

»Es ist geweihtes Brot ... Aus dem Michaelskloster in Tobolsk ...! Jetzt weißt du's.« Erschöpft ließ er den Kopf sinken.

»Ich verstehe«, sagte Kodenski kurz.

Skorgewski wischte sich den kalten Schweiß von der Stirne und murmelte mit grauen Lippen: »Ich bin auf dem Wege zu Ogolenskij. Er erwartet mich in Zürich. Ihm muß ich das Brot übergeben – so lautet mein Auftrag. Er weiß, was damit zu geschehen hat ... Ich kann nicht weiter ... Ich bin fertig ... Bruder, du wirst nicht auf dein Gut zurückkehren ... Du läßt mich nicht im Stich ... Dir vertraue ich den Laib Brot an ...!«

»Und du?«

»Kümmere dich nicht um mich. Was liegt an mir! Ich bin erledigt ... Sie sollen mich finden ... Ob ich am Fieber verrecke oder eine Kugel ins Genick bekomme ... ist egal.«

»Ich bin bereit«, sprach Kodenski feierlich.

Skorgewski wandte sich um.

»Dort ...! Im Bett, unter der Matratze ... die verschnürte Ledertasche. Sie enthält das geweihte Brot. Du reist sofort ...!«

»Ja, ich lasse mir Geld und Kleider an die Bahn bringen. Du kannst dich auf mich verlassen. Ich werde Ogolenskij finden. Das Brot wird in die rechten Hände gelangen.«

Mit Tränen in den Augen umarmte er den sterbenden Freund.

»Ich sende dir einen Arzt. Mein Kutscher wird dich abends abholen und auf mein Gut bringen. Ich glaube an ein Wiedersehn!«

Skorgewski schüttelte den Kopf.

»Ich nicht«, sagte er. »Aber das ist nicht wichtig. Viele sind gefallen im Kampf. Was liegt an mir!«

Dschahid

Abadjian Dschahids neuer, während des Weltkrieges erbauter Bureaupalast erhob sich zwischen dem Henneberghaus und dem Roten Schloß am Alpenquai.

Von den Fenstern seines Arbeitszimmers übersah man die blaue Fläche des Zürichersees bis an die Silhouette der fernen Berge.

Dschahid saß breit und sicher an seinem mächtigen Schreibtisch, hielt in der rechten Hand das Sprachrohr des Telephons, durch das er von Zeit zu Zeit – das Gespräch mit einem Besucher unterbrechend – seine Orders gab. Zwischendurch diktierte er seinem Sekretär den Entwurf eines Vertrages mit der Dark Growers Compagnie in New York.

Sein Besucher, ein glattrasierter, ausgemergelter Herr mit skrupellosen Augen, in einem lichten Regenmantel, rückte nervös in seinem Fauteuil hin und her.

»Daß ich wegen dieser Bagatelle nach Wien fahre, ist natürlich ganz ausgeschlossen«, sprach Dschahid ins Telephon. »Nächste Woche bin ich in Konstantinopel. Falls das Gericht auf meine Aussagen Wert legt, soll jemand herkommen, ein Protokoll aufnehmen ... Ich stehe zur Verfügung.« Dann legte er die weiche, fleischige Linke mit den funkelnden Brillantringen auf das Mikrophon und wandte sich – ohne eine Pause zu machen – an den Herrn im Regenmantel: »Der Unterschied liegt darin, ob wir den Preis ab Liverpool ansetzen oder ob Sie die Ware nach Frankfurt geliefert bekommen wollen. Ich würde Ihnen natürlich raten, die Ware sozusagen in Ihrem Hause zu übernehmen, da Sie der Transport auf eigene Rechnung unverhältnismäßig höher zu stehen kommt. Für mich rollen auf sämtlichen europäischen Bahnen meine eigenen Waggons, ich habe den Vorteil besonders ermäßigter Tarife und dieser Vorteil kommt in erster Linie meinen Kommittenten zugute. Das müssen Sie bedenken ...«

»Ja«, sagte der andere und begann in seinem Notizblock eine Aufstellung zu überprüfen. »Gewiß ... aber ...«

»Schreiben Sie weiter!« rief Dschahid dem Sekretär zu. »Paragraph 14: Von der bulgarischen Ernte 1921 liefern wir Ihnen laut den von Ihrem Experten geprüften Mustern je 10 000 Kilo der Sorten Plowdiff, Kardjali, Djoumaia, Nevrekop, Popowo und Baschi-Bagli, erste und zweite Type, zu je sechs Qualitäten im vereinbarten Mischungsverhältnis ...«

Ein lautlos eintretender Diener unterbrach ihn und überreichte eine Karte.

»Oh«, rief Dschahid und fuhr mit den dicken, gepflegten Fingern über seinen parfümierten schwarzen Schnurrbart, »Hauptmann Ferid Bei, herein mit ihm! Sie entschuldigen, daß ich diese Sache gleichzeitig erledige ... sonst werde ich mit meinem Tagesprogramm nicht fertig. – Gut, abgemacht«, beendete er das Telephongespräch und legte den Hörer auf.

Hauptmann Ferid Bei trat ein und ließ sich auf der anderen Seite des Schreibtisches nieder.

»Sie kommen wegen der Gewehre«, begrüßte ihn Dschahid und verlangte durch das Haustelephon, daß

Dr. Werner sofort den Vertrag über die Waffenlieferungen herunterbringen solle. »Im Augenblick ...« Mit einer Kopfwendung gegen den Sekretär fuhr er zu diktieren fort: »Paragraph 15: In Vertretung der Firma Peter Diako Diakov in Sofia und als Generalagent der bulgarischen Regierung verpflichtet sich die unterzeichnete Firma Dschahid, bis zum 31. Dezember 1925, weder direkt noch indirekt mit anderen Geschäftshäusern der U.S.A. als mit der Dark Growers Compagnie geschäftliche Verhandlungen über die Lieferung lichter Tabake zu führen ...«

»Sie haben recht«, sagte der Herr im Regenmantel, seine Berechnungen abschließend. »Jetzt wäre bloß noch die Zollfrage zu erledigen ...«

»Dann sind wir einig«, antwortete Dschahid. »Hier ist meine Unterschrift. Begeben Sie sich, bitte, ein Stockwerk höher zu Herrn Professor Overloop, unserem Zollfachverständigen – er wird Sie über alles aufklären. Sie können das Abkommen gleich oben bei ihm unterzeichnen.«

Während sich der Besucher entfernte und Dr. Werner den Vertrag über die für die ottomanische Regierung bestimmte Waffenlieferung vorlegte, beugte sich Dschahid zu dem Hauptmann.

»Ich kann Ihnen leider bloß Mausergewehre liefern.«

Ferid Bei protestierte.

»Das ist gegen die Verabredung ... Sie haben sich doch ausdrücklich verpflichtet ...«

»Wenn es Ihnen nicht paßt, müssen Sie das Geschäft nicht machen. Ich kann dreimal verkaufen – und zu weit günstigeren Bedingungen. Sie tun mir direkt einen Gefallen, wenn Sie mir die Gewehrchen lassen.

Lesen Sie dieses Telegramm: ›Abnehme sofort zweitausend Stück Pulswärmer zu angegebenem Preis. Übernahmestation Ponte de Lima. Drahtantwort Delastros Lissabon‹ ... Sie haben drei Minuten Bedenkzeit.« Dann diktierte er weiter: »Paragraph 16: Die Zahlung erfolgt vierzehn Tage nach Übernahme der Ware nach Maßgabe der effektuierten Teillieferungen auf das Konto der Firma Dschahid bei der Zentrale der Anglo American Bank in New York ...«

Der Bleistift des Stenographen flog über das Papier.

Die Telephonklingel ertönte. Dschahid hob ab.

»Was?« schrie er in den Apparat, schlug mit der Faust auf den Tisch und seine blaurasierten Wangen färbten sich dunkelrot: »Was? Tabakladung in Triest beschädigt angekommen ...? Sofort bei Lloyds anmelden! Balkanwirtschaft! Apostoloff muß wegen mangelhafter Verpackung haftbar gemacht werden ...!«

Wieder brachte der Diener eine Karte.

Dschahid warf einen Blick darauf und schnellte von seinem Sitz empor.

»Es tut mir leid, meine Herren – ich habe keine Zeit mehr ...«

»Und die Mausergewehre?« fragte der Hauptmann ärgerlich.

Dschahid winkte mit beiden Händen heftig ab.

»Bemühen Sie sich in das Sekretariat, machen Sie Ihr Angebot ... alles andere auf morgen!«

Der Stenograph packte zusammen, der Hauptmann empfahl sich mißvergnügt.

Mit elastischen Schritten, die man seinem massigen Körper kaum zugetraut hätte, trat Dschahid vor den Spiegel, bürstete sein schwarz glänzendes Haar zurück, stäubte eine Mischung von Peau d'Espagne und

Ambre Antique über Schnurrbart, Rock und Taschentuch und betrachtete selbstgefällig lächelnd sein Spiegelbild. Dann wandte er sich um und schritt mit feierlicher Grandezza Lydia entgegen, die der Diener eintreten ließ.

»Fürstin«, rief er entzückt und ließ seine großen, mandelförmigen Augen dunkel aufblitzen. »Fürstin! Sie bringen das Glück des Paradieses in das Haus eines armen Lastträgers. Darf ich Sorbet bringen lassen? Champagner, Obst, Backwerk, Confituren oder haben Sie sonst einen Wunsch ...?«

Lydia war blaß und nervös. Ihre Blicke glitten kühl überprüfend über die prunkvolle Einrichtung des armen Lastträgers. Sie lehnte alles ab, Sorbet, Champagner, Obst und Confituren.

Beschwörend hob Dschahid die brillantenblitzenden Hände.

»Nichts? Nichts ...? Aber vielleicht ... Nun, wie Sie wünschen. Philippe, ich bin für niemand zu sprechen ... absolument pour personne, sans exception! Auch telephonisch nicht!«

Der Diener zog sich mit einer Verbeugung zurück.

»Nehmen Sie Platz, Fürstin, machen Sie sich's bequem. Ich habe gewußt, daß Sie eines Tages kommen würden ... ich gehöre zu den Leuten, die Geduld haben. Mit Geduld ist alles zu erreichen ... oder fast alles ... Darf ich fragen, welchem Umstande ich gerade heute die Auszeichnung Ihres Besuches verdanke?«

Lydia saß in einem tiefen Fauteuil, preßte die Finger in das weiche Antilopenleder des Überzuges und sagte, fast ohne die Lippen zu bewegen: »Dschahid, verschaffen Sie mir Ruhe vor Ogolenskij ...«

»Vor Ihrem Gatten?«

»Er ist längst nicht mehr mein Gatte.«

Der Tabakgroßhändler lächelte süßlich. Mit der rechten Hand streichelte er seinen herabhängenden Schnurrbart, die unbeschäftigte Linke fingerte an den glatten Kugeln des Bernsteinrosenkranzes, den er automatisch aus der Hosentasche gezogen hatte.

»Sie müssen sich deutlicher ausdrücken ... Wie soll ich das verstehen?«

»Spüren Sie ihn auf!«

»Ah – Sie wissen gar nicht, wo er ist?« rief er dazwischen.

»Sie werden ihn schon finden und schachmatt setzen!«

Dschahid schloß einen Moment die schweren Augenlider, als dächte er nach. Wiegte lächelnd den Kopf.

»Sonderbar, sonderbar ... Wenn man denkt, was alles in der Welt vorgeht! Wie lange ist es her, da waren Sie und Ihr Mann ein Paar, das um sein Glück beneidet wurde ... ein klassisches Liebespaar, Abälard und Heloise mit Eheringen. Und heute sitzt Lydia Ogolenskij vor mir ... vor ihrem bescheidensten, ergebensten Diener, um Schutz vor ihrem Gatten zu suchen ...«.

»Ja«, sprach Lydia schwer atmend, »Sie müssen mich von ihm befreien!«

»Auf mich können Sie sich verlassen, Fürstin! Ich werde Sie befreien ... Sagen Sie mir nur, um Gottes willen, weshalb sich Ihre heiße Liebe zu ihm in Haß verwandelt hat! Denn Sie hassen ihn doch ... Nicht wahr?«

Ohne auf seine Frage eine direkte Antwort zu geben, flüsterte Lydia Ogolenskij leidenschaftlich vor sich hin: »Es gibt Dinge, die eine Frau nicht verzeihen kann ... Sergej hat mich beleidigt – wie niemals ein Mann seine Frau beleidigt hat.«

»Oh, oh«, sagte Dschahid teilnahmsvoll und seine schwarzen Augen funkelten vergnügt. »Ärmste ... Teuerste ...«

»Sie wissen doch, daß er nicht leben kann, ohne in alle möglichen politischen Intrigen verstrickt zu sein ...«

Dschahid nickte ernst.

»Er ist der reine Satan! Alle Welt weiß, daß er einen waghalsigen Versuch gemacht hat, das Leben der Zarenfamilie zu retten.«

»Aber er kam zu spät ...«

»Vielleicht – vielleicht auch nicht ...«, warf Dschahid nachdenklich ein. »Es heißt, daß sein Handstreich nicht ganz vergeblich war. Er hat Jekaterinburg nicht allein verlassen, das ist sicher. Aber wen er gerettet hat, ob es die Zarin war oder der Zarewitsch ... eine Prinzessin oder vielleicht nur eine kleine Kammerzofe ... oder der Zar Nikolaj selbst, das weiß nur Ogolenskij allein ... In jener Kalkgrube bei Jekaterinburg liegt eine Leiche weniger, als Rußland glaubt.«

In ihrem Drange, sich endlich einmal rückhaltlos auszusprechen, fuhr Lydia fort: »Auch damals – vor zwei Jahren – hat es sich scheinbar um eine geheimnisvolle und abenteuerliche Sache gehandelt ... damals, als er in Lugano das Duell hatte ...«

»Duell?«

»Sie müssen von der Skandalgeschichte gehört haben! Sie wurde in allen Zeitungen breitgetreten! Die ganze Welt hat es gelesen ...«

Dschahid erinnerte sich sehr genau.

»Ach ja«, seufzte er. »Das Duell mit dem Franzosen.«

»Mit dem Major de la Tremolière, dem französischen Militärattaché ... Sie wohnten im gleichen Hotel ... im Splendid au Lac ...«

»Es muß schon fast zwei Jahre her sein«, nickte Dschahid. »War es nicht im April? Es hieß, daß der Franzose mit der Gemahlin des Fürsten Ogolenskij ... eine Liaison angeknüpft habe ... Irgendwelche Dummköpfe behaupteten – mein Gott, die Welt ist schlecht! – daß der Fürst die beiden in einer sehr – verzeihen Sie, Fürstin – in einer ganz ... unzweideutigen Situation zu ertappen das Malheur gehabt hätte ...« Beschwörend streckte er die von Brillanten funkelnden Hände in die Luft und setzte fort: »Ich persönlich habe diesen häßlichen Gerüchten natürlich keinen Augenblick Glauben geschenkt! Ein Irrtum, ein unglückseliges Mißverständnis ... kein Zweifel ... und das Duell ...«

»Das Duell fand aus diesem Grunde statt! Nur ein Umstand, ein kleines Detail stimmt nicht: die Dame, die damals mit dem Fürsten im Hotel Splendid au Lac wohnte, die er nach Lugano mitgebracht und als Fürstin Ogolenskij in die Gesellschaft eingeführt hatte – war nicht ich ...!«

Aufs äußerste verblüfft zog Dschahid die Augenbrauen hoch, der Rosenkranz entfiel seinen Fingern und glitt in die Hosentasche. Die dicken Lippen unter dem schwarzen Schnurrbart spitzten sich zu einem unhörbaren Pfiff.

»Es ist ganz richtig«, rief Lydia mit blitzenden Augen, »daß ihn diese Dame mit Herrn de la Tremolière betrog, und es ist Tatsache, daß der Fürst skrupellos genug war, für diese Dame einzutreten, für sie sein Leben unter den schwersten Bedingungen aufs Spiel zu setzen ...«

»Ah, also nicht für Sie, Fürstin?« entfuhr es Dschahid.

»Nein! Nicht für mich ...! Sie können sich denken, wie sinnlos er in sie verliebt gewesen sein muß, um sich zu so einem Schritte hinreißen zu lassen. Verhöhnt, doppelt bloßgestellt, verließ ich ihn. Wir lebten damals in Rom. Ich habe seine Rückkehr nicht abgewartet ... Ich habe ihr meinen Platz eingeräumt, der Frau, für die er sich geschlagen hat. Und seit diesem Tage bin ich auf der Flucht vor ihm, denn er verfolgt mich und gibt mich nicht frei ... Jeder Mann, der sich mir nähert, der es versteht, meine Sympathie, meine Freundschaft zu erwerben, der gut zu mir ist, verfällt seiner Rache. Wo immer in der Welt es sein mag, taucht er auf und greift mit unsichtbarer Hand in mein Leben ein. Überall hat er Spione, Freunde, Verbündete, Mithelfer ...! Wer mir nahesteht, ist verloren! Keiner hat es vermocht, sich gegen ihn zu schützen. Er ist unerschöpflich in der Variation seiner Mittel! Der letzte Unglückliche, der sich in mich verliebte und der daran glauben mußte, war ein Erfinder, ein entzückender junger Schotte – wissen Sie, was er dem angetan hat? Er hat ihm seine Erfindung stehlen lassen ...! Einfach stehlen! Und jetzt jagt der Ärmste dem Dieb rund um die Welt nach, verzweifelt, rasend ... Sehen Sie: seine letzte Ansichtskarte vom Kap der Guten Hoffnung...! Einer meiner Freunde sitzt im Irrenhaus ... In Dublin ...«

»Aus Liebe zu Ihnen wahnsinnig geworden?«

»Nein, keine Spur! Ogolenskij hat ihn hineingetrieben. Er hat ihn unaufhörlich durch die fürchterlichsten Erscheinungen, die er ihm vorführte, erschreckt: die ganze Nacht schrie der Totenvogel vor seinem Fenster, anonyme Briefe, die auf rätselhafte Weise bei geschlossenen Türen in sein Zimmer gelangten, verboten ihm unter Androhung sofortiger Ermordung, gewisse Straßen zu passieren, mit seinen Freunden zu verkehren, mich anzurufen ... Phosphoreszierende Totenköpfe zeigten sich nachts an seinem Fenster. Wenn er einschlief, brach sein Bett mitten durch und vom Plafond fielen blutdürstige Skorpione. Schließlich fand er alle seine Zimmer mit Hunderten von weißen Mäusen bevölkert ... – ich muß da einschalten, daß er wirklich ein bißchen trank – weiße Mäuse überall, auf dem Fußboden, in der Schreibtischlade, im Wäschekasten ... aus den Ärmeln seiner Kleider sprangen sie ihm entgegen – ... Da hielt er sich selbst für irrsinnig und floh, um vor diesen grauenhaften Visionen Ruhe zu haben, freiwillig ins Irrenhaus ...«

Dschahid warf sich auflachend im Fauteuil zurück, klatschte mit seinen weichen Händen begeistert auf die mächtigen Schenkel.

»Grandios!« schrie er. »Einzig, bewundernswert ...!«

»Sie lachen«, sagte die Fürstin. »Aber das ist nichts, worüber man lachen kann. Es ist entsetzlich! Er ist ein Unhold.«

»Ich fürchte mich nicht, weder vor Geistererscheinungen noch vor weißen Mäusen! Mich kann man weder entführen noch bestehlen!«

»Deshalb bin ich auch bei Ihnen – weil ich weiß, daß Sie sich vor niemand fürchten, daß Sie mächtig sind und daß Sie der Einzige sind, der ihm – vielleicht – gewachsen ist.«

Dschahid verbeugte sich.

»Ich danke Ihnen für Ihr Vertrauen. Seien Sie ganz beruhigt, ich werde ihn besiegen, klein und demütig machen ... vernichten, jawohl! Aber nun noch eine Frage. Ich bin ein schlichter Kaufmann, ich muß wissen, in was für ein Geschäft ich mich einlasse. Was bekomme ich dafür, wenn ich Sie von ihm befreie ...?«

Lydia fühlte seine lüsternen Blicke an ihren Seidenstrümpfen hinauftasten, die Konturen ihres Körpers abschätzen. Sie biß die Zähne zusammen und preßte die Augen zu.

»Ich kenne Sie, Dschahid, und Ihre Forderungen ... Das Geschäft, das ich Ihnen vorschlage, ist einfach: ich setze mich selbst als Preis ein ...«

Dschahids rundes Gesicht strahlte. Er erhob sich und wollte sie an sich ziehen. Aber sie wich ihm aus.

»Zuerst Ihre Leistung«, rief sie. »Das Resultat!«

»Das sollen Sie bald haben! Schade, daß Sie nicht früher gekommen sind ...«

»Wenn ich nur nicht zu spät gekommen bin ...«

»Ja«, versicherte Dschahid, indem er lebhaft beide Arme ausbreitete, »mit mir wird er rechnen müssen. Ich bin eine Großmacht ... Mein Wille, meine gute Laune, meine Unterstützung bringt Sieg, meine Feindschaft Verderben. Wissen Sie, warum General Judenitsch Petersburg nicht erobert hat? Als er vier Kilometer von der Stadt entfernt, in Gatschina, stand, bildete er sich ein, daß er mich nicht mehr brauche und wurde frech. Da ließ ich ihn fallen – und er war erledigt. Und wissen Sie, was die Jungtürken mir verdanken? Als Enver Pascha zu mir kam, war er ein Subalternoffizier. Ja, Dschahid macht Weltgeschichte ... Aber bleiben wir bei der Sache – Ihr Mann ist wohl sehr reich?«

»Nennen Sie ihn nicht mehr meinen Mann!« sprach

sie gequält. »Er ist es längst nicht mehr ... Die Familie Ogolenskij besitzt die Naphtagruben von Baku. Fast alle Aktien gehören ihr. Und die Regierung von Aserbeidschan hat die Eigentumsrechte der Grubeninhaber nicht angetastet ...«

»Das weiß ich.«

»Der Fall ist wirklich nicht so einfach, wie Sie ihn sich vorgestellt haben.«

»Für mich ist jeder Fall einfach – wenn ich einmal weiß, wie ich ihn anzupacken habe!«

»Wissen Sie das bereits?«

»Natürlich. Das Axiom, daß zum Kriegführen Geld gehört, bleibt ewig wahr, obwohl es von einem österreichischen Feldherrn stammt ... Ogolenskij ist besiegt, wenn ich ihm sein Geld wegnehme!«

»Wie wollen Sie das zustandebringen?«

»Das überlassen Sie mir ... ich habe schon andere Kunststücke fertiggebracht. Ich werde ihn ruinieren, das schwöre ich Ihnen!«

Dschahid war an das breite Fenster getreten und blickte triumphierend über die Baumwipfel der Seepromenade, zwischen denen schon die ersten Laternen aufflammten. Sauber und pünktlich begann Zürich seinen Feierabend. Die untergegangene Sonne hatte den Himmel in blassem rosenroten Glanz zurückgelassen. Tief atmend wandte er sich zu der schönen Frau um, die er seit Jahren begehrte und deren Eroberung ihm jetzt zu winken schien.

»Lydia«, rief er, »ich werde Sie mit allen Reichtümern der Erde umgeben ... In meinem Hotel in Paris habe ich zwei byzantinische Goldschalen, eine mit Diamanten und Smaragden, die andere mit den seltensten Opalen bis zum Rande gefüllt. Von der geschiedenen Frau des

Herzogs von Sutherland en bloc gekauft. Ich freue mich, daß Sie ihre süßen, weißen Finger spielend in die funkelnden Edelsteine tauchen werden. Momentan sind sie allerdings in meinem Geheimsafe im Credit Lyonnais deponiert. Wir werden reisen ... Ich kaufe Ihnen eine Jacht ... Aus dem Besitz des ehemaligen Königs von Griechenland ist mir kürzlich eine angeboten worden ... mit allem Komfort eingerichtet ... nicht einmal besonders teuer – ein Gelegenheitskauf ... Ich lasse Sie von Picasso porträtieren. – Er ist mir verpflichtet, ich habe für ihn Reklame gemacht. – Wo sollen wir uns niederlassen? Hier in Zürich ist nur mein Arbeitszentrum. Die ganze Schweiz ist langweilig, ein unmodernes Panorama für naive Vergnügungsreisende ... Wir müssen ein romantisches, abgeschiedenes, leicht erreichbares Nest für unser Glück haben ... Kennen Sie Schloß Miramare bei Triest, das der Kaiserin von Österreich gehört hat? Wie ich höre, soll es unter den Hammer kommen ... Ich werde Auftrag geben ... Und meinen kleinen Freundinnen – unten in meiner Villa am Goldenen Horn – gebe ich den Abschied ... Süße! Einzige! Wann werde ich von Ihren Lippen ...«

Lydia sah, wie Dschahid auf sie zukam, wie der Koloß schwankte und in die Knie sank. Mit einem kühlen Lächeln reichte sie ihm die Fingerspitzen zum Kusse.

Als die Fürstin Ogolenskij gegangen war, ließ Dschahid seinen Sekretär kommen.

»Die englischen Verhandlungen – also auch die Verhandlungen mit der Standard Oil Company – sind sofort abzubrechen. Campbell ist hinzuhalten; wenn er drängt, ist ihm zu sagen, daß ich mich nicht binde. Unser Vertrauensmann Vahan Issakides in Aserbeidschan erhält ein ausführliches Code-Telegramm, das ihn auf einen möglichen Frontwechsel vorbereitet ...«

Der Sekretär, der Dschahids Befehle mitstenographierte, konnte eine überraschte Bewegung nicht unterdrücken.

Dschahid setzte fort: »Auch unsrerseits muß alles geschehen, damit wir keine unliebsamen Überraschungen erleben, wenn Issakides das entscheidende Aviso bekommt: Butterblume Gegengift fortissimo.«

Der Sekretär wiederholte zögernd die Codeworte, deren die Weltpolitik umstürzende Bedeutung ihm bekannt war.

»Die Waffen?« fragte Dschahid.

»Liegen in Eriwan im St. Athanasioskloster als Faßdauben deklariert.«

»Gut«, sagte Dschahid. »Wie lange dauert es, bis sie nach Baku gebracht sein können?«

»Drei Tage«, sagte der Sekretär, ohne nachdenken zu müssen. »Sollen sie abrollen?«

»Vorläufig nicht. Erst bis ich Auftrag gebe. Vielleicht in ein paar Tagen.«

Der Sekretär klappte sein Notizbuch zu.

»Wenn ich mir ergebenst eine Bemerkung gestatten dürfte, Herr Präsident«, sagte er nachdenklich, »diese Wendung, diese Umgruppierung widerspräche diametral Ihrer ganzen bisherigen politischen Konzeption ...«

»Sie denken zu gradlinig, mein Lieber«, lachte Dschahid gut gelaunt. »Vielleicht setze ich gerade diesmal auf das bessere Pferd.«

Der Sekretär zuckte die Schultern.

»Wird es Geld tragen?«

»Was heißt Geld? Ist denn Geld wirklich das Höchste? In der Politik bin ich Idealist. Ich verachte die klebrigen Goldstücke, an denen Schweiß und Blut haftet, ebenso wie die buntbedruckten Zettel, mit denen die

Staaten einander und ihre Untertanen betrügen! Geld, Geld, immer nur Geld! Zeigt Ihnen Ihre vertrocknete Phantasie nie ein anderes Bild? Gewinn oder Verlust – alles eins! Wenn es nötig ist, werden wir uns schon wo anders wieder schadlos halten ... beim Aufstand in Karelien, beim Umsturz in Honduras! Wir werden Abd el Krim für seine Rifkabylen Munition liefern, wenn er gegen die Franzosen und Spanier losschlägt ... Gehen Sie! Schicken Sie mir sofort Robson!«

Angenehm erregt ging Dschahid in seinem Arbeitszimmer auf und ab, bis Robson eintrat, der Detektiv, den er direkt von Scotland Yard bezogen hatte.

»Wo hält sich Fürst Ogolenskij derzeit auf, Robson? Sie wissen, der Oberst ...«

Robson unterbrach ihn mit einer Handbewegung, die andeuten sollte, daß jede nähere Angabe über den zu Suchenden unnötig sei.

»Oberst Ogolenskij war vor zehn Tagen noch in Paris.«

»Vor zehn Tagen?« schrie ihn Dschahid an. »Vor zehn Tagen! Wohin kann er in zehn Tagen nicht gereist sein! Stellen Sie gefälligst sofort fest, wo er sich heute aufhält. Ich habe mit ihm zu reden.«

Ein Aeroplan zum Fliegen ...

An einem der kleinen Marmortische im Palmengarten vor dem Hotel Beau-Site in Kap Ferrat saß ein hochgewachsener Mann in hellgrauem Flanellrock, weißen Hosen und braunen Schuhen vor seinem dampfenden Espresso.

Das Schläfenhaar an beiden Seiten seiner gewölbten Stirne glitzerte weiß, sein gebräuntes Antlitz mit der großen geraden Nase zeigte die edlen Linien einer antiken Statue, nur um den Mund, der beim Lachen feste weiße Zähne zeigte, huschte manchmal ein gefährlicher Ausdruck, der entfernt an einen gereizten Bulldogg erinnerte. Und die Augen in diesem Gesicht waren voll Widersprüche, die großen stahlgrauen Augen hatten die Unruhe und das scharf Ausspähende des Raubvogelblickes.

Eine Gruppe von Kindern aller Nationen in lichten Anzügen, mit blonden, braunen und schwarzen Köpfen, umdrängte seine Knie.

Er erzählte den Älteren drollige Geschichten, die sie nicht aus dem Lachen kommen ließen, fütterte die Kleinsten mit Schokoladebonbons, kannte alle beim Namen, plauderte mit jedem in seiner Muttersprache und schien der Vertraute, Freund und Spielkamerad aller zu sein.

Lächelnd blickten von den Nachbartischen junge Mütter, Gouvernanten und Nurses auf das vergnügliche Bild, das sich nun seit fast einer Woche Tag für Tag ihren Blicken darbot.

Ein frischer Lufthauch strich vom blauen Meer herauf und führte den Duft von Rosen, Levkojen, Nelken und Veilchen und das würzige Aroma sonnendurchwärmter Kiefernadeln mit sich.

Stiller Nachmittagsfrieden lag über der gesegneten, dem Hauptstrome des Fremdenverkehrs entrückten Landschaft.

Gerade als es drei Uhr schlug, erschien der Chefportier am Hotelportale und kam mit raschen Schritten über den kiesbestreuten Weg.

»Durchlaucht!« rief er von weitem. »Durchlaucht werden zum Telephon gebeten ... Ferngespräch ... von Zürich ...«

Fürst Ogolenskij erhob sich.

Mit lautem Geschrei versuchten die Kinder, ihren Freund zurückzuhalten.

»Laßt mich los«, rief Ogolenskij. »Ich komme gleich zurück! Und dann zeige ich euch – bevor wir an den Strand gehen – ein paar schöne Kunststücke.«

Noch am Hotel wandte er sich um, lächelte und schwang, militärisch grüßend, seinen schwarzen Ebenholzstock mit der goldenen Krücke. An seiner rechten Hand funkelte ein Ring mit einem großen Smaragd in antiker Fassung.

»Hallo? Ist dort Oberst Fürst Ogolenskij?« tönte es ihm aus dem Telephon entgegen.

»Ja, Ogolenskij, wer spricht?«

»Dschahid ...«

»Wer, bitte?«

»Dschahid. Abadjian Dschahid ... Ich hatte wiederholt das Vergnügen ... zuletzt in London ...«

»Oh, Monsieur Dschahid! Sie sprechen aus Zürich?«

»Ja, angekettet an meine Galeere. Und ich beneide Sie um den blauen Frühlingshimmel der Riviera.«

»Irgend einmal muß man ja auch etwas für seine Gesundheit tun. Ich bin hier, um mich auszuruhen.«

»Ich wollte, ich hätte es so gut.«

Ogolenskij schüttelte ungeduldig den Kopf.

»Sie haben mir offenbar etwas Dringendes mitzuteilen, Herr Dschahid«, sagte er.

»Etwas sehr Dringendes ... Durchlaucht ...«

»Geschäftlich?«

»Nein, privat ...«

»Drei Minuten!« unterbrach eine Frauenstimme knatternd das Gespräch. »Sprechen Sie noch?«

»Bien sûr, Mademoiselle«, hörte man aus der Ferne Dschahids Stimme. »Ich habe erst begonnen und spreche weiter.«

»Also? Eine private Mitteilung? Ich bin ganz Ohr. Aber vergessen Sie nicht, daß ich wirklich zu meiner Erholung hier bin ... Sie verstehen. Mein Tennispartner wartet.«

Aus dem Mikrophon kam ein vibrierendes Nebengeräusch, das wie unterdrücktes Lachen klang.

»Eine interessante Mitteilung, Durchlaucht! Hoffentlich wird Ihr Service nicht darunter leiden: Ich habe mich mit Ihrer Frau verlobt ...«

»Wie bitte?«

»Ich habe die Ehre, Ihnen zur Kenntnis zu bringen, daß ich mich mit der Fürstin Ogolenskij verlobt habe.«

Eine Pause entstand, durch die nur das Summen der Leitungsdrähte schwang. Einen Augenblick kam Ogolenskij die Luft in der Telephonzelle drückend und verdorben vor. Dann sagte er liebenswürdig: »Ah, meine herzlichsten Glückwünsche, Monsieur Dschahid.«

»Es freut mich, daß Sie die Sache so selbstverständlich nehmen ...«

»Warum denn nicht? Der Karneval ist ja noch nicht zu Ende.«

»Ich empfehle Ihnen, meine Worte ernst zu nehmen, Herr Oberst. Lydia Ogolenskij und ich haben uns heute offiziell verlobt.«

»Wozu erzählen Sie mir diesen Unsinn?«

»Unsinn?« Dschahids Stimme bekam einen schneidenden Klang. »Ich brauche Ihre Einwilligung zur Durchführung der Scheidung.«

Nun lachte Ogolenskij laut und herzlich.

»Ich denke gar nicht daran, mich von meiner Frau scheiden zu lassen.«

»Es wird am einfachsten sein«, rief Dschahid ärgerlich zurück, »wenn Sie sobald wie möglich nach Zürich kommen, um diese Formalität durchzuführen.«

»Ich habe ohnedies nächstens in Zürich zu tun. Den Zeitpunkt meiner Ankunft kann ich aber nicht bestimmen. Ich habe nicht die Absicht, meinen Aufenthalt hier einer Bagatelle wegen abzubrechen.«

»Sie verkennen die Situation, Durchlaucht.«

Das letzte Wort verhallte undeutlich.

»Hallo! Sechs Minuten ... Sprechen Sie?«

»Sacré nom de Dieu ...!« brüllte Dschahid heiser. »Lassen Sie uns in Frieden, Mademoiselle ...! Weiter!«

Ogolenskij lächelte nachsichtig.

»Sie regen sich unnötig auf, Herr Dschahid ...«

»Sie mißverstehen mich«, wiederholte Dschahid, »Sie belieben zu vergessen, daß Sie es jetzt mit mir zu tun haben, Herr Oberst! Ich bin gewohnt meinen Willen durchzusetzen. Sie wissen genug von mir, um sich darüber klar zu sein, daß mit mir nicht zu scherzen ist!«

»Bringen Sie sich doch nicht künstlich in Rage, Dschahid. Ich kenne Sie doch als einen alten Spaßvogel.«

»Verdammt noch einmal! Hüten Sie sich! Ich habe schon andere Hindernisse überwunden. Sie werden sich scheiden lassen! Lydia Ogolenskij liebt mich ...«

»Eine kleine Bitte, Dschahid: Machen Sie sich nicht lächerlich; ich meine es gut mit Ihnen!«

»Dieser Ton ist nicht am Platz, Oberst! Reizen Sie mich nicht! Wenn Sie nicht freiwillig nachgeben, werde ich Sie zu zwingen wissen ... Sie unterschätzen meine Kampfmittel und meine Methoden ...!«

»Sie bestehen also darauf, ausgelacht und ausgepfiffen zu werden ... Mir soll's recht sein«, sprach Ogolenskij langsam und deutlich.

»Die Kriegserklärung ist angenommen«, fauchte Dschahid. »Ich war darauf gefaßt und habe meine Vorkehrungen getroffen. Die Folgen werden Sie sich selbst zuzuschreiben haben!«

»Ist das alles? Darf ich jetzt Tennis spielen gehen?«

»Schluß!« brüllte Dschahid in den Apparat.

In ganz besonders guter Laune kam Ogolenskij in den Garten zurück. In der nächsten Sekunde war er wieder von seinen jubelnden, in die Hände klatschenden kleinen Freunden belagert.

»Kunststücke!« riefen sie. »Mach' uns ein Schiff ... einen Drachen .... einen Aeroplan ... zum Fliegen ...«, klangen die Stimmen durcheinander.

»Gut«, sagte Ogolenskij und ließ sich wieder auf seinem Platz nieder. »Ein Flugzeug. Dazu brauche ich Papier. Wer hat eine Zeitung?«

Ein Knirps von sieben Jahren kletterte auf den Gartentisch und brachte eine alte Nummer des »Moniteur de Monaco«, die dort seit Tagen in der Sonne bleichte.

Ogolenskij breitete die Zeitung aus und begann sie kunstgerecht zu falten. Plötzlich fiel sein Blick auf eine Stelle der zweiten Seite – er hielt inne, erblaßte, steckte das Blatt hastig in seine Rocktasche und sagte nach einer Sekunde des Überlegens:

»Ah, ein Aeroplan, das ist nichts. Einen Aeroplan, den sieht man alle Tage. Aufgepaßt! jetzt kommt was Neues. Ich werde mich verstecken und Ihr dürft mich suchen. Dreht euch um, die Hände vor die Augen, zählt bis zehn, aber laut ... Eins ... zwei ... drei ...«

Auf den Gedanken, daß der Oberst in die Box des Portiers verschwunden war, kam keines der Kinder.

»Wann geht der nächste Zug nach Monte?« fragte er.

»In fünfzig Minuten.«

»Das dauert mir zu lange. Besorgen Sie ein Auto! In fünfzehn Minuten fahre ich! Mein Diener soll packen!«

Die Nachricht im »Moniteur de Monaco« von der vorigen Woche, die den Fürsten Ogolenskij so erschüttert hatte, lautete:

»Gestern gegen Mitternacht hat im Park des Casinos in Monte Carlo der Marquis Xavier de la Tremolière einen Selbstmordversuch unternommen. Er hat sich aus seiner Browningpistole eine Kugel in die linke Brustseite gejagt und wurde in schwer verletztem Zustand in das Hospital Sainte Dévote gebracht. Herr de la Tremolière bekleidete vormals die Stelle eines französischen Militärattachés in Rom. Er schied jedoch vor etwa zwei Jahren infolge eines dienstlichen Mißgeschickes aus dem diplomatischen Corps. Seither hat er ein unstetes und abenteuerliches Leben geführt und ist immer tiefer gesunken. Seit Monaten gehörte er zu den ständigen Besuchern der Roulettesäle, wo er jedoch nur geringe Beträge setzte, so daß sein Selbstmordversuch keinesfalls auf Spielverluste zurückgeführt werden kann.«

Alte Feinde ...

Ogolenskij betrat die Aufnahmekanzlei des Hospital Sainte Dévote in Monte Carlo.

»Monsieur de la Tremolière?« fragte er kurz.

Der Kanzleibeamte schickte sich an, den Namen

nachzuschlagen, als ein junger Arzt in sauberem Operationskittel, der in einer Ecke des Raumes mit einem hübschen, jungen Mädchen ein animiertes Gespräch geführt hatte, aufstand und lebhaft zu sprechen begann:

»Sie erkundigen sich nach Herrn de la Tremolière, der anfangs voriger Woche mit einem Lungenschuß eingeliefert worden ist, nicht wahr? Eine böse Sache: einen halben Zentimeter weiter nach rechts und es wäre aus mit ihm gewesen ... Die Aorta ... Sie verstehen! So ist es gut ausgegangen! Heute hat er seine erste Zigarette geraucht. Ohne meine Erlaubnis, wie Sie sich denken können. Welch eine Natur, mein Herr! Ja, Selbstmörder haben oft unverdientes Glück. Er ist sozusagen außer Gefahr und kann in vierzehn Tagen entlassen werden. Wir haben uns alle Mühe gegeben ... Wenn keine unerwarteten Komplikationen eintreten, ist er gerettet.«

»Erster Stock, Saal 3, Bett 19!« las der Beamte aus dem Protokoll.

»Wie?« rief Ogolenskij. »Im allgemeinen Krankensaal ...?«

Der Arzt zuckte die Achseln.

»Herr de la Tremolière ist völlig mittellos. Übrigens sind unsere Einrichtungen mustergültig, alle Patienten genießen die gleiche aufmerksame Behandlung, dieselbe vorzügliche Verpflegung. Die Tageskosten für unbemittelte Kranke trägt die Societé anonyme des bains de Mer ...«

»Herr de la Tremolière ist ein alter Freund von mir«, sagte Ogolenskij. »Ich möchte, daß er ein eigenes Zimmer erhält und werde für die Kosten aufkommen. Kann der Umtransport sofort stattfinden?«

»Gewiß, mein Herr«, versicherte der Arzt gefällig. »Sofort!«

Er traf die nötigen Anordnungen und nach einer kurzen Viertelstunde wurde Ogolenskij von einer jungen Pflegeschwester durch einen langen, leise nach Karbol duftenden Gang in den Gartentrakt geleitet, wo der Patient inzwischen in einem Einzelzimmer untergebracht worden war.

Xavier de la Tremolière lag still und müde in einem weißen Bett. Der weiße Ölfarbenanstrich der Wände und die weißen Vorhänge ließen die durchsichtige Blässe seines Gesichtes noch gelber erscheinen. Ein dünner schwarzer Schnurrbart hing ihm ungepflegt über die Lippen.

»Sie?« fragte er nicht sehr freundlich und zog die Oberlippe hoch. »Sie sind der Freund, der meine Übersiedlung in dieses Zimmer veranlaßt hat?«

Das Wort »Freund« betonte er gehässig und sah Ogolenskij mit finsteren Blicken an.

»Ich lasse Sie allein, meine Herren«, lächelte die Schwester artig, indem sie sich zum Gehen wandte. »Vergessen Sie nicht, Herr de la Tremolière, daß Sie das Sprechen noch anstrengt.«

Ogolenskij rückte einen Stuhl an das Krankenbett und ließ sich ungezwungen nieder.

»Ich habe durch Zufall von Ihrem Malheur erfahren ... Ihr Schicksal geht mir nahe ...«

»Wir haben uns lange nicht gesehen«, sagte Tremolière gedehnt. »Wünschen Sie etwas von mir, Fürst Ogolenskij?«

»Ich wünsche, Ihnen zu helfen. Was kann ich für Sie tun?«

»Nichts«, erwiderte der Kranke brüsk. »Wenn ich da

herauskomme, werde ich auf eine andere Weise Schluß machen ... Ich bin fertig.«

»Fertig vielleicht mit der Vergangenheit. Ich bin glücklich, daß ich im rechten Augenblick gekommen bin. Sie können mir nicht verwehren, in Ihr Leben einzugreifen ...«

Tremolière lächelte bitter.

»Sie tun das zum zweiten Male ... Die Protokolle und die Photographie, die Sie mir damals in die Hände gespielt haben, waren falsch. Als sich herausstellte, daß die Regierung meines Landes ein Phantasieprodukt des Fürsten Ogolenskij zur Basis ihrer politischen Entschlüsse gemacht hatte, mußte ich den Dienst quittieren ...«

»Was wollen Sie, Tremolière! Wir Militärattachés standen uns doch immer wie auf dem Fechtboden gegenüber. Ich erinnere mich, daß auch Sie eine gute Klinge führten. Sie waren kühn und geschickt im Angriff. Meine Stärke war die Finte ... Ich war in einer Zwangslage: Ihre Regierung stand im Begriffe, die letzte russische Armee im Stich zu lassen. Eine mächtige Partei, die auch im Ministerrat vertreten war, forderte die Anerkennung Sowjetrußlands – damit wäre das Schicksal unserer in der Ukraine kämpfenden Truppen entschieden gewesen; sie hatten keine Munition mehr, keine Ausrüstung, keine Verpflegung, kein Geld. In dieser Situation mußte ich eingreifen und um jeden Preis einen Umschwung herbeiführen. Es mußte bewiesen werden, daß die braven französischen Rentner ihr Geld nicht an ein aussichtsloses Abenteuer vergeuden ... Lebte der Zar noch – dann dürfte die Regierung Ihres Landes einen ehemaligen Verbündeten nicht verlassen. Meine Aufgabe war es, dem Ministerrat in Paris die Überzeugung beizubringen, daß der Zar noch am Leben ist. Und Sie, mein Freund, und eine kleine geschwätzige Frau waren meine Werkzeuge ...«

Tremolières Augen glühten dunkel. Er nickte.

»Ihre Absicht ist Ihnen geglückt. Denikin erhielt seine Anleihe – dann kam das Dementi und die ungeheure Blamage ... als deren erstes Opfer ich fallen mußte ...«

Erbittert in der Erinnerung an seine Niederlage, fuhr er sich mit der abgemagerten Hand durch das Haar.

»Auch das Dementi habe ich selbst verfaßt«, setzte Ogolenskij ruhig hinzu.

»Der Zar ist also tot!«

Ogolenskij hatte ein rätselhaftes und triumphierendes Lächeln.

»Sind Sie dessen so sicher?« fragte er. »Ich empfehle Ihnen gegen Dementis dieser Art dasselbe kritische, kühle Mißtrauen zu hegen, das gegenüber den Geständnissen am Platze gewesen wäre, die Sie jener geschwätzigen kleinen Frau damals mit allen Mitteln Ihrer verführerischen Persönlichkeit entlockt haben. Noch ist die Stunde nicht gekommen, in der die Welt die Wahrheit erfahren darf, die Wahrheit über die letzten Szenen des Dramas von Jekaterinburg. Mein lieber Freund, ich bin keine kleine, aus Verliebtheit geschwätzige Frau.«

Tremolière sah verträumt vor sich hin und seufzte. Das Abenteuer im Hotel Splendid au Lac in Lugano, das ihm schließlich den Kragen gebrochen hatte, lebte mit aller Deutlichkeit in seinem Gedächtnis auf. Es war einer jener Fälle gewesen, in denen Pflicht und

Vergnügen, Intrigue und echte Leidenschaft in eine einzige interessante Aufgabe zusammenfallen. Wie viele derartige dienstliche Liebesabenteuer hatte er im Verlaufe seiner Tätigkeit als Militärattaché mit Glück durchgeführt ... Und gerade auf dem Höhepunkt seiner Karriere hatte ihn das Schicksal erreicht ...

»Ich war dazu bestimmt, Oberst, Sie auszuholen«, sagte er. »Für den Weg, den ich dabei einzuschlagen für gut hielt, habe ich Ihnen ritterliche Genugtuung gegeben. Damals glaubte ich, Ihnen Ihre Frau gestohlen zu haben ... Heute weiß ich, daß alles mit Ihrem Willen geschehen ist. Ich bin mir nur darüber im Zweifel, ob ich Sie bewundern oder verachten soll! Nicht jeder ist fähig, in ein großes Spiel die Ehre seiner Frau als Einsatz zu werfen ...«

Ein Hustenanfall unterbrach ihn.

Besorgt eilte die Schwester in das Krankenzimmer, richtete ihn auf und wischte ihm den Schweiß von der Stirne.

»Fünfzehn Minuten, mein Herr! Die Besuchszeit ist vorüber«, erklärte sie. »Der Herr Chefarzt wird böse sein und mich verantwortlich machen.«

»Bitte, Schwester, einen Augenblick noch«, bat Ogolenskij. »Wir haben bis jetzt nur alte Erinnerungen aufgefrischt. Ich komme jetzt erst zu dem eigentlichen Zweck meines Besuches.«

Und als die Schwester mit einem mißbilligenden Kopfschütteln gegangen war, fuhr er fort: »Wahrhaftig, Sie überschätzen die Bedeutung dieser Affäre. Nachdem ich mir vor der Welt die übliche Genugtuung verschafft hatte ...«

»Ich weiß nicht, ob Sie davon Kenntnis haben«, unterbrach ihn der Franzose, »daß ich als Andenken an diese Affäre, die sie nicht überschätzt wissen wollen, überdies einen steifen linken Arm behalten habe ...«

Er hob mit der rechten Hand seinen linken Arm in die Höhe und ließ ihn wie einen toten Gegenstand auf die weiße Bettdecke fallen.

Einen Moment lang blickten sich die beiden Männer schweigend in die Augen.

Dann fragte Herr de la Tremolière mit ganz weicher, fast verträumter Stimme: »Darf ich mir eine Frage erlauben ...? Sind Sie von Ihrer Frau getrennt ...?«

Ogolenskij furchte die Stirne. Er sah vor sich hin, als wäre er mit seinen Gedanken weit von hier. Dann sagte er mit einer Stimme, die völlig gleichgültig klang: »Wenn Ihnen das eine Genugtuung sein sollte ... Nicht nur in Ihr Leben hat jenes Ereignis tragisch eingegriffen!«

Herr de la Tremolière lächelte müde.

»Dann habe ich die Affaire ja doch nicht überschätzt ...«

»Vielleicht, vielleicht auch nicht«, sagte Ogolenskij. »Auf jeden Fall bin ich noch immer in Ihrer Schuld. Und ich bin mit dem festen Entschlusse gekommen, diese Schuld zu tilgen. Nochmals: Was kann ich für Sie tun?«

»Ich wüßte nicht ...!«

»Seien Sie nicht halsstarrig«, widersprach Ogolenskij. »In Ihren Augen brennt der Hunger nach Leben ... Lust auf Abenteuer ... Die Frauen sind für Sie noch kein abgeschlossenes Kapitel ... Alte Feinde wie wir dürfen einander nicht im Stich lassen.«

Der Kranke hielt die Lider geschlossen. Seine Lippen bewegten sich kaum.

»Frauen? Nein«, sagte er langsam und wie zu sich selbst. »Manchmal träume ich davon, irgendwo ... weit weg ... in Kanada wieder von vorne anzufangen ...«

»Gut!« rief Ogolenskij. »Kanada! Ausgezeichnet. Einverstanden. Nun aber rasch, sonst kommt die Schwester und holt mich. Ich denke, dreitausend Pfund werden genügen, um diesen Traum zu verwirklichen. Schütteln Sie nicht den Kopf! Gönnen Sie mir diese Beruhigung meines Gewissens. Sie wissen, ich bin reich. Dreitausend Pfund, – das spielt für mich keine Rolle.«

»Darf ich das von jemand annehmen, dem ich die Frau genommen habe ...?«

»Sie dürfen«, beruhigte ihn Ogolenskij trocken. »Ich will Ihnen ein Geständnis machen. Ich habe diese Frau nie geliebt ...«

Er ließ dem andern keine Zeit mehr. Schon hielt er die Banknoten in der Hand.

»Hier sind zwölftausend Francs, mehr habe ich im Augenblick nicht bei mir. Und da – dieser Ring! Das dürfte zusammen dreitausend Pfund ausmachen ...«

Er streifte den Smaragdring von seinem Finger und legte ihn samt dem Gelde auf die Bettdecke.

»Nicht viele Worte!« schnitt er die Dankesbezeigungen des Franzosen ab. »Sie haben schon viel zu viel gesprochen ... Die Schwester wird mit mir unzufrieden sein ... Schonen Sie sich! Schauen Sie zu, bald hier herauszukommen und vergessen Sie nie, daß ich mich auch weiterhin als in Ihrer Schuld stehend betrachte ...!«

Zum ersten Male seit zwei Jahren schüttelten die beiden Männer einander die Hände.

Die Pflegeschwester trat ein und Ogolenskij ging.

Im Hotel erwartete ihn Andruscha.

Ogolenskij kam mit leuchtenden Augen.

»Andruscha, mein Lieber«, fragte er den Diener, »wieviel Geld haben wir noch?«

Andruscha kramte seine Taschen aus.

»Dreiundsiebzig Francs«, sagte er. »Nicht ganz dreiundsiebzig Francs, Euer Hochwohlgeboren ...«

Ogolenskij hatte sein Portefeuille durchgesehen.

»Und ich besitze noch zweihundertzwölf Francs ... Das ist alles. Wir müssen sofort nach Zürich ...«

Das Geld und der Teufel

Von der linken Seite des Limmatquais führt eine Anzahl von schmalen Gäßchen nach dem Niederdorf hinauf, jenem uralten Teil von Zürich, den ein braves »Zürimeitli« auch bei Tag nicht betreten darf, wenn es seinen guten Ruf nicht gefährden will. Es handelt sich hier offenbar um die Auswirkung eines vielleicht historisch begründeten, aber längst schon haltlos gewordenen Vorurteiles, denn der objektive Beobachter vermag in diesem etwas düsteren Häusergewirr nichts Ungehöriges oder Sündhaftes aufzustöbern. Es sei denn, daß ihn die Enge der muffigen Haustore und die verwitterten Mauern der Gebäude störten oder daß er an den Gerüchen der vielen kleinen Gastwirtschaften und der italienischen und spanischen Weinstuben Ärgernis nähme, in denen man übrigens vortrefflich speist.

In der engsten dieser Gassen – der Ankegasse – im vierten Stock eines fast baufällig aussehenden Hauses hatte Fürst Ogolenskij beim Militärschneider Eigenheer ein kleines Hinterzimmer gemietet.

Andruscha, der vor der Revolution noch die glanzvolle Livree der Fürsten Ogolenskij getragen hatte, saß mit übergeschlagenen Beinen auf dem Fußboden, putzte die Stiefel seines Herrn und überwachte das Kochen des Teewassers in dem billigen Spiritusschnellsieder aus Aluminium, der nun den Samowar ersetzen mußte.

Sein altes, von Blatternarben zerfressenes Gesicht lag in besorgten Falten und der graue Schnurrbart fiel ihm traurig über die Lippen. Im Takt zu den energischen Bürstenstrichen, mit denen er die Stiefel bearbeitete, summte er mit verbrauchter, rauher Stimme ein russisches Lied vor sich hin. Immer die gleichen melancholischen zwei Zeilen.

Ogolenskij ging Zigaretten rauchend in dem düsteren Zimmer auf und ab und sandte dann und wann den sehnsüchtigen Blick eines gefangenen Raubvogels über die gegenüberliegenden Dächer in die Ferne.

»Wieviel Uhr ist es?« fragte er stehenbleibend.

Andruscha hob die Schultern.

»Keine Ahnung, Herr ...«

»Ich denke, es wird Zeit zum Mittagessen«, sagte Ogolenskij und ließ sich an dem ungedeckten Tisch nieder. »Komm!«

Andruscha erhob sich mühsam und hinkend, stellte die Stiefel unter das Bett, goß gewissenhaft Tee auf und nahm seinem Herrn gegenüber Platz.

Ogolenskij packte Wurst und Brot aus dem Papier und teilte mit seinem Jagdmesser die karge Mahlzeit in zwei gerechte Teile.

»Für wie lange ist das Zimmer vorausbezahlt?« fragte er zwischen zwei Bissen.

»Bis zum Ende der Woche«, erwiderte der alte Diener, mit morschen Zähnen kauend. »Und Geld fürs Essen haben wir noch bis morgen.« Brummend legte er einen Franc und ein paar kleine Münzen vor sich auf den Tisch. »Dann wird Gott weiter helfen ...«

»Das wird er tun, Andruscha! Nachmittags verkaufe ich meine goldene Tabatière.«

Seufzend goß Andruscha den Tee ein.

»Wie die Uhr ... und alles andere! Und was nützt es ...? Ich habe auch noch mein silbernes Kruzifix ... aber das ist das letzte ...«

»Es wird sich immer noch etwas finden.«

»Wer auf der Landstraße sät, wird Steine ernten«, predigte Andruscha.

»Wahr ist das, Andruscha. Aber wer kein Holz bringt, der darf auch nicht am Feuer sitzen.«

»Wohin ist unser gutes Geld gegangen? Zum Teufel, Euer Hochwohlgeboren.«

»Es gibt keinen Teufel, Andruscha, aber schwarz ist er doch und er hat unser Geld.«

»Der Himmel segne Sie, Euer Hochwohlgeboren, aber hätten wir nicht vielleicht doch ein wenig sparen sollen?«

»Was redest du denn, Andruscha! Hab ich denn nicht gespart? Aber teuer, Andruscha, ist das heilige Brot.«

»Das Geld ist nur so geflogen und wir waren schon die wahren Zigeuner ... Heute in dem verfluchten Paris – morgen bei den Tartaren in Ägypten. Und die vielen Reisen, die andere auf unsere Kosten gemacht haben ... Das habe ich, Euer Hochwohlgeboren, schon gar nicht verstanden ...«

»Wer alles versteht, Andruscha, der findet den Himmel versperrt. Mach dir keine Sorgen.«

»Um mich mache ich mir keine Sorgen. Ich bin alt und lebe ohne Wünsche. Auch nach Rußland möchte ich nicht wieder zurück ... Auch dieses Verlangen habe ich nicht mehr ...«

»Hast du Rußland vergessen?« rief Ogolenskij.

»Zürnen Sie mir nicht, Väterchen, Euer Hochwohlgeboren. Ich weiß, daß Sie stark und tapfer sind und für Rußland kämpfen. Gott wird mit Ihnen sein. Aber die Zeiten sind schlecht ...«

Er räumte die Speisenreste weg und das Messer, mit dem Ogolenskij die Wurst geschnitten hatte.

Im Vorraum ertönte eine heisere Klingel. Dann klopfte es.

Andruscha hinkte an die Türe, öffnete vorsichtig einen Spalt und sah hinaus. Ogolenskij gab ihm einen Wink, den Besucher hereinzulassen.

In der Uniform eines Kommissionärs trat der Detektiv Robson über die Schwelle.

»Habe ich die Ehre, mit dem Fürsten Ogolenskij persönlich zu sprechen?«

»Ich bin Sergej Ogolenskij. Sie wünschen?«

Robson umfaßte mit einem raschen Blick die ärmliche Einrichtung des Zimmers, den greisen Diener und den Schnellsieder. Er verbeugte sich gemessen.

»Präsident Dschahid läßt sich ergebenst empfehlen, er erwartet Seine Durchlaucht heute abend, präzise acht Uhr, im Speisesaal des Hotel Baur au Lac.«

Nicht einmal Wachteln ...!

Sechs Kellner und der würdevolle Geschäftsführer standen devot und lauernd im Kreise um Dschahid, der sich an dem für ihn reservierten Ecktisch im großen von Gold und Spiegeln funkelnden Speisesaal des Hotel Baur au Lac niedergelassen hatte.

»Danke!« sagte er kurz und schob mit einer energischen Bewegung seiner weichen, brillantenverzierten Hand die Speisekarte von sich. »Danke, ich warte noch ...!«

Alle Wohlgerüche Rumäniens strömten von seinem schwarzglänzenden Scheitel, von dem herabhängenden Schnurrbart und von dem Zipfel des seidenen Taschentuches, das aus seiner linken Rocktasche hervorstand. Im Knopfloch trug er die rotgrüne Rosette des Osmanliordens 1. Klasse.

An den Tischen ringsum saßen gleichgültig kauende Amerikaner mit schlanken und effektvollen, in Paris angezogenen Frauen, über deren korrekt entblößte Rücken das Licht des Deckenlüsters farbige Reflexe streute.

Die gelbseidenen Schirme der Tischlampen gossen weichen Schimmer über Silberzeug, Blumen und Kristall und über die bläulichen Rauchstreifen, die sich, von kostbaren ägyptischen Zigaretten aufsteigend, allmählich im Raume verloren.

Der Rhythmus aller Gespräche und Bewegungen, selbst der geräuschlose Schritt der über den dicken Teppich hin und her eilenden Kellner stand unter dem Bann der Niggertänze, die die Jazzband, – halb verdeckt von einem Arrangement immergrüner Blattpflanzen – als Tafelmusik servierte.

Schlag acht Uhr trat mit königlicher Pünktlichkeit Sergej Ogolenskij in den Speisesaal, ließ seinen klaren Raubvogelblick eine Sekunde über die Tische gleiten und schritt dann, ohne nach rechts oder nach links zu schauen, auf Dschahid zu.

Die Augen der schönen Amerikanerinnen folgten ihm voll sachlich anerkennender Bewunderung und ihre rotgefärbten Lippen lächelten verständlich zu ihm auf.

»Ich begrüße Sie, Fürst Ogolenskij«, sprach Dschahid sehr höflich und streckte ihm die Hand entgegen.

Ogolenskij verzog den Mund zu einem bissigen Lächeln und behielt beide Hände in den Taschen seines Smokings. Wortlos sah er auf Dschahid nieder.

»Bitte, nehmen Sie doch Platz ...!«

Ogolenskij maß ihn mit kaltem Hohn.

»Ich will Ihnen etwas sagen, Dschahid«, erklärte er so laut, daß die Damen an den Nebentischen neugierig die rosig geschminkten Ohren spitzten. »Ich will Ihnen etwas sagen: Vielleicht ist Ehre in der heutigen Welt ein abgetaner Begriff ... aber ich bin in diesem Punkt altmodisch ... Ich möchte um keinen Preis den Anschein erwecken, daß ich mit Ihnen Geschäfte mache. Ich bin russischer Offizier und wünsche mich mit dem Manne, der die Armee Judenitsch verraten und verkauft hat, nicht in einem öffentlichen Lokal zu zeigen. Wenn Sie mit mir zu sprechen haben, schlage ich Ihnen vor, daß wir uns zu diesem Zweck in ein Chambre particulière zurückziehen.«

»Durchlaucht ...«, stammelte Dschahid fassungslos und das Blut schoß ihm ins Gesicht, »das ist denn doch ...«

Ogolenskij zuckte die Schultern.

»Wenn es Ihnen nicht paßt ...«

Er machte Miene, sich zu entfernen.

Dschahid schlug mit der Faust auf den Tisch.

»Garçon«, zischte er wutschnaubend und faßte einen der herumstehenden Kellner an der weißen Jakke. »Was erlaubt man sich mit mir ...! Sofort den Direktor ...! Man hat mir den elendsten Platz reserviert ...!

Zwei Schritte vom Fenster! Hier zieht es! Überhaupt vertrage ich es nicht, zwischen fremden Menschen eingepfercht zu sein. Der Fürst und ich haben eine wichtige Besprechung ... Decken Sie für uns in einem reservierten Speisesalon ...!«

Von einem Schwarm diensteifriger Kellner begleitet, übersiedelten sie in ein nettes, blaßblau tapeziertes Speisekabinett, wo zwischen bequemen Polsterstühlen ein kleiner Tisch mit zwei Gedecken, Gläsern und einem Champagnerkübel bereit stand. Schwere Vorhänge zogen sich hinter ihnen diskret zusammen.

»Schön«, sagte Ogolenskij. »Jetzt kann ich Ihnen die Hand geben.«

Dschahid schwieg verstimmt. Der schwarze Schnurrbart hing ihm über die vollen Lippen. Seine weichen, wohlgepflegten Hände zitterten.

Ogolenskij schien in der besten Laune und beriet sich mit dem Kellner über die Zusammenstellung des Menus. Die lange Speisekarte war ihm nicht reichhaltig genug.

»Nicht einmal Wachteln ...!« rief er empört.

Der Kellner verbeugte sich und sagte entschuldigend:

»Heute nicht, mein Herr ... Vielleicht belieben Dinde à la Godard, Pigeons aux pointes d'asperges, Filets de Faisan à la Chevalière oder Poule de neige aux croûtons, alles Spezialitäten des Hauses ...«

»Nein«, beharrte Ogolenskij. »Wachteln! Junge Wachteln in Speck gebraten ... ganz einfach.«

»Ich bedaure sehr, mein Herr ...«

»Ich verzichte auf weitere Erklärungen! In zwanzig Minuten haben die Wachteln auf dem Tische zu stehen. Inzwischen Stschy-Suppe ... Hors d'oeuvres ... Madeira und vor allem ein Glas Wodka ...!«

Eingeschüchtert zog sich der Kellner zurück.

Dschahid hatte seine Selbstbeherrschung wiedergefunden. Mit böse funkelnden Augen folgte er den Verhandlungen, die der Fürst mit dem Kellner führte.

»Sie haben einen verwöhnten Gaumen. Es würde Ihnen gewiß schwer fallen, eines Tages auf alle Lekkerbissen verzichten zu müssen ...!«

Ogolenskij lachte.

»Ich weiß, aus welcher Welt Sie kommen, Dschahid. Sie haben in Ihrer Jugend Kuskus gegessen ... und Zwiebeln dazu ... Der Geschmack ist verschieden.«

Die Kellner hatten eine große flache Kristallschüssel mit Hors d'oeuvres auf den Tisch gestellt.

»Kaviar?« fragte Ogolenskij mit hochgezogenen Brauen.

»Hier, bitte, mein Herr!«

»Was? Das hier? Das ist Wagenschmiere. Bringen sie Kaviar! Eine frische Büchse und in Eis!«

Die Kellner knickten zusammen und flogen.

Ogolenskij trank ein Gläschen Wodka und wandte sich der russischen Suppe zu.

Dschahid strich seinen parfümierten Schnurrbart zur Seite und begann mit schmeichelnder Stimme zu sprechen:

»Sie wissen, Durchlaucht, was ich von Ihnen will: Sie werden die Güte haben, Ihre Frau freizugeben. Sie haben kein Recht mehr auf sie! Lydia liebt mich und wird an meiner Seite, umgeben von Luxus und Glanz, ein Leben führen, das ihrer Schönheit würdig ist ...«

Ogolenskij legte den Löffel mit einer durchaus nicht heftigen Bewegung auf den Tellerrand. Trotzdem fuhr Dschahid erschrocken zusammen.

»Ist es nur das? Deswegen zwingen Sie mich, zweitklassigen Wodka zu trinken?« sagte Ogolenskij. »Armer Dschahid, wie schlecht kennen Sie die Frauen. Lydia liebt nur einen Menschen und der bin ich! Bilden Sie sich wirklich ein, daß Sie dieser Frau irgend etwas bedeuten können ...? Es kostet mich nur ein Wort und das Vögelchen kommt zu mir zurückgeflogen.«

Dschahid hob spöttisch die Unterlippe vor und senkte die Augenlider.

»So ...? Und warum sprechen Sie dieses Wort nicht aus?«

»Weil ... Das ist meine Sache. Weil die Zeit noch nicht da ist. Aber sie wird kommen ... und dann werde ich reden. Bis dahin werde ich dafür sorgen, daß die Frau, die mich liebt, von Leuten Ihres Schlages unbehelligt bleibt.«

Dschahid wiegte den mächtigen Kopf hin und her.

»Sie wird nicht zu Ihnen zurückkehren, das weiß ich besser ... Kennen Sie das Lied von dem Kosaken und seiner Nachtigall? Die Nachtigall ist aus dem Käfig geflogen, und der Kosak blickt ihr nach, – nie wieder kehrt sie zu ihm zurück. Sie vergeuden Ihre Zeit. Haben Sie wirklich nichts anderes zu tun, als einer Frau nachzulaufen, die nichts von Ihnen wissen will?«

»Ich habe mancherlei zu tun und habe für alles Zeit, nur für Sie nicht, Dschahid! Sie fangen an, mich zu langweilen ... Ich werde Sie für eine Weile außer Gefecht setzen müssen ...«

»Sie verkennen mich – zu Ihrem Schaden! Geben Sie acht, daß Sie nicht plötzlich selbst außer Gefecht gesetzt sind ... Ich warne Sie, Durchlaucht, ich kenne die Stelle, an der Sie verwundbar sind, und ich werde ...«

Er verstummte. Die Kellner waren wieder eingetreten.

Ogolenskij löffelte hellgraue Kaviarperlen zufrieden lächelnd aus dem Eisblock. Dschahid rieb sich die brillantenfunkelnden Hände und beobachtete ihn mit geheimer Schadenfreude.

Nach den Wachteln und einem tüchtigen Stück Beef mit pommes frites, zu dem er sich eine Flasche Chambertin aus dem Keller holen ließ, zündete sich Ogolenskij eine grünliche Henry Clay an.

Auch Dschahid hatte sein Souper beendet. Er blickte auf die Uhr und musterte Ogolenskij mit schlecht verhehlter Tücke.

»Ach, wie werden Sie alles das entbehren«, sagte er mit öligem Bedauern. »Die echten Importen ... die guten Weine ...! Die Wachteln und den Kaviar ...! Sie wissen nicht, was Ihnen droht, Fürst Ogolenskij ... Es ist lehrreich und interessant, einen Menschen in Ihrer Lage zu beobachten.«

Ogolenskij sah verträumt den blauen Rauchringen nach, die, immer breiter werdend, zur Decke aufstiegen. Dschahid langweilte ihn.

»Warum leben Sie in Zürich?« fragte er ablenkend. »Sie gehören in ein Weltzentrum. Amerika wäre ein Feld für Ihre Begabung ... Europa ist arm und längst ausgeplündert. Was haben Sie hier noch zu suchen ...?«

Er füllte sein Glas von neuem.

Dschahid sah ihm beinahe mitleidig zu.

»Sie sind ein toter Mann, Oberst. Wenn Sie sich entschließen könnten, in aller Form auf Lydia zu verzichten, dann wäre ich vielleicht in der Lage, etwas für Sie zu tun ... Ich habe Ihnen vorhin gedroht ... aber in

Wahrheit steht Ihre Sache viel schlimmer: der vernichtende Schlag gegen Sie ist leider schon gefallen! Vertragen Sie sich mit mir, es wird Ihr Schaden nicht sein! Sie wissen ja nicht, was aus Ihnen geworden ist.«

»Prosit!« rief Ogolenskij zerstreut. »Was ist denn aus mir geworden?«

»Ein Schiffbrüchiger! Nur ich kann Ihnen den Rettungsgürtel zuwerfen ... Nur ich!«

»Ich bin überzeugt davon«, lachte Ogolenskij. »Sie wären imstande, Schwimmgürtel in die Wüste Gobi zu liefern ... Ich finde es zwecklos, diese Unterhaltung fortzusetzen. Sie sind in den letzten Jahren nicht amüsanter geworden ...«

Er gähnte flüchtig, klingelte den Kellner herbei.

»Die Rechnung!« befahl er und wies mit einer nachlässigen Geste auf Dschahid.

»Ich habe also scheinbar das Vergnügen, Sie als meinen Gast betrachten zu dürfen«, stellte Dschahid lächelnd fest, während der Kellner im Hintergrunde die Rechnung schrieb.

»Nein«, entgegnete Fürst Ogolenskij schroff. »Ich lege gar keinen Wert darauf, Ihr Gast zu sein. Sie zahlen einfach die Rechnung, weiter nichts. Bei Gelegenheit erstatte ich Ihnen die Kleinigkeit zurück. Wenn ich wieder einmal zu Geld komme, Dschahid. So reichlich wie heute habe ich schon lange nicht gegessen, müssen Sie wissen. Im Vertrauen: seit acht Tagen hat mein Souper meist nur aus Brot und Wurst oder Käse bestanden ...«

Dschahid riß die Augen auf.

»Was sagen Sie da?« stieß er stimmlos hervor.

»Lieber Dschahid, ich will Ihnen meine Situation nicht verhehlen: Mein Lebensstandard ist ein ungewöhnlich hoher. Kostspielige Passionen, immerwährende Reisen und die Gewohnheit, mich bei meinen Entscheidungen niemals von materiellen Gesichtspunkten leiten zu lassen, Privatangelegenheiten und Opfer für eine andere Sache, die mir sehr am Herzen liegt, haben im Laufe des letzten Jahres mein gesamtes Vermögen verschlungen. Sie begreifen, daß ich meiner Leidenschaft für Wachteln, Burgunder und Havannazigarren nur mehr dann fröhnen kann, wenn jemand, dem's nicht darauf ankommt, so gefällig ist, die Zeche inzwischen für mich zu begleichen ...«

Dschahid schlug die dicken brillantenfunkelnden Hände zusammen und starrte fassungslos auf sein Gegenüber.

»Die Abendblätter!« rief in diesem Augenblick der Chasseur des Hotels und warf zwei druckfeuchte Zeitungen auf den Tisch.

Beide Blätter brachten auf der ersten Seite in balkendicken Lettern die neueste politische Sensation:

Kommunistischer Aufstand in Aserbeidschan

Mit Mausergewehren bewaffnete Aufständische besetzten alle öffentlichen Gebäude und Verkehrswege. Die bürgerliche Regierung gestürzt und entflohen. Die Räteregierung ausgerufen unter Vorsitz von Vahan Issakides, der bisher als Repräsentant der mit England sympathisierenden Petroleumbesitzer gegolten hatte. Einmarsch der Sowjettruppen auf Ersuchen der neuen Regierung. Nationalisierung von Grundbesitz und Industrie.

Ogolenskij reichte Dschahid lachend die Zeitung über den Tisch.

»Das ist also Ihr Meistercoup, der Blitzstrahl, der mich zerschmettern sollte? Schade, schade ... um die viele Mühe! Und um Ihre Geschäftsspesen. Issakides ist kein billiger Herr. Sie sind zu spät gekommen, Sie haben offene Türen eingerannt – vor zwei Monaten habe ich meine letzten Papiere an der Pariser Börse verkauft.«

»Alle Papiere ...?« stöhnte Dschahid entgeistert.

»Fort«, lachte Ogolenskij und blies den dicken Rauch in die Luft. »Weggeflogen ... vertan ... verpulvert ...!« Er lachte laut und endlos, wie ein Wildbach, der alles mit sich fortreißt, es kam dieses Lachen, wie ein Urlaut aus fernen Bergwäldern klang es.

Der welterfahrene Kellner ließ verwundert den Bleistift sinken – nie in seinem Leben hatte er einen Menschen so lachen gehört.

Die bläulich schimmernden Augäpfel Dschahids traten fast aus ihren Höhlen. Er faßte mit ausgebreiteten Armen die Kanten des Tisches und einen Augenblick schien es, als wollte er ihn mit allem, was darauf stand, in eine Ecke schleudern. Dann stieß er einen unverständlichen Fluch aus, zog den Bernsteinrosenkranz aus der linken Hosentasche, riß ihn mitten entzwei und warf ihn zu Boden.

»Was gedenken Sie jetzt zu tun?« fragte er mit zitternden Lippen.

»Mein Gott«, erwiderte Ogolenskij leichthin und erhob sich, »es würde wirklich zu weit führen, wenn ich Ihnen alle meine vielfachen Pläne im Detail erzählen wollte ... Jedenfalls laufen alle meine Affairen weiter.«

»Sie sind ärmer als der letzte Gepäckträger auf dem Bahnhof ... Und Sie geben sich noch immer nicht besiegt ...?«

»Um mit Ihnen fertig zu werden, Dschahid, brauche ich wahrhaftig kein Geld ... Auf Wiedersehen!«

Mit einer devoten Verbeugung präsentierte der Kellner dem nach Atem ringenden Dschahid die Rechnung.

Das Auto Z 173

Auf dem Paradeplatz, vor Sprünglis Konditorei an der Ecke der Bahnhofstraße, stand Ogolenskij im lebhaften Getriebe des Züricher Mittagskorsos und wartete.

Die Uhr oberhalb dem Tore der Schweizerischen Kreditanstalt zeigte eine Minute vor halb zwölf.

Ogolenskij musterte die Wagen, die vom Bahnhof kamen und in der Richtung gegen den See fuhren. An der Ecke des Paradeplatzes waren die meisten gezwungen, ihr Tempo zu verlangsamen ... Ein grünes Privatauto ... ein Hispano-Suisse ... dann eine Reihe von Mietautos, aus der sich eines löste und die Wendung gegen den Paradeplatz machte ... Das konnte es sein. Der Wagen fuhr langsam um die Ecke und Ogolenskij konnte die Nummer Z 173 deutlich wahrnehmen ... Z 173 ... diese Nummer war in dem Briefe, den er am Morgen erhalten hatte.

Ohne eine Sekunde zu zögern, öffnete er den Wagenschlag und stieg ein.

In den Fond gepreßt saß ein blasser, übernächtig aussehender Mann mit kurzgestutztem Schnurrbart.

»Fürst Ogolenskij?« fragte er flüsternd.

»Der bin ich. Und Sie?«

»Rittmeister Kodenski vom Primorskij-Dragoner-Regiment ...«

Ogolenskij drückte ihm fest die Hand.

»Ich erinnere mich ... Offensive Brussilow ... Luck ... Sie kommen aus der Heimat, Kamerad? Singen noch die Vögel im roten Rußland ...?«

»Ich komme nicht aus Rußland«, entgegnete der andere rasch und leise. »Ich komme aus Polen. Aus Kielce. Bin für einen anderen eingesprungen ...«

»Für wen?«

»Für Hauptmann Skorgewski ... Samurski-Infanterie-Regiment.«

»Ich kenne ihn ... tapfer ... unserer Sache ergeben ... Lebt er noch?«

Kodenski hob die Schultern. »Als ich ihn verließ, lag er am Typhus krank ... Hat auch sonst nicht viel Glück gehabt. Vier Überfälle ... einmal mußte er aus dem fahrenden Zug springen, um sich in Sicherheit zu bringen ... Meine Meinung allerdings ist, daß ihm seine Nerven einen Streich gespielt haben. Ich bin völlig unbehelligt geblieben.«

»Wirklich?«

»Ich war auf das Schlimmste gefaßt, aber meine Reise war vielleicht strapaziös, keineswegs jedoch gefahrvoll.«

»Das ist schlimm ... Da scheinen die drüben ihre Taktik geändert zu haben. Es geht nicht mehr um den Laib Brot – es ist ihnen wichtiger, zu erfahren, für wen er bestimmt ist. Wurden sie nicht beobachtet? Ist Ihnen nichts aufgefallen? Verdächtige Gesichter? Mitreisende? Kellner? Kutscher ...? Wo logieren Sie hier?«

»Gleich am Bahnhof im Habis.«

Mit einem Seufzer der Erleichterung legte er die verschnürte Ledertasche, die er von Skorgewski übernommen hatte, vorsichtig auf die Knie des Fürsten.

Das Auto hatte, hinter der Tonhalle vorbei, den Weg an den See eingeschlagen. Über den Utoquai fuhr es nun gegen Zürichhorn.

Ogolenskij spähte durch die Fenster und das hintere Guckloch.

Er schnürte die Tasche auf, zog sein Jagdmesser und schnitt das inzwischen steinhart gewordene Brot auseinander. Eine stählerne Kassette kam zum Vorschein. Ogolenskij öffnete sein Hemd und löste einen kleinen Schlüssel von einem goldenen Kettchen, das er um den Hals trug. Während er die Kassette aufsperrte, sagte er:

»Jetzt sind sie wieder einmal beisammen ... Das Schlüsselchen und das Kästchen ...«

Dem Rittmeister gingen die Augen über ...

»Das Diadem der Zarin«, stammelte er. »Bei Gott und allen Heiligen: das Diadem der Zarin! Es geht eine Legende durch Rußland, die sagt, daß der Zar nicht tot ist. Ich kenne nur einen einzigen Menschen, der sagen könnte, ob dies mehr als eine Legende ist. Dieser Mensch sind Sie, Fürst Ogolenskij ...«

»Es ist schon zu viel, daß einer es weiß, Kamerad«, unterbrach ihn Ogolenskij.

Der Offizier senkte den Kopf. »Ist meine Mission nun zu Ende?«

»Nein, lieber Freund, ich muß Ihre Zeit noch ein wenig in Anspruch nehmen.«

Ogolenskij nahm die einzelnen Teile, in die das Diadem zerlegt war, heraus, seine Finger glitten zärtlich über die funkelnden Juwelen. Gleißende Spangen von verschiedenfarbigen Diamanten, zu Blattwerk geformt, Perlen, Saphire und Smaragde, auserlesen und von Künstlerhand zusammengefaßt. Und als Krönung ein Prachtdiamant von reinstem Wasser, fast so groß wie der weltberühmte Polarstern.

»Alles in Ordnung«, fuhr er fort. »Aber dieser Schatz kommt mir im Augenblick etwas ungelegen. Ich habe keine Zeit mich mit der Meute herumzuraufen, die von heute an hinter mir her sein wird. Sie müssen mir helfen, Kamerad! Befolgen Sie meine Anordnungen blindlings und fragen Sie nicht nach meinen Gründen. Wenn ich Sie verlassen haben werde, fahren Sie zu Abadjian Dschahid, dem Tabakgroßhändler, am Alpenquai ... Er versteht sich auf Juwelen. Öffnen Sie die Kassette und verpfänden Sie ihm den Schmuck ...«

Kodenski konnte seine Verblüffung nicht verbergen. »Verpfänden ...?«

»Sie verlangen zwölftausend Francs.«

»Zwölftausend Francs für das Diadem der Zarin ...?«

»Mehr brauche ich nicht!«

»Dieser Schmuck ist doch ...«

»Gewiß ... er ist unschätzbar! Er enthält die schönsten Smaragde aus den Schatzkammern längst vergessener Tartarenfürsten, schwarze Perlen, die noch von den Skythenkönigen stammen sollen ... Dieser Schmuck erzählt uns, wenn wir Stein für Stein betrachten, die Geschichte des großen heiligen Rußland.«

»Und Sie verschleudern ihn für zwölftausend Francs?«

»Nein, ich verschenke ihn und werde ihn als Geschenk zurückbekommen. Sie haben da früher von Legenden gesprochen ... Man sagt auch, daß es Juwelen gibt, die ihrem Besitzer Unglück bringen. Wir wollen einmal den Versuch machen und feststellen, welche Kräfte diese Steine besitzen ... Dschahid wird ihnen mit Vergnügen zwölftausend Francs auf das Diadem der Zarin borgen. Aber ich denke, dieser Schmuck wird ihm kein Glück bringen! Und ich, Kamerad, kann im Augenblick Dschahids zwölftausend Francs brauchen ... Fragen Sie nicht, gehorchen Sie!«

Noch einmal schüttelte er die Hand des Rittmeisters Kodenski, öffnete vorsichtig die Tür des Autos, schwang sich auf die Landstraße und war im nächsten Augenblick in dem Buschwerk, das sich am Seeufer hinzog, verschwunden.

Kodenski klopfte an das Fenster hinter dem Rücken des Chauffeurs und rief ihm zu: »Umkehren! Direkt zum Alpenquai ... Zum Tabakhändler Abadjian Dschahid!«

Monsieur Repiquet ist glücklich ...

Auf der kaum noch grünen Wiese vor dem Grand Hotel Dolder hatten die Golfspieler zum ersten Male in dieser Saison ihre Geräte ausgepackt.

Weiße Frühlingswolken standen auf dem blaßblauen Himmel, und über dem Wäldchen, das den Hintergrund wie eine frischgemalte Theaterkulisse abschloß, lag ein Schimmer von Jugend und Frische.

Lydia Thamaron konnte vom Balkon ihres Zimmers auch noch einen schmalen Streifen des Sees erblicken, der unten im Tale im Silberglanz des Vormittagsnebels glitzerte.

Die Sonne goß ihr Licht und ihre verfrühte Wärme freigiebig über die Terrassen, Loggien und Gartenanlagen des Hotels.

Verträumt sah Lydia den Gentlemen zu, die in kurzen, lichten Sporthosen mit Ernst und Würde den kleinen Holzball vor sich über die Rasenfläche trieben und in ihren Bemühungen, sich die Zeit auf diese zweckvolle und gesunde Art zu vertreiben, erfolgreich von jungen Damen unterstützt wurden, deren bunte Wolljacken sich hell und lustig vom sanften Grün des Spielplatzes abhoben.

Lydia trug ein Morgenkleid aus Brüsseler Spitzen, das ihren königlichen Nacken und die schönen Arme bis über die Ellbogen frei ließ.

In ihren dunklen Augen schimmerte ein Ausdruck von Frieden und Zuversicht und auch ihre sonst marmorblassen Wangen hatte der Frühling mit einem Hauch anmutiger Röte überzogen.

Nina rückte die Blumenstöcke, die Lydias neuester Verehrer Abadjian Dschahid in den letzten Tagen aus den teuersten Blumenhandlungen der Bahnhofstraße heraufgeschickt hatte, auf den Balkon heraus, damit die zarten Treibhausblüten der Fliederbäume und die fleckigen Kelche der kostbaren Orchideen sich der segnenden Strahlen der Sonne erfreuen könnten.

Es klopfte an der Zimmertüre und der Boy meldete, daß Monsieur Repiquet – Madames Manager – soeben angekommen sei und fragen ließe, ob er empfangen würde.

»Lassen Sie ihn eintreten«, rief Lydia ohne zu zögern.

Ein wenig atemlos trat der kleine korpulente Herr ein und küßte Lydia stürmisch die Hände.

»Ich komme von der Riviera«, rief er, »und bringe glänzende Nachrichten. Ich habe ein Gastspiel für Sie abgeschlossen ...«

»Ohne mich zu fragen?« unterbrach ihn Lydia.

»Ich mußte mich sofort entscheiden und bin gleich abgereist, um nachträglich Ihre Zustimmung einzuholen ... Sie dürfen mich nicht wieder desavouieren ...! Das wäre eine Katastrophe! Ein Pönale, dessen Höhe selbst mich schwindelig gemacht hat ...«

»Sie sind unvorsichtig, Repiquet«, lächelte Lydia. »Und wenn Sie mich nicht mehr in Zürich erreicht hätten?«

»Ich wäre Ihnen nachgeflogen ... Es hat bis zum 20. Zeit. Am 20. März sollen Sie in der Oper von Monte Carlo die Tosca singen ... Ein Glücksfall! Ein unerhörtes Ensemble: Schaljapin singt den Scarpia ... Gigli den Cavaradossi ...! Eine europäische Sensation! Schnell sagen Sie Ja! Fallen Sie mir um den Hals! Unterschreiben Sie!«

Er zeigte begeistert seine Zähne, seine kleinen Augen funkelten feucht wie trübe Lämpchen. Er hatte den Kontrakt aus der Tasche gezogen und hielt ihn Lydia hin. Ohne ihn durchzulesen sagte die Sängerin rasch und freundlich: »Am zwanzigsten? Gut, ich bin einverstanden. Nina, Feder und Tinte!«

Der Impresario starrte sie verblüfft an. Eine solche Nachgiebigkeit war ihm nicht untergekommen, seit er die Ehre hatte, für Lydia zu arbeiten ... Die wunderbarste Sängerin, aber die launenhafteste und unberechenbarste Frau, der er jemals begegnet war! Die Verhandlungen mit ihr hatten in diesen zwei Jahren seine Nerven ruiniert und was er durch sie verdient hatte, war zum großen Teil durch Konventionalstrafen, Anwalts- und Prozeßkosten wieder aufgezehrt worden.

»Unterschrieben?« stammelte er und betrachtete ungläubig ihre noch feuchte Unterschrift. »Lydia Thamaron? Wir bleiben also bei diesem Namen? Ich muß für Monte Carlo nicht einen neuen nom de guerre erfinden?«

»Nein«, erklärte die Sängerin einfach. »Madame Thamaron gefällt mir. Es gibt niemanden mehr, der mich hindern könnte, diesen hübsch klingenden Namen weiterzuführen ...«

Repiquet hatte den Vertrag rasch zusammengefaltet und in seine Rocktasche geborgen, als fürchtete er, sie könnte ihre Zustimmung zurücknehmen. Sein faltiges Gesicht strahlte vor Zufriedenheit. Er war nahe daran, in Freudentränen auszubrechen.

»Sie machen mich glücklich ... Sie machen mich selig ...«

»Wann muß ich unten sein?« fragte Lydia.

»Zur Orchesterprobe am 19.« Er küßte ihr stürmisch die Hände. »Nur so weiter ...! Ich habe ein Plänchen. Ich will noch nichts verraten: Eine Tournee durch die Vereinigten Staaten ... Versprechen Sie mir!«

Lächelnd schüttelte Lydia den Kopf.

»Keine Pläne machen, Repiquet!« ermahnte sie ihn. »Einstweilen muß es Ihnen genügen, daß ich am 19. in Monte Carlo bin ...«

Krieg mit Rußland

»Herr Präsident«, fragte Dschahids Sekretär untertänig, »darf ich die telegraphischen Berichte von Vahan Issakides über das glückliche Fortschreiten der kommunistischen Bewegung in Aserbeidschan vorlegen ...?«

»Scheren Sie sich zur Hölle!« zischte Dschahid aus einer Wolke von himmelblauem Zigarettenrauch, ohne von den Zeitungen, die seinen Schreibtisch bedeckten, aufzublicken.

»Die erste Tat der neuen Räteregierung war die entschädigungslose Enteignung der Öl- und der Manganerzgrubenbesitzer«, setzte der Sekretär unbeirrt fort.

Ein Wutanfall, wie ihn der Sekretär niemals miterlebt hatte, kam als Antwort. Dschahid ballte die Zeitungen zu einem Knäuel und schleuderte sie gegen den Kopf des jungen Mannes. Die Zähne unter dem schwarzen Schnurrbart knirschten und die Augen traten ihm blutunterlaufen aus dem zorngeröteten Gesicht.

»Ich weiß«, brüllte er. »Auch unsere transkaukasischen Manganerzpapiere sind an der Pariser und Londoner Börse auf Null gefallen! Das habe ich nötig gehabt!«

»Mir fehlt der Einblick in Ihre neuen Pläne, Herr Präsident«, begann der Sekretär bescheiden, »und ich kann mir daher kein Urteil ...«

»Der Teufel soll alle Kommunisten holen! Die schwarze Pest soll Vahan Issakides zerfressen mit samt seiner Räteregierung und ganz Baku ...«

Der Sekretär verbeugte sich zustimmend.

»Bitte sehr«, sagte er artig und ging auf ein andres Thema über. »Hauptmann Ferid Bei hat wegen der Mausergewehre telephoniert.«

»Mit denen habe ich Aserbeidschan für die Bolschewiken erobert«, stöhnte Dschahid auf und schlug mit beiden Fäusten auf den Tisch, daß die Brillanten an seinen dicken Fingern blitzten. »Schauen Sie mich nicht so impertinent an, sonst entlasse ich Sie auf der Stelle.«

Der Sekretär duckte sich wie ein geprügelter Hund.

»Ich fahre übermorgen auf vier Tage an die Riviera«, fügte Dschahid nach einer Weile etwas ruhiger hinzu. »Sie führen in meiner Abwesenheit die laufenden Geschäfte. Ich will von nichts hören und hinterlasse Ihnen keine Adresse ... Länger als fünf Tage bleibe ich aber keinesfalls aus ...«

Der Boy erschien, zog die Türe hinter sich zu und meldete formell: »Seine Durchlaucht, Fürst Ogolenskij, bittet um die Ehre.«

Dschahid lehnte sich breit in seinen Schreibtischsessel zurück.

»Seine Durchlaucht!« rief er und schnalzte entzückt mit der Zunge. »Das ist eine Nachricht, die mein Herz erfreut, Ambra für meine Nase.« Er winkte den Sekretär näher heran und fuhr eifrig fort. »Das ist ein Sieg, der mich für das verdammte Baku entschädigen wird. Ich habe ihn herumgekriegt. Er kommt, er kommt als Bittsteller! Nein, Sie brauchen sich nicht zurückzuziehen – bleiben Sie! Sie sollen sehen, wie klein, wie bescheiden der große Herr geworden ist. Ich wußte es ja ... Aushungern! Das ist die beste Taktik. Er ergibt sich – der verdammte Tartarenkhan, er ergibt sich auf Gnade und Ungnade. Nun, die Bedingungen werden wir diktieren ... Ja, kein Geld zu haben ist eine schöne Sache – für den, der zusieht ... Kein Geld! Das verträgt so ein Schlemmer und Prasser auf die Dauer nicht ... worauf wartest du?« schrie er den Boy an, der in respektvoller Stellung dastand. »Reiß die Flügeltüren auf, mein Sohn, und laß seine Durchlaucht mit militärischen Ehren eintreten.«

Der Diener gehorchte.

Ogolenskij trat ein und blieb an der Schwelle stehen.

Dschahid begrüßte ihn händereibend.

»Es freut mich, Durchlaucht, daß Sie sich die Sache überlegt haben. Gut. Ich bin nicht überrascht, ich habe Sie erwartet. Ich habe nie daran gezweifelt, daß Sie kommen werden, um mir Ihre Vorschläge zu unterbreiten. – Ich bin Ihnen noch immer im Wort. Nehmen Sie Platz, Durchlaucht! Sie haben wohl nichts dagegen, wenn mein Sekretär – als Zeuge – unserer Unterredung beiwohnt. Ja ... also ... Sie brauchen Geld. Wie? Sie können Geld bekommen. Natürlich dürfen Sie, in Ihrer Lage, keine allzugroßen Forderungen stellen. Bescheiden! Bescheiden! Wieviel also? Um welche Summe handelt es sich?«

Ogolenskij hatte ihm gegenüber Platz genommen.

»Um hundertsiebzehn Francs«, sagte er, ohne mit der Wimper zu zucken.

Dschahid lächelte unsicher. War das ein Scherz? Eine Verhöhnung?

»Wie bitte?« fragte er.

»Das ist nämlich die Summe«, setzte Ogolenskij fort, »die Sie die Güte hatten, für mich auszulegen. Ich bin in der angenehmen Lage, meine kleine Schuld schon heute begleichen zu können.«

Dschahid starrte ihn fassungslos an.

»Deshalb«, rief er, »sind Sie hergekommen?«

»Ausschließlich deshalb«, bestätigte Ogolenskij und zählte das Geld auf den Tisch. »Ich liebe glatte Rechnung.«

Dschahids Blick fiel auf seinen Sekretär und fand in ihm einen Blitzableiter für seine Wut.

»Haben Sie gar nichts anderes zu tun«, schrie er ihn an, »als hier herumzusitzen? Faulenzen und Arbeitsstunden schwänzen ...«

»Herr Generaldirektor haben befohlen ...«

»Ich befehle Ihnen, sich zur Hölle zu scheren! Seine Durchlaucht und ich haben eine private Unterredung! Sie werden nie lernen ...«

Wie von der Erde verschlungen war der Sekretär verschwunden.

»Ja«, seufzte Ogolenskij, »die Leute haben oft wenig Takt.«

Dschahid fuhr sich mit allen zehn Fingern durch das schwarz glänzende Haar. Seine Augen zogen sich lauernd zusammen. »Hat sich Ihre materielle Lage wieder gebessert?« fragte er Ogolenskij teilnehmend.

»Ich bin rangiert!« nickte Ogolenskij kurz. »Ich habe Freunde ...«

Er bemerkte die zerrissenen und zusammengeballten Zeitungsreste und lächelte: »Wie ich sehe, hatten Sie heute schon einen Anfall von übler Laune. Ungünstige Nachrichten ...? Schlechte Börse ...?«

Dschahid fingerte nervös an einem neuen Rosenkranz aus Bernsteinkugeln, den er in der linken Hosentasche trug.

»Sorgen«, sagte er unbestimmt. »Unannehmlichkeiten ... Alles mögliche. – Heute nacht hat sich übrigens in meiner Villa hinter dem Belvoirpark etwas höchst Merkwürdiges ereignet: Ein blinder Feueralarm ... Die Dienerschaft schlief schon, ich war noch in der Stadt. Plötzlich fuhr die Feuerwehr vor, mit Dampfspritzen und Leiterwagen, spritzte Wasser auf das Dach und in die Rauchfänge ... untersuchte die Kamine im ganzen Hause – bei welcher Gelegenheit meine sämtlichen Schränke, Tische und Laden erbrochen, die Holztäfelung von den Wänden gerissen und sogar meine einbruchssichere Kasse kunstgerecht geöffnet wurde ...«

»Durch die Feuerwehr?«

»Nach meiner telephonischen Information bei der Zentrale ist in der ganzen Nacht keine Feuermeldung eingetroffen und kein einziger Wagen ausgefahren.«

»Also augenscheinlich Einbrecher. Haben Sie Beute gemacht?«

»Nein, das ist das Sonderbare. Sie haben alles durcheinandergeworfen und nichts gestohlen. Nicht das geringste gestohlen.«

»Und was sagt die Polizei?«

»Lassen Sie mich mit der Polizei in Frieden. Brauch' ich denn diese uniformierten Schnüffler? Ich bin meine eigene Polizei. Ich werde schon herausbekommen, wer mir diesen Streich gespielt hat. Da, sehen Sie, was ich gefunden habe ...«, er holte eine halb gerauchte Zigarette mit langem Kartonmundstück hervor. »Das habe ich gefunden! Dieses Corpus delicti bekommt mein Chemiker zur Untersuchung. Er wird feststellen, aus welchem Tabak es hergestellt ist. Aus der Zigarette lassen sich die wichtigsten Schlußfolgerungen auf Gesellschaftsklasse, Nationalität und Charakter des Rauchers ziehen ...«

Ogolenskij dachte einen Augenblick nach.

»Dazu brauchen Sie Ihren Chemiker nicht zu bemühen – das werde ich Ihnen sofort sagen. Bitte um Feuer!« Er setzte die Zigarette in Brand und ließ den Rauch prüfend durch die Nase. Dann fragte er überrascht: »Sagen Sie, Dschahid, was haben Sie mit Sowjetrußland zu tun?«

»Sowjetrußland?« Dschahid wiegte den Kopf. »Wir machen Geschäfte ... wir vertragen uns ausgezeichnet ...«

»So ausgezeichnet, daß man Sie zu nachtschlafender Zeit in Ihrer Villa besuchen kommt?«

»Eine original russische Zigarette ...«, sagte Dschahid und sah ihn mißtrauisch an. »Wirklich ... sehr merkwürdig ...«

»Haben Sie vielleicht irgend etwas in ihrem Besitz, woran die Emissäre der Sowjetregierung Interesse haben könnten?«

»Teufel! Sie bringen mich auf einen Gedanken! Ich habe vor zwei Tagen das Diadem der Zarin als Pfand übernommen ... Für eine lächerliche Summe.«

»Unglücklicher! Sie haben Honig im Haus und wundern sich, daß die Wespen Sie umschwärmen? Sie werden keine ruhige Minute mehr haben.«

»Zwölftausend Francs habe ich darauf hergegeben ... es ist das Zwanzigfache wert! Der Mann – ein Pole – behauptete, das Geld nur für ein paar Tage zu brauchen. Er wollte nicht mehr dafür haben.«

»Das glaube ich ihm! Er war froh, daß er den gefährlichen Schmuck los wurde. Der Schmuck wird Ihnen Unglück bringen, Dschahid! Jetzt sitzen Sie schön in der Tinte.«

»Sie sollen nur suchen! Finden werden sie ihn nicht. Sie haben alles durchsucht – wenn sie das Geheimfach heute nacht nicht gefunden haben, werden sie es auch in Zukunft nicht finden, die Lumpen! Außerdem werde ich mich vorsehen ... Heute nacht stelle ich ein Dutzend verläßliche und mit Revolvern bewaffnete Leute in meinen Garten, Leute, die beim ersten Geräusch losknallen. Und am hellen Tage werden sie kaum die Frechheit haben, nochmals bei mir einzubrechen.«

»Dann bin ich beruhigt«, sagte Ogolenskij und erhob sich. »Aber Sie sehen doch ein wenig blaß aus,

Dschahid. Sie sollten sich erholen, eine kleine Vergnügungsreise machen. Ich empfehle Ihnen die Riviera ...«

»Danke«, sagte Dschahid, »– das hätte ich auch ohne Ihren Rat getan.«

Die Polizei interveniert und Dschahid begibt sich auf die Reise

Zwei Tage später stand folgende Nachricht in der Züricher Presse:

»Heute nachts wurde der bekannte türkische Großindustrielle Abadjian Dschahid zum zweitenmal in dieser Woche, diesmal in seinem Bankpalast, von einer Einbrecherbande heimgesucht. Die Räuber drangen von der in der Gotthardstraße gelegenen Hinterfront in das Stiegenhaus des Gebäudes, betäubten den im Hochparterre wohnenden Portier mit Chloroform, schlugen den Nachtwächter nieder und hatten so mehrere Stunden zu ungestörter Arbeit Zeit. Sämtliche Schreibtische, Schränke und Laden in allen Bureauräumen aller Stockwerke wurden teils mit Nachschlüsseln aufgesperrt, teils erbrochen und auf ihren Inhalt durchsucht. Die gepanzerten Stahltresore im Kassenraume sind samt und sonders mit modernstem Einbruchswerkzeug aufgeschnitten und ihr Inhalt, Effekten, Valuten, Goldmünzen und Geschäftsbücher auf den Boden verstreut worden. Soweit die bisherige Überprüfung durch Angestellte des Hauses ergeben hat, ist bei diesem groß angelegten Einbruche nichts gestohlen worden. Der Materialschaden ist bedeutend. Die Behörden stehen vor einem Rätsel. Das Befinden des Portiers und des Nachtwächters gibt zu Besorgnissen keinen Anlaß.«

Umgeben von jammernden Beamten, Berichterstattern, Detektiven und Funktionären der Versicherungsgesellschaft stand Dschahid in der Vorhalle seines Bureaugebäudes.

Alle Eingänge waren durch Polizeiagenten für Unberufene gesperrt. Die Durchführung des Lokalaugenscheines und die Einvernahme der Angestellten zog sich bis in den Nachmittag hin. Irgend ein Anhaltspunkt zur Eruierung der Täter ergab sich nicht, obgleich die Einbrecher sich keinerlei Mühe gegeben hatten, die Spuren ihrer Tätigkeit zu verwischen. Der Weg, den sie genommen hatten, ließ sich ohne weiteres feststellen. Auf der Straße hatte sie ein Auto erwartet. Bis in die Bahnhofstraße ließ sich die Fährte verfolgen. Dort hatten die Polizeihunde die Spur verloren.

Dschahid war wütend. Wütend über die Verwüstungen, die man in seinen Bureauräumen angerichtet hatte, wütend über die ungebührliche Inanspruchnahme seiner Zeit und wütend vor allem darüber, daß der Übereifer eines seiner Angestellten ihm die Polizei ins Haus gebracht hatte, die in seinen Augen eine ebenso überflüssige wie indiskrete Institution war.

»Es fehlt nichts. Es fehlt gar nichts«, versicherte er, mit den Armen erregt in der Luft fuchtelnd, dem Polizeikommissär. »Ihre Nachforschungen haben nicht den geringsten Zweck. Meine Herren, ich betrachte mich als nicht geschädigt ...«

»Darauf kommt es nicht an. Man ist bei Ihnen eingedrungen – wir haben die Pflicht, die Täter auszuforschen, gleichgültig, ob sie bei Ihnen Erfolg gehabt haben oder nicht.«

»Was für Täter? Von welchen Tätern sprechen Sie? Es ist niemand eingedrungen. Meine Geschäftsbücher, meine Papiere sind durcheinandergebracht ... und Sie sehen gleich Einbrecher!«

»Und wer hat Ihrer Meinung nach die Safes aufgesprengt? Wer hat die Schreibtische erbrochen? Wer hat den Schrank dort umgestürzt?«

»Weiß denn ich? Vielleicht ein Erdbeben ...«

»Das ist mir völlig neu«, lachte der Kommissär, »daß wir uns in einer vulkanischen Gegend befinden. Nein, mein Herr, da wir in einem geordneten Staatswesen leben, wird die Sache aufgeklärt werden!«

»Geordneten Staatswesen!« krähte Dschahid. »Kümmern Sie sich lieber um die Bolschewiken, die sich in Ihrem geordneten Staatswesen sehr wohl zu fühlen scheinen ... Das ist der Rat, den ich Ihnen gebe. Mehr habe ich Ihnen nicht zu sagen.«

»Seien Sie überzeugt, mein Herr, daß wir auch darin unsere Pflicht tun. Der Krieg hat leider mit sich gebracht, daß wir eine Anzahl höchst unerwünschter Ausländer bei uns beherbergen müssen. Wir behalten sie alle im Auge – ob sie nun aus Sowjetrußland kommen oder aus anderen Gegenden. Was das betrifft, mein Herr, können Sie beruhigt sein.«

Dschahid blieb mit seinem Sekretär in seinem Arbeitszimmer.

»Hören Sie«, sagte er, »ich habe mich entschlossen, mich diesen ... diesen Affären für einige Zeit zu entziehen. Eine Woche wird es gewiß dauern, bis man hier wieder in Ordnung arbeiten kann ... Bleiben Sie in ständiger Verbindung mit der Versicherungsgesellschaft und sorgen Sie dafür, daß keine Zeit vertrödelt wird. So, und jetzt lassen Sie mich mit dem Grand Hotel Dolder verbinden.«

Lydia hatte schon ihre Koffer gepackt.

»Liebste Freundin«, rief Dschahid in das Telephon, »verzeihen Sie, wenn ich Sie nicht im Hotel abhole ... Sie haben gewiß von dem Einbruch in meinem Bureau gelesen ... Nein, gar nichts! Nur Ärger! Weiter nichts. Aber ich habe noch Verschiedenes zu ordnen. Wir treffen uns abends an der Bahn. Um sieben Uhr fünfundvierzig an der Türe des für Sie reservierten Coupés. Ja pünktlich! Ich küsse Ihre geliebten Hände!«

Dschahid fuhr in seinem blaulackierten Cadillac in seine Villa, um sich zur Abreise fertig zu machen.

»Philippe«, rief er, »ich bin lange aufgehalten worden. Die Polizei war sehr gründlich. Die Biographien aller Angestellten meines Bureaus wurden zu Protokoll genommen, die meine auch. Unverschämt! Beeilen Sie sich!«

»Herr Präsident«, meldete Philippe, »heute mittags wurde vom Stadthaus angerufen, ob Sie zu Hause wären. Es sollten wegen des Einbruches vorgestern in der Villa noch ein paar Fragen gestellt werden. Dann kam ein Kommissär in Zivil mit einem zweiten Beamten und hat mich nochmals einvernommen ... Natürlich konnte ich ihm nichts Neues sagen ...«

»Was? Wieder die Polizei? Ich werde noch verrückt!«

»Sie haben auch die aufgesprengte Kasse noch einmal untersucht und photographiert. Der Kommissär versicherte, das sei von größter Wichtigkeit. Dann gingen sie durch das ganze Haus und sahen überall nach ...«

Dschahid fühlte einen unangenehmen Druck in der Gegend der Magengrube.

»Auch hier? In meinem Zimmer ...?«

Mit einem Satz war er an den kleinen Louis XVI-Tisch gesprungen, der neben dem Kamin stand, und hatte das Geheimfach gewaltsam aufgerissen. Stück für Stück schleuderte er alles, was ihm in die Hände kam, heraus. Zigarettenschacheln, Spielmarken, Kragenknöpfe, Banknotenbündel und Pokerkarten flogen durch die Luft ... Das Paket, das er suchte, fehlte. Die Kassette mit dem Diadem, die er, um sie unauffällig zu machen, in eine alte Zeitungsnummer gewickelt und hinten in dem Fach versteckt hatte, war verschwunden!

Ein gurgelnder Laut preßte sich aus Dschahids Kehle und Philippe hörte ihn plötzlich in einer Sprache fluchen, die er nie vorher gehört hatte.

Dann sah er, wie Dschahid die Lade zu Boden schmetterte, daß die goldenen Leisten zersplitterten, und wortlos aus dem Zimmer stürmte.

Bestürzt ergriff Philippe die große rindslederne Coupétasche des Präsidenten, seinen Mantel und seine Reisekappe und rannte ihm über die Treppe nach.

In der Halle schien Dschahid zu sich zu kommen. Er blieb stehen, blickte seinen Kammerdiener mit rollenden Augen an und fragte:

»Wie sah er aus ... dieser Polizeimensch?«

»Er hatte einen Bart, wie alle diese Kommissäre ...«

Philippe waren in den letzten sechsunddreißig Stunden so viele Polizisten, Agenten und Feuerwehrleute vor Augen getreten, daß ihm die Erinnerungsbilder durcheinanderflossen.

»Das ist alles, was du weißt?« brüllte Dschahid.

»Oder ... vielleicht hatte er auch keinen Bart«, stellte Philippe verwirrt stammelnd richtig. »Aber den zweiten, den, der ihn begleitete, habe ich mir genau angesehen, denn er blieb mit mir im Vorzimmer, während der Herr Kommissär persönlich die Wohnung durchsuchte. Er hinkte und kam mir ziemlich alt vor – der andere. Sein Gesicht war von Blatternarben zerfressen und ein grauer Schnurrbart hing ihm über den Mund ...«

»Dreimal vermaledeiter Esel!« zischte Dschahid, ohne daß Philippe sich darüber klar werden konnte, wen er eigentlich damit meinte.

Dann eilte er weiter, sprang in sein Auto, zog die Uhr und rief dem Chauffeur zu: »Auf dem Weg zur Bahn bleiben Sie beim Stadthaus stehen! Ich habe auf der Polizei zu tun ... Rasch! Fahren Sie wie der Teufel!«

Dies waren für lange Zeit die letzten Worte, die Philippe von seinem Gebieter zu hören bekam.

Dschahids Benehmen auf dem Kommissariate erregte Ärgernis und unliebsames Aufsehen. Er behauptete nämlich, Organe der Sicherheitsbehörden hätten in seiner Villa aus der Lade seines Tisches einen Schmuck von ungeheurem Werte gestohlen.

»Gestohlen?«

»Jawohl, gestohlen!«

»Überlegen Sie sich Ihre Worte, Herr, Sie sprechen von eidgenössischen Beamten.«

»Also gut: weggetragen, konfisziert, in Verwahrung genommen ... Auf die Bezeichnung kommt es mir nicht an! Aber wo ist mein Schmuck?«

Der Schmuck war nicht da. Niemand wußte etwas von ihm. Eine polizeiliche Visitation von Dschahids

Villa war weder angeordnet noch durchgeführt worden.

»Sie müssen sich irren! Geben Sie Ihren Irrtum zu?«

Dschahid nickte grimmig.

»Dann waren es also bolschewistische Banditen, die mich ausgeplündert haben!«

»Mein Herr, wir sind in Zürich, vergessen Sie das nicht«, entgegnete der Kommissär, »unsere Bolschewiken enteignen nicht. Sie veranstalten vielleicht Diskussionsabende in Privatwohnungen, aber das ist auch die einzige Betätigung, die wir ihnen gestatten!«

»Glauben Sie? Dann bitte ich Sie, zur Kenntnis zu nehmen, daß sowohl der Überfall durch die Feuerwehr als auch der Einbruch in meinem Bureau von Bolschewiken ausgeführt worden ist, und daß sie es auf den Schmuck abgesehen hatten.«

»Was für ein Schmuck soll das sein?«

»Das Diadem der Zarin.«

Der Polizeikommissär schüttelte den Kopf. Ein Narr! Ein größenwahnsinnig gewordener Tabakhändler! Jedenfalls ein Querulant.

»Darf ich mir die Frage erlauben, wieso Sie in den Besitz des Diadems der Zarin gekommen sind?«

»Ein Flüchtling aus Polen hat es mir verpfändet.«

»Und Sie sind überzeugt, daß Sie das Diadem der Zarin besessen haben?«

»Gewiß! Ich bestehe darauf, daß Sie meine Aussagen zu Protokoll nehmen«, rief Dschahid. »Sonst werde ich mich in Bern persönlich beim Herrn Bundespräsidenten beschweren! Ich habe keine Zeit! In zehn Minuten geht mein Zug ... Ich verreise ...«

Mit einem nachsichtigen Lächeln kam der Beamte seinem Wunsche nach.

»Gschaftlimacher ...«, murmelte er, nachdem Dschahid, geräuschvoll und immer noch protestierend, das Amtslokal verlassen hatte. »Chaibe Usländer, verröckte ...!«

Es war schon dämmerig, als Dschahid wieder in seinen blaulackierten Wagen stieg. »So schnell Sie können zur Bahn!« befahl er dem Chauffeur.

Knatternd sprang das Auto an und raste den Stadthausquai entlang. Noch hatte er fünf Minuten Zeit. Laternen und Passanten glitten verwischt vorbei. Das hell erleuchtete Gebäude des Hauptbahnhofes lag vor ihnen. An der Rampe stand eine Reihe von Hotelomnibussen. Das war doch die Ankunftsseite! Dschahids Wagen flog an ihnen vorüber und machte eine unbegreifliche Wendung nach rechts. Der Eisenbahndurchlaß dröhnte einen Augenblick über seinem Kopf. Durch das linke Fenster bemerkte er die Bogenlampen oberhalb der Lokomotivremise. Die Gepäckhalle. Wieder gab es einen scharfen Ruck nach rechts ... War sein Chauffeur wahnsinnig geworden ...?

»Halt! Halt!« brüllte Dschahid ins Sprachrohr, das ihn mit dem Lenker verband. »Wohin, zum Teufel, fahren Sie?? Sind Sie betrunken?«

Der breite Rücken des vor ihm sitzenden Mannes im Autopelz rührte sich nicht. Unaufhaltsam und mit schwindelerregender Schnelligkeit ging es zwischen dunklen Bäumen den menschenleeren Sihlquai entlang. Die Häuser wurden immer armseliger, rechts, an der Sihl, standen Baracken, die städtische Infektionsanstalt, eine Gärtnerei ... links Bretterzäune.

Dschahid hatte das Fenster geöffnet und schrie um Hilfe. Niemand hörte ihn. Mit einem Schlag seiner behandschuhten Rechten zertrümmerte er die Scheibe an der Vorderseite des Wagens. Glassplitter flogen ihm ins Gesicht. Er warf sich nach vorne, auf die Knie und griff nach dem Mantel des Chauffeurs.

Plötzlich hielt das Auto vor einem hohen dunklen Bauwerk. Der Wagenschlag wurde aufgerissen und vier Fäuste zerrten ihn heraus.

Ein fremder Mensch mit einem bärtigen Gesicht sprang vom Chauffeursitz.

»Hilfe ...«, wollte Dschahid noch einmal rufen, aber die Mündung eines Revolvers, die deutlich und Schweigen empfehlend unmittelbar vor seinem Schnurrbart auftauchte, jagte ihm den Laut in den Mund zurück und verwandelte den Schrei in ein hilfloses Gurgeln.

»Nehmen Sie Ihre Tasche und folgen Sie uns«, befahl der Chauffeur.

Einer der beiden anderen Männer hatte das Tor des Gebäudes – anscheinend war es eine leerstehende Fabrik – geöffnet. Der andere drehte Dschahids rechten Arm geschickt nach rückwärts und schob ihn, während er ihm den kühlen Revolverlauf sanft an den Hinterkopf setzte, ebenso höflich wie energisch in einen unbeleuchteten Gang.

Eine elektrische Taschenlampe flammte auf.

»Achtung – Stufen!« warnte der Mann, der vorausging.

Die schwere Reisetasche in der linken Hand, den Revolver im Nacken, stolperte Dschahid benommen über eine feuchte Kellerstiege.

Dann öffnete sich eine eisenbeschlagene Pforte, der Gang führte ein paar Schritte eben weiter und durch eine zweite, ganz enge und niedere Türe traten sie in einen spärlich erleuchteten, gewölbten Raum.

»Hier können Sie laut sprechen«, sagte der Chauffeur aufmunternd zu Dschahid. »Auch schreien, wenn es Ihnen Vergnügen macht – Sie werden niemanden stören.«

An einem einfachen, mit Papieren bedeckten Tisch in der Mitte des Kellerraumes saß ein Herr in Hemdärmeln und winkte Dschahid zu sich. Er hatte ein schmales Gesicht von ungesunder Blässe, das ein schütterer schwarzer Spitzbart und ein krauser Schopf noch in die Länge zog. Auf seiner nach abwärts geschwungenen Nase baumelte ein Kneifer, durch den er mit kurzsichtigen Blicken schielte.

»Sie machen uns viel Arbeit, Herr Dschahid«, bemerkte er mit leisem Vorwurf in der Stimme. »Unnütze Arbeit! Die kleine Affaire mit dem Schmuck könnte schon längst geregelt sein. Nun mußten wir Sie gar persönlich herbemühen, um zu erfahren, wo er steckt ...«

Dschahid maß ihn mit feindseligen Blicken. »Was wollen Sie von mir? Für diesen feigen Überfall werden Sie mir büßen ...! Ich hetze euch die Polizei auf den Hals und bringe euch alle ins Gefängnis.«

»Das alles wird sich finden, Herr Dschahid. Vorläufig befinden Sie sich selbst in einem Gefängnis, das Sie nur dann verlassen werden, wenn Sie uns den Schmuck ausliefern. Wir haben ihn vergeblich bei Ihnen gesucht.«

»Diebe, Räuber, Einbrecher ...!«

»Wir reklamieren nur unser Eigentum – der Schmuck gehört dem russischen Volke, der Arbeiter- und Bauernregierung. Mit Dieben, Hehlern und Spitzbuben machen wir kurzen Prozeß.«

»Mörder!«

»Ich muß es ablehnen, mich mit Ihnen in eine Diskussion über politische Kampfmethoden einzulassen ... Sind Sie bereit, uns den Schmuck zurückzugeben? Ja oder nein?«

»Ich habe ihn nicht mehr. Selbst wenn ich wollte ...«

»Sie haben ihn nicht. Bitte drücken Sie sich eindeutig aus. Wer hat ihn?«

»Er ist mir gestohlen worden!«

»Wann?«

»Heute mittag.«

»Ah, – und von wem?«

»Von euch oder von euren Helfershelfern! Aus meiner Villa, aus einer unversperrten Tischlade ...«

Der Herr in Hemdärmeln lächelte. Ein unangenehmes Lächeln, bei dem seine Augen zu zwei dünnen, schiefgestellten Strichen wurden und der Kneifer auf seiner Nasenspitze herunterrutschte.

»Sie lügen, Dschahid«, sprach er und drohte mit krummem Zeigefinger. »Das ist unnötig und für Sie gefährlich. In Ihrer Villa war der Schmuck nicht, sonst hätten wir ihn schon ... Halten Sie uns nicht mit Ausflüchten hin. Unsere Zeit ist wertvoll!«

»Meine auch«, brauste Dschahid auf. »Ich muß an die Bahn ... den Expreßzug habe ich ohnedies schon versäumt ...«

Er wandte sich jäh um. Aber zwischen ihm und der Eingangstür standen die drei Männer, die ihn eskortiert hatten, und sahen ihn drohend an.

»Geben Sie sich keine Mühe!« Der Herr in Hemdärmeln zündete sich ein Zigarette mit langem Kartonmundstück an, machte ein paar kräftige Lungenzüge und fuhr liebenswürdig fort: »Sie wünschen also unsere Gastfreundschaft in Anspruch zu nehmen ... Gut!

Der Raum ist ein wenig beschränkt, die Kost einfach und gesund: Ziegenmilch und Schwarzbrot. Bei Ihrer Neigung zur Fettleibigkeit kann Ihnen das nur gut tun.«

Dschahid preßte die fleischigen Hände an die Schläfen.

»Ich schwöre Ihnen beim lebendigen Gotte ...«

»Gott ist abgeschafft«, unterbrach ihn der andere streng. »Wir leben ohne ihn und es geht auch so.« Er rief den Männern in russischer Sprache einen Befehl zu. Gleich darauf befand sich Dschahid in einem dunklen Bretterverschlag, in dem es nach Feuchtigkeit und Mauerschwamm roch.

»Hilfe!« röchelte er. »Aufmachen!«

»Wenn Sie sich entschlossen haben, uns etwas über den Verbleib des Schmuckes zu sagen, brauchen Sie nur an die Wand zu klopfen. Inzwischen stören Sie uns, bitte, nicht in unserer Arbeit. Wir können uns nicht ununterbrochen mit Ihrer Person beschäftigen. Wir haben auch anderes zu tun.«

Abfahrt

Während Ogolenskijs und Andruschas Abwesenheit hatte der Telegraphenbote eine Depesche gebracht. Sie kam aus Rom und lautete:

»Auftreten am 20. Monte Carlo.«

»Tonio ist uns ein guter Freund«, nickte Andruscha und setzte sich müde auf den Koffer, der zwischen den beiden Fenstern stand.

»Ja«, bestätigte Ogolenskij, »Liebe hilft Liebe. Die gute Nina hat mir, ohne es zu ahnen, unschätzbare

Dienste geleistet. Aber diesmal hat er sich überflüssige Mühe gemacht. Ich weiß bereits, daß Lydia in Monte Carlo singen wird und ich werde leider nicht dabei sein.«

Andruscha öffnete ungläubig den Mund.

»Nicht dabei sein, Herr? Wo wir doch durch die ganze Welt gereist sind, um immer dabei zu sein, wenn sie irgendwo ihre Singvogelstimme hören ließ ...«

Ogolenskijs Augen blickten über die Dächer hinweg starr in die Ferne.

»Diesmal ist es unmöglich.«

»Euer Hochwohlgeboren reisen nicht? Das kann ich nicht glauben ... Wie wird das ausgehen ...?«

»Diesmal muß ich mich auf mein gutes Glück verlassen, Andruscha. Wir müssen fort, noch in dieser Nacht, aber nicht nach Monte Carlo geht die Reise.«

»Der Herr erbarme sich. Schwer zu ziehen ist unser Wagen! Wohin diesmal, Euer Hochwohlgeboren?«

»Wir fahren nach Groningen. Die Zeit ist gekommen, Andruscha.«

Der Nizza-Expreß stand unter Dampf in der Halle des Züricher Hauptbahnhofes.

Träger schleppten elegante Handtaschen den Bahnsteig entlang und neben den Gepäckwagen stauten sich die Schrankkoffer.

Repiquet hatte die Taschen seines gelben Überziehers mit illustrierten Zeitschriften und Zeitungen vollgestopft. Eine flache, karierte Mütze sank ihm über die Stirne bis über die Augenbrauen. Nervös zog er die Handschuhe aus und an und drängte Lydia zum einsteigen.

»Dschahid läßt auf sich warten«, sagte sie ein wenig ungeduldig. »Glauben Sie nicht, daß ich mich nach ihm sehne. Ich brauche ihn, das ist alles. Ich verstehe nicht, warum er mich warten läßt. Ich habe das Gefühl, daß irgend etwas Unerwartetes, Störendes, Unglückbringendes eingetreten sein könnte ... Nina! Sind alle meine Handtaschen untergebracht? Sieben Stück! Ja ...?«

Ninas dunkler Kopf erschien am Coupéfenster. »Ja, Madame, es ist alles in Ordnung.«

»Steigen Sie doch, um Gottes willen, endlich ein!« flehte Repiquet und trippelte mit zappeligen Schritten vor den Stufen auf und ab. »Nehmen Sie Rücksicht auf meine Nerven! Solange Sie nicht im Waggon sitzen, zittere ich noch immer bei dem Gedanken an die Konventionalstrafe. Wie oft sind Sie mir im letzten Augenblick kontraktbrüchig geworden ...«

Lydia blickte auf ihre Armbanduhr. »Wir haben noch zwei Minuten Zeit«, sagte sie.

»Der Zug ist voll«, plapperte Repiquet. »Immer kommen noch neue Reisende ... Wir werden Verspätung haben. Mein Gott, und die Probe ...!«

»Dschahid kommt nicht ...«, flüsterte die Sängerin und ihre Nasenflügel vibrierten unruhig. Fast vorwurfsvoll hob sie die schwermütigen Augen zu Nina und wiederholte: »Er kommt nicht, er kommt nicht ...«

»Nein, er kommt nicht!« knurrte Repiquet gereizt. »Wir verzichten auf seine Mitwirkung, wir fahren allein! Derlei ist schon öfter passiert und wird uns nicht aus der Fassung bringen, nicht wahr? Und jetzt gehen wir auf unsere Plätze!«

»Madame!« rief Nina mit heller Stimme und streckte den Arm aus. »Sehen Sie nur!«

Durch das Spalier buntbewegter Personen, die abschiednehmend den Expreßzug umstanden, hatte sich ein breitschultiger Kommissionär atemlos den Weg gebahnt. In beiden Armen trug er unverpackt und weithin leuchtend ein riesenhaftes Arrangement von Blumen, einen übervollen mächtigen Korb weißer Zyklamen.

Lydia hatte ihn gesehen. Eine Ahnung des Zusammenhanges durchzuckte sie und ohne auf Repiquets protestierenden Aufschrei zu achten, lief sie dem Träger entgegen.

»Madame Thamaron!« rief dieser laut und heiser. »Für Madame Thamaron!«

Lydia stürzte auf den Korb zu und sah zwischen Seidenbändern und Zyklamengewinden an einer Goldschnur einen Brief hängen. Mit einem Griff hatte sie ihn an sich gerissen und schickte sich an, ihn mit bebenden Fingern zu öffnen.

Coupétüren wurden knallend zugeschlagen.

»En voiture! Abfahrt ...!«

Repiquet hatte sich mit zwei Sätzen Lydia genähert, faßte sie um die Taille, hob sie mit Aufwendung aller seiner Kräfte in die Coupétüre und warf sie förmlich in den Gang. Einen Fuß hatte er auf dem Trittbrett, während der Boden unter seinem anderen Fuß schon zu entgleiten begann. Halb ohnmächtig turnte er sich an der Messingstange empor und fiel drinnen mit einem Seufzer, der Wut, Erschöpfung und Erleichterung ausdrückte, an die Wand.

Von lachenden und schreienden Menschen umdrängt, blieb der Kommissionär mit seinen Blumen auf dem Perron zurück.

»He!« schrie er und schwenkte seine rote Mütze. »Madame Thamaron ... Die Zyklamen!«

Aber Lydia hörte ihn nicht mehr. Sie hatte den Brief entfaltet und las ihn, die linke Hand an ihr wild klopfendes Herz gepreßt, im Korridor stehend, mit zuckenden Lippen:

»Liebling, warte nicht! Dschahid wird nicht kommen. Leider war ich selbst verhindert, mich seiner anzunehmen und ihm, wie ich beabsichtigt hatte, einen längeren Aufenthalt in frischer Landluft zu verschaffen. Ich mußte die Sorge für seine Gesundheit den Kameraden von der anderen Partei übertragen, die in diesem Falle, wie ich fest überzeugt bin, ganz im Sinne meiner Intention vorgehen werden. Nimm statt seiner diesen Abschiedsgruß entgegen von Deinem ...«

Sie hatte es halblaut gelesen und ließ jetzt die Hand mit dem Schreiben Ogolenskijs hilflos niedersinken.

»Ich habe es ja gewußt«, seufzte Repiquet, der mit noch immer schlotternden Knien hinter ihr an der Wand lehnte. »Sie werden diesem Teufel nie entkommen!«

Wiedersehn mit einem Ring

Obwohl die Türen der Spielsäle schon längst geöffnet waren, hatte der blaue Himmel und das strahlende Wetter doch eine nicht geringe Anzahl von Interessenten im Park vor dem Casino zurückgehalten, als Lydia Thamaron mit Nina am Tage nach der »Tosca«-Aufführung gegen Mittag ihren Morgenspaziergang begann.

Die Märzsonne brannte sommerlich auf die Anlagen nieder.

Lichte kleine Schirme gaben fast ebensowenig Schatten wie die pompösen Palmen am Rande der bunten Blumenbeete.

Junge Mädchen in vormittägigen Jumperkleidern saßen abwartend auf den Bänken, streckten schlanke, seidenglitzernde Beine vor sich in den Kies und bedachten die Herren, die mit blasierten Mundwinkeln und müde gesenkten Schultern unausgeschlafen und teilnahmslos zum ersten Apéritif wanderten, mit einladenden Blicken.

Unter der Marmorbüste von Hector Berlioz standen in fadenscheinigen Anzügen zwei verwitterte Italiener mit sonnengebräunten Strohhüten und verwendeten viele wohlklingende Worte und überzeugende Gesten darauf, einem vollbärtigen Herrn von ehrbarem und kapitalkräftigem Aussehen die ungeheuren Vorteile ihres Spielsystems auseinanderzusetzen.

An der Mauer der Terrasse, mit dem Gesichte halb dem Meere zugewendet, lehnte ein blasser junger Mann und dachte darüber nach, ob er sein letztes Fünffrancsstück noch einmal auf Rouge setzen sollte oder ob es nicht rationeller wäre, sich gleich einen jener seidenweichen und dauerhaften Manilastricke zu kaufen, mit denen Pechvögel ihren Ausflug nach Monte Carlo zu beenden pflegen.

Unten an der Küste sah man den Zug nach Mentone träge vorbeischleichen und ein kleiner Dampfer, der durch die Bucht nach der Condamine hinüberfuhr, stieß rücksichtslos graubraune Rauchwolken gegen den blauen Himmel.

Der Schalkragen von Lydias flamingofarbigem Crêpe de Chine-Kleid wehte luftig im Winde.

»Monsieur Dschahid ist nicht gekommen«, sagte Nina ohne besonderes Bedauern und atmete zufrieden die laue Seeluft ein, die an ihrem Soubrettennäschen vorbeistrich.

»Er wird auch nicht mehr kommen«, entgegnete Lydia ruhig. »Ich werde ihn nie mehr sehen – darüber bin ich mir vollkommen klar. Der ist jetzt auf der Reise nach Grönland oder nach den Sundainseln.«

»Ich bin sehr glücklich, daß Madame die Sache diesmal nicht tragisch nimmt ... Mein Gott, gewiß, man gewöhnt sich an alles! Wenn ich denke, wie Madame in Athen gelitten hat ... und in Kairo ...«

»Mein Kind, das war doch etwas ganz anderes. Dschahid habe ich nicht geliebt ... nein, nicht ein bißchen! Im Gegenteil, wenn er wirklich Sieger geblieben wäre, hätte mich das in eine peinliche Situation gebracht. Allerdings, daß auch ein Mensch wie er, dem alle Hilfsmittel, Macht, Schlauheit, Reichtum zu Gebote stehen, nach so kurzer Zeit unterliegen würde, das habe ich nicht erwartet.«

»Ich habe gewußt, daß es diesmal genau so verlaufen wird wie immer ... Jetzt sind wir wieder allein. Herrlich war es gestern! Signore Gigli hat prachtvolle schwarze Augen ... er erinnert mich, ich weiß nicht an wen ... Er singt überirdisch schön. Und temperamentvoll! Wie er Madame an sein Herz gepreßt hat, ist es mir heiß über den Rücken gelaufen ...«

Lydia lächelte der kleinen Zofe zu. »Er ist ein wenig zu temperamentvoll gewesen. Er hat mich so realistisch umarmt, daß er mir die Perlenkette zerrissen hat ... Und ich brauche sie heute abend.«

»Da drüben, auf dem Boulevard Pereira, ist doch Madames Juwelier ... Guichard ... Nicht wahr? Wir könnten die Perlen gleich hinbringen ...«

Auch vor den Auslagefenstern der Blumenhändler und Modehäuser blieben die Passanten stehen. Hauptanziehungspunkte für das internationale Damenpublikum blieben aber die Schaufenster der großen Pariser Juweliere, die hier, – wie in Deauville – in der Saison ihre Filialen unterhalten. Das Funkeln der geschliffenen Steine zog alle Frauen mit suggestiver Gewalt an, berauschte sie bei hellichtem Tage, während die Ziffern auf den kleinen Preisetiketten ein leichtes Schwindelgefühl auslösten. Die Juweliere wußten, was sie taten, wenn sie hier ihre kostbarsten Stücke zur Schau stellten. Hier schien einer schönen Frau, der die Roulettekugel direkt oder indirekt Glück gebracht hatte, kein Preis zu hoch, kein Schmuck zu teuer. Die Spielmaschine rollte, Gold floß durch alle Hände und setzte sich schließlich als Reingewinn in den patentierten Registrierkassen der tüchtigen Geschäftsleute nieder, die die Spielsäle niemals betraten.

Monsieur Maurice Guichard erkannte Lydia Thamaron sofort und begrüßte sie mit einer tiefen Verbeugung.

Sein spitzer kahler Kopf glänzte wie eingeölt. Aus tausend Falten zwinkerten, blau und vertraueneinflößend, bewegliche Augen. Unter einer schiefen Nase hing, wie vom Raseur vergessen, das Rudiment eines schwarzgefärbten Schnurrbärtchens.

»Welche Ehre, Madame! Treten Sie ein! Nehmen Sie Platz!« sprudelte er hervor. »Ich war gestern in der Oper! Himmlisch, hinreißend, merveilleux, émouvant ... Madame Guichard hat an meiner Seite geweint! Welch ein Herz, diese Frau! ... Und womit kann ich Ihnen dienen?«

Im Dunkel des Ladens stand ein schlanker, müde aussehender Herr, auf einen Stock gestützt. Er hatte dem Juwelier eben einen Ring zum Verkaufe vorgelegt.

»Bitte, entschuldigen Sie mich nur einen Augenblick, mein Herr!« bedeutete ihm Guichard.

Der Fremde trat artig zurück, verzog den dünnen dunklen Schnurrbart zu einem melancholischen Lächeln und wartete.

»Madame«, fuhr der Juwelier, zu Lydia gewendet, unaufhaltsam fort; »gestatten Sie, daß ich Ihnen einiges vorlege ...«

Die Sängerin unterbrach ihn lachend. »Ich habe nicht die Absicht, etwas zu kaufen. Hier bringe ich Ihnen meine Perlen, mein Partner hat mir die Schnur zerrissen. Sie müssen frisch gefaßt werden.«

Die Augen des Juweliers leuchteten ekstatisch auf.

»Die Perlen zerrissen ...! Im Feuer des Spieles von Ihrem weißen Halse gerissen ...! Liebe! Leidenschaft ... Musik! Oh, beneidenswerter Tenor ... Auch ich hatte in meiner Jugend eine ganz nette kleine Singstimme ...«

Lydia packte ihre Perlenkette auf der Glasplatte des Verkaufstisches aus. Dort lag der Ring, den der Fremde Herrn Guichard angeboten hatte. Ein breiter goldener Ring mit einem einzigen großen Smaragd in altertümlicher Fassung.

Stumm und mit erblassenden Lippen starrte Lydia auf den Ring. Dann fragte sie tonlos: »Woher haben Sie diesen Ring?«

Der Juwelier bewegte den ölglänzenden Kopf ruckweise hin und her.

»Er gehört nicht mir, Madame: dieser Herr will ihn mir verkaufen.«

Lydia wandte sich um. »Woher haben Sie diesen Ring, mein Herr?«

Der Fremde zog die rechte Schulter in die Höhe.

»Entschuldigen Sie«, antwortete er ausweichend, »er ist mein Eigentum.«

»Ich möchte ihn haben!« rief Lydia rasch und streckte die Hand aus.

Herr Guichard schob schmollend sein schwarz gefärbtes Schnurrbärtchen vor. »Oh, Madame, von allen meinen Schätzen wollen Sie nichts wissen ... Und gerade diesen Ring ... diesen Ring ...«

»Das ist ein besonderer Fall!«

»Oh, Madame ist gekommen, um mich um ein Geschäft zu bringen«, klagte der Juwelier scherzhaft und legte die Augen in Falten.

»Was kostet der Ring?«

Der Fremde sah ein wenig verlegen Herrn Guichard an und schwieg.

»Nicht wenig«, fiel dieser ein. »Zweitausend Pfund verlangt der Herr.«

Lydia trat zu dem Verkäufer. »Abgemacht! Ich habe kein Geld bei mir, wollen Sie, bitte, die Freundlichkeit haben, mich nach Hause zu begleiten, dort werde ich Ihnen sofort einen Scheck ausstellen – und Sie, Herr Guichard, geben mir Ihre Ansprüche für die Vermittlung bekannt. Ich will nicht, daß Sie zu Schaden kommen! Die Perlen schicken Sie mir sobald als möglich ins Hotel Metropole.«

Der Juwelier verbeugte sich dankend, drückte die Hände ans Herz und zwinkerte vertraueneinflößend. »Verlassen Sie sich auf mich ... Heute noch! Und meine Provision für den Ring? Nicht der Rede wert! Ich bin bescheiden, ich bin dankbar, ich fühle mich geehrt ...!«

Der Fremde hatte den Ring wieder an den zweiten Finger seiner linken Hand geschoben. Schweigend folgte er Lydia Thamaron.

»Nehmen Sie Platz, mein Herr! – Nina, laß die Sonnenvorhänge herunter, das Licht blendet, – Sie verkaufen mir also diesen Ring! Wieviel verlangen Sie dafür?«

Erregt und blaß suchte Lydia das Scheckbuch aus ihrer Handtasche hervor.

Der Fremde beobachtete alle ihre Bewegungen mit aufmerksamem Interesse. Eine schöne Frau! Temperamentvoll. Eigenwillig, selbstbewußt. Er liebte es nicht, mit Frauen Geschäfte zu machen. Da sie sich aber auf den Besitz des Ringes zu kaprizieren schien und er ihn verkaufen mußte, setzte er sich über seine Bedenken hinweg.

»Der Juwelier, gnädige Frau, hat Ihnen den Preis genannt.«

Lydia nickte. »Einverstanden. Aber sagen Sie mir doch, bitte, woher Sie den Ring haben!«

»Er stammt aus dem Besitz eines russischen Emigranten.«

»Das weiß ich. Hat sich sein früherer Besitzer von ihm trennen müssen?«

»Er hat mit diesem Ring eine alte Schuld bezahlt ...«

»Ah, Sie haben gespielt!«

»Ja gespielt! Ein sonderbares Spiel, und ich habe verloren.«

»Das verstehe ich nicht ... Sie haben verloren und der andere bezahlt die Schuld?«

»Wir haben nicht um Geld gespielt, Madame.«

»Sondern?«

Lydias Besucher lächelte bitter. Ein abweisender Zug zeigte sich in seinem hübschen, durchsichtiggelben Gesicht. »Ich möchte darüber nicht weiter sprechen«, sagte er und hustete in sein Taschentuch.

»Doch«, rief Lydia. »Ich bitte Sie darum. Ihre Aufklärungen sind für mich von größter Wichtigkeit. Der Ring gehörte dem Fürsten Ogolenskij ...«

Der Fremde zog die Augenbrauen hoch. Seine Lippen waren noch fahler geworden. »Woher wissen Sie das?«

»Ich habe den Ring an seiner Hand gesehen.«

»Sie kennen den Fürsten?«

Lydia lächelte kühl. »Das war einmal. Er hat ihn am kleinen Finger seiner rechten Hand getragen. Ich muß diesen Ring besitzen, hier ist der Scheck. Schließen wir den Kauf ab.«

Der Fremde erhob sich. Mit einer leichten Verbeugung streifte er den Ring vom Finger. Es fiel ihm schwer. Sein linker Arm hing tot und unbeweglich an der Schulter.

Lydia bemerkte es. Voll Teilnahme sah sie ihn an. »Sie haben einen steifen Arm? Sie waren im Kriege?«

»Auch das.«

»Und wo haben Sie den Schuß bekommen?«

»In Lugano. In einem Kastanienwäldchen am Fuße des Monte Bré.«

»Ah – also nicht auf dem Schlachtfelde.«

»Nein, im Duell.«

Lydia warf mit einer überraschten Bewegung den Kopf zurück. In Lugano ... Mit aller Macht zwang sie sich zur Ruhe. Atemlos fragte sie: »Ein Duell in Lugano ... War das nicht vor zwei Jahren ... im April ...?«

»Ja. Im April. Aber wieso ...?«

»Sie haben sich für eine Frau geschlagen ...! Für welche Frau?«

»Pardon«, erklärte der Fremde ernst und formell, »diese Frage gehört doch wohl nicht zu unserem kleinen Geschäft.«

»Ich werde es Ihnen sagen: für die Fürstin Ogolenskij!«

»Da Sie es wissen – brauche ich es nicht zu verschweigen.«

Lydia brach in ein nervöses Lachen aus.

Xavier de la Tremolière trat verletzt zurück. »Ich begreife nicht, Madame ...«, sagte er mißbilligend, »was Ihre Heiterkeit veranlaßt. Finden Sie es spaßhaft, daß man sich für die Fürstin Ogolenskij schlägt ...«

»Mein armer Freund, ich muß Ihnen eine Illusion rauben. Auch Sie sind betrogen worden! Sie haben sich nicht für die Fürstin Ogolenskij geschlagen, sondern für irgend eine kleine, am Wege aufgelesene Marja oder Sonja, die einige Wochen lang die Maitresse meines Mannes gewesen ist ...!«

»Ihres Mannes?«

»Ja! Ich bin – oder ich war einmal – die Fürstin Ogolenskij. Und für mich haben Sie sich nicht geschlagen.«

Die Wirkung, die Lydias Worte ausübten, war erschütternd. Tremolières Züge verzerrten sich. Sein dünner Schnurrbart schien sich hilflos sträuben zu wollen. Seine Augen wurden starr und füllten sich mit Tränen. Seiner Kehle entrang sich ein trockenes Lachen. Schließlich warf er seinen gesunden rechten Arm auf den Tisch und verbarg das Gesicht. Seine Schultern wurden von einem Hustenanfall auf- und niedergeschleudert.

»Um Gottes willen, fassen Sie sich doch«, flüsterte Lydia bestürzt und beugte sich über ihn.

Vor Schmerz und Wut halb von Sinnen, zerbiß Tremolière sein seidenes Taschentuch. »Oh, wie ich mich vor Ihnen schäme ...«

»Auch mir hat man weh getan, Herr de la Tremolière.«

»Was ist das alles gegen das Spiel, das mit mir getrieben wurde!« Allmählich bekam er seine Nerven wieder in seine Gewalt. Er versuchte, sich eine korrekte Haltung zu geben. »Jetzt erst erkenne ich, wie ich betrogen worden bin ... Beispiellos! Den Ring behalten Sie, Fürstin! Ich bitte Sie darum ... Ich nehme kein Geld. Diese Schuld wird mir der Fürst nicht mit Geld bezahlen ...«

Lydia berührte mit den Spitzen ihrer schönen Finger zärtlich seine abgemagerte schlanke Hand. Es war, als ob sie selbst nach einem Halt suchte.

»Und wenn ich sie bezahlte? Ich, ich, Lydia Ogolenskij zahle die Schuld meines Mannes ...«

Mit stummer Frage hob er die Augen zu ihr auf.

»Wie darf ich das verstehen?«

»Die Kugel in Ihrem Arm soll einen Sinn bekommen. Sie sollen sich für die Fürstin Ogolenskij geschlagen haben ... Ich erwarte Sie heute um vier Uhr nachmittag auf der Hotelterrasse.«

Auch der König von Spanien!

Noch immer ein wenig betäubt und nicht im klaren darüber, welche Wendung sein Schicksal nehmen sollte, saß Xavier de la Tremolière auf der Terrasse des Hotels Metropole.

Die Brust tat ihm weh. Der Wind kam von der Landseite und war mit Küchengerüchen und kalkigem weißen Staub gesättigt, den die Automobile emporwirbelten. Er reizte zum Husten.

Der Himmel leuchtete im tiefsten Dunkelblau.

Rings um Tremolière wurde vom Spiele gesprochen.

Ein Portugiese mit grauen Haaren und Papageienaugen erzählte am Nebentisch einer scharf parfümierten, nicht mehr ganz jungen Dame ein tragisches Erlebnis. »Die 17«, krächzte er, »ist fünfmal nacheinander herausgekommen ... fünfmal ...«

Die Dame gluckste interessiert. Sie hatte kupferrote Dauerwellen und war schon für den Abend geschminkt. »Haben Sie sie gehabt?«

»Nein, ich spiele immer nur les quartre premiers ... Aber nach dem fünften Male ließ ich mich hinreißen, 17 en plein zu setzen ...«

»Und?«

»Dann kam Zéro.«

Die geschminkte Dame ließ ein boshaft heiseres Lachen hören.

»So geht es, wenn man seinen Grundsätzen untreu wird. Ich setze immer nur einfache Chancen ...«

Links von Tremolière verkaufte ein melancholischer Gentleman mit gebogenen Fingernägeln an zwei Pariser Kokotten weiße Papierpäckchen mit Cocain, das er aus Frankreich herübergebracht und reichlich mit Speisesoda versetzt hatte.

Tremolière bemerkte hier und dort bekannte, halb vergessene Gesichter von Leuten, denen er vor Jahren begegnet war ... in Rom, in Brüssel, in Lissabon ...

Ihn selbst schien niemand zu erkennen.

Major Lacoste, Kamerad von Saint Cyr her und Waffengefährte von Verdun und Zypern, wandte verlegen den Kopf ab, als sich ihre Blicke zufällig kreuzten.

Dorothy Tabouriche, die, als sie noch unten im Olympia tanzte, seine Geliebte gewesen war, saß mit einem in Ehren ergrauten englischen Parlamentarier da und blickte fremd an ihm vorbei.

Ein Raunen der Zustimmung und Anerkennung erhob sich an allen Tischen, als der Schah von Persien einem kleinen Blumenmädchen eine Rose für einen Louis abkaufte und sie mit einer Geste exotischer Galanterie einer zufällig neben ihm sitzenden Berliner Filmdiva lachend ins Dekolleté warf.

»Buxton! Buxton! ...«, ertönte es plötzlich immer lauter anschwellend. »Buxton ...«

Und es erschien – begleitet von einigen Landsleuten und einer Schar von bevorzugten Damen, die werbend und schützend seine Taschen umdrängten – ein kleiner, vertrockneter Mann mit einer Hakennase im brutalen Jockeygesicht, eine Zigarre im Mundwinkel – der Amerikaner Buxton, der gestern die Bank gesprengt hatte.

Aller Augen wandten sich voll Bewunderung, Neid und Neugierde dem Triumphator über die Maschine, dem Heros des Tages zu. Sein Monokel blitzte. In seinen Blicken lag das Bewußtsein seiner Macht, kalte Gier und Verachtung.

In der Mitte der Terrasse ließ er sich geräuschvoll mit seiner Leibgarde nieder.

»Whisky!«

Die Kellner überschlugen sich.

Die Gesichter der Herren erstarrten. Die Damen lächelten faszinierend und hingebend.

»Buxton! Buxton ...«

Von allen Seiten wurden Fragen laut.

»Wie sprengt man die Bank?«

»I don't know.«

»Spielen Sie nach einem System?«

»I don't know.«

»Was werden Sie mit dem vielen Gelde machen?«

»I don't know.«

Da – endlich – kam Lydia Thamaron.

Ihre Nachmittagstoilette aus weicher bordeauxroter Libertyseide schmiegte sich beim Gehen eng um ihre schlanke Gestalt. Auf ihren Schultern lag ein silbrig schimmernder Polarfuchs. Ein runder Hut aus dunklem Manilastroh verbarg mit seinem breiten Rand die Unruhe ihres suchenden Blickes.

Tremolière sprang auf und eilte ihr entgegen.

»Wo sitzen Sie?« rief Lydia. »Nein, das geht nicht. Einen anderen Tisch ... Kommen Sie hierher ...! An den Rand der Terrasse. Hier sind weniger Leute.«

»Es ist mir vollkommen unbegreiflich«, sagte Tremolière unvermittelt, während Lydia an ihrer Teeschale nippte, »wie ich jene andere Dame damals für die Fürstin Ogolenskij halten konnte ... Wo muß ich nur meine Augen gehabt haben ...«

Lydia lächelte.

»Wie hat sie ausgesehen?«

»Das habe ich vergessen.«

»Aber Sie müssen doch wissen, ob sie groß oder klein war, blond oder dunkel! Hübsch war sie ganz gewiß!«

»Ich weiß es nicht. Ich schwöre Ihnen, daß ich es nicht weiß. Seit ich die echte Fürstin Ogolenskij kenne, ist mir jede Erinnerung an die falsche entschwunden.«

»Ich möchte wissen, wie lange es dauern wird, bis Sie auch mich ... Mein Gott! Was ist das? Sehen Sie dort unten auf der Promenade ...«

Erstaunt folgte er der Richtung ihrer Blicke.

»Ein Photograph«, konstatierte er. »Er stellt seinen Apparat auf und sein Gehilfe legt die Platten ein ... Warum erschreckt Sie das?«

»Begreifen Sie nicht?« fragte die Sängerin in höchster Erregung. »Begreifen Sie nicht, was das bedeutet? Das geht von ihm aus ... Das sind seine Kreaturen! Sie führen irgend etwas im Schilde. Irgend eine Teufelei, die uns auseinanderbringen ... die Sie verderben soll ...! Kellner! Ihren Chef! Den Direktor ... Sie sind der Direktor? Was ich wünsche? Sehen Sie diesen Photographen? Was für eine beispiellose Behelligung! Jagen Sie die Leute weg! ...! Lassen Sie den Mann auf der Stelle verhaften ...!«

Tremolière hob beschwichtigend die Hand.

»Pardon, Madame«, sagte der Direktor nachsichtig, denn er war gegen Zumutungen aller Art längst abgehärtet. »Pardon, Madame, ich habe den Photographen selbst bestellt. Es ist Herr Gasparin, 19, Boulevard des Moulins ... Ich kenne ihn persönlich ... Wir brauchen das Bild für unseren neuen Prospekt ...«

»Das ist nicht wahr!« rief Lydia. »Dahinter stecken ganz andere Dinge.«

Der Direktor zuckte die Schultern.

»Ich gebe Ihnen die Versicherung, Madame, ... Sagen Sie selbst, mein Herr ...«

»Ich verstehe wirklich nicht«, mischte sich Herr de la Tremolière vermittelnd in das Gespräch.

»Aber ich! Mir ist alles klar. Wie können Sie zulassen, Herr Direktor, daß man Ihre Gäste ...«

Der Direktor rang die Hände.

»Die Terrasse muß zu einer Zeit aufgenommen werden, wo sie gut besucht ist und die richtige Beleuchtung hat, zwischen vier und fünf Uhr nachmittag.

Wenn Madame nicht auf die Platte zu kommen wünscht, bitte ich Sie, vielleicht einen Moment zurückzutreten oder sich einfach umzuwenden.«

»Nein, ich wünsche nicht auf die Platte zu kommen! Herr de la Tremolière, glauben Sie kein Wort! Er ist bestochen ...«

»Bestochen?« fragte Tremolière verständnislos und sah dem Direktor nach, der sich mit einer entschuldigenden Geste zurückgezogen hatte.

»Alle sind bestochen! Alle stehen in seinem Dienst ...«

»Aber zu welchem Zweck sollte ...«

»Das weiß ich nicht. Das zeigt sich immer erst dann, wenn es zu spät ist! Sie müssen sofort verschwinden.«

»Ich ... Verschwinden?«

»Ja, wir beide! Wir gehen ... jeder in eine andere Richtung ... Sie nach Hause! Schließen Sie sich in Ihr Zimmer ein, lassen Sie die Vorhänge herunter und seien Sie für niemanden zu sprechen! Wo wohnen Sie? Hotel du Midi? Gut. Schärfen Sie dem Portier ein, daß niemand zu Ihnen gelassen wird ... bis ich komme. Um neun Uhr abends bin ich bei Ihnen, wir soupieren zusammen. Erwarten Sie mich ...!«

Der Photograph hatte seine Vorbereitungen beendet. Er klatschte leise in die Hände und lächelte mit blanken Zähnen ins Publikum. Seine schwarze Krawatte flatterte.

»Attention«, sprach er zu sich selbst und drückte auf den Momentverschluß.

Er bekam nur ein Stilleben auf den Vorderrand seiner Platte: eine Teeschale, ein halbvolles Whiskyglas, einen Veilchenstrauß und einen liegengebliebenen Spazierstock.

Lydia Thamaron und ihr Begleiter waren bereits verschwunden.

In ihrem Zimmer wurde Lydia von ihrem Impresario erwartet.

Er war in hellster Aufregung.

»Sie dürfen nicht Nein sagen!« waren seine ersten Worte. »Versprechen Sie mir, daß Sie nicht Nein sagen!«

Die geballten Fäuste in den Hosentaschen, lief er erregt zwischen dem Fenster und der Türe auf und ab.

»Was gibt es denn?«

»Sie müssen singen – heute abend!«

»Heute abend ist doch ›Pique Dame‹ mit Elisabeth Rethberg ...«

»Die Rethberg singt nicht«, schrie der Impresario auf. »Sie hat abgesagt! Ein Autounfall ... Was weiß ich! Jedenfalls ein Unglück. Sie hat von San Remo telephonieren lassen.«

»Und Sie glauben an diesen Autounfall, Herr Repiquet«, fuhr ihn Lydia an.

Repiquet reckte verzweifelt die Arme gegen den Plafond.

»Sie werden uns nicht im Stich lassen! Sie können uns nicht ruinieren, mich und den Direktor ...«

Es klopfte und ohne das Herein abzuwarten, stürzte der Direktor der Oper in das Zimmer. Auch er war in größter Erregung.

»Verzeihen Sie, daß ich unangemeldet bei Ihnen eindringe«, begann er und küßte Lydia die Hand. »Sie müssen mir helfen ...! Die Rethberg – Repiquet hat Ihnen natürlich schon alles erzählt! ›Pique Dame‹ ... Sie müssen heute abend singen ... Sie sind studiert ...!«

Sein schütteres weißes Haar sträubte sich über der

Stirne. Die großen Tränensäcke unter den rotgeränderten Augen spannten sich gefüllt. Er sah aus, als wollte er jeden Moment zu weinen beginnen.

»Es tut mir leid«, erklärte Lydia, »aber ich singe heute auf gar keinen Fall!«

Repiquet preßte beide Hände an seine Schläfen und fletschte die Zähne.

»Sie singt nicht«, krähte er.

»Sie will nicht singen!« wiederholte der Direktor dumpf.

Lydia betrachtete beide mit zornblitzenden Augen.

»Ich glaube nicht an den Autounfall! Das ist eine Finte, ein Komplott gegen mich!«

»Was verlangen Sie?« jammerte der Direktor. »Jede Forderung ist erfüllt ... Ich zahle Ihnen das doppelte Honorar!«

»Ihr seid bestochen!« zischte die Sängerin.

»Wer ist bestochen?« winselte Repiquet. »Wer sollte uns bestochen haben ...?«

Dem Direktor liefen nun wirklich ein paar Tränen über die vergilbten Wangen.

»Sie müssen mich retten, das Haus ist ausverkauft!«

»Das ist mir egal ... Sagen Sie die Vorstellung ab und zahlen Sie den Leuten an der Kasse ihr Geld zurück.«

»Das kann ich nicht ... Unmöglich! Der König von Spanien hat sich angesagt ... er kommt von Nizza herüber.«

»Seine Majestät, König Alphons XIII.«, wiederholte Repiquet andächtig. »Und Ihre Majestät die Königin.«

»Ist das wahr?«

»Bei allen Göttern! Ich erlege sofort die doppelte Gage ...«

»Bei mir!« rief der Impresario geistesgegenwärtig.

»Wenn Sie wüßten, welches Opfer ich Ihnen bringe ...«

»Die Hauptsache ist, daß Sie es bringen! Der Kunst ... Dem Publikum ... Ihrem ewig dankbaren alten Direktor ...!«

»Soll ich wirklich?« flüsterte die Sängerin zögernd und blickte Repiquet zweifelnd an.

»Sie fragen noch?« stammelte dieser. »Machen Sie mich nicht vollkommen wahnsinnig! Die Sache ist perfekt ...!«

Er küßte ihr stürmisch beide Hände.

»Wir erwarten Sie zur Verständigungsprobe, Madame Thamaron«, schloß der Direktor. »Ich eile voraus.«

»Und ich in die Druckerei«, rief Repiquet. »Plakate drucken lassen ... Riesenbuchstaben ... an alle Wände!«

»Es geht doch nicht mit rechten Dingen zu«, sagte Lydia nachdenklich zu Nina, als die beiden Theaterleute sie verlassen hatten.

Nina nickte ängstlich.

»Natürlich hat er wieder seine Hand im Spiel.«

»Jawohl, dieser Autounfall ... Das ist sein Werk. Wenn es überhaupt ein Autounfall war. Vielleicht hat er das alles mit der Rethberg abgekartet oder mit dem Direktor. Ich hätte nicht zusagen sollen.«

Nina seufzte.

»Welches Kleid, Madame?«

»Es ist mir alles eins. Welches du willst ... Ich hätte doch nicht nachgeben sollen ...«

»Das Unglück ist ja nicht groß ... Sie werden den Herrn Marquis nach der Vorstellung treffen ...«

Lydia ließ den Kopf hängen.

»Der Arme! Wäre er mir nur nie begegnet! In welche Katastrophen werde ich ihn mitreißen ...«

Nina hatte ein champagnerfarbenes Abendkleid aus dem Schrankkoffer genommen und hielt es fragend empor.

»Ja, ja«, sagte Lydia ungeduldig. »Du fährst sofort zu Herrn de la Tremolière ins Hotel du Midi und erzählst ihm, was vorgefallen ist. Natürlich kann ich nach der Vorstellung nicht mehr zu ihm kommen. Er soll mich im Carlton erwarten. Sag ihm, daß ich wirklich nicht gut nein sagen konnte und daß ich gleich zur Probe mußte ...«

Der Theatersaal des Casinos von Monte Carlo erstrahlte in Festbeleuchtung.

Zwischen korrekten schwarzen Fräcken und weißen Hemdbrüsten flimmerten in allen Modefarben des Regenbogens die prunkvollsten Toiletten, Kreationen erster Pariser Modellhäuser.

In allen Reihen des Parketts, in den Logen und vom Balkon funkelten erlesener Schmuck, goldene Geschmeide und Edelsteine auf rosenrot gepuderter Frauenhaut.

In der Ehrenloge wohnten der König und die Königin von Spanien der Vorstellung bei. Sie saßen zurückgelehnt im Schatten, um die Aufmerksamkeit des Publikums nicht von der Bühne abzulenken.

Eine wundervolle, hinreißende Vorstellung. Die Thamaron hatte nie mit solchem Feuer, mit solcher Verve gesungen. Nach dem zweiten Akt brauste ein Orkan des Beifalls durch das Haus. Die Hervorrufe wollten kein Ende nehmen. Immer wieder mußte die Sängerin vor dem Vorhang erscheinen und sich verneigen. Die Rampe war mit Blumenspenden bedeckt.

»Die Vorstellung wird nie zu Ende gehen«, seufzte Lydia.

Als sie zum fünfzehnten Male vor das jubelnde Publikum getreten war, stand der Direktor auf der Bühne und winkte ihr entzückt mit beiden Händen. Sein Gesicht strahlte.

»Madame Thamaron«, rief er, »fabelhaft! Das Haus rast. Der König ... der König von Spanien hat den Wunsch geäußert, Sie kennen zu lernen. Ich führe Sie in seine Loge.«

Vom Direktor geleitet, trat Lydia in die königliche Loge.

»Eure Majestät gestatten, daß ich Madame Lydia Thamaron untertänigst vorstelle«, sprach der Direktor ohne Stocken.

Lydia vollführte den großen Petersburger Hofknix.

Der König erhob sich, ein großer, schlanker Mann mit blauschwarzem, an der Stirne gelichtetem Haar und einer eindrucksvollen Nase im mattgelben Gesicht. Seine Unterlippe kam Lydia übertrieben vor. Seine Augen blickten groß und erstaunt direkt auf die Sängerin.

»Ich bin sehr glücklich«, sagte er langsam und akzentuiert.

Dann stellte er die Sängerin der Königin vor, die, eingehüllt in eine Aureole von Spitzen und Parfüm, im Hintergrunde der Loge sitzen blieb. Die Königin äußerte ihre Zufriedenheit und ging dabei sogar um einen Schritt weiter als ihr hoher Gemahl, indem sie erklärte: »Ich bin entzückt, Madame Thamaron.«

»Ihre Majestät ist Kennerin«, bemerkte der König. »Wir haben viele Sänger und Sängerinnen gehört.«

»Sehr viele«, bestätigte die Königin. »Caruso ist schon tot.«

»Die Mistinguette ...«, tröstete sie der König. »Sie müssen nach Madrid kommen«, setzte er fort. »Sie müssen in unserer Oper singen ... Sie werden großen Erfolg haben. Das Madrider Publikum ist zwar anspruchsvoll, aber dankbar.« Dann neigte er den Kopf nach der Seite, ließ die Unterlippe hängen und lächelte. »Es würde die Königin und mich sehr freuen, wenn Sie heute abend mit uns soupieren wollten. Im engsten Kreis.«

Die Königin nickte huldvoll.

Lydia erstarrte und wußte nicht, was sie erwidern sollte.

»Madame Thamaron wird sich außerordentlich glücklich schätzen, der Einladung Ihrer Majestät zu folgen«, versicherte der Direktor an ihrer Statt und bot ihr den Arm.

Die Audienz war zu Ende.

Wie im Traum verließ Lydia die königliche Loge. Auf den Direktor gestützt, erreichte sie ihre Garderobe.

Repiquet wollte sie beglückwünschen. Sie stieß ihn zurück.

»Nach Hause!« rief sie Nina zu.

»Der dritte Akt!« schrie der Direktor. »Und die Einladung Seiner Majestät! Sind Sie wahnsinnig, Madame?«

»Nein, ich bin nicht wahnsinnig. Die ganze Welt ist wahnsinnig. Die ganze Welt ist gegen mich verschworen. Jetzt ist sogar ...«

Mit bebenden Händen schleuderte sie Puderbüchsen und Schminkschalen vom Toilettetisch, schlug mit den Fäusten gegen den Spiegel und bekam einen Weinkrampf.

Der Theaterarzt mußte gerufen werden, Repiquet und der Direktor, Nina, die Garderobiere und der

Coiffeur bemühten sich um sie, besprengten sie mit Essig und Kampfer, um den dritten Akt zu retten.

»Mein Gott, mein Gott«, schluchzte Lydia in hysterischer Verzweiflung. »Sogar den König von Spanien hat er bestochen ...!«

Der Zar ist tot ...

An einem trüben und regnerischen Frühlingstage stand in der kleinen Portierloge des altberühmten Gasthofes zum »Wapen van Zuidholland« in Groningen ein hochgewachsener, weißhaariger Herr mit einer goldgefaßten Brille. Sein Begleiter, klein und unscheinbar von Gestalt, hatte einen grauen Schnurrbart und hinkte. Sie trugen sich als Professor Sartorius und Dr. Krusemann aus Bingen am Rhein in das Fremdenbuch ein, verlangten zwei Zimmer mit einer Verbindungstüre und erhielten die gewünschten Räume im ersten Stockwerk des Hauses zugewiesen.

Als der Lohndiener, der ihr geringes Gepäck besorgt hatte, sie verließ, schlossen sie die Türe hinter sich sorgfältig zu und Ogolenskij nahm die weiße Perücke und die Brille ab.

»Auspacken, Andruscha!« befahl er, während er Toilette machte. »Beeile dich!«

Andruscha beeilte sich.

»Nun sind es Jahre«, brummte er, »lange Jahre, seit wir in dieser gottverlassenen nebeligen Stadt waren ... Und heute ist es genau so trüb wie damals ... Ich glaube nicht, daß hier überhaupt jemals die Sonne scheint, wie in Rußland ... wie einst bei uns in Rußland.«

Ogolenskij nickte.

»Das war damals eine böse Fahrt«, sagte er. »Über Finnland und Schweden ... Halb zu Tode gehetzt kamen wir an. Die Salve von Jekaterinburg dröhnte mir noch in den Ohren ... Und mißtrauisch waren diese Holländer, obwohl wir sie gleich gutes Gold sehen ließen ... Mir wurde erst ein wenig leichter ums Herz, als wir die kaiserliche Hoheit in Sicherheit gebracht hatten und wieder wegfahren konnten, ohne daß irgend jemand ahnte, wer wir sind.«

Andruscha stellte das Stahlkästchen mit dem Diadem der Zarin behutsam auf den Tisch.

»Da«, rief er, »da sind sie, die funkelnden Steine, die die drüben nicht bekommen konnten ... Da ist Rußlands geheiligter Schatz. Und nun endlich kommt er dorthin, wohin er gehört ...« Sein verwittertes, blatternarbiges Gesicht nahm einen andächtigen, fast verklärten Ausdruck an, seine arbeitsharten Hände hatten sich gefaltet. »Viel Blut und viele Tränen mußten fließen«, setzte er hinzu. »Gott hat es so gefügt, es war sein Wille ... Nun ist die Sorge von uns genommen.«

Ogolenskij streckte sich. Die kühnen Augen in seinem gebräunten Gesicht blitzten.

»Freu dich nicht zu früh, Andruscha. Erst wird gepflügt, dann wird getanzt. Der wirkliche, der große Kampf, der hat noch nicht begonnen.«

»Ich weiß ...!«

»Aber wir werden siegen, Andruscha. Und jetzt mache ich mich auf den Weg nach dem kleinen Häuschen, das die Zukunft und das Glück Rußlands birgt ... Erwarte hier meine Rückkehr ...«

Andruscha blickte ihn bestürzt an.

»Ich soll hier warten, gnädiger Herr? Ich soll nicht mitkommen?«

»Nein, Andruscha, heute nicht. Hab' Geduld. Leg' dich nieder und schlafe – du bist müde. Ich werde dich rufen, wenn ich dich brauche ...«

»Gott segne Sie, gnädiger Herr«, murmelte der alte Diener. »Gott sei mit Ihnen auf Ihrem Weg ...«

Es hatte zu regnen aufgehört.

Die Straßen boten das Bild einer jener arbeitsamen und tüchtigen Provinzstädte, die durch die Neutralitätspolitik ihres Landes im Weltkriege mit Reichtümern überschüttet worden sind und die nun – ein wenig aus dem Gleichgewicht gebracht – allmählich wieder in das normale friedliche Tempo ihrer früheren patriarchalischen Geschäftstätigkeit zurücksinken.

Das trübe Nachmittagslicht des gleichmäßig bewölkten Himmels dämpfte die Farben der alten Häuser auf einen stumpfen grauen Ton.

Ogolenskij ging quer durch die Stadt, über den Vischmarkt und durch den Zuider-Park und erkannte am Oosterweg den buntbemalten Mohrenkopf, wo er rechts einbiegen mußte, in die stille Vorstadtgasse mit den verträumten Gärtchen vor den Giebelhäusern, die mit ihren roten, weißgefurchten Ziegelmauern wie aus einem Märchenbilderbuch hervorgeholt aneinander lehnten.

Vor einem dieser Häuschen blieb er stehen.

Ein regenfeuchter Kiesweg führte jenseits des Gartenzaunes an den Hauseingang, über dem ein blankes Geschäftsschild hing: Dirk Bloemskerck – Horlogemaker.

Als er die Türe öffnete, lief ein silberhelles Klingeln fröhlich durch das Haus. Beim Überschreiten der

Schwelle mußte er den Kopf beugen. Der Laden war leer.

Aber allsogleich erschien aus dem dahinter liegenden Wohnzimmer eine freundliche Matrone mit lächelndem Faltengesicht und grauem Scheitel unter dem gestärkten weißen Häubchen und fragte nach seinem Begehr:

»Was beliebt dem Herrn?«

»Sie erkennen mich nicht?«

»Nein«, sagte die Frau und trat näher. »Nein ... Hat der Herr etwas abzuholen ...?«

»Es ist schon ziemlich lange her, seit wir uns nicht gesehen haben. Mehrere Jahre. Scholz ist mein Name ... Ich komme, um mich ...«

»Herr Scholz!« rief die alte Frau und streckte Ogolenskij in freudiger Überraschung beide Hände entgegen. »Nein, so etwas! Meine Augen werden wirklich schon schwach ... und dunkel ist es auch schon! Ich will Licht machen ... Ja, lange her ist es wirklich ... Dirk, Dirk! schau, wer gekommen ist!«

Sie öffnete die Glastüre mit den weißen Mullvorhängen, die in die Werkstätte des Uhrmachers führte.

Dirk Bloemskerck kam gemächlich heraus. Ein wohlbeleibter, kleiner Mann mit einem gesund gefärbten glatten Gesicht und dichtem schneeweißen Haar. Er schob die scharfe Brille, die er bei der Arbeit trug, auf die Stirne, kniff die Lider zusammen und fragte bedächtig:

»Was denn, Katharintje? Wer denn?«

»Herr Scholz, Dirk! Herr Scholz, der Onkel Charlottes ...«

Der Uhrmacher schlug die Hände zusammen.

»Nun, das ist wahrhaftig eine Überraschung«, sagte er und nahm das grüne Käppchen ab.

Dann wischte er sich die Fingerspitzen sorgfältig an seinem hellen Arbeitskittel ab und reichte sie dem Besucher.

»Lange nicht gesehen, Herr Scholz ... Ja, ja ... da müssen wir doch gleich ... Bitte, treten Sie hier in die gute Stube, ich will nur die Werkstatt schließen ... He! Pieter! Willem! Schluß für heute – ihr könnt gehen ... Sperrt mir die Hintertüre ab! Gut! Gut, Bonjour! ... Und jetzt kommen Sie, Herr Scholz, kommen Sie ...«

Die beiden alten Leute führten ihren Gast in die Wohnstube.

Herr Bloemskerck drehte das Licht an.

Die Frau räumte ihre Strickarbeit von dem runden Speisetisch.

»Womit darf ich Sie bewirten«, rief sie. »Kuchen? Milch?«

»Unsinn«, widersprach der Mann, »einen Bittern! Ein Gläschen Schiedamer Jenever ... das wärmt die Seele ... Was?«

Eine eckige Flasche erschien und wurde entkorkt. Der Hausvater, der sein Käppchen wieder aufgesetzt hatte, schenkte ein.

»Gesundheit!« rief er anstoßend.

»Und wie wird sich Charlotte freuen ...«, sagte Mutter Bloemskerck.

Ogolenskij war noch nicht zu Worte gekommen.

»Ist sie denn nicht zu Hause?«

»Nein«, sagte der Uhrmacher und blickte seine Frau ein wenig verlegen an. »Zu Hause ist sie um diese Zeit wohl nicht ...«

»Aber sie muß jeden Augenblick kommen, Herr Scholz.«

Ogolenskij hatte mit einem Male die deutliche Empfindung, die beiden hätten ihm etwas zu verbergen ... Besorgt sah er sich in der Stube um. Nichts hatte sich verändert. An den Wänden hingen verblaßte Familienphotographien, ein Spiegel, dem das Klima nicht gut anschlug, und viele Uhren verschiedenster Konstruktion. Rote Tulpen zierten das breite Fensterbrett. Am Kamin stand der gepolsterte Lehnstuhl, und auf der Kommode lagen ein paar Bücher in gelben Einbänden ... französische Romane ... die zweifellos ihr gehörten ...

Frau Bloemskerck bemerkte seine Unruhe.

»Ach«, beeilte sie sich zu versichern, »es geht Charlotte gut ... Sehr gut. Und Sie werden Augen machen, wie sie sich entwickelt hat, wie schön sie geworden ist ... Nein, sie ist kein Kind mehr ... Nicht wahr, Dirk?«

Der Uhrmacher schüttelte bedächtig den weißen Kopf.

»Bei Gott, sie ist kein Kind mehr. Ein junges Fräulein. Wir haben sie alles lernen lassen, was ihr Freude machte, wie es Ihr Wunsch war, Herr Scholz. Sie hat Gesangstunden genommen, Unterricht im Aquarellmalen bei einem Professor ... Ihre Geldsendungen sind ja immer pünktlich eingetroffen. Wir konnten sogar noch etwas für sie zurücklegen. Auch praktische Dinge hat sie gelernt ... Buchbinden ... Sie macht sich auch ihre Hüte selbst. Sie hat so viele Talente!«

»Sie liest zu viel, deutsch, französisch, englisch ...«, erklärte Frau Bloemskerck. »Wenn man so schön und klug ist, braucht man nicht so viel zu lesen ...«

»Und Sie, Herr Scholz? Warum haben Sie sich so lange nicht blicken lassen?« fragte der Uhrmacher.

»Geschäfte«, sagte Ogolenskij. »Allerlei Geschäfte. Weite Reisen ... Man kann nie, wie man will ...«

Der Holländer nickte.

»Noch ein Gläschen? Im vorigen Herbst hatte ich eine Lungenentzündung ... und nur der Jenever ...«

»Es bedeutet doch hoffentlich nichts Schlechtes«, unterbrach ihn seine Frau, »daß Sie jetzt gekommen sind? Sie werden uns Charlotte doch nicht wegnehmen wollen ...!«

Ogolenskij hob beruhigend die Hand. Vorläufig sei daran wohl nicht zu denken, sagte er. »Aber früher oder später ...«

Die alte Frau begann zu jammern.

»Das dürfen Sie uns nicht antun ... Wir haben das Kind so lieb gewonnen, so lieb, als wäre sie unser eigenes Kind ... Nicht wahr, Dirk?«

»Wie unser Kind«, beteuerte der Uhrmacher.

Der helle Klang einer Glocke unterbrach das Gespräch. Die Ladentüre war geöffnet worden. Und gleich darauf trat ein junges Mädchen in dunklem, hochgeschlossenem Kleid ins Zimmer und blieb wie angewurzelt auf der Schwelle stehen.

Ein elfenbeinblasses, sanft gerundetes Gesicht mit zwei großen blauen Augensternen und einem hochmütigen, erschreckt geöffneten Kindermund. Ein schwarzer Pagenkopf. Eine schmale, aristokratische Knabenhand, die die Klinke nicht losließ ... Das sah Ogolenskij im Spiegel, der gegenüber der Türe hing.

Er sprang auf.

»Charlotte«, rief Frau Bloemskerck. »Dein Onkel ... Mein Gott, die Überraschung, die Freude bringt sie ganz aus der Fassung ...«

Ogolenskij hatte die Schwankende umfangen und gestützt. Dabei zog er ihre rechte Hand ehrfürchtig an die Lippen.

»Nun?« fragte der Uhrmacher und schob seinen Lehnstuhl für Charlotte an den Tisch. »Ist das Kind nicht schön geworden? Und groß? Unser Kind ...?«

Voll Stolz blickte er sie an.

»Kaum vierzehn war sie ... und zart und blaß ... und verschüchtert und immer traurig ...«, sagte die alte Frau. »Bei uns hat sie lachen gelernt.«

»Du sprichst zu viel«, verwies der Uhrmacher seine Gattin. »Komm Katharintje! Ich gehe die Werkstatt in Ordnung bringen ... Du kannst mir helfen. Oder kümmere dich um den Tee. Charlotte wird Herrn Scholz viel zu erzählen haben ... Meinst du nicht?«

Ein wenig bange über die sichtliche Bestürzung ihres Pflegekindes zogen sich die beiden Alten zurück.

Tiefe Stille herrschte im Zimmer.

Die junge Dame, die bisher noch kein Wort gesprochen, keinen Laut von sich gegeben hatte, saß mit hochaufgerichtetem Oberkörper in Dirk Bloemskercks altväterlichem Lehnstuhl und blickte Ogolenskij mit übergroßen, verwunderten Augen an. Ihre schlanken Finger umklammerten die Seitenlehnen. Die zarte Brust hob und senkte sich hastig.

Bewegt betrachtete sie Ogolenskij.

»Kaiserliche Hoheit ...«, sagte er zögernd und leise.

Charlotte zuckte heftig zusammen.

»Nicht so laut. Man hört es ...«

»Niemand hört uns.«

Sie schüttelte den Kopf.

»Hier bin ich Charlotte Scholz ...«

»Charlotte ist schön geworden«, lächelte Ogolenskij.

»Ach, Onkelchen, ich habe Angst«, sagte das junge Mädchen.

»Angst? Vor mir?«

»Vor Ihnen, ja! Ich bin glücklich, Sie wiederzusehen und Ihnen danken zu können ... Aber ich fürchte mich vor dem, was Sie mir sagen werden. Sie sind ein kalter Wind, der in meine warme Stube weht.«

»Kaiserliche Hoheit scheinen sich also in dieser warmen Stube wohl zu fühlen.«

»Ja, ich fühle mich wohl«, erwiderte Charlotte lebhaft. »Ich kann Ihnen gar nicht genug dafür danken, daß Sie mich hierher gebracht haben, in diese gesunde, reine, frische Umgebung, zu diesen guten, einfachen Menschen. Und ich gebe Ihnen die Versicherung, Fürst, daß ich erst, seit ich Charlotte Scholz geworden bin, weiß, was es heißt, glücklich zu sein.«

»Hoheit sind sehr nachsichtig. Die guten Leute tun wahrscheinlich wirklich alles, was sie können. Das Glück und die Sorgen des kleinen Bürgers aus solcher Nähe gesehen zu haben, das kann nicht ohne Nutzen für die große Aufgabe sein, die Sie erwartet. Vielleicht kommt bald ...«

Die Prinzessin preßte mit einer kindlichen Geste die Fingerspitzen an die Ohren.

»Kein Wort mehr! Davon will ich nichts hören. Es soll alles so bleiben, wie es ist. Ich bitte Sie um des Himmels willen ...«

Ogolenskij lächelte.

»Jahre kommen und Jahre gehen ... Sie werden anders denken, Prinzessin ...«

»Nein. Die Jahre haben alles verdrängt, was vorher war. Alles! Wecken Sie die Erinnerung nicht auf an die kalten Prunksäle, an in Ehrfurcht und Angst verzerrte falsche Gesichter, an den Zwang zum Schweigen, Beten und Lächeln ... Bis das Furchtbare kam, das unauslöschlich Entsetzliche ... Oh, nicht daran denken! Hier, hier war ich zum ersten Male zufrieden, glücklich ... Die Nächte, in denen mich Bilder aus früherer Zeit verfolgen, verbringe ich schlaflos ... in Tränen ... Wie furchtbar ist doch das Leben ...«

Sie ließ das blasse Gesichtchen auf ihre Schulter sinken und begann leise zu schluchzen.

»Kleine Prinzessin, das Leben war hart zu Ihnen«, sagte Ogolenskij. »Denken Sie nicht an die Vergangenheit – alles Gute, alles Schöne, alles Große kommt erst für Sie.«

»Das Große ist niemals schön und niemals gut. Ich möchte hier bleiben. Nehmen Sie mich nicht fort.«

»Natürlich dürfen Sie noch hier bleiben! Wir haben noch ein hartes Stück Arbeit vor uns, wir, die wir für die große Sache kämpfen. Daß Sie hier sind, daß Sie leben, das, Prinzessin, ist der große Trumpf in meiner Hand. Ich werde ihn nicht vorzeitig ausspielen. Und bis dahin können wir selbstverständlich dieses Exil beibehalten, wenn ...«

»Kein Exil!« rief Charlotte und hob die Hand.

Dann stand sie auf und ging auf Ogolenskij zu.

»Ogolenskij, Fürst Ogolenskij, Sie waren meines Vaters vertrautester Freund. Meinen Sie es gut mit mir?«

»Kaiserliche Hoheit ...!«

»Dann schwören Sie mir, daß Sie mich immer hier lassen werden!«

»Immer ... hier lassen?« Ogolenskij versuchte nochmals ein höfisches Lächeln, aber es fiel ihm schon schwer. »Das kann nicht Ihr Ernst sein, Prinzessin. Ihre erlauchte Herkunft legt Ihnen Pflichten auf, die über das Alltägliche des menschlichen Daseins hinausgehen. Aber vergessen Sie auch nicht, was Sie erwartet ...«

Die Prinzessin schüttelte den Kopf.

»Ich allein weiß, was mich erwartet, und ich allein weiß, daß ich noch glücklich werden kann. Und in Ihrer Hand liegt es, mich glücklich werden zu lassen ...«

»Ihrem Glück gilt die Arbeit meines Lebens. Kein Opfer war mir ...«, er hielt inne. »Glauben Sie mir, daß ich alles daran setzen werde, Ihnen wieder zu jenem Glück zu verhelfen, auf das Ihre hohe Geburt Ihnen ein unverjährbares Recht gibt.«

»Genug! Genug! ... Ich will nichts hören von diesem Recht. Ich verzichte auf ...«

»Sprechen Sie dieses Wort nicht aus! Sie wissen nicht, was für Sie, was für unsere Sache schon geschehen ist. Es könnte Ihnen leid tun, dieses Wort, an jenem vielleicht nicht mehr fernen Tage, an dem Ihnen der Weg in Ihre Heimat bereitet sein wird.«

Da warf die Prinzessin den Kopf mit einer energischen Bewegung zurück und sagte kurz und bestimmt:

»Meine Heimat ist hier.«

»Sie irren, Hoheit: Ihre Heimat ist das große, unermeßliche, heilige Rußland. Was kann Sie hier fesseln? Die eintönige Landschaft, der feuchte Nebel, die kleinen, bürgerlichen Verhältnisse? Sie – eine kaiserliche Prinzessin, das einzige überlebende Kind des Zaren, die Hoffnung Rußlands?«

Die kleine Prinzessin ballte die Fäuste.

»Ich bin keine Prinzessin ... ich bin keine Zarentochter«, schluchzte sie hysterisch und sah Ogolenskij haßerfüllt an.

Ihre Augen waren ganz dunkel geworden.

»Hoheit«, sprach Ogolenskij sehr ernst und in seiner Stimme begann ein Ton von Ungeduld mitzuklingen. »Hoheit, ich habe eine peinliche Pflicht. Ich muß Sie bitten, sich allergnädigst daran zu erinnern, unter welchen Schwierigkeiten es mir gelungen ist, Ihr Leben zu retten, Ihre Flucht zu bewerkstelligen, die Grenze zu erreichen. Ich habe, das muß in diesem Augenblicke gesagt sein, mein Leben hundertmal aufs Spiel gesetzt für die Tochter des Mannes, der mir die Ehre erwies, mich seinen Freund zu nennen. Nur für die Tochter des Zaren tat ich, was ich getan habe. Als ich in Jekaterinburg ...«

»Nein!« schrie sie auf. »Sprechen Sie nicht weiter ... Ich kann es nicht ertragen! Erinnern Sie mich nicht an all die Greuel ... Ich möchte Ihnen ja so gerne dankbar sein! Zwingen Sie mich nicht selbst dazu, Sie zu hassen, indem Sie mich von hier wegreißen und mich wieder in dieses unglückliche Land zurückbringen, aus dem Sie mich gerettet haben – in das Land, dessen Boden mit Blut getränkt ist, dessen Flüsse die Leichen nicht wegschwemmen können, weil ihrer zu viele sind ... Alles wird wieder beginnen, der Haß wird wieder auferstehen ... Feuer und Blut überall ... Die Schüsse krachen ... sie werden mich ermorden, wie sie meine unglücklichen Eltern und meine armen Geschwister gemordet haben ...«

Sie konnte nicht weiter sprechen.

Ogolenskij ergriff feierlich ihre beiden Hände, die eiskalt waren und zitterten.

»Wenn Sie in Ihre Heimat zurückkehren, Tatjana ... wird kein Haar auf Ihrem Haupt gekrümmt werden, das schwöre ich Ihnen bei dem großen, heiligen und unsterblichen Gott. Sie werden nicht heimlich wie ein Eindringling, sondern am hellsten Tageslicht an der Spitze einer Armee mit fliegenden Fahnen über die Grenze ziehen. Das Volk wird an der Straße knien und Ihnen zujubeln und alle Kirchenglocken werden befreit durch das Land klingen ... Das ist unser Ziel. Und wir werden es erreichen.«

Die Prinzessin schüttelte den Kopf. Unter Tränen stieß sie hervor:

»Ich will nicht zurückkehren, ich will nicht in Rußland einziehen ... Ich will hier bleiben, wo ich mein Glück gefunden habe ...«

Fast brüsk ließ Ogolenskij ihre Hände los und trat einen Schritt zurück.

Nach einer kleinen Pause, in der man nur die altertümlichen Uhren an den Wänden ticken hörte, fragte er mit klarer, stahlharter Stimme:

»Vielleicht würden mir Kaiserliche Hoheit mitzuteilen geruhen, worin das Glück besteht, das Sie hier gefunden haben?«

Sofort hob Tatjana den Kopf. Ihr Kindermund zuckte verzagt. Verschämt zog sie die Schultern hoch.

»Ist das so schwer zu erraten, Fürst Ogolenskij?« hauchte sie.

»Ich hab' es mir gedacht ...«

Ogolenskij ging mit heftigen Schritten bis an den Kamin und zurück. Er legte die hohe Stirne in hohe Falten und lächelte bissig. »Ja, man darf ein junges Weib nicht sich selbst überlassen ...«

Aller Hochmut, aller Stolz war aus ihrem Gesichtchen verschwunden. Sie blickte, wie um Verzeihung bittend, zu Ogolenskij auf und sagte schüchtern:

»Er ist ein Künstler ...«

»Wahrhaftig? Maler? Bildhauer? Tenor?«

Sie bemerkte seinen Spott nicht.

»Er macht Gedichte«, versicherte sie leise. »Auch ein Theaterstück hat er geschrieben. ›Piet de Vries‹, das war ein holländischer Seeräuber ... natürlich macht er das nur in seiner freien Zeit. Er ist Redakteur von ›De Strijd‹ ...!«

»›De Strijd‹?«

»Ja – der Kampf!«

»Oh! Und wofür kämpft er denn?«

»Für seine enterbten und entrechteten Brüder ...«

Ogolenskij lehnte mit gekreuzten Armen am Kamin. Sein Raubvogelblick umkreiste sie angriffslustig.

»Jetzt sagen Sie nur noch, daß er Sozialist ist ...«

»Das ist er ... Und er spricht so wundervoll, so überzeugend. Wenn Sie ihn in den Versammlungen reden hören könnten ...«

»Danke, Kaiserliche Hoheit!«

»Zum letzten Male, Fürst Ogolenskij: Es gibt keine Kaiserliche Hoheit mehr! Ich liebe ihn, wir werden uns heiraten ... Ein kleines bescheidenes Glück – mein Glück! Versuchen Sie nicht, es mir zu entreißen. Es würde Ihnen nicht gelingen, denn ich habe einen eisernen Willen. Wenn Sie mir Schwierigkeiten machen, laufe ich Ihnen bei Nacht und Nebel davon ...«

»Das glaube ich Ihnen aufs Wort.«

»Nun wissen Sie alles! Jeden Morgen beim Erwachen habe ich gezittert, daß Sie kommen könnten. Aber Sie werden gut sein ... nicht wahr ... und mir meinen Frieden gönnen, um meines Vaters willen, dessen Freund Sie waren.«

Eine Weile war Stille. Ogolenskij ließ den Kopf sinken und zog tief und hörbar den Atem ein. Dann sagte er leise:

»Sie haben zu befehlen und ich gehorche. Ich werde abreisen ... Nur eines noch, bevor ich gehe.«

Er holte die Kassette heran und stellte sie auf den Tisch.

»Was ist das, um Gottes willen?«

»Ein Teil der Kronjuwelen ... Sie waren bestimmt für den künftigen Zaren Rußlands. Es gibt keinen Zaren mehr, es wird nie wieder einen geben. Dieses Diadem gehört Ihnen. Wenn Sie wüßten, welche Mühe es gekostet hat, es bis hierher zu bringen ... welche Opfer ...!«

Seine Stimme wurde rauh. Klirrend sperrte er das Kästchen auf und schlug den Deckel zurück: Diamanten, Saphire, Perlen und Smaragde ...

Tatjana barg das Gesicht in den Händen.

»Weg! Weg! Nehmen Sie diese Juwelen wieder mit sich!«

»Das kann ich nicht, sie gehören Ihnen!«

»Ich will sie nicht haben – ich brauche sie nicht!«

»Nehmen Sie sie als Erinnerung an Ihr wahres und wirkliches Leben, das Sie von sich gestoßen haben.«

»Unmöglich! Wie sollt' ich vor meinem Bräutigam den Besitz solchen Reichtums rechtfertigen?«

»Er weiß nicht, wer Sie sind?«

»Ich bin Charlotte Scholz und werde es bleiben, so lange ich atme.«

Ogolenskij lächelte resigniert.

»Bitte. Machen Sie mit Ihrem Eigentum, was Sie wollen. Legen Sie es in die Vitrine in Ihrer guten Stube ... und erzählen Sie Ihrem jugendlichen Freiheitskämpfer, daß die Steine falsch sind. Ich zweifle nicht daran, daß er auch das glauben wird.«

Sie verstand ihn nicht. Sie hörte nur, daß seine Worte hart klangen, daß er unzufrieden war – aber in ihrem verliebten Köpfchen war kein Raum für die Gedanken an seine hochfliegenden und weltumfassenden Pläne. Sie liebte und war bereit, dem Mann ihrer Wahl zu folgen. Das war ihr Schicksal und ihre Berufung. Alles andere war ausgelöscht.

Noch einmal ergriff Ogolenskij das Wort.

»Ich muß Ihnen sagen, Fräulein Scholz, Sie haben mir die größte Enttäuschung meines Lebens bereitet ... Tatjana Alexandrowna Romanow, die letzte Tochter des Zaren, heiratet einen sozialistischen Zeitungsschreiber ... Was hätte ich mir in diesem letzten Jahre für Unannehmlichkeiten ersparen können, wenn ich diese Lösung des russischen Problems vorausgesehen hätte ...«

Der Uhrmacher und seine Frau traten vorsichtig lächelnd ein.

»Nun, Herr Scholz«, fragte Frau Bloemskerck, »hat Ihnen das gute Kind sein Herz ausgeschüttet? Was sagen Sie? Sie werden doch keine Einwendungen haben ...«

Und der alte Bloemskerck fügte hinzu:

»Er ist ein rechtschaffener Bursche. Wir sind zwar in politischen Fragen nicht ganz einer Meinung – aber gerechter Weise kann ich nur das Beste von ihm sagen. Hendrik Vanderwerk wird seine Frau glücklich machen ...«

»Das ist die Hauptsache«, sagte Ogolenskij trocken. »Ich danke Ihnen für alle Ihre Sorgen und Bemühungen und freue mich, daß ich wieder beruhigt abreisen kann.«

»Sie wollen uns schon wieder verlassen? Und Charlotte?«

Charlotte hielt einen Augenblick Ogolenskijs Hände zwischen den ihren. Ihr blasses Gesicht sah hilflos zu ihm empor.

Er lächelte artig.

»Sei glücklich, Charlotte ...!«

»Aber zur Hochzeit?« fragte Frau Bloemskerck geschäftig. »Zur Hochzeit kommen Sie doch wieder?«

»Wenn ich eingeladen werde. Sie brauchen nur zu telegraphieren ... Auf Wiedersehen ...«

Mit einem letzten Abschiedsblick umfaßte er das Zimmer. Charlotte saß im Lehnstuhl. Vom Fensterbrett leuchteten die Tulpen. Auf dem weiß gehäkelten Milieu des Speisezimmers stand geheimnisvoll und bedrohlich glänzend wie das stählerne Gehäuse einer Höllenmaschine die Kassette mit dem Diadem der Zarin. Frau Bloemskerck beugte sich neugierig darüber.

Der Uhrmacher öffnete die Türe. Ein silbernes Klingeln ertönte und Ogolenskij stand unter dem nebligen holländischen Nachthimmel.

Andruscha wartete.

»Väterchen, Sie haben sie gesehen?«

»Ja. Ich habe sie gesehen.«

»Sie ist schön geworden? Und gut?«

»Schön und gut, Andruscha.«

»Und ... Herr ...?«

Ogolenskij trat ganz nahe an ihn heran und legte ihm beide Hände schwer auf die Schultern.

»Der Zar ist tot, Andruscha. Wir fahren nach Hause.«

»Schwer hast du's mir gemacht ...«

»Sind Sie es, Tremolière? Daß Sie endlich da sind. Gott sei Dank! ... Ich dachte schon ... Hören Sie mich an, hören Sie mich um Gottes willen an und unterbrechen Sie mich nicht! Ja, gewiß ... etwas Schlimmes ... Nicht Ihre Schuld, nein, ... aber ich habe ... Was? Wiedersehen? Das ist es eben: wir werden uns nie wieder sehen, nie! nie! Es ist aus. Folgen Sie meiner Warnung – es ist das Einzige, was ich für Sie tun kann, der letzte Freundschaftsdienst. Unser Schicksal ... nein! ich bitte Sie, ich beschwöre Sie ... nur das nicht ...! Er ist da ... Natürlich ... deshalb konnte ich nicht ... er hat es verhindert ... Sie? Sie mit ihm abrechnen? Sie Unglücklicher ...! Sie bilden sich ein, ihm gewachsen zu sein? Sie? ... Ihm, der ... Ich kann nicht wissen, was er mit Ihnen vor hat, wenn ... Nein! nein, es wäre Wahnsinn, es wäre Selbstmord ...! Es hat nicht sein sollen ... Glauben Sie mir, mein armer Freund, nach allem, was ich gestern wieder ... Die ganze Welt steht in seinem Dienst, alle sind von ihm gekauft! Alle sind seine Verbündeten. – Sogar die Rethberg! Und ein wirklicher, regierender König ... Wieso? ... Das weiß ich nicht! Ich habe keine Erklärung dafür. Ich kenne ihn. Dabei scheint er gestern noch gnädiger Laune gewesen zu sein – ich war ja so glücklich, als ich Ihre Stimme am

Telephon hörte, daß Sie überhaupt noch am Leben sind! Ich habe gefürchtet, Sie seien schon auf dem Wege nach Celebes ... Das weiß ich nicht ... das weiß nur er! Oder nach Teheran. Oh, es gibt noch Schlimmeres! Seine Hilfsmittel sind unbegrenzt, seine Phantasie unerschöpflich in der Erfindung neuer Listen ... Glauben Sie doch das nicht! Er kennt kein Erbarmen, er geht seinen Weg und wenn ... Nein, es hilft nichts! Wir trennen uns! Wir dürfen uns nicht wiedersehen. Um Ihretwillen – das bin ich Ihnen schuldig. Sie Armer, schwer genug schon haben Sie es gebüßt, daß Sie einmal seinen Weg gekreuzt haben. Es war ein törichter Einfall von mir, mich an diesem Menschen rächen zu wollen! Er hat überall seine Helfer ... Denken Sie nur, wenn ein wirklicher König sich dazu hergibt ... Nein! Nein! – ich will nichts mehr hören. Es muß aus sein. Ja, Sie haben viele Stunden umsonst auf mich gewartet ... Sie haben sich gesehnt ... Ich weiß es ... Sie sind ... Danken Sie Ihrem Schöpfer, daß sich nichts anderes ereignet hat ... Nein, nie mehr! Ein anderer? Das ist kindisch ...! Aber nein, es gibt keinen andern. Und es wird niemals einen andern geben ... Mein Entschluß steht fest. Mein unerschütterlicher Entschluß ... Nein, auch das nicht ... Auch später nicht ...! Nie mehr! nie mehr! nie mehr! Leben Sie wohl ...«

Lydia wandte sich um und ließ mit einem Aufschrei das Hörrohr fallen.

Hinter ihr stand in einem grauen Reisemantel Ogolenskij und lächelte sie aus klaren Augen und mit leisem Spott an.

»Mein Gott, war das ein brüsker Abschied«, sagte er ruhig und legte den Hörer auf den Apparat. »Der Arme ... Ist es ihm sehr nahegegangen ...?«

Lydias Herz klopfte zum Zerspringen. Nach so langer Zeit sah sie sich ihm plötzlich wieder gegenüber. Bei hellstem Tageslicht – es war keine Vision. Sie hörte die Stimme, die nie ihre Macht über sie eingebüßt hatte, und blickte in die unveränderten Züge, die ihr einst so lieb gewesen waren. Sie versuchte, sich zu beherrschen, aber ihre Lippen bebten, als sie ihm mit erzwungener Fassung erwiderte:

»Ja. Ein Abschied. Ich bin Ihnen zuvorgekommen. Ich habe nicht die Absicht, Ihren boshaften und gewalttätigen Launen ein neues Opfer auszuliefern.«

»Sie haben nicht die Absicht?« erwiderte Ogolenskij liebenswürdig. »Nun, das ist klug, Sie haben mit den Jahren gelernt ...«

»Nach allem, was sich gestern hier abgespielt hat ... nach den kleinen Proben Ihrer Macht, die Sie mir wieder geliefert haben, gebe ich den Kampf auf. Übrigens ist es eine Dreistigkeit, mein Herr, daß Sie es überhaupt wagen ...«

Ogolenskij zog die Brauen hoch.

»Gestern?« fragte er sehr interessiert. »Ich habe keine Ahnung, mein Engelchen, von dem, was sich gestern hier abgespielt hat. Ich war verreist und bin eben erst angekommen.«

»Und das soll ich Ihnen glauben? Ich habe Beweise dafür, daß Sie da waren.«

»Sie machen mich neugierig ...«

»Spielen Sie doch nicht den Unschuldigen! Oder wollen Sie leugnen, daß Sie einen komplizierten Apparat aufgeboten haben, um mich zu zwingen, gestern abends aufzutreten ... Daß Sie mit der Rethberg ... und mit dem König von Spanien gegen mich konspiriert haben?«

»Mit dem König von Spanien?« Ogolenskijs Stimme klang aufrichtig erstaunt. »Sie tun dem König von Spanien unrecht, meine Teuerste. Seine Majestät ahnt nichts von meiner Existenz – und was Madame Rethberg betrifft, kenne ich nur ihr Bild aus der illustrierten Beilage der ›New York Times‹. Wie ich Ihnen schon einmal zu versichern die Ehre hatte, bin ich sechsunddreißig Stunden im Zuge gesessen, um Sie zu sehen, um mit Ihnen zu sprechen ... Komme ich zu spät? Vielleicht können Sie den Herrn noch erreichen, dem Sie vorhin den Abschied gegeben haben.«

Das Klingeln des Tischtelephons unterbrach ihn.

Nur zögernd und mit innerem Widerstreben hob Lydia ab und ließ Ogolenskij dabei nicht aus den Augen.

»Ja«, hörte er sie sagen, »ich bin es ... Sie sind noch immer da? ... Nein, nichts ... Gar nichts ... Aufgeschrien? Warum ich aufgeschrien habe ...«

Ogolenskij bemerkte ihre Verlegenheit. Er ergriff eine auf dem Klavier stehende Vase, machte Miene, sie umzuwerfen und nickte ihr aufmunternd zu.

»Warum?« fuhr Lydia fort. »Eine Vase! ... Nina, meine Zofe hat eine Vase umgeworfen ... Ja, natürlich ... Sonst nichts. Es ist wirklich nichts geschehen ... gar nichts ... Machen Sie sich keine Sorgen um mich. Leben Sie wohl!«

Ogolenskij lächelte zufrieden.

»Sie sehen«, sagte Lydia lebhaft, »es ist mir ernst. Ich werde diesen Mann nie mehr wiedersehen. Sie haben also keinen Grund, ihn nach Singapore zu verschicken.«

»Singapore ...«, wiederholte Ogolenskij und dachte einen Moment an einen breiten Hafenquai an grellblauem Wasser mit einem Gewühl von malayischen

Segelbooten im scharfen Sonnenlicht. »Singapore ... Nicht übel! Aber ich schwöre Ihnen, daß ich nicht die leiseste Ahnung habe, mit wem Sie eben telephonisch verbunden waren.«

Lydias Augen blitzten ihn zornig an.

»So geben Sie es doch endlich zu. Dieses Leugnen ist Ihrer nicht würdig. Sie haben es gestern durch Ihre Intriguen bewirkt, daß ich statt der Rethberg singen und nachher eine Einladung zum Souper annehmen mußte, die mich zur Verzweiflung gebracht hat.«

»Nein, mein Kindchen, das kann ich mit dem besten Willen nicht zugeben. An all dem bin ich vollkommen unschuldig! Launen des Schicksals ...! Kleine Eingriffe des Himmels in Ihre Privatangelegenheiten ... Dumme Zufälle – wenn es überhaupt Zufälle gibt.«

Er lachte laut, fröhlich, unbekümmert. Lydia erinnerte sich an dieses Lachen. Kein Mensch konnte so lachen wie er. Und in ihrem Herzen vibrierten Saiten mit, an die lange, lange nichts gerührt hatte. Aber ihr Groll behielt die Oberhand.

»Sie sind an allem unschuldig«, rief sie, »an allem! Vielleicht auch an dem Streich, der dem Ingenieur Mac Caulay in Neapel gespielt wurde und an dem Unglück des Tennischampions Gaston Roquilard? Wie? Und den armen Doktor Hamersvelt haben Sie auch nicht nach dem fernsten Rußland expediert ... Und den kleinen dänischen Attaché in Athen ...«

»Pardon«, unterbrach sie Ogolenskij sanft. »Da hatte ich natürlich überall die Hand im Spiele. Das habe ich auch niemals geleugnet.«

»Und hier, in Monte Carlo, hatten Sie niemand, der in Ihrem Auftrag handelte, keinen geheimen Verbündeten ...?«

»Nur einen einzigen: mein gutes Glück!« Er trat rasch einen Schritt näher und umfing sie mit einem warmen Blick, aus dem noch die Reflexe seines Lachens leuchteten. »Aber nicht um Ihnen das zu sagen, bin ich gekommen, sondern um die Türe des Käfigs zu öffnen und einem kleinen Singvogel, den ich für mich behalten wollte, die Freiheit wiederzugeben.«

»Die Freiheit?« stammelte Lydia. »Jetzt, nach so viel Jahren der Gefangenschaft ... Ihr Entschluß kommt mir unerwartet ...«

»Mir auch«, gab Ogolenskij zu. »Aber meine Sinnesänderung hat ihre Gründe. Ehe ich die Reise zu Ihnen antrat, hatte ich ein Erlebnis ... Ein sonderbares Erlebnis, das mich nachdenklich gestimmt hat. Ich habe gelernt, daß es töricht und vermessen ist, Schicksal spielen zu wollen. Es ist mir klargemacht worden, daß das Herz einer Frau nicht nach einem Programm zu lenken ist!«

»Ist es indiskret von mir, wenn ich mich erkundige, welche Frau Ihnen diese Lehre erteilt hat? War es vielleicht jene Dame, der Sie meinen Namen beigelegt und für die Sie sich duelliert haben? Wenn sie es war, dann gönne ich Ihnen diese kleine Enttäuschung.«

»Es war nicht jene Dame. Sie hätte mir keine Enttäuschung bereiten können.«

»Sondern?«

»Ein Traum ist zu Ende geträumt.«

»Für einen Träumer habe ich Sie nie gehalten.«

»Es war nicht mein Traum – es war der Traum unserer Heimat.«

Sein Gesicht schien ernst und bekümmert.

»Der Traum unserer Heimat? Wie soll ich das verstehen?«

»Der Zar ist tot«, sagte Ogolenskij mit Trauer in seiner Stimme.

»Das wissen Sie erst seit gestern?«

»Erst seit gestern ist es wahr. Erst seit gestern habe ich das Spiel unwiderruflich verloren. Und mein eigenes, – ich fürchte, das habe ich schon lange verloren. Du bist frei, Lydia, du kannst gehen, wohin du willst, wohin dein Herz dich zieht. Ich lege dir nichts mehr in den Weg – nur sprechen möchte ich noch einmal zu dir, heute, wo ich endlich reden darf.«

»Nun, mein Herr, was haben Sie mir zu sagen?«

Lydia horchte erstaunt auf den Ton ihrer eigenen Stimme, die fremd, ängstlich und erwartungsvoll über ihre Lippen kam.

»Daß du ein dummes kleines Mädchen bist! Wie hast du auch nur eine Sekunde glauben können, daß ich dich betrogen habe ...«

»Hast du dich nicht in Lugano mit deiner Geliebten ins Splendid einlogiert und sie für mich ausgegeben? Irgend eine Kokotte ...«

»Du Kind! Sie ist nie, nie meine Geliebte gewesen. Ich habe sie für meine Frau ausgegeben, das ist wahr, aber es blieb mir doch nichts anderes übrig! Oder hätte ich dir am Ende diese Rolle zumuten sollen, im Augenblick der höchsten Gefahr den Feind auf eine falsche Fährte zu locken? Sie hat ihre Rolle mit Talent und Glück gespielt und ist ihres Weges gegangen, als ich nichts mehr für sie zu tun hatte.«

»Aber vorher hast du dich noch für sie geschlagen!«

»Nicht für sie – für die Fürstin Ogolenskij, für dich – da sie doch deinen Namen trug. Meinst du, daß ich es mit einem naiven Stümper zu tun hatte? Niemals hätte der Franzose geglaubt, daß sie meine Gattin ist, wenn ich nicht für sie eingetreten wäre ... Und es mußte ihm die Überzeugung beigebracht werden, daß es ihm gelungen war, der Fürstin Ogolenskij das Geheimnis entrissen zu haben, das ich der ganzen Welt verschwieg.«

»Dein Geheimnis? Hat der Zar damals wirklich noch gelebt?«

»Ja und nein. Heute kann ich dir die Wahrheit sagen. Jenem fürchterlichen Gemetzel im Keller der Kaserne von Jekaterinburg ist ein Mitglied des Kaiserhauses lebend entkommen ... Du hast sie gekannt, die kleine Tatjana ... mit dem schwarzen Haar und den blauen Kinderaugen ... Du wirst sie nie wieder sehen. Es ist zu Ende mit den Romanows. Mögen sich ein paar Großfürsten um die Krone balgen ... was kümmert's mich! Der Zar ist tot. Fünf Jahre lang habe ich für seine Sache gekämpft, – und du hast mir's nicht leicht gemacht, Lydia. Wann begannst du an meiner Liebe zu zweifeln? Du lagst krank in Stockholm und ich war nicht bei dir. Du riefst mich und ich bin nicht gekommen. Das hast du mir nie vergessen. Aber in jenen Tagen war ich in Jekaterinburg und hörte die Salve ...!«

»Und warum hast du mir all das nicht früher gesagt?«

»Ich hatte kein Recht, zu irgend jemand über diese Dinge zu sprechen, auch zu dir nicht! Zu Großes stand auf dem Spiele ... Heute bin ich frei ... Frei für dich, wenn du mich willst, wenn du den Mut hast, es noch einmal mit mir zu versuchen ...«

Lydia schwankte. Ein Zittern ging durch ihre mädchenhafte Gestalt, ihre Lippen öffneten sich verlangend.

»Du gehörst mir, sagst du, – aber auf wie lange? In einem Monat steckst du sicher wieder in hundert neuen Abenteuern ... Versprich mir doch, Serjoscha ...«

Aber da hielt er sie schon in seinen Armen und wieder erklang sein heidnisches Lachen, so laut, daß Nina, die an der Türe des Nebenzimmers gehorcht hatte, erschrocken davonlief.

»Nein, mein Täubchen, mich fängst du nicht ... Gar nichts verspreche ich dir. Du mußt mich nehmen, wie ich bin!«

Seine Küsse, nach denen sie Jahre lang gedürstet hatte, erstickten auf ihren Lippen und in ihrem Herzen alle Bedenken und Bedingungen.

»Aber doch ... Das eine, wenigstens ...«, hauchte sie, »du mußt mir erzählen ...«

»Nicht jetzt«, rief Ogolenskij. »Ich bin so müde ... Sechsunddreißig Stunden Bahnfahrt ... Ich möchte so gerne eine halbe Stunde ...«

Lydia strich ihm mit einer zärtlichen Bewegung über das Haar.

»Schlafen, Liebster ...!«

»Nein, schwimmen!« schrie er. Er zog sie an das offene Fenster. »Schau, da unten glänzt und lockt das Meer ... Blau wie der Himmel ... Am liebsten möchte ich von hier mit einem Kopfsprung ...«

Am Ende des Boulevards des Bas Moulins, gegen Larvoto zu, liegt der felsige Badestrand von Monte Carlo. Leer und einsam um diese Jahreszeit – denn die Eingeborenen würden es für frivol und gesundheitswidrig halten, sich vor Anfang Juli dem Experiment eines Bades in freier Luft auszusetzen, und die Fremden verwenden ihre Zeit zweckmäßiger im Casino.

Lydia stand unten auf einer dunklen Steinplatte.

Die Nachmittagsbrise strich erfrischend gegen die Küste und blies zerstäubten Salzschaum über ihre Schuhe. Mit der Hand die Augen gegen die Sonnenstrahlen schützend, blickte sie lächelnd hinaus auf das Meer, auf Sergej Ogolenskij, der mit langsamen kräftigen Stößen näher kam. Bei jedem Tempo hob sich seine breite Brust und eine Schulter sonnengebräunt aus dem Wasser. Im Matrosenschwung schnellte er die Arme vor und lachte ihr durch den glitzernden Gischt mit hellen Augen fröhlich entgegen. Einen Moment machte er an einem sanft umbrandeten Felsblock halt und reckte sich in ganzer Gestalt empor. – Ein bronzenes Götterbild, vor dem seligen Blau des Hintergrundes, von tausend funkelnden Tropfen übersprüht.

Dann warf er sich mit einem Jubelruf wieder in die weiß aufschäumende Flut und schwamm ans Ufer.

»Lydia! Du lachst, Geliebte ... Woran denkst du?«

»Ich weiß nicht, wieso ... Ich mußte an diesen Dschahid denken ...«

»Teufel!« rief Ogolenskij und schlug sich mit der Hand an die Stirne. »Da habe ich gleich wieder etwas zu tun: Ich muß doch den fetten Türken herausholen ... Siehst du, man kommt nicht zur Ruhe ...«

Ein bunter Reigen bisher noch nicht veröffentlichter Geschichten des großen Erzählers, Dramatikers und Essayisten Roda Roda

Die zum Teil heiter-satirischen, zum Teil hintergründig-melancholischen, immer treffsicher pointierten Miniaturen des ehemaligen »Simplicissimus«-Mitarbeiters zeigen den Meister des »Feldherrnhügel« in seiner Höchstform. Sie stellen einen wertvollen Fund dar und runden das Bild der einstigen Donaumonarchie ab.

Langen Müller